本书系国家社科基金青年项目"新中国第一代作家口述史及其研究"(项目编号:19CZW042)阶段性成果

赵天成　著

重构"昨日之我"
——"归来作家"小说"自传性"研究（1977—1984）

中国社会科学出版社

图书在版编目（CIP）数据

重构"昨日之我"："归来作家"小说"自传性"研究：1977—1984 / 赵天成著. -- 北京：中国社会科学出版社，2025.4. -- ISBN 978-7-5227-4733-0

Ⅰ.I207.42

中国国家版本馆 CIP 数据核字第 2025LT9335 号

出 版 人	赵剑英	
策划编辑	慈明亮	
责任编辑	梁世超	
责任校对	韩海超	
责任印制	戴　宽	

出　　版	中国社会科学出版社	
社　　址	北京鼓楼西大街甲 158 号	
邮　　编	100720	
网　　址	http://www.csspw.cn	
发 行 部	010-84083685	
门 市 部	010-84029450	
经　　销	新华书店及其他书店	
印　　刷	北京明恒达印务有限公司	
装　　订	廊坊市广阳区广增装订厂	
版　　次	2025 年 4 月第 1 版	
印　　次	2025 年 4 月第 1 次印刷	
开　　本	710×1000　1/16	
印　　张	20.25	
字　　数	293 千字	
定　　价	58.00 元	

凡购买中国社会科学出版社图书，如有质量问题请与本社营销中心联系调换
电话：010-84083683
版权所有　侵权必究

小　序

程光炜

赵天成在人大中文系读本科时，经常到我的"博士生工作坊"课堂来蹭课。他本科毕业到美国交流一年后，考上李今教授的硕士生，攻读现代文学方向的学位。硕士毕业，突然提出要转到当代文学方向上来，李老师也同意了他的"过分"要求，"条件"是，继续在业余时间跟着她做"汉译文学"的工程（这段轶事，是他多年后才透露给我的）。有了做现代文学的材料底子，转到当代文学博士学位上来的天成（在此期间，我有半年在澳门大学担任客座，故将他的学业委托给杨庆祥教授管理），有他研究上的优势，这从其写鲁彦周《天云山传奇》等课堂论文比较顺手的示例中也可以看得出来。我对这篇文章印象很深的，是作者对鲁彦周与小说之间的感觉差异，用"北京时间"和"外省时间"来细致区分。他还写过王蒙《夜的眼》的文章，对作者从新疆刚回北京，寄住在南池子招待所的近乎微妙幽暗的心路历程作过有意思的分析。当然，这种强调理论先行的研究方法，不少作者曾经在我的课堂上屡试不爽。博士毕业后，他起初波折、后又顺利地入职中央民族大学，当上教学生读书、治学之道的先生，大概也有五六年了罢。利用这篇小序，重叙我们的师生之谊，应该是恰当的机会。

在人大读博士期间，杨联芬教授看到天成发表在《文艺争鸣》上的文章，赞扬其文字的"朴素"，我觉得这是对他"最高"的奖赏。他跟我读博士的几年间，正是我的工作方式由"批评"转

"文学史",确切点说,是重心转向做材料的一个转型的状态,从他由博士学位论文修改而成的第一本著作《重构"昨日之我"》的风格和行文中,也可以看出来。天成确定将一批"归来作家"做他研究的主要对象,是在写鲁彦周等作家的基础上,从他摸排一批材料堆里"自然而然"地发展而来的。不过,刚开始我还有些担心,觉得"材料"会不会不够,至少不够充分,会逼迫研究者加大"分析"的分量,一定程度上影响到它的学术质量。等到天成完成博士学位论文,并当着现当代文学教研室全体老师的面进行预答辩的时候,幸运地得到了老师们的肯定,我才松了一口气。

赵著分为"如何理解'归来作家'小说中的'自传性'"、"王蒙:'少年布尔什维克'的归来"、"张贤亮:被革命者的启示录"、"丛维熙:大墙内外的叙述"、"高晓声:'陈家村'里的小说家"、"张弦、鲁彦周:身份认同与历史记忆"和"'昨我''今我'的交锋与和解"诸章节,以及自述甚详且新鲜的"附录"材料。从他颇具野心地试图全面展开这一代特殊作家的内外世界,并与那个大时代加以有效的历史联系这一点来看,这一辛勤努力和野心是值得的。

天成研究的对象,与他隔着两代人的年纪。尽管最近二十多年来,这方面的回忆、追述的材料应该不少,有特色的研究成果,也不止一部两部,可它作为一种历史记忆,仍然显得模糊,带着不确定的性质。当历史,依赖叙述来重构"事实"的时候,它的不确定性就散布在著述的字里行间,对它构造的过程,要借助分辨、考证、问疑、核实等手段。在新的时代语境下,回忆者不可能原封不动地搬回那些材料,它的真实性,一定程度还需要叙述来证明。因为,"昨日之我"是要通过重新组织,才能完成"重构"的任务。天成的研究,带有"以论带史"的特点,尽管他运用的材料,应该已经相当完备和丰富了。

天成这种年纪、经验和知识结构,必然会带着"后来者"的视角,用一种现在人们常说的表述,即某种"后设性"的思想构成。他对王蒙等曲折生涯的分辨,吸收了"青创会"的始末史料,就是一个例子。但后设性的发掘,也未必一定是一个缺点、不足,从一般历史研究的角度看,从来都是后代在研究前代的命运。这使天成有了一个自然而然的"距离感",较为冷静的眼光;当然,当它们去触摸滚烫的历史事实的时候,也容易被灼伤,进而被深深触动。人与上代人之间,尽管人生经历有所不同,不过人性的特点包括它的规律,不会有本质的差异。天成调动的是这种差异所形成的反向的力量,这使在张贤亮、从维熙特殊的"遭遇"故事外,增加了一个审视的眼睛,自然也产生了另一种意想不到的张力。

天成研究对象的缘起、演变、结论,当然依旧无法摆脱历史逻辑的规定,对于后者来说,它们只有与历史达成某种程度的和解,才能获得讲述"自己的故事"的权利。研究对象本身就束缚于这种局限,而研究者即使意识到,也希望摆脱,但只能在一种大结论中展开自己的工作。我想天成一定注意到了自己的难处和难度,注意到空间被收窄的可能。设想一下,如果另辟蹊径呢?那也会是一个不可想象的结果。在我看来,这正是天成这部著作的价值所在。研究者只有与研究材料粘连在一起,也才能在一种泥浆状态下艰难地推进,它的复杂性、丰富性,也由此才会被体现出来。

这部著作 2018 年完成初稿,迟至几年后才见得天日,这本身就是一个幸运。有意思的、能吸引人的研究成果,未必都在一个恰当的时机出现,有的会相隔不远,有的则在一二十年之后。作为它的第一个读者,以及出版之际的读者,我真为天成感到高兴。

2024.7.4 于出差广州之际

目 录

绪论 如何理解"归来作家"小说中的"自传性" …………（1）
 第一节 "归来者"的共同道路 ……………………………（1）
 第二节 "新时期"与自传空间的生成 ……………………（19）
 第三节 "小说的供词"：结构、方法、对象的说明 ………（31）

第一章 王蒙："少年布尔什维克"的归来 ………………（53）
 第一节 多事半生的四个节点 ……………………………（53）
 第二节 少共・在伊犁："北京"与"新疆"的双重变奏 ……（74）
 第三节 "意识流"的底色：《布礼》《夜的眼》中
    "我"的故事 ……………………………………（81）

第二章 张贤亮：被革命者的启示录 ………………………（99）
 第一节 "改造"的历程 ……………………………………（99）
 第二节 "我"的退化：自传主人公发展史 ………………（122）
 第三节 通往红毯之路
    ——重读《唯物论者的启示录》 ………………（126）

第三章 从维熙：大墙内外的叙述 …………………………（141）
 第一节 二十年风雪驿路 …………………………………（141）
 第二节 党员干部、知识分子和主角之外的"我" ………（159）
 第三节 "真实"的歧义
    ——关于《大墙下的红玉兰》及其讨论 ………（165）

第四章　高晓声:"陈家村"里的小说家 …………………… (182)
第一节　"陈家村"的"城里人" ………………………… (182)
第二节　在"陈奂生"身后:高晓声的隐身术 …………… (207)
第三节　陈奂生与"我"
　　　　——从自叙传角度看"陈奂生系列" …………… (212)

第五章　张弦、鲁彦周:身份认同与历史记忆 …………… (229)
第一节　遗忘,或赦免的权利
　　　　——重读张弦《记忆》 ……………………… (229)
第二节　"叔叔"们的故事
　　　　——鲁彦周《天云山传奇》本事考论 ………… (245)
第三节　"归来者"的态度形式 ………………………… (263)

结语　"昨我""今我"的交锋与和解 ……………………… (274)

附录　张贤亮的"复出"
　　　——冯剑华访谈录 ………………………………… (296)

主要参考资料 ………………………………………………… (309)

后记 …………………………………………………………… (315)

绪论　如何理解"归来作家"小说中的"自传性"

第一节　"归来者"的共同道路

一　找一个起点：1956 年全国青年文学创作者会议

1984 年 12 月 30 日，中国作协第四次代表大会在北京开幕。当天下午，即将卸任的作协党组书记张光年，在会上作了题为《新时期社会主义文学在阔步前进》的报告。这篇长达三万两千字的报告，全面而周致地总结了"新时期"文学发展的"新现象""新事物""新经验""新成就"。谈到由老、中、青三代作家组成的文学队伍时，张光年指出：

> 一大批优秀的中年作家正处于思想上、艺术上走向成熟的创作活力最高扬的状态……他们构成了当前活跃的创作队伍的中坚群。这批中年作家，主要由两部分人组成：一部分是在新中国成立后陆续开始其文学生涯、放出异彩的作家。他们或在五七年，或在十年动乱中，先后受到"左"倾思潮的诬害，受到生活的严酷的磨炼，在人民中得到了充分的营养。一旦禁锢解除，他们的创作活力有如蕴藏丰厚的优质油井，猛然出现了持续的井喷现象。如王蒙、张贤亮、陆文夫、高晓声、邓友

梅、刘宾雁、从维熙、林斤澜、刘绍棠、张志民、李瑛、白桦、流沙河、公刘、邵燕祥、张弦、李国文、李準（蒙古族）、鲁彦周、徐怀中、胡石言、冯德英、铁依甫江（维吾尔族）、玛拉沁夫（蒙古族）、库尔班·阿里（哈萨克族）、巴·布林贝赫（蒙古族）、金哲（朝鲜族）、饶阶巴桑（藏族）、茹志鹃、刘真、柯岩、宗璞、丁宁、王愿坚、苏策、彭荆风、高缨、杨佩瑾、晓雪（白族）、孙健忠（土家族）、胡昭（满族）、刘厚明、孙幼军、葛翠琳、任大霖、任溶溶、郑文光等。①

无论在整体形态的描述，还是具体名单的列举上，报告所圈定的这一批"中年作家"，在文学史著述中的对应与落实，都是"归来作家"，或者同义替换的"归来者""复出作家"的概念。② 在

---

① 报告摘要发表于《人民日报》1985年1月7日第7版，全文刊登在《人民文学》1985年第1期。张光年提到的另一部分中年作家，是"在新时期才在文坛上以其优秀作品驰名的文学新人，如蒋子龙、刘心武、谌容、张洁、张一弓、冯骥才、周克芹、莫应丰、古华、叶蔚林、苏叔阳、理由、何士光、汪浙成、温小钰、叶文玲、陈祖芬、孟伟哉、焦祖尧、张锲、陈冲、朱春雨等"。不难想见，报告中所列举的作家，以及作家的先后顺序，都经过了反复斟酌，虽是由张光年起草，仍可以视为"集体讨论"的结果。张光年后来曾回忆说："讨论中耀邦同志问到报告中列举的一大批名单会不会引起争论。敬之同志发言中肯定了所作家名字是比较公平的。"参见张光年《我的申辩和再检讨》（王晓中：《中顾委生活会及张光年的答辩》文后附件，《炎黄春秋》2014年第3期）。

② 例如，洪子诚的《中国当代文学史（修订版）》（北京大学出版社2007年版），在第十六章"80年代的作家构成"一节中说："80年代作家的'主体'，主要由两部分人组成。一是在50年代因政治或艺术原因受挫者。他们在80年代被称为'复出作家'（'归来作家'）。这些作家有：艾青、汪曾祺、蔡其矫、牛汉、绿原、郑敏、唐湜、王蒙、张贤亮、昌耀、高晓声、陆文夫、刘宾雁、邓友梅、公刘、邵燕祥、从维熙、刘绍棠、李国文、流沙河等。"在第二十章"'复出'作家的历史叙述"中则写道："'新时期'历史记忆书写者的主要成员，是在50年代开始写作并遭遇挫折，有过多年苦难经历的作家。他们有王蒙、张贤亮、林斤澜、宗璞、李国文、从维熙、方之、陆文夫、高晓声、鲁彦周、张弦等。"该段注释补充说："虽然牛汉、绿原、昌耀、曾卓、公刘、邵燕祥、流沙河、白桦、林希这一时间的诗歌创作，巴金、杨绛、陈白尘等的散文随笔，也有相似的历史创伤主题，但批评家一般不用'伤痕''反思'等概念谈论诗歌等文类的创作。"孟繁华、程光炜《中国当代文学发展史》（中国人民大学出版社2009年版）在"'归来者'群体的多样性"一节中解释说："所谓'归来者'，是指那些五六十年代因各种政治运动蒙难，后来重新恢复了创作权利的一批小说家。譬如，王蒙、陆文夫、从维熙、张一弓、李国文、高晓声、张弦、方之等。"出于充分呈现这一作家群体丰富形态的目的，本书对"归来作家"（"归来者""复出作家"）概念的界定和使用，是在相对宽泛的意义上（与洪子诚的文学史相比），但在内涵和外延上都不超出张光年的报告所划定的范围。但因本书所论对象限于小说这一文类，因此报告名单中所涉及的诗人、散文家，只是作为一个"同代人"的参照背景，而不会展开讨论。

这一代作家的自我意识中,他们倾向于从文学世代的角度,将自己称作"新中国的第一代青年作家"①。在他们的叙述中,这一作家群体大致包括以下几个要点:第一,在1950年代登上文坛,在其文学生涯的起点,被视为由党、由新中国培养起来的第一代作家;第二,大多数是1956年首届全国青年创作者大会(以下简称"青创会")的参加者;第三,其中的大部分作家,曾在1950年代末或1960年代被迫辍笔,而在"新时期"恢复了写作权利。②

  以上的几种描述方式,无一例外显示出"归来作家"的普遍共性。确实,对于这代作家中的多数来说,登场、受挫、复出,是他们共同的生命轨迹。然而这种"共性"给当事人带来的后果,却如从维熙一篇小说的名字,是"并不愉快的故事"。与存在主义的自由选择相反,在长逾二十年的历史潮汐之间,个人对于自身命运的被动性与无力感,是当事者普遍的历史体验。"不由自主""身不由己",是他们复出之后的写作中的高频词汇。③ 而由官方报告,而不仅仅是文学史家的论述,划定这一代作家的基本特征和主

---

① 语出王蒙在1979年与"四次文代会"同时召开的中国作协第三次代表大会上的讲话《我们的责任》,引自《王蒙文集·演讲录(上)》,人民文学出版社2014年版,第3页。王蒙的这种认识在当时相当普遍,只是措辞时有区别,有时也被称为"新中国第一代作家""新中国培养的第一代作家""1950年代起来的作家""建国以后的头一拨作者"等。

② 如陆文夫在写于1979年的《一代人的回归》中说:"青年文学代表大会的参加者,有百分之七十都成了右派、中右、反革命分子、反党分子等等。文艺界被错划的右派之中,三分之二是出在50年代的文学青年里。"(《陆文夫文集》第五卷,古吴轩出版社2006年版,第1页)不过,后来也有人对这种"回顾"的准确性提出了质疑。黎之在《回忆与思考——从"知识分子会议"到"宣传工作会议"(1956年1月—1957年3月)》(初刊《新文学史料》1994年第4期,该文是黎之1990年代在《新文学史料》上陆续连载的《回忆与思考》系列之一篇)中引述了陆文夫文中提到的统计数字,该文发表后,参加过"青创会"的沈虎根即致信黎之,认为统计数字"不确实",详见《沈虎根同志来信》,黎之《文坛风云录》,人民文学出版社2015年版,第75页。

③ 譬如,鲁彦周"复出"后的每一篇小说,几乎都会用到"不由自主",设置以这个词语为意旨的故事情节。而在洪子诚看来,这种"共性"既体现在这些作家的人生轨迹和政治命运上,也贯穿于他们的艺术表现之中:"看来,当代文学过程就是潮流涌动、更替、摩擦的过程。作家似乎都不由自主地被卷入,他们只有在潮流中选择的自由和可能性,只有在潮流之中才有价值。我们很难在公开发表的材料中发现'潮流'外的声音,发现体现'潮流'之外的体验、思考的文本。"参见洪子诚《1956:百花时代》,北京大学出版社2010年版,第166页。

力阵容,则凸显出"归来作家"高度组织化的特征。仅从"复出"这一词语的字面意义上,就可看出这代作家的写作生涯,异乎寻常地经历了两次起步。换句话说,"归来作家"的群体特殊性在于,在一种制度性力量的作用之下,他们在1950年代和1970年代末期,前后两次被组织、安排到当代文学的主流秩序之中。而从文化空间的角度上说,这一过程则表现为这一代作家两次向北京(作为政治与文化中心)的聚集——这既是物理意义的位移,也指心理层面的趋归。

在这个意义上,1956年首届全国青年文学创作者会议,可以视作"归来作家"第一次登上历史舞台的仪式。它标志着这批写作者的初次集结,也为我们的考察提供了一个可靠的出发点。需要指出的是,在1956年"百花齐放,百家争鸣"①的历史氛围中,这次会议绝非一个孤立的文学史事件,而是一系列制度性安排的一个环节。其一,社会主义的文化制度中,青年作家的培养既是文学问题,又是青年问题,因而处于作协和共青团两个系统的交叉地带。②因此,1956年3月15日至3月30日举行的"青创会",可以同时置于两个会议链条之中考量。在作协的层面,它与同年2月27日至3月6日召开的中国作家协会第二次理事会会议(扩大)、几乎同时(3月1日至4月5日)举行的全国话剧观摩演出会、11月21日至12月1日召开的文学期刊编辑工作会议相互呼应,"放宽限制,繁荣创作"是贯穿其中的主旋律。而从团中央的角度叙述,则是"最近一个时期,团中央一连开了好几个大会,全国青年社会主义建设积极分子大会、工商界青年积极分子大会、五省

---

① 1956年4月28日,毛泽东在中共中央政治局扩大会议上提出了"双百"方针,有关这一方针的提出、阐述、实施、调整,以及1956年的政治文化氛围,参见朱正《1957年的夏季:从百家争鸣到两家争鸣》、洪子诚《1956:百花时代》、D. W. 佛克马《中国文学与苏联影响(1956—1960)》等专著的讨论,此处不再赘述。

② 1956年的"青创会"即是由团中央和中国作协联合召开。时任团中央书记处书记的胡克实在《为社会主义写出更多更好的作品来——在全国青年文学创作者会议上的报告》(《文艺学习》1956年第4期)中特别谈道:"苏联共青团在协助党扩大文学队伍方面,是我们很好的榜样。……过去,我们在协助党扩大文学队伍方面没有系统地进行过工作。但是同志们可以指望青年团今后在这方面多做一些工作。"

(区)青年造林大会以及这次和中国作家协会联合召开的全国青年文学创作者会议"①,都是为迎接社会主义高潮作准备。上述事件对一部分"归来者"人生命运的深远影响,将在随后的章节中展开叙述。其二,"文学计划化"是1956年文艺组织、领导方式的大趋势。该年初,500多位专职和业余作家向中国作协提交了1956年年度创作计划;中国作协还按照其他生产部门的做法,制定了"十二年工作纲要"(《中国作家协会1956年到1967年的工作纲要》)②。培养青年作家,使其成为社会主义文艺事业的接班人,被纲要列为七项重要任务之一。

中华人民共和国成立后,在青年作家培养的问题上实验过多种模式,在"青创会模式"之前有"通讯员模式""文研所模式",1950年代后期还有"留学模式""地方模式""群众模式"等设想。③

---

① 胡克实:《为社会主义写出更多更好的作品来——在全国青年文学创作者会议上的报告》,《文艺学习》1956年第4期。在这些团中央组织的会议中,全国青年社会主义建设积极分子大会值得重视,参会者中也包括一部分后来出席"青创会"的创作者,如李学鳌、沈虎根。

② 纲要全文载《文艺报》1956年第7期,另可参见《人民日报》1956年3月25日对作协第二次理事会会议的报道。在1956年,其他部门提出的"十二年纲要"有中共中央提出的《1956年到1967年全国农业发展纲要》《1956—1967年科学技术发展远景规划纲要》等。

③ 此处提及的几种模式,都是笔者的简略概括。其中,对于"通讯员模式"和"文研所模式"的研究较多,关于此二种模式与"青创会模式"的关系,参见程光炜《"原生态"还是"典型性"?——当代文学的初期》(《小说评论》2023年第4期)的讨论。后期几种模式的相关资料,参见《中国作家协会1956年到1967年的工作纲要——1956年3月中国作家协会第二次理事会会议(扩大)通过》(《文艺报》1956年第7期)、梁明《应当造出大群的新的战士来!》(《文艺报》1957年第35期)、《大家都来编写工厂史——天津编写工厂史经验介绍》专栏(《文艺报》1958年第13期)、邵荃麟《在战斗中继续跃进——在中国作家协会第三次理事会(扩大)会议上的报告》(《文艺报》1960年第13—14期"第三次文代会专号")等。笔者所谓"留学模式",即派遣青年文学研究者出国学习,这是"十二年工作纲要"中列出的一条,但未及实施即被否定。"地方模式"即充分发挥省级组织的作用,梁明(1957)指出:"作家协会各分会,和各省文艺团体,在培养青年文学写作者的工作中,将起着重要的作用。苏联'文学报'在一篇题为'省的作家组织和文学青年'的社论中曾经指出:'省的作家组织——这是主要的据点,是决定新的文学干部的训练能否成功的基本环节。'这一估计,对我们今天的情况来说,也是恰当的。""群众模式"即把工作重心从作家转向群众(民间),大力开展群众创作运动,邵荃麟(1960)总结说:"最主要的一个变化,是经过反右派斗争以后文学上所出现的百花齐放的灿烂景象。这几年来……文学上另一个重大的变化,就是出现了一个规模广阔、气势磅礴的新民歌运动和群众创作(转下页)

今天来看，"青创会模式"是为期短暂、刚露端倪即被中断的培养方案。它的提出和实行，既与迎接"社会主义高潮"①的历史情势有关，也是在批萧也牧、批《红楼梦研究》、批胡风集团等频繁的批判运动之后，文艺组织模式试图由即时动员的"运动式"，向相对和缓、着眼于长期的"计划式"转变的制度表现。与此前的培养模式，也与其时文学规划中的其他部分一样，"青创会"也是仿照苏联的文艺体制而设置，拥有它的"苏联原型"②。"青创会"的筹备工作1955年正式启动，两个相关的组织单位相继成立，一个是全国青年文学创作者会议筹备委员会，老舍、刘白羽、公木分别担任主任、副主任、秘书长。另一个是中国作家协会青年作家工作委员会（简称"青委会"），主要负责人有阮章竞（主任）、萧殷、公木、沙鸥等。③"青创会"的前期组织和议程安排，全盘参照苏联青年作家大会（以下简称"苏青会"）的形式。在组织形式上，"苏青会"是由各共和国及各州选派代表组团参加。"青创会"沿用这种方式，先期向各地文联、作协分会、文艺报刊和出版社等187个单位了解情况，最终确定来自25个省、市、自治区的497人参会，在会议期间组成9个代表团

（接上页）运动。千百万劳动群众投入到这个运动中，写下了大量的诗歌、小说、曲艺等各种形式的作品；其中不少人参加了工厂史、公社史、部队史的编写工作。此外，许多老干部也热情地参加了革命回忆录的写作，取得了巨大的收获。在这个运动中，出现了一大批具有较高水平的工农作家，而且肯定地说，还将涌现出更多这样的工农作家。"

① 1956年初，随着毛泽东《〈中国农村的社会主义高潮〉序言》的刊发，"高潮"感觉遍布社会生活的各个领域，文艺界自不例外。仅以《文艺报》1955年年末至1956年年初的相邻两期为例，标题中有"高潮"二字的文章就包括：《掀起文学艺术创作的高潮》（社论），《文艺报》1955年第24期；毛泽东《"中国农村的社会主义高潮"序言》，《文艺报》1956年第1期；《作家们，掀起一个创作的高潮——"万象更新图"解说诗》，《文艺报》1956年第1期。

② 截至1956年，苏联青年作家代表大会已举办三届，相关情况参见刘白羽《访问文学学院和阿扎耶夫》，《文艺报》第3卷第4期（1950年12月10日出版）；刘宾雁《第三次全苏青年作家会议的情况》，《文艺学习》1956年第2期。

③ 会议筹委会情况参见《青创会筹备工作正在紧张进行（简讯）》，《作家通讯》1956年第2期。关于作协"青委会"，茅盾《培养新生力量，扩大文学队伍——在中国作家协会第二次理事会会议（扩大）上的报告》（《文艺报》1956年第5—6期合刊）介绍其于1955年10月成立。此外，《万象更新图》及其"解说诗"（《文艺报》1956年第1期）中也描绘了"青委会"的工作场景。

(东北、西北、中南、西南、华东、华南、北京、华北各地区和部队代表团)。① 例如,西北代表团由陕西、甘肃、青海三省及新疆维吾尔自治区组成,由后来担任《延河》副主编的作家汤洛带领,其中陕西省的代表有惠怀国、白志杰、张惠儒、韩殿韬、庞惠家、高平、宁克中。②

会议采用大会报告加小组讨论的方式。首先请各有关部门的负责人及老作家作报告,然后按文体和地区分组进行研讨。这依然是照搬"苏青会"的形式,但是由于参会者的创作基础,具体细节中即可见出"青创会"的"中国特色"。在参加第三届"苏青会"的360人里,"有近半数是出版过一、二本或更多作品的人,其余的人,也在报刊或文选中发表过作品。只有十个人,是靠他们事先提出的手稿参加会议的"③。而"青创会"的参加者中,"业余文学创作者占82%"④,当时已是中国作协会员的仅有邵燕祥、刘绍棠、从维熙、唐克新、费礼文等屈指可数的几个。⑤ 即使是同年发表《组织部新来的青年人》的王蒙,当时也只在文学刊物上发过《小豆儿》和《春节》两篇儿童故事。⑥ 会议组织者对此有充分认识,因此并未如"苏青会"那样将会议名称定为"青年作家"会议,而是降格称为"青年创作者"会议。⑦ 在大会环节,老舍、茅盾、周扬、夏衍、袁鹰、袁水拍等人的报告和发言,都如王蒙所述,带有"讲课"的性质,"茅公讲人物的出场,老舍讲语言,周

---

① 参见《青创会筹备工作正在紧张进行(简讯)》,《作家通讯》1956年第2期。"青创会"的详细名单及议程,见李国勇先生(系山西省参会代表李逸民之子)收藏的油印资料。其中一部分(分组情况、各小组研讨会的地点、小说一组和小说四组的名单)已公开披露,参见 https://baijiahao.baidu.com/s?id=1690590959103257835&wfr=spider&for=pc。
② 邢小利、邢之美编撰:《陕西文学大事记(1936—2016)》,陕西人民出版社2018年版,第99页。
③ 刘宾雁:《第三次全苏青年作家会议的情况》,《文艺学习》1956年第2期。
④ 《青年文学创作者会议开幕》,《人民日报》1956年3月16日第1版。
⑤ 参见《本会主席团1956年通过的新会员名单》,《作家通讯》1957年第1期。
⑥ 因此在分组讨论时,王蒙和刘厚明、郑文光等分到了儿童文学组。王蒙的相关自述参见《王蒙自传·第一部 半生多事》,花城出版社2006年版,第133页。
⑦ 参见胡克实《为社会主义写出更多更好的作品来——在全国青年文学创作者会议上的报告》(《文艺学习》1956年第4期)中的相关说明。

扬讲文艺思想"①。在小组会环节,"苏青会"是具体研讨每位参会青年作家的作品,"青创会"显然不具备这个条件。作为替代,中国作协提前编选了十本"青年文学创作选集",并在议程中作了这样的规定:"按文学形式划分小组,针对青年文学创作者的创作选集(为说明几年来青年文学创作者的情况,鼓励优秀创作,同时便利研究青年文学创作的问题和会议讨论,现已编选十本选集,计小说四本,散文报告一本,诗歌一本,戏剧两本,儿童文学一本,曲艺一本,将在今年二月由中国青年出版社出版和发行,并在会前发给代表)进行研究和讨论,集体解决他们创作中的问题。"② 收入这套十卷本选集的作者人数,在刘白羽、茅盾的官方报告中是188人(据笔者考辨应为186人③,其中包括王蒙、从维熙、刘绍棠、高晓声、方之等日后的"归来者"),而他们中的多数都参加了随后的"青创会"。④

---

① 王蒙:《王蒙自传·第一部 半生多事》,花城出版社2006年版,第133页。
② 《中国作家协会关于召开全国青年文学创作者会议的计划》,《作家通讯》1956年第2期。这套选集由中国青年出版社1956年2月出版,今见合订版(精装)和单行版(平装)两种。合订版两辑合为一册,共5册,以序号1—5排列,每册不单独发行。单行版一辑一册,共10册,每册以辑中一篇为题名,包括小说选辑《在冬天的牧场上》《粮食》《一年》《一心入社》,戏剧选辑《草原民兵》《挡不住的洪流》,散文报告选辑《枫》,儿童文学选辑《海滨的孩子》,诗歌选辑《我们爱我们的土地》,说唱文学选辑《江边游》。
③ 这套选集当时被视为文学界的重要收获,刘白羽《为繁荣文学创作而奋斗——在中国作家协会第二次理事会会议(扩大)上的报告》(《文艺报》1956年第5—6期合刊)、茅盾《培养新生力量,扩大文学队伍——在中国作家协会第二次理事会会议(扩大)上的报告》(《文艺报》1956年第5—6期合刊)、中华人民共和国文化部部长沈雁冰《文学艺术工作中的关键性问题——在第一届全国人民代表大会第三次会议上的发言》(《文艺报》1956年第12期)几篇重要会议的报告中都提到了它,并都提及入选这套选集的青年作者为"188人"。据笔者考证,名单中的顾工和刘学智被重复计算。顾工的《光荣的脚印》和诗两首分别被收入散文报告选辑《枫》和诗歌选辑《我们爱我们的土地》;刘学智分别和两位作者合作山东快书(收入说唱文学选辑《江边游》)。另有两个"丁力",但根据已见稿费收据中的作者签章,判断为同名的两位作者。
④ 曾有学者指出:"对于王蒙他们来说,'青创会'的激励作用大得难以想象。……在1956年,这种认可、关心和重视,对青年作家来说弥足珍贵。'青创会'开与未开,具体到某个人出席或未曾出席,都有决定性的意义。"(李洁非《典型年度》,北京十月文艺出版社2013年版,第44页)其实,事情没有那么绝对,是否收入选集、是否出席会议,都有各种各样的偶然因素。仅以后来的"探求者"成员为例,高晓声、方之的作品收入选集,但未来京参会;陆文夫出席会议,但未入选集。也有当时小有名气的青年作者,出于不同原因既未入集也未参会,难以一概而论。

尽管只是"创作者"会议,也存在如上所述的诸多偶然因素,但"青创会"对青年们的影响和激励,以及那种在"北京"躬逢其盛的光荣和欢跃,仍然不可小视。① 在笔者接触到的口述材料里,几乎全部的与会者,都满怀深情地回忆起会议期间在北京饭店举办的联欢晚会。灯火辉煌的金色大厅里,老舍演唱了他刚刚根据昆曲改编的京剧《十五贯》中的选段,张光年朗诵了他新创作的诗《春风在首都的上空欢呼》。周恩来总理也应邀出席,并与青年们翩翩起舞,在这些年轻人的心里留下了青春圆舞曲一般的欢快与温馨。② 但正如王蒙所说,"这是一代青年作者春风得意马蹄疾的空前纪录,也差不多是最后一次舞步匆匆、文思灼灼的阳光档案了"③。

二 罪与罚及其后

1957年政治形势的风云突变,即使是其时的文艺界领导都始料未及。黄秋耘就曾回忆道:"1957年5月18日晚上,我在邵荃麟家里聊天顺便向他请示有关《文艺学习》的编辑方针……正在谈得起劲的时候,桌上的电话铃声响了,邵荃麟连忙走过去接电话。不到两分钟,他登时脸色发白,手腕发抖,神情显得慌乱而阴沉,只是连声答应:'嗯!嗯!'……我看了一下手表,已经是九点二十分了,肯定是发生了出人意料之外的重大事情,要召开紧急会议。他放下了电话,没头没脑地说了一句:'周扬来的电话,唔,转了!'……"④ 周扬、邵荃麟尚且如此,1957年的夏季对于初露头角

---

① 郭沫若《向青年作家致辞》(《文艺学习》1956年第3期)说:"全国青年创作者会议就要在北京召开了,这是很令人兴奋的。青年人向往首都的那种情绪,是无法形容的。——我们长住在北京的人,在感觉上要迟钝一点——旅途上的观感,首长们的指示,都会给青年人留下深刻的印象。凡是在青年时代所接触到的良师益友、好书好话有深刻的影响,会终身不忘。今天的青年是幸福的,到处是良师益友,到处是好事好话,我们努力学习吧。"
② 《青年文学作者同老作家举行联欢会》,《人民日报》1956年3月18日第1版。
③ 王蒙:《王蒙自传·第一部 半生多事》,花城出版社2006年版,第134页。
④ 黄秋耘:《风雨年华》,转引自洪子诚《材料与注释》,北京大学出版社2016年版,第97页。

的青年作者来说，其精神上的冲击与压力，自是可想而知。他们也很快意识到，"这一年夏天的雷暴，不会将我们轻轻放过"①。

后来戴上"右派"帽子的青年作者之中，大多是因文而罹祸。即使混杂着复杂的人事及其他因素，其文其言也是重要的导火索。《组织部新来的青年人》之于王蒙，《大风歌》之于张贤亮，《青春锈》（后改名《苦恼的青春》）之于张弦，"探求者"启事之于高晓声，《对"社会主义现实主义"的几点质疑》之于从维熙，《现实主义在社会主义时代的发展》《我对当前文艺问题的一些浅见》《暮春夜灯下随笔》《田野落霞》《西苑草》之于刘绍棠，无不皆然。在1957年，"青创会"的组织者之一公木总结说："据北京市文联统计，参加去年全国青年文学创作者会议的代表中，堕落为右派分子者约占15%——这不是个很小的数字比例，因为那次会议正开在轰轰烈烈的肃反运动之后，而所有代表都曾经过严格的政治审查。"② 不过，尽管仍被笼统地称为"青年作者"，他们的位置、情形却不尽相同。刘绍棠、王蒙等人声名在外，已可视为全国性的作家，关于对他们的批判、论争，是在《人民日报》《文艺报》等大报国刊上展开；而如张贤亮、张弦，此时的知名度尚相当有限，应当视为历史研究者所说的"庶民右派"③，其后对于他们的惩戒，范围主要限于其所在单位、地区，或与他们联系的地方刊物。

对于中央来说，如何处置这些错误不足判刑、数量又急速增加的"右派"分子，就成为一个亟待解决的问题。在1957年之前，共和国仅有的刑罚规则，是1954年出台的《劳动改造条例》。根据该领域研究者的说法，"因为倚重苏联专家，该规定……基本借鉴了1933年《苏维埃矫正劳动法》。当时的公安部长罗瑞卿甚至承认，这部立法长期的准备工作是在苏联专家的配合下开展的，含有许多和

---

① 此处借用骆一禾《灿烂平息》中的诗句，原句为"这一年春天的雷暴"。
② 公木:《堕落的脚印，沉痛的教训》，《文艺学习》1957年第11期。这是截至当时的情况，后来还有一些青年作者，如同此文作者公木一样被划为、补划为"右派"。
③ 萧冬连:《筚路维艰：中国社会主义路径的五次选择》，社会科学文献出版社2014年版，第93页。

苏联立法相同的条款。"① 然而,以司法程序处置"右派"分子,毕竟存在诸多不便。半个月后,第一届全国人大常委会第78次会议批准出台《国务院关于劳动教养问题的决定》②。它的实际作用,在于大大提高了惩治的效率。随后,以劳动教养制度为核心,中共中央和国务院制定了一整套处理右派分子的办法,并向各单位下发。

对此,邵燕祥回忆说:1958年初,"(中央人民广播电台)支部组织过一次让我参加的学习,学的是关于对右派分子处理的政策界限。我只记得它把全国的右派分成六类,给以不同的处置,其中一、二类最严重,……大约是所谓'极右派';三、四两类,叫一般右派分子……;至于五、六两类,处分最轻,特别是第六类,不戴帽子。……我也不记得我在会上是否曾经自报,但料定自己当属于三、四类之间,果然,会上的'群众意见'倾向于按第四类处理"③。从维熙的叙述则是简洁的史家笔法:"当时对右派分六类处理:一类送劳动教养;二类监督劳动;三类自谋出路;四、五类降职降级;六类免予处分。"④

戴上"右派"帽子的青年作者们分散到全国各地的公社、农场、监狱之中劳动。王蒙1958年8月下放到北京门头沟区斋堂公社劳动锻炼,后转到南辛房大队、大兴三乐庄;刘绍棠先后在家乡通州儒林村、京西门头沟、京东百子湾火车站建设工地、西直门木材厂、大兴凉水河工地接受劳动改造;从维熙先在京郊鲁谷、一担石沟、永定门外四路通等地劳动,后辗转延庆营门铁矿、津北茶淀

---

① [澳]迈克尔·R.达顿:《中国的规制与惩罚——从父权本位到人民本位》,郝方昉、崔洁译,清华大学出版社2009年版,第313—322页。1957年8月4日《人民日报》社论《为什么要实行劳动教养》中说,"劳动教养的办法体现了不劳动不得食的社会主义原则","这个办法用通俗的语言来说,就是国家把那些坏分子收容起来,加以安排,给他们适当的劳动条件,例如由国家投资举办一些农场和工厂,组织他们生产,用这样一种办法来使他们有饭吃。这样说来,劳动教养既是通过他们自己的劳动来养活他们自己;同时也是通过劳动来改造他们自己"。
② 《国务院关于劳动教养问题的决定》及周恩来签署的《国务院命令》、配发社论《为什么要实行劳动教养》,参见《人民日报》1957年8月4日头版。
③ 邵燕祥:《我死过,我幸存,我作证》,作家出版社2016年版,第355页。
④ 从维熙:《走向混沌(最新增补版)》,作家出版社2012年版,第28页。

农场，山西曲沃、晋普山、长治等多地；张弦随干部劳动锻炼队伍，到湖南岳阳荣家湾公社监督劳动；李国文因为行政关系在中国铁路总工会，被遣送到修建铁路新线的工程部门劳动，随着铁路线的建设辗转大半个中国，从太行山区到湖北、黔西，再到东北、大西北，最艰苦的日子是在柴达木盆地度过的。此外，如陆文夫等没有戴帽者，也同广泛的文艺工作者一样，大批地下乡下厂，在各地参加劳动和基层工作。①

相对来说，在这套规定施行的初期，后来成为"归来者"的作家们，基本还算是受到了所在单位的"依法"处理。在对其人的悔改态度和其文（言）的严重程度定性的过程中，"区别化"开始在这些曾以集体形式出场的"青年文学创作者"身上产生。王蒙在回忆陆文夫时说："一九五六年由作协编辑的年度短篇小说选中，我的《组织部来了个年轻人》与他的《小巷深处》同列，我们之间有一种同科'进士'之感。又同科落难。……陆由于不是党员，没戴帽子，但一下子降了三级，这一闷棍着实不轻。我是戴帽子没降级，他是狠降级不戴帽子，我们的不同遭遇表现了那个年代少有的生活多样性。"② 这种性质的多样性，在"探求者"成员内部有着更为鲜明的表现。1957年年底，"探求者"被定性为反党小集团，"探求者"8人受到程度不同的处分：陈椿年划为"极右"，送进滨海农场劳改，后又被流放到青海劳动教养；高晓声被定为"极右"，开除公职，遣返原籍监督劳动；艾煊（时任江苏省委宣传部文艺处长）下放宜兴太华山区劳动；叶至诚（叶

---

① 周扬《我国社会主义文学艺术的道路（1960年7月22日在中国文学艺术工作者第三次代表大会上的报告）》（《文艺报》1960年第13—14期"第三次文代会专号"）中说："1957年整风和反右派斗争以后，文艺工作者大批地下乡下厂，参加劳动和基层工作，这对促进文艺工作者进一步同劳动人民结合，促进他们的世界观、生活方式和文艺观点的改变，起了决定的作用。"陆文夫《给〈文艺报〉编辑部的一封信——谈在工厂参加劳动的情况和体会》（《文艺报》1964年第7期）中说："我是作为干部下放参加劳动的……这样的一个过程，是一个自我改造的过程。对于像我这样的人来说，参加劳动不只是深入生活的方法，更主要的是一个改造思想的方法。"

② 王蒙：《王蒙自传·第二部 大块文章》，花城出版社2007年版，第26页。其中对陆文夫情形的叙述或有偏差，但仍可备一考。

圣陶之子）戴上"右派"帽子又当场摘帽，留党察看，行政降四级；陆文夫据说是因在事发前给南京文联写过退出探求者社的信，被划为"中右"，行政降两级；方之、曾华、梅汝恺也都被划为"中右"。①

但稍有历史常识的人都会知道，更为复杂的"区别化"，产生在具体落实和运作的过程之中。可以这样说，我们今天可以看到的形成了书面文字的处分决定，相当于一份协议的基本条款。在此之外，还存在着不成文的，因时、因地、因人而生的补充条款。例如，从维熙本来是在北京郊区监督劳动，但因为被人揭发，被《北京日报》社党委定性为"反改造小集团"加重处罚，1960年12月被送往茶淀清河劳教农场。高晓声的处分看起来严重，被遣回家乡武进监督劳动，但有比较充分的材料证明，高晓声在返乡之后，一直受到相当程度的"保护"，多数时间里拥有人身自由。②也就是说，同为"监督劳动"的处分，高晓声实际的生存状态，与张贤亮、从维熙等人相比，却是判若云泥。

这里强调诸如此类的差别，并非要纠缠于程序或结果上的"公平"，或为某位作家鸣冤叫屈。而是因为本书的观察视点，不在宏观意义的制度问题，而是微观视野的个体命运及其与作家文学表现之间微妙、复杂的牵连。因此，当我们的关切伸向个体生存的层面，暗部细节必须展开才有意义。正如程光炜所说，作家的"内部历史"与整个社会的"外部历史"之间的联系"是复杂的和多线索的，它们会因不同作家的历史处境和个人体验而呈现出多样形态，而不能用一种固定的观点来概括"③。

---

① 这里"探求者"诸人的处分情况及后续去向，主要根据毛定海编著《高晓声编年事略》，江苏凤凰文艺出版社2015年版，第53页；陆文夫《微弱的光》，《钟山》1985年第5期。朱净之《高晓声的文学世界》（江苏凤凰文艺出版社2015年版）、周根红《"探求者"文学社团的酝酿、批判与平反过程》（《钟山风雨》2011年第6期）亦有交代，但所述情况略有出入，可以参看。
② 详见本书第四章的讨论。
③ 程光炜：《文学讲稿："八十年代"作为方法》，北京大学出版社2009年版，第41页。

需要补充的是，由于频繁的政治运动，某个运动的幸免者，也往往会在另一个运动中难逃一劫。随着运动的不断深入，"帽子"的种类也是花样翻新。张贤亮就曾略带自嘲意味地统计过，他一共戴了虚虚实实的十一顶帽子。据他认识的一位领导介绍："（帽子）实际上有明、暗之分。'明'的是所谓有'正式文件'的，'暗'的是内部掌握的，放在个人档案里。除地、富、反、坏、右'五类分子'是'明'的，内部掌握的如'反动军官'、'伪保甲长'、'三青团员'、'国民党员'、'起义人员'、'旧官吏'、'反动学术权威'等等多达十几类……'文革'时，又添了共产党内的'叛徒、特务、走资派'三类'明'的……'文革'后期，知识分子地位大幅降低，社会舆论普遍认为知识分子也算一种特殊'分子'，于是把知识分子当作第九类。知识分子被称为'臭老九'由此而来。"[①]"帽子"的泛滥化，既加剧了激进政治的紧张空气，却也多少失去了"惩罚"在公共生活中的严肃性与威信力。本来就不健全的刑罚制度，逐渐演变为闹剧式的"帽子戏法"，生出了戏谑和反讽的意味。而从更广泛的意义上说，即使那些1957年幸免"戴帽"的青年作者，如鲁彦周、林斤澜等，也不是绝对的"幸免者"，他们可以称为间接当事人，与直接当事人处于同样的历史结构中。

三　北京时间："流放者"的归来

对于本书所涉的每一个"归来者"而言，命运的图景都仿佛一张三联画。事到如今，插在当事人自传、回忆录中的最后一幅图画，都如同《荷马史诗》中历尽艰险回到家乡的奥德修斯，散发着"英雄归来"的光辉，满是解放的庆幸和欢欣："都说一九七六年把四个人抓起来是第二次解放，对于我来说，其兴奋，其感触，其命

[①] 张贤亮：《一切从人的解放开始——谨以此文纪念改革开放三十年》，《美丽》，贵州人民出版社2013年版，第19—20页。

运攸关,生死所系,甚至超过了第一次解放:指的是一九四九年解放军席卷了全国。"①但在历史变化的当口,实际的情形,及其作用于当事人的内心感受,其实并非一览无余,而是充斥着纷乱的插曲和杂音。感同身受地理解"个中人"的精神体验,不能停留在历史结果的高地上回首反顾。如果将"归来"如实地视作一个漫长的过程,就首先需要对于时间——特别是空间化的时间的精细处理。

与对于落难经历的考察相同,一种"共同但有区别"的原则,是深入"复出"前后一众作家的"内部历史"的有效方式。如果说这一代作家的两次起步,可以看作两次向北京的聚集,那么正如上节所述,随政治运动而来的惩罚及相关政策,则带来了一场集体性的离散。作家们被流放(广义上的)到幅员辽阔的中国大地的各个区域。他们中的大多数,都长期处于"不能用"(王蒙语)的失语或失踪状态,在失去写作权利的同时,也失去了现代意义上的时间观念——流放岁月因为无可希冀,而显得漫长得看不到尽头。直到1976年的秋天之后,政治中心的公共事件,才重新与这些身处异地的作家建立起生死攸关的命运联系。我们甚至可以想象这样的场景:其时身在新疆的王蒙、山西的从维熙、安徽的张弦、江苏的"探求者"们……他们身处中国的不同省份,但是都在同时收听中央人民广播电台的晨间新闻,或是每日紧张地翻阅《人民日报》,同时想方设法上下走动。他们性情迥异,遭遇有别,但是此时目标一致——他们的手里又都拿起了笔,翘首等待着改变命运的机会。

也是在1976年年底,作曲家郑路与马洪业合作改编了一首日后脍炙人口的管弦乐曲——《北京喜讯到边寨》。通常的解释是,乐曲生动地表现了粉碎"四人帮"的喜讯传到西南少数民族边寨时,山区人民踏舞欢歌、尽情庆祝的热烈场景。而从另一个角度看,"北京喜讯到边寨"其实暗含着一个传播的过程,在对"喜讯"的感知与接受反应上,"边寨"与"北京"之间存在着一定长度的"时间

---

① 王蒙:《王蒙自传·第二部 大块文章》,花城出版社2007年版,第1页。

差"。"时间差"即是"信息差",平反冤假错案的"喜讯",以及相应的落实工作,也是一个从北京向其他地区分层级扩散的过程。站在今天的历史位置回头来看,这一代作家的复出进程,或许只是相差几个月的早晚问题,但对历史时空中的当事人来说,难友之间的微小差别,都可能带来巨大的心理落差和精神压力。方之在1979年年初写给邵燕祥的一封信,就处处透露出这种局势中的焦虑。

> 燕祥同志:
>
> 您好!北京一晤,已近三月,常常在思念之中。上次你说:"我们见了一面,就成知己了。"我以有你这样的同志为知己而高兴,现在纸上再谈谈心吧。
>
> 三中全会以后,革命形势大好,中国又前进了一大步。不知苦来哪知甜,想你我有同感。
>
> 你改正了没有?念念。但愿你能早日摆脱上个世纪的枷锁,矫燕凌空,为人民唱出更美的歌。
>
> 我也在考虑改正的问题,但还在苦恼之中,"探求"之中。我们这群"探求者"的案,是江苏省委定的。现在,江苏文艺界有不少同志说公道话,然而,江苏有关掌权者是以稳见称的。他们不到最后一刹那,是不会表态的。我想写信给胡耀邦同志及文艺界其他领导,希望他们能给予关怀。……我很盼望耀邦同志或哪一位领导,能解剖"探求者"这个麻雀。这个麻雀如不含砒霜,不是毒人的鸩鸟,则可使不少类似者得到"改正",普度众生。
>
> 我一月前,曾写了封信给王蒙同志,希望他代我"探求"一下,是否可得到耀邦同志或其他有权威的领导人关怀。(王蒙同志的申诉是转到耀邦同志处,并得到他支持的。)可是,一直没有得到王蒙的回信。不知是他没收到信,还是有苦衷,抑或把我这类的难友忘了?我写给他的信,是寄崇文区光明楼5单元6号他亲戚家的。(王蒙当时又回新疆了。——邵燕祥编注)

我怕错过时机，心中焦急，因此，写这封信向你呼吁。请你找找王蒙同志，了解下事情。同时，还请你直言不讳地谈谈您的看法：我有无改正的可能？还可找哪些文艺界的权威人士？我远离北京，处在半死不活的江苏，耳目闭塞，十分苦恼。倾诚相托，谅不见弃。盼覆。祝

春节好！阖府安康！

弟　方　之　上　1979.1.25①

在"改正"这一事关上百万人命运的问题上，这一封信的字里行间，不仅清晰地显示出外省与北京的时间差，也为我们标出了"北京时间"的几个重要刻度：1977年12月15日，胡耀邦调任中央组织部部长；1978年9月17日，"五十五号文件"（《贯彻中央关于全部摘掉右派分子帽子决定的实施方案》）向全党转发；1978年12月，十一届三中全会召开。而在这封信的写作时间之后，1979年10月举行的"四次文代会"，更是宣告一代作家归来的标志性事件。由此引出的问题是，在读解"归来者"此一时期的作品之时，我们必须像钟表匠一样，仔细地处理历史事件的时间表、作家个人的时间表、小说人物的时间表三者之间的微妙联系。

可以同1956年的"青年文学创作者会议"前后勾连的是，自上而下的制度性因素，仍然是将这一代作家重新聚集，并再次组织到主流意识形态的文学秩序中的支配性力量。②除去上面所说的文学会议和重要文件之外，从1978年开始启动的文学评奖制度，也

---

① 邵燕祥编：《旧信重温》，武汉出版社1999年版，第57—59页。"探求者"案的正式平反是1979年3月；同月，方之的《内奸》发表于《北京文艺》1979年第3期，都在这封信的写作时间之后。"探求者"案的具体情况，参见本书第四章的讨论。

② 在以下章节中，笔者也将关注一些地方性的微观机制，比如部分省市在1970年代前期成立的创作研究室，就"缩短"了一部分作家的"闲置"时期。1972—1973年前后，因为中央文艺政策一定程度的松动，以及一些地方领导对于文艺全面"瘫痪"的不满，安徽、新疆、陕西等地纷纷成立创作研究室，组织、指导省内的文艺创作，部分替代了曾经的省文联的功能，也实际上提前"解放"了一批干部、作家和编辑。王蒙、鲁彦周等都是通过"创作研究室"，在1976年前就部分恢复了文艺工作。

在这一过程中发挥了"指挥棒"的作用。与"四次文代会"的泥沙俱下不同,评奖是一种精准化的制度行为,它有层次、有重点、有区别,但又几乎是疏而不漏地将"归来者"们逐一收回到主流文学的秩序之中。因此,对"新时期"小说评奖结果进行简单统计,就可大致看出作家"复出"的先后顺序——获得1978年全国优秀短篇小说的王蒙(《最宝贵的》)、陆文夫(《献身》)、邓友梅(《我们的军长》);获得1979年全国优秀短篇小说的方之(《内奸》)、高晓声(《李顺大造屋》)、张弦(《记忆》);获得1977—1980年全国优秀中篇小说的鲁彦周(《天云山传奇》)、从维熙(《大墙下的红玉兰》)、刘绍棠(《蒲柳人家》);获得1980年全国优秀短篇小说的张贤亮(《灵与肉》)、李国文(《月食》)等。从这个角度来看,这一代作家由惩罚制度所放逐,再由评奖制度而召回,不由让人感慨系之。

本书所要处理的文本对象和写作行为,就是在这样的历史空间中展开。在回顾"归来者"走过的道路之后,最为苛刻的文学自主论者想必也会同意,这代作家复出之后的小说创作,无论如何也不能仅从纯粹的文学和审美意义上考量。德勒兹在评价卡夫卡时说:"写作或写作的优先地位仅仅意味着一件事:它绝不是文学本身的事情,而是表述行为与欲望连成了一个超越法律、国家和社会制度的整体。然而,表述行为本身又是历史的、政治的和社会的。"① 然而,对于"归来者"而言,正如"归来"一词所显示的,"法律、国家和社会制度的整体",是他们想要"返回"而不是"超越"的社会共同体;此一时期的写作,既是一种精神活动,更是(甚至首先是)改变命运的积极方式。生存、温饱、发展的基本需要和先后次序,作为一种隐含的社会历史框架,内在于他们的表述行为,以及他们妙笔编织的故事之中。

---

① [法]德勒兹、迦塔利:《什么是哲学?》,转引自蔡翔《革命/叙述:中国社会主义文学—文化想象(1949—1966)》,北京大学出版社2010年版,第15页。

第二节 "新时期"与自传空间的生成

一 "历史重评"框架中的自传契约

本书选择的观察视角,是"归来作家"小说中的"自传性"。也就是说,我们将从作者、叙事者与主人公的特殊关系的角度,来考察通常被认为是虚构的小说文本。既有的文学史与文学理论,一般在两种意义上讨论小说的自传性因素。其一,在现代小说理论中,作者的"客观性"逐渐成为一条不证自明的美学准则。因是之故,自传性过于明显的作品,常被视为幼稚、滥情、过时的失败之作:"对作者所要求的态度——许多人认为,下述论点是无须证明的公理,即作者应该是'客观的''超然的''冷静的''反讽的''中立的''公正的''非人格化的'。其他人——20世纪中较少——要求作者是'动情的''介入的''参与的'。"① 这种现代小说的审美标准,在20世纪被中国新文学迅速地,但又是断续、曲折地予以接受。安敏成在考察"现实主义"在中国的接受史时认为,中国1930年代作家对于五四文学的整体性超越,就在于对后者"极端个人化、情感化"的倾向的自觉抑制:五四文学的许多作品中,"真诚表白的愿望致使作家们不加节制地使用浮浅的自传性材料,而同情的冲动又使他们堆积了过多的感伤";而茅盾、巴金、老舍等人1930年代的创作,"共同表明中国作家对西方叙述技巧的把握已渐趋成熟",更为"客观"的叙述模式得到了更多实验。② 其二,就微观层面的文学现象而言,具有强烈的"自传性"——特别是关注自我的"内面"、大胆表露私人情感的小说形态,有时也被看作特殊的文学潮流或文体风格。比如,19世纪西

---

① [美]韦恩·布斯:《小说修辞学》,华明、胡晓苏、周宪译,北京联合出版公司2017年版,第34页。
② [美]安敏成:《现实主义的限制:革命时代的中国小说》,姜涛译,江苏人民出版社2011年版,第41页。

欧的浪漫主义，20世纪日本的"私小说"，以郁达夫和创造社同人为代表的"身边小说"，乃至20世纪末以林白、陈染为代表的"个人化写作"，等等。它们有着各自不同的发生动力，此处不展开讨论。

本书所要提出和讨论的"自传性"，并不在以上任何一种意义上呈现，而是一个从属于特定历史时期的文学概念。在这里，自传性不具有任何独立的美学品格，而是"新时期"特殊历史空间下的产物，其赖以生存的社会性根据是肇始于1970年代末期的"历史重评"思潮。历史重评的基本框架，是对今日所谓"前三十年"的当代历史，作出符合"新时期"需要的重新解释。因此，重评运动的一翼，自然是上层对于关键历史问题的官方决议；但是除此之外，"重评"同时需要大量作为亲历者的"我"，需要用一个又一个"我"的故事作为前导和辅助，填充重新建构起来的历史框架。这也是文学（特别是小说和话剧）在当时的政治和公共生活中具有重要意义的关键性因素。

诚如洪子诚所总结的："简单化地说，所谓的'新时期文学'，其实就是不同作家怎么阐释'文革'、'触摸'当代史的问题。"[①]确实，对于作家而言，这一时期的写作行为，某种程度上就是个人层面的"历史重评"，既是"审美事件"，也是"伦理事件"[②]。一方面，作家们终于有机会以手中的笔，控诉和"报复"曾经的生活和苦难；另一方面，这些写作同时构成了个人和集体身份认同工作的有机部分："对自己的过去和自己所属的大我群体（die Wir-Gruppe）的过去的感知和诠释，乃是个人和集体赖以设计自我认同的出发点，而且也是人们当前——着眼于未来——决定采取何种行

---

① 洪子诚：《材料与注释》，北京大学出版社2016年版，第246页。
② "审美事件"和"伦理事件"，是巴赫金在《审美活动中的作者和主人公》中提出的概念。巴赫金认为，"如果主人公和作者合而为一，或在共同价值面前完全一致，或作为敌人相互对立，审美事件即告结束，伦理事件即告开始（抨击性论文、宣言、控诉、表扬和感谢、辱骂和自白—忏悔等等）"。参见《巴赫金文论选》，佟景韩译，中国社会科学出版社1996年版，第355页。

动的出发点。"① 因此，合乎逻辑，站在"当下"的时间基点，处理"过去"的历史图景的"伤痕小说"和"反思小说"，在"新时期"的开端应运而生。然而需要特别强调的是，作家们以小说形式进行的历史阐释，并非没有方向和边界的自由化行为，而是必须运行在心照不宣且逐渐清晰化的"共识"范围之内。准确地说，"伤痕""反思"小说的着力点，就是被正在展开的"历史重评"视为"错误"的政治路线、思想路线和文艺路线。在"重评"的历史框架下，"自传性"意味着个体经验、创伤记忆与亲历者的身份，成为营造效果的积极因子，也是决定作品成败的重要力量。与20世纪通行的小说观念相反，新时期文学并不需要"客观的、公正的、非人格化的"作者，而恰恰鼓励他们是"动情的、介入的、参与的"。

如此我们才能理解，刘心武为什么会在《班主任》（短篇小说集）后记中指出，小说"成功的秘诀"，"不是当一个冷静的旁观者，而是继续当一个与革命事业血肉相连的战斗一员"②。从这个角度看，"伤痕小说"实际是以"情动"作为根本的发生机制，如同有一条特殊的情感纽带，将作者与读者系在一起。对于作家和读者（观众）的感情关联，亨利·戈达尔将其称为"关心"："经过一段时间的阅读，随着人物的频繁出现，我们还会惊讶地发现自己正与其中的某个角色有着相同的期待或恐惧之情。这种感受用十七世纪的'关心'（s'intéresser）一词形容最为贴切……我们也在'关心'着小说中人物的命运，尽管我们始终都没有忘记这是虚构的。"③ 戈达尔把共情产生的原因，归结为"摹仿式"文学的幻觉效果，因此千载之下、千里之外，人们仍会为俄狄浦斯和哈姆雷特的命运而牵肠挂肚。而"新时期"初叶的"关心"还不仅是这样，对

---

① ［德］哈拉尔德·韦尔策编：《社会记忆：历史、回忆、传承》，季斌、王立君、白锡堃译，北京大学出版社 2007 年版，代序第 3 页。
② 刘心武：《班主任》，中国青年出版社 1979 年版，第 255 页。
③ ［法］亨利·戈达尔：《小说使用说明》，顾秋艳、陈岩岩、张正怡译，北京联合出版公司 2023 年版，第 2 页。

彼时的读者来说，主人公绝不是遥远的、无关的他者，他们就是身边的人，他们就是"我们"。也就是说，作者、读者、主人公，在那个特定的历史时刻，都笼罩在同时代的"大命运"之中，甘苦与共，同歌同哭。

正是这样的历史逻辑和小说观念，使得"归来者"在当时的文学场域中占据了重要而且独特的位置。胡耀邦在1978年2月给从维熙的回信中说："你们这批有了较丰富经历有正反两方面经验的作者，是大有希望的。我深信，在新的征途上将满布你们精心培育的群花。"① 也就是说，"归来者"的重要意义，在于他们自身的经验空间，与"新时期文学"的期待视野恰相吻合。亲历者的身份，赋予了讲述苦难和创伤的资格与优先地位。他们可以运用"自叙传"的形式，将一言难尽的个人经历，直接或间接地投放到"小说"这一公共空间之中。对于"归来者"的生活感觉而言，这也是一种重新"社会化"的过程："个人自身的经历从某种程度上说本为一种社会边缘体验，而自传则将这种体验转化为社会价值，使内在性外在化，并展示给他人。"②

在小说的技术层面，"自传性"的核心维度，自然是作家与主人公的关系问题，但它绝不只是文本系统的内部问题。韦恩·布斯在《小说修辞学》中将小说里的距离模式分为六种：价值的距离（指作者、叙述者、人物和读者之间价值判断的差异）；理智的距离（指四者对事件理解上的差别）；道德的距离（指四者道德观念上的差距）；情感的距离（指四者对同一对象同情、厌恶等不同情感的区别）；时间的距离（指作家写作、叙述者叙述、人物活动及读者阅读之间时间上的差距）；身体的距离（指作品中叙述者或人物与读者形体上的悬殊）。③ 与布斯的做法相似，诺思罗普·弗莱

---

① 参见从维熙《我的黑白人生》（扉页），生活·读书·新知三联书店、生活书店出版有限公司2014年版。
② [法]菲力浦·勒热纳：《自传契约》，杨国政译，北京大学出版社2013年版，第56页。
③ 参见[美]韦恩·布斯《小说修辞学》，华明、胡晓苏、周宪译，北京联合出版公司2017年版，第145—149页及译序。

归纳出所有文学作品中的四种伦理成分——伦理是就与人物的关系而言：主人公、主人公所处的社会、诗人本人以及阅读诗人作品的读者们。① 这样来看，"自传性"就绝不只是作者的艺术技巧问题，而是具体的历史语境中人们对小说这一文类所预设的交流规则，是作者与读者、作者与社会之间签订的"自传契约"。具体地说，作者与主人公高度合一的现象本身不是问题，真正的问题在于：在何种社会情境下，自传契约能够成为小说的成规，使得作家们可以毫不避讳地使用自白修辞，甚至故意引诱读者从自传的角度阅读他们的小说？

兹举一例，在写于1979年的《夜的眼》开篇，王蒙开门见山地介绍了主人公陈杲的身份，以及他故地重游的原因：

> 陈杲已经有二十多年不到这个大城市来了。二十多年，他待在一个边远的省份一个边远的小镇，那里的路灯有三分之一是不亮的，灯泡健全的那三分之二又有三分之一的夜晚得不到供电。……陈杲来到这个城市来是参加座谈会的，座谈会的题目被规定为短篇小说和戏剧的创作。粉碎"四人帮"后，陈杲接连发表了五、六篇小说，有些人夸他写得更成熟了，路子更宽了，更多的人说他还没有恢复到二十余年前的水平。②

读到这里，熟悉王蒙经历的读者，已可将主人公与作者本人联系起来。作者却毫不顾忌"退出小说"的现代原则，继续大摇大摆地"进入小说"，如自画像一般描摹陈杲的体貌特征——"现在这一类会上他却是比较年长的了，而且显得土气，皮肤黑、粗糙"。又仿佛是对读者的解读能力过于担心，作者又在小说中段进一步披露陈杲的"身份"信息，影射那场因《组织部新来的青年人》而起

---

① ［加］诺思罗普·弗莱：《批评的解剖》，陈慧、袁宪军、吴伟仁译，吴持哲校译，百花文艺出版社2006年版，第77页。
② 王蒙：《夜的眼》，《光明日报》1979年10月21日第4版（"东风"副刊）。

的"横祸":

> 这种倒胃口的感觉使他想起二十多年前离开这个大城市来。那也是一种离了群的悲哀。因为他发表了几篇当时认为太过分而现在又认为太不够的小说,这使他长期在百分之九十五和百分之五之间荡秋千,这真是一个危险的游戏。

在《夜的眼》里,作者、叙事者、主人公在个人简历(外貌、职业、主要经历)层面呈现出无限趋近的"零距离"状态。王蒙敢于如此处理的前提,是他相信作者本人、主人公和主人公所处的社会,在价值、理智、道德、情感层面的高度同一性,而且这种同一性的价值序列,高于现代小说的美学原则。作家相信,陈杲不仅是小说的主人公,也是历史的主人公;而个人层面的平反昭雪,也就是社会层面的拨乱反正。这正是"自传契约"得以生存的历史语境。与王蒙相似,在张贤亮、从维熙等人的小说中,都缺乏将作者与主人公自觉隔离的现代意识,他们反而是以不同的处理方式,努力将小说引向各自的自传空间。

二 特殊生活:"归来者"的写作资源

在"归来者"自己的理解中,大量征用自传性材料的创作方式,也可以从另外一个角度表述:"1979 年,中央为右派平反以后,我和绍棠以及从西北和东北归来的王蒙、邓友梅——1957 年被喻为四只黑天鹅……各自都争分夺秒地开掘着属于自己的那座生活矿山。"[①] 把写作喻为采矿作业,是"归来者"们普遍使用的修辞方式。王蒙在为张弦的小说集写序时说:"与他的经历相比,他写出来的东西太少了。与他的生活的矿藏相比,他开采作业的

[①] 从维熙:《蒲柳雨凄凄——文祭绍棠西行一周年》,《岁月笔记》,中国社会出版社 2013 年版,第 92 页。

'掌子面'还是嫌窄了。"① 被放逐的落难经历,使得生活本身成为这一代作家的富矿。而被他们视为珍稀的写作资源的"生活",具体指涉的是常人未尝经历过的,在被动的"深入生活"的过程中所获取的"特殊生活":对于从维熙来说,它是大墙之内的岁月和当"煤黑子"的经历——"在我的认知里,在地上修理地球,大同小异;在地壳之下劳动,是一般受难知识分子,没有经历过的特殊生活"②;对于王蒙来说,它是十六年的边疆历程——"新疆的生活,伊犁的生活是我的宝贵财富,对比它与北京,是本作者小说灵感的一个重要源泉与特色。我不会放过我的独一无二的创作本钱"③;而宁夏农场之于张贤亮、苏南农村之于高晓声,也是如此。

在"新时期"的历史语境下,"特殊生活"的有效性,首先建立在它与集体性的苦难和创伤的紧密关系之中。洪子诚对此分析说:"对于这一代知识者的苦难,张贤亮等作家在处理的态度上是复杂的……在更多时候,在苦难已成为过去之后,又会转化为一种值得骄傲的'资本'。这种苦难的事实和体验,一方面是当事人脱离苦境之后欣赏、回味的'材料';另一方面,也成为他们社会地位、价值的证明,而使他们在80年代前期,再一次扮演蒙难的启蒙英雄的角色。"④ 如果我们把观察的时间焦点集中在这一代人的"复出"前后的话,洪子诚的"指责"未免苛刻。如同"归来者"少年时期所阅读的苏联文学(如《铁流》《毁灭》《钢铁是怎样炼成的》)中的主人公一样,苦难终将转化为成就的方程式,在他们身处逆境之时所起到的精神支撑作用,是在今天难以估量和想象的。阿·托尔斯泰《苦难的历程》的题记——人要在清水里泡三次,在血水里浴三次,在碱水里煮三次——后来被"归来者"们反复征引。刘绍棠在1976年写给从维熙(当时从维熙刚刚调离劳

---

① 王蒙:《善良者的命运》,张弦《挣不断的红丝线》,人民文学出版社1983年版,序第6—7页。
② 从维熙:《挖火者》,《岁月笔记》,中国社会出版社2013年版,第31页。
③ 王蒙:《王蒙自传·第二部 大块文章》,花城出版社2007年版,第50页。
④ 洪子诚:《当代文学概说》,广西教育出版社2000年版,第165页。

改农场，到临汾文联做不署名的创作人员）的信中，就以"苦难即财富"的公式，令人感奋地鼓舞老朋友："你在生活上比我承受的痛苦多得多，从中国和世界文学史上看，苦难出真知。若将真知变成为文学，就是人类的财富。维熙，你有了这种条件——尽管当初你我都没有意识到这一点，并非自愿地去接受这种惩罚。付出得越多，收获也会越大，这是个定理，这是我为你高兴的原因。"①

另一方面，"归来者"对于"生活"的倚重，也为正统的马克思主义文艺观所支持，是他们1950年代即已信奉、实践的艺术观念和写作伦理。在"十七年"中，"生活"之于创作的重要性远远高于"知识"，每一个文艺工作者都必须努力"深入生活"，寻找属于自己的生活基地。《在延安文艺座谈会上的讲话》中所说的，"人民生活中本来存在着文学艺术原料的矿藏，这是自然形态的东西，是粗糙的东西，但也是最生动、最丰富、最基本的东西；在这点上说，它们使一切文学艺术相形见绌，它们是一切文学艺术的取之不尽、用之不竭的唯一的源泉"②，正是"归来者"们青年时期就已确立的文学立场。因此，从历史连续性的意义上说，将自身遭受的苦难与创伤，视为对于"生活"的深度体验，并转化为"复出"之后的创作资本，也是"十七年"的文学观念延伸至"新时期"的话语惯性。而今天研究"归来者"小说的一个重要意义，就是它们在客观上呈现了极端年代的生活场景，尽管这已是经过处理、过滤的生活，但这毕竟是在集体与个人之间的发声位置，反身讲述了本应在过去讲述而不能讲述的事情，多少填补了因为历史"断裂"而造成的空白。

在"新时期"对于生活的想象和处理方式里，个体经验层面的日常生活，特别是以爱情、婚姻、家庭为中心的私人生活，显然处于被压抑的位置。在大多数（而非全部）作家"复出"之际的创作中，生活或被抽象为观念性的框架，或者因为极端化而呈现出

---

① 从维熙：《走向混沌（最新增补版）》，作家出版社2012年版，第400页。
② 毛泽东：《在延安文艺座谈会上的讲话》，《毛泽东选集》第3卷，人民出版社1991年版，第860页。

紧绷的状态；随着时间的推移和1980年代的展开，它才恢复本来应有的弹性。与此相应，作为"归来者"写作资源的自传性材料，其实存在着严格的规定性和筛选机制：在时间上，它们限定在1957年到1976年之间，与作家的流放生涯相对应；在内容上，与郁达夫式的自叙传小说截然不同，国家的历史进程不仅是个人活动的背景，自我的呈现也必须在客观给定的社会—政治框架中展开。

在具体的题材问题上，不同的"归来者"对"特殊生活"的依赖程度，实际上因人而异，自传主人公在小说中所占据的位置和分量也各有不同，不能一概而论。而且，即使对于处境最为恶劣的作家来说，被他们反复书写的"特殊生活"，也绝不会是生活的全部。我们可以把作家们的全部生活，想象为由隐性的"日常生活"与显性的"特殊生活"叠加而成的双重结构，这一结构就如一座冰山，"特殊生活"只是浮出水面的一角，另外的八分之七隐藏在水面以下，但却决定了浮出水面的一角的形态。水面以下的部分就是长期外在于研究者视野的，包括"家庭生活"在内的"日常生活"，即每一个具体作家身旁的"小气候"。对于重大的历史事件，小说与历史叙述至为重要的不同之处，就是"它将政治寓于家庭之中"。特别是在"历史进程危及家庭生活的安全以及挑战家庭生活中的权威"的时期，当造成危机的事件在公共层面宣布结束之后，它还会在家庭生活中"延续很长时间"，而这正是小说发挥作用的独特地带。① 因此，在对"归来作家"的认识已趋固化的今天，恰恰需要大量填充作家个人生活史的内容，在"大气候"与"小气候"的张力之中把握个体存在的生命状态。

三 重构"昨日之我"——"自叙传"的诗与真

在20世纪世界史的视野中看，"新时期"也是广泛意义上的

---

① ［法］莫娜·奥祖夫：《小说鉴史：旧制度与大革命的百年战争》，周立红、焦静姝译，商务印书馆2017年版，第21页。

"后灾难时期"。社会文化重新构建的需要,形成了公共话语对于创伤记忆的召唤结构。"我们生活在这样一个时代,在这个时代里回忆前所未有地成为公共讨论中的一个因素。人们号召回忆,为了疗治,为了指责,为了辩解。回忆成为建立个人和集体身份认同的一个关键组成部分,为冲突也为认同提供表现的场所。"①

在这样的历史场域中,小说被赋予了证言的功能。具体地说,"归来者"的小说是作家凭借亲历者和幸存者的身份,以讲故事的方式输出记忆,为过去时代的灾难作证。然而,事情的复杂性在于,即使是直接诉诸记忆的自传行为,也包含互相对立的"史化"动机(真诚、准确)和"构化"动机(追求统一性和意义)②,同一历史事件中的受害者,可以出于不同的历史目的,选择不同的记忆材料构建意义,提供符合需要的证词。小说的情况则更复杂,因为它是以"构化"实现"史化"的文学体式,即使在最积极的诗学观念里,诗歌可以比历史更为真实。在这个意义上,可以把"归来者"以过去生活为原型的自叙传小说,看成"今日之我"对于"昨日之我"的重新组织。夹缠不清的问题是,如果说自传空间的生成,仰赖于国家主导的思想解放和历史重评,那么如何看待"归来者"与"新时期"政治体制的关系问题?创伤记忆的筛选和讲述,又如何与政治机会主义的行为区别开来?如果小说家的权力意味着,作家可以改变自己的童年,重新发现、重新构造自己的过去,那么在特定的阅读期待中,以"史化"原则质疑"构化"的权力是否具有正当性?公与私、诗与真的边界究竟应该划在哪里?这些问题,也是后来(尤其是 1990 年代以后)"归来作家"群体经常为人诟病的地方。

在对"归来作家"为数不多的整体性研究中,研究者们大多聚焦于这一作家群体与体制之间的紧密联系,从"负面"的角度

---

① 转引自〔德〕阿莱达·阿斯曼《回忆空间:文化记忆的形式和变迁》,潘璐译,北京大学出版社 2016 年版,第 7 页。
② 〔法〕菲力浦·勒热纳:《自传契约》,杨国政译,北京大学出版社 2013 年版,第 77 页。

讨论了"归来者"的历史局限。①例如,贺桂梅认为,这一代作家的"复出",可以看成体制给予知识分子的一种补偿性安抚,但作为"新时期"的受益者,作家们却不愿承认,因为这不仅将冒犯主流话语,也会使他们自己感到屈辱。因此,他们必须将创伤记忆的原始情境掩盖,努力寻求苦难的合法性。这样的历史表述,实际上正是知识分子与体制的共谋行为。②又如,何言宏运用埃里克森的"认同"理论,研究"伤痕""反思"小说中的"革命"认同问题。他认为,"革命"认同的形成与突显,与中国知识分子的历史性格、社会意识形态转型、作家的个人生命周期密切相关,而且在很大程度上"压抑"了这代作家的"知识分子"认同,从而制约了他们的文学活动。③

这些研究各有道理,但是实际的历史情形,或许要比隔岸观火者的想象复杂得多。"归来作家"不是不能被批评,但是任何批评都不能超越一代人的情感结构,以及他们所处的历史情境;对于任何形式的艺术作品,也都应放在"决定了作品功能的体制性框架和状况之中来考察"④。复杂性首先在于,在当代,"文学"的概念是与政治实践紧密联系的。如佛克马所说的,"以党性为最高原则,各种各样的、更为具体的文学原理和文学概念,其重要性与内涵阐释都随政治变化而变动"⑤。在"归来者"的创作生涯中,不断变化的政治生活,不断冲击、改变着他们的文学观念。在评价他

---

① 除下引文章外,这些研究还包括谢泳《右派作家群和知青作家群的历史局限》(《当代作家评论》1998 年第 5 期)、方维保《"右派"作家伤痕小说的"忠诚格式塔"》(《长江学术》2014 年第 1 期)、徐阿兵《俯首聆听"历史"——论"右派作家"的"苦难意识"及反思局限》(《扬子江评论》2010 年第 2 期)等。

② 贺桂梅:《世纪末的自我救赎之路——对 1998 年与"反右"相关书籍热的文化分析》,《上海文学》2000 年第 4 期。

③ 何言宏:《"右派作家"的"革命"认同——"伤痕"、"反思"小说新论之一》,《人文杂志》2000 年第 5 期。何言宏更为激烈的批评,是他由读张弦的《记忆》而发的《为什么要鼓吹忘却?》(《当代作家评论》2001 年第 5 期)。

④ [德]彼得·比格尔:《先锋派理论》,高建平译,商务印书馆 2002 年版,第 76 页。

⑤ [荷]D. W. 佛克马:《中国文学与苏联影响(1956—1960)》,季进、聂友军译,北京大学出版社 2011 年版,第 243 页。

们某一时段的文学创作之前,我们必须首先进入他们所在的具体情境,厘清他们彼时所理解的"文学"究竟为何物。

进一步说,历史化地讨论"归来者"的文学,家国观念也即个人与国家的关系,是不能抽去的维度。"归来者"的小说,在被历史限定和塑形的同时,也是以文学的方式,介入和参与了"新时期"的历史进程。张贤亮在1984年写给李国文的信中说:"对你我这样经历坎坷、命运多蹇的人来说,即使你在贵州的'群专队'里,我在宁夏的劳改农场里,也都在思考着国家的命运……就是看到两条狗打架,我们也会联想到社会问题上去。"① 这种将个人得失与国家命运和社会问题联系起来的自觉意识,在"归来"一代作家中相当普遍。王蒙以"故国八千里,风云三十年"概括自己的小说做法,而"三十年"的功过和"八千里"的尘土,是个人与国家共同的命运;刘绍棠在1977年致从维熙的信中写道:"依我个人的拙见,中国历史发生重大变革的时候,即将到来。为此,你在这段时间,一定要写出些好作品来——我们这些1957年的文化人,首先挑起历史新时期的文学重任,是定而无疑的。"② 无论我们如何评价"新时期"初年文学与政治同步前行的短暂"蜜月期",一代作家文学报国的历史责任感,都不能简单以"共谋"来打发;而所谓的"真诚",也同样是历史性的范畴。

另外的一重复杂性在于,这一代作家"复出"之时的大气候,还是(或者说又是)乍暖还寒的"早春天气"。而置身其中的"归来者"们,早已不是1950年代那些天真和感伤的小说家了,写作对于他们来说,首先是生存问题,改变命运是他们重新执笔的首要目的,这一点无须避讳。在生存权利还无法保障的情况下,创作自由无从谈起。在早春时节,创作的过程也如寒鸭试水,诚如王蒙所言,有一套与创造性无关,甚至南辕北辙的操作模式,"从政治需要出发,以政治的正确性为圭臬……主题先行,政治挂帅,推敲

---

① 张贤亮:《当代中国作家首先应该是社会主义改革者》,《百花洲》1984年第2期。
② 引自从维熙《走向混沌:从维熙回忆录》,花城出版社2007年版,第332页。

(政治)含义,形成轮廓,犹如论文之定出大纲,再补充或填充材料"①。这种既不高尚也不纯粹的写作思路,连同压在纸背上的忐忑而又激奋的心情,都是历史情境的重要部分。胡适在考证《醒世姻缘传》时说,"《醒世姻缘》真是一部最有价值的史料。他的最不近情理处,他的最没有办法处,他的最可笑处,也正是最可注意的社会史实"②。这为我们提示出一种研究思路,即将艺术表现上"可笑"的、"不近情理"的局限,转化为历史探究的起点。因为正是这些部分,往往最能暴露隐匿在小说背后的"看不见的手"。也只有在这个意义上,对小说自传性的考察,才可能真正转化为具有生产性的研究视角。

第三节 "小说的供词":结构、方法、对象的说明

本书在绪论和结论之外,共设五个章节,重点讨论六位作家小说中的自传性质。王蒙、张贤亮、从维熙、高晓声的四个专章,每章包含两个部分:(一)作家的生平研究;(二)生平与小说的互文式研究。张弦和鲁彦周的专节,也采用同样的结构。在第一部分中,笔者将结合传记、日记、档案、访谈、回忆录、各种形式的生活记录等材料,考证、梳理和分析作家的身世和个人生活史。在具体的操作中,笔者将以作家1957年到1976年之间的经历为重心,重点考察四个问题:(一)地理空间,包括(1)作家的原籍与出生地;(2)作家下放的地区,关注该地区的"地域性"在小说中的投射;(3)作家写作小说之时(或之前)所在的地区;(4)作家所在地区与北京的关系。(二)从事工作、劳动的状况。如张弦1970年代在马鞍山电影院做扫地工和"领座儿"的工作情况、张贤亮在西湖农场和南梁农场的劳动情况。(三)婚姻、家庭关系,即作家具体生活的"小环境"。王蒙、张贤亮等人都曾谈道,这一

---

① 王蒙:《王蒙自传·第二部 大块文章》,花城出版社2007年版,第5—6页。
② 胡适:《〈醒世姻缘传〉考证》,《胡适文存》第四集,首都经济贸易大学出版社2013年版,第255页。

点对于受难者的心理状态的影响极大。（四）阅读书目，按时序重点观照三个阶段：青少年时期（涉及作家的家世背景、求学情况和知识结构）、落难期间（如张贤亮反复书写的他对《资本论》的阅读）、复出前夜（这关乎同时代的文学氛围，以及创作的具体影响因素）。此外，尽管观察重心在于1950年代至1970年代，但正如以上四点说明所透露的，笔者也会根据不同作家的情况，将观察范围适当地向前延伸，在连续性的脉络里关注家世、出身、童年经历等因素对于作家人格和命运的重要影响。

第二部分，是从自传性的角度重新解读作品。这一部分包括两个环节，其一是以人物原型和情节本事作为重心，简要勾勒作者"归来"后著述的总体情况，指出哪些小说具有自传色彩，以及自传性因素的特点和主要表现。其二，以某一代表性作品为例，具体分析作家是如何在小说中处理自传性材料的。作者、叙事者、主人公之间的离合关系，是笔者展开分析的切入口，以期从作家经历与小说文本的纠缠处开始重读，剥离出隐含的历史信息，或是曾经被湮没的意义。简言之，此处对于作品的解读，聚焦的是"昨日"和"我"两个关节点：其一是"昨日"的形态，这一个"昨日"与大历史有关，也与"我"有关，是历史作用于个人所生成的结果，或者说是"大环境"与"小环境"之间的历史夹层。其二是"我"的形象。作家如何将自己放置在小说中，历来是文学批评有意味的观察角度。勃兰兑斯曾作过精彩的比较分析："杜格涅夫（即屠格涅夫——引者注）全是把他自己放在小说的背景中的；陀思妥夫斯基描写他自己是一个理想化的人物，牺牲，爱人，不受人看重而实在是一个极有才能的'非常人'；独有托尔斯泰描写他自己的时候，把他自己写成强健而丑陋的人，无声无臭地随流上下了许多时，直等到他的运命来到。"① 由此可见，对于"我"的形象的不同处理，不仅关乎作家的文学风格，也牵连着他们根本性的人生和命

---

① 沈泽民：《布兰兑斯的俄国印象记》，《小说月报》第12卷号外《俄国文学研究》（1921年9月出版）。勃兰兑斯的文学批评，对中国新文学的创建者影响很大，对新文学小说理论的建设也有深远影响。

运观念。归总而言，以下各章文本解读的核心问题是，在特定的历史时间，"归来者"是如何在小说中放置"我"、书写"昨日"的。

概言之，本书采取的研究方法，是"考证"加"细读"。这里说的考证，主要指一手材料的挖掘与发现，和二手材料的整理与考辨，具体工作主要在作家的"人的专史"和"归来作家"群体的生成、演变、发展这两个层面展开，同时与包括政治史、社会史、思想史、法制史在内的中国当代史参考互证。在考证的方法上，参考胡适《红楼梦考证》、《〈西游记〉考证》、《〈醒世姻缘传〉考证》、《吴敬梓年谱》，何泽翰《儒林外史人物本事考略》等对于古典小说的研究方式。王瑶在《索隐和本事》一文中谈道："我以为有些可靠的本事或索隐的记载，如果我们对作品中人物所影射的对象的历史遭遇等有较多了解的话，对于这方面的研究是有帮助的。……它至少可以为我们的研究工作提供线索，帮助我们理解作家的创作过程和提炼题材的方法。"对于这一观点，何泽翰在《儒林外史人物本事考略》中作了进一步申说："我们应该把作者所摄取的生活素材当作艺术构思的胚胎来看待，藉以窥察创作过程的本身，亦即作者将生活素材转化为艺术作品的手法，进而认识作品的整个倾向性及其社会意义。"① 我们考证工作的重心，自然可以说是作家的"昨日之我"，但是这个"我"不是孤立的，而是与人、事、物、地发生关系的"社会关系的总和"。"今日之我"在重构"昨日之我"的同时，也是在重构经验空间之中的生活世界和历史角落。

对本书所要处理的问题来说，文本细读是非常重要的环节。但由于论题的特殊性，笔者所要作的不是新批评意义上的细读，而是必须从问题出发，而且是"使用传记"（Using Biography）的细读。在此基础上，吸收和借鉴几种角度独特的文本分析方法。首先，萨特晚年在接受采访时，曾设想以一个短篇小说的形式，间接地表达

---

① 何泽翰：《儒林外史人物本事考略》，上海古籍出版社1985年版，第1页。王瑶《索隐和本事》（原载《文艺报》1956年第21号）转引自何泽翰同页。

他的政治遗嘱："塑造一个人物，读者读后一定会说：此人定是萨特。……这并非意味着在读者看来，人物应与作者吻合，而是说：理解人物的正确方式就是在他身上寻找我身上的东西。"① 本书对于作者、叙事者、主人公之间离合关系的考察，一定程度上就是如萨特所说，从主人公身上寻找作者身上的东西。这种寻找诗中之真的解读，可以概括为缘诗求真，是一种与作家创作过程反向而行的"还原"。如果说，文学作品的语境可以分为社会政治语境、文学历史语境和自传性语境三种，那么缘诗求真的细读，就侧重于从自传性语境（及渗透在自传之中的社会政治语境）中理解文本。②

其次，笔者将在细读中特别关注"重复"的现象。希利斯·米勒在《小说与重复》中将小说的"重复"现象归为三类：（1）细小处的重复，如语词、修辞格、外观、内心情态等；（2）一部作品中事件和场景的重复，规模上比（1）大；（3）一部作品与其他作品（同一位作家的不同作品或不同作家的不同作品）在主题、动机、人物、事件上的重复，这种重复超越单个文本的界限，与文学史的广阔领域相衔接、交叉。③ 我所指的"重复"，主要是在米勒的第（3）种意义上，是在全面阅读一位作家的所有作品的基础上，结合精神分析与结构剖视，发现在主题、动机、人物、事件上有意味的重复。这样的重复，经常与作家刻骨铭心的经历连在一起，因此经由对"重复"的发现，可以找到一条通向作家精神深层的暗道。

这种贯通文本内外的解读方式，曾被"新批评"干将维姆萨特称为"意图谬见"，是违背严格的"文本细读"原则的错误尝试。但被视为"新批评"开创者的燕卜荪的最后一部著作，恰恰是使用自传材料解读文本的 *Using Biography*。燕卜荪在序言中举例

---

① 转引自［法］菲力浦·勒热纳《自传契约》，杨国政译，北京大学出版社2013年版，第140页。

② 对于文本语境的分类，参见［英］彼得·巴里《理论入门：文学与文化理论导论》（杨建国译，世界图书出版公司2023年版）第23页的讨论。

③ 参见［美］J.希利斯·米勒《小说与重复——七部英国小说》，王宏图译，天津人民出版社2008年版，前言第7页。

说，罗切斯特伯爵①以其歌颂酗酒和滥交的诗歌闻名，但他的书信和几首晚期的诗歌（即其自传性材料）表明，他仍然深爱着弃他私奔的妻子，也厌倦他作为宫廷文人领袖的职责。由此可见，他那些看似放荡不羁的诗句，无疑是出自内心的冲突。燕卜荪指出，"'使用'（传记）是为了让我们更好地理解作品，尽管并非总能成功"，"维姆萨特法则（Wimsatt Law）认定读者永远无法理解作者的意图"，但"文学专业的学生阅读时总应努力与作者（包括作者置身其中的成规和前提）感同身受，告诉他们甚至不能取得部分的成功，大概是你能做的最有害的事情了"。②

笔者相信，小说未必能比历史更真实，但在特定的时刻，它可以成为最具启发性的书写形式，成为历史进程独一无二的观象台。正如《班主任》（及其接受史）的故事表现的那样，即使一个"完美"承载主流意识形态的小说文本，也依然具有持续打开的多重潜能。不过，在小说与历史之间，限度的意识——即对小说形式及其边界的警觉，同样十分必要。无论如何，小说终究是想象的领域，小说家的历史记述，只能如实视作"小说的供词"③——它可以为历史认识提供帮助，甚至补正史之阙，但从未许诺真实、坦率、前后一致。严格地说，我们无法经由小说通向历史、通向真实，经由小说所通向的，只能是意识形态与艺术形态反复摩擦、协商、调和的特殊地带。而这也正是"小说的供词"的意义。

关于研究对象的选择，有三点需要说明：

---

① 罗切斯特伯爵（Lord Rochester，1647—1680），查理二世的宠臣，文学史中著名的风流浪荡子，约翰尼·德普 2004 年主演的电影《浪荡子》（*The Libertine*）即为其传记片。燕卜荪引述了他的一段诗为例："Then talk not of inconstancy, /False hearts, or broken vows. /If I by miracle can be/One live-long minute true to thee, /Tis all that Heaven allows." 可译为："不要说什么反复无常，/错付的心，破碎的誓言。/如果有奇迹，我能/在漫长的一分钟里忠于你/这就是上天允许的一切。"

② 参见 William Empson, *Using Biography*, Cambridge: Harvard University Press, 1985, pp. Ⅶ-ⅷ.

③ 语出［法］莫娜·奥祖夫《小说鉴史：旧制度与大革命的百年战争》（周立红、焦静姝译，商务印书馆 2017 年版）。该书的法文主标题——*Les Aveux du roman*，直译应为"小说的供词"，该书中译者将其意译为"小说鉴史"，相关说明参见该书"译者后记"，第 412—413 页。

一、本书重点讨论的六位作家——王蒙、张贤亮、从维熙、高晓声、张弦、鲁彦周，选取依据主要是作家的文学成就与创作特点，兼顾身份、地域与群体之间的平衡。同时，上述六位作家"复出"之后的小说创作，在"归来者"整体写作中具有提喻式的意义，它们都在"自传性"的层面具有某种典型性，也体现了处理自传性材料的不同方式。陆文夫、方之、邓友梅、刘绍棠、李国文等其他"归来者"的创作情况，将在第六章中简略谈及。

二、本书重点讨论的小说文本——王蒙的《夜的眼》《布礼》、张贤亮的《绿化树》《男人的一半是女人》、从维熙的《大墙下的红玉兰》、高晓声的《陈奂生上城》、张弦的《记忆》《被爱情遗忘的角落》、鲁彦周的《天云山传奇》，或是1978—1984年小说评奖的获奖作品，或是多次入选各种选本、为文学史公认的作家代表作。这样处理的考虑是，本书讨论的"自传性"，既指以作家个人生活为原型的小说，也指作者与读者（社会）之间的"自传契约"。因此，作品的公共影响力与社会化程度，也是文本遴选的重要尺度。

三、本书讨论的全部小说文本，发表时间限定于1977—1984年。这是为了将讨论的范围，集中在作为现象的"复出"/"归来"的发生期。1977年即这一批作家重新开始发表作品的时间，而以1984年作为截止点，主要出于两方面的考虑。一是在当前对于1980年代文学过程的整体描述中，1985年一般被视为分界点。① 这样的分界，既有文学场域的内部变化作为支撑，也可以在文学外部的社会环境中找到理据。从中国社会的改革进程上说，1984年是城市改革启动之年，标志着改革第二阶段的开启，文学与社会的关系也随之发生了不可逆转的变化。在此之后，曾经属于

---

① 目前学界一般以1985作为"新时期"文学或1980年代文学（特别是"小说"领域）的一个重要拐点。对于这种转折的"现场"感觉，以吴亮、程德培编选的《新小说在1985年》为代表。洪子诚的《中国当代文学史（修订版）》就以1985年为界，将1980年代文学过程划分为前后两段。孟繁华、程光炜的《中国当代文学发展史》也有"1985年后的小说"的章节标题。

绪论　如何理解"归来作家"小说中的"自传性"

"归来作家"的时代条件不复存在，"复出"／"归来"作为批评概念（即指涉正在发生的文学现象）也基本失效，而逐渐演变为一个文学史概念。其二，在个体的层面，在1984—1985年前后，"归来作家"的写作出于各种原因，也都出现了不同程度的转向。例如，从维熙在《从维熙文集·第五卷说明》（华艺出版社1996年版）中写道："读者从《方太阳》（写于1986年8月——引者注），可以感到我的中篇小说在发生质的裂变。"高晓声自1979—1984年连续出版年度短篇小说集，而1985年的小说集迟至1988年才得以出版，年度小说集的写作计划在此画上了一个尴尬的句号。高晓声此后发表的小说不仅数量锐减，也难再引起广泛的社会反响。

本书涉及的核心小说文本共计185篇，包括王蒙51篇（短篇38，中篇13）、张贤亮18篇（短篇11，中篇6，长篇1），高晓声54篇（短篇51，中篇3），从维熙33篇（短篇19、中篇13，长篇1），鲁彦周12篇（短篇7，中篇4，长篇1），张弦17篇（全部为短篇）。作为研究对象的核心文本，是在时段、作家、文体均被限定情况下的文本全部。由此展开的探讨，或可视为针对一个横截面的穷尽式研究，根柢仍是兼顾"全篇""全人""社会状态"[1] 的知人论世。因此，列出小说总目，既便于概览全貌，也与本书的方法论直接相关，故不按常例将其置于附录，而直接抄录于下。其中具有"自传性"的小说，计有75篇，在下表末栏中以"A"或"B"标示。其中"A"指小说的主人公是以作者本人为原型，如《夜的眼》（陈杲）、《布礼》（钟亦成）、《灵与肉》（许灵均）、《绿化树》《男人的一半是女人》（章永璘）、《系心带》（李稼夫）、《天云山传奇》（罗群）等。"B"指小说的次要人物，或部分细节有作家过去经历的影子。当然，这是仅为示意的粗略统计。（见表0–1）

---

[1] 语出鲁迅《题未定草（七）》："我总以为倘要论文，最好是顾及全篇，并且顾及作者的全人，以及他所处的社会状态，这才较为确凿。"（《鲁迅全集》第6卷，人民文学出版社2005年版，第444页）

重构"昨日之我"

表 0-1　　　　　　　　　　小说总目

作家	小说题名	发表期刊、时间	收入文集①	文末落款②	自传性
王蒙	《向春晖》	《新疆文艺》1978年第1期	《人民艺术家·王蒙创作70年全稿》第18卷短篇小说（一）③	1978年1月	
王蒙	《队长、书记、野猫和半截筷子的故事》	《人民文学》1978年第5期	《王蒙创作70年全稿》第18卷	1978年	
王蒙	《最宝贵的》	《作品》1978年第7期	《王蒙创作70年全稿》第18卷	1978年清明节	
王蒙	《光明》	《上海文学》1978年第12期	《王蒙创作70年全稿》第18卷	1978年	
王蒙	《难忘难记》	《新疆文艺》1979年第3期	《王蒙创作70年全稿》第18卷	1978年	
王蒙	《歌神》	《人民文学》1979年第8期	《王蒙创作70年全稿》第18卷	1979年	B
王蒙	《悠悠寸草心》	《上海文学》1979年第9期	《王蒙创作70年全稿》第18卷	1979年	

---

① 为便于研究者查找，此栏列出小说所收的作品集。作品集只列一种，首选作者文集，如该作者有文集多种（或多版），综合收入作品全面度、流传程度、出版年份等因素遴选其一。文集之外，亦按上述标准择取作品集。同一种文集（作品集）首次列出时标注出版社、出版年份，下不重复。高晓声小说集情况特殊，已如上述，故按原有年度小说集形式编列。

② 该栏内容系按左栏"所收文集"中的版本照录。编列此栏的目的是，某些篇章的落款提供了时间、地点的信息，如张贤亮的《四十三次快车》《霜重色愈浓》《吉普赛人》落款署"于南梁"，《土牢情话》署"区党校——白芨沟"。但如《鲁迅全集》等任何文集一样，作家篇末的落款信息往往不尽准确，有时是据回忆补记的，仅供参考。

③ 该版本（人民文学出版社2023年版）为人民文学出版社编辑的新版王蒙文集，系在2014年版《王蒙文集》基础上增订，以下简称《王蒙创作70年全稿》。

续表

作家	小说题名	发表期刊、时间	收入文集	文末落款	自传性
王蒙	《友人和烟》	《北京文艺》1979 年第 9 期	《王蒙创作 70 年全稿》第 18 卷	1979 年	B
王蒙	《表姐》	《延河》1979 年第 10 期	《王蒙创作 70 年全稿》第 18 卷	1979 年	B
王蒙	《夜的眼》	《光明日报》1979 年 10 月 21 日	《王蒙创作 70 年全稿》第 18 卷	1979 年	A
王蒙	《说客盈门》	《人民日报》1980 年 1 月 12 日	《王蒙创作 70 年全稿》第 18 卷	1980 年	
王蒙	《买买提处长轶事》	《新疆文学》1980 年第 3 期	《王蒙创作 70 年全稿》第 18 卷	1980 年	
王蒙	《风筝飘带》	《北京文艺》1980 年第 5 期	《王蒙创作 70 年全稿》第 18 卷	1980 年	B
王蒙	《春之声》	《人民文学》1980 年第 5 期	《王蒙创作 70 年全稿》第 18 卷	1980 年	B
王蒙	《海的梦》	《上海文学》1980 年第 6 期	《王蒙创作 70 年全稿》第 18 卷	1980 年	B
王蒙	《深的湖》	《人民文学》1981 年第 5 期	《王蒙创作 70 年全稿》第 18 卷	1981 年	
王蒙	《温暖》	《上海文学》1981 年第 6 期	《王蒙创作 70 年全稿》第 18 卷	1981 年	
王蒙	《心的光》	《心的光》1981 年第 11 期	《王蒙创作 70 年全稿》第 18 卷	1981 年	
王蒙	《最后的"陶"》	《北京文学》1981 年第 12 期	《王蒙创作 70 年全稿》第 18 卷	1981 年 9 月至 10 月写于伊犁—乌鲁木齐—北京	B

续表

作家	小说题名	发表期刊、时间	收入文集	文末落款	自传性
王蒙	《惶惑》	《人民文学》1982年第7期	《王蒙创作70年全稿》第18卷	1982年	
王蒙	《春夜》	《文汇》1982年第9期	《王蒙创作70年全稿》第18卷	1982年	
王蒙	《听海》	《北京文学》1982年第11期	《王蒙创作70年全稿》第18卷	1982年11月	
王蒙	《青龙潭》	《人民文学》1983年第1期	《王蒙创作70年全稿》第18卷	1983年	
王蒙	《木箱深处的紫绸花服》	《花城》1983年第2期	《王蒙创作70年全稿》第18卷	1983年	B
王蒙	《色拉的爆炸》	《上海文学》1983年第6期	《王蒙创作70年全稿》第18卷	1983年	
王蒙	《灰鸽》	《人民文学》1983年第9期	《王蒙创作70年全稿》第18卷	1983年	
王蒙	《妙仙庵剪影》	《山花》1983年第12期	《王蒙创作70年全稿》第18卷	1983年	
王蒙	《苦恼》	《北京文学》1983年第12期	《王蒙创作70年全稿》第18卷	1983年	
王蒙	《光》	《上海文学》1983年第12期	《王蒙创作70年全稿》第18卷	1983年	
王蒙	《焰火》	《花城》1984年第5期	《王蒙创作70年全稿》第18卷	1984年	
王蒙	《小事》	《小说界》1984年第5期	《王蒙创作70年全稿》第18卷	1984年	

续表

作家	小说题名	发表期刊、时间	收入文集	文末落款	自传性
王蒙	《爱的影》	《文汇》1984年第6期	《王蒙创作70年全稿》第18卷	1984年	
王蒙	《布礼》	《当代》1979年第4期	《王蒙创作70年全稿》第15卷中篇小说（一）	1979年6月①	A
王蒙	《蝴蝶》	《十月》1980年第4期	《王蒙创作70年全稿》第15卷	1980年8月	B
王蒙	《杂色》	《收获》1981年第3期	《王蒙创作70年全稿》第15卷	1980年9月至10月写于美国衣阿华城五月花公寓——时应邀参加"国际写作计划"1981年2月回国后略加修改并誊清	B
王蒙	《如歌的行板》	《东方》1981年第3期	《王蒙创作70年全稿》第15卷	1981年	B
王蒙	《湖光》	《当代》1981年第6期	《王蒙创作70年全稿》第15卷	1981年12月	
王蒙	《相见时难》	《十月》1982年第2期	《王蒙创作70年全稿》第15卷	1982年4月	B
王蒙	《莫须有事件——荒唐的游戏》	《上海文学》1982年第11期	《王蒙创作70年全稿》第15卷	1982年7月	
王蒙	《风息浪止》	《钟山》1983年第1期	《王蒙创作70年全稿》第16卷中篇小说（二）	1983年2月	

① 该篇收入《夜的眼及其他》（花城出版社1981年版）时，落款署"写于1979年2月—8月　乌鲁木齐——北京"。

续表

作家	小说题名	发表期刊、时间	收入文集	文末落款	自传性
王蒙	《深渊》	《小说界》1983年第3期	《王蒙创作70年全稿》第16卷	1983年4月	
王蒙	《黄杨树根之死》	《花城》1983年第1期	《王蒙创作70年全稿》第16卷	1983年	
王蒙	《哦，穆罕默德·阿麦德》	《人民文学》1983年第6期	《王蒙创作70年全稿》第14卷 在伊犁·新大陆人		B
王蒙	《淡灰色的眼珠》	《芙蓉》1983年第5期	《王蒙创作70年全稿》第14卷		B
王蒙	《好汉子依斯麻尔》	《北京文学》1983年第8期	《王蒙创作70年全稿》第14卷		B
王蒙	《虚掩的土屋小院》	《花城》1983年第6期	《王蒙创作70年全稿》第14卷		B
王蒙	《葡萄的精灵》	《新疆文学》1983年第11期	《王蒙创作70年全稿》第14卷		B
王蒙	《爱弥拉姑娘的爱情》	《延河》1984年第11期	《王蒙创作70年全稿》第14卷		B
王蒙	《逍遥游》	《收获》1984年第2期	《王蒙创作70年全稿》第14卷		B
王蒙	《边城华彩》	《十月》1984年第3期	《王蒙创作70年全稿》第14卷		B
王蒙	《鹰谷》	《人民文学》1984年第3期	《王蒙创作70年全稿》第14卷	1984年3月	B
张贤亮	《四封信》	《宁夏文艺》1979年第1期	《张贤亮选集》（一）百花文艺出版社1995年版	1979年1月	B

续表

作家	小说题名	发表期刊、时间	收入文集	文末落款	自传性
张贤亮	《四十三次快车》	《宁夏文艺》1979年第2期	《张贤亮选集》（一）	1979年元月26日于南梁	
张贤亮	《霜重色愈浓》	《宁夏文艺》1979年第3期	《张贤亮选集》（一）	1979年4月10日于南梁	A
张贤亮	《吉普赛人》	《宁夏文艺》1979年第5期	《张贤亮选集》（一）	1979年5月25日于南梁	B
张贤亮	《在这样的春天里》	《朔方》1980年第1期	《张贤亮选集》（一）	1980年1月	
张贤亮	《邢老汉和狗的故事》	《朔方》1980年第2期	《张贤亮选集》（一）	1979年10月于南梁农场	
张贤亮	《灵与肉》	《朔方》1980年第9期	《张贤亮选集》（一）	1980年9月	A
张贤亮	《垅上秋色》	《朔方》1981年第12期	《张贤亮选集》（一）	1981年10月18日	
张贤亮	《夕阳》	《人民文学》1981年第9期	《张贤亮选集》（二）	1981年9月	
张贤亮	《肖尔布拉克》	《文汇月刊》1983年第2期	《张贤亮选集》（二）	1983年2月	
张贤亮	《初吻》	《中国作家》1985年第1期	《感情的历程》	1984年11月7日于银川西桥	A
张贤亮	《龙种》	《当代》1981年第5期	《张贤亮选集》（一）	1981年9月	
张贤亮	《土牢情话》	《十月》1981年第1期	《张贤亮选集》（二）	1980年8月—9月 区党校——白芨沟	A
张贤亮	《河的子孙》	《当代》1983年第1期	《张贤亮选集》（三）	1982年6月写于立岗东十月改定于北京朝内	
张贤亮	《绿化树》	《十月》1984年第2期	《张贤亮选集》（三）	1983年9月—11月于银川西桥	A

续表

作家	小说题名	发表期刊、时间	收入文集	文末落款	自传性
张贤亮	《浪漫的黑炮》	《文学家》1984年第2期	《张贤亮选集》(三)	1984年2月于银川西桥	
张贤亮	《男人的一半是女人》	《收获》1985年第5期	《张贤亮选集》(三)	1985年7月22日	A
张贤亮	《男人的风格》	《小说家》1983年第2期	《张贤亮选集》(二)	1983年8月	
高晓声	《系心带》	《上海文学》1979年第11期	《79小说集》江苏人民出版社1980年版		A
高晓声	《李顺大造屋》	《雨花》1979年第7期	《79小说集》		B
高晓声	《"漏斗户"主》	《钟山》文艺丛刊1979年第2期	《79小说集》		B
高晓声	《拣珍珠》	《北京文艺》1979年第9期	《79小说集》	1978.12.25年第27	B
高晓声	《周华英求职》	《安徽文学》1979年第11期	《79小说集》	1979.5.21年第27	B
高晓声	《漫长的一天》	《人民文学》1979年第8期	《79小说集》		
高晓声	《柳塘镇猪市》	《雨花》1979年第10期	《79小说集》	1979.8.17年第19于苏州旅次	
高晓声	《特别标记》	《雨花》1979年第2期	《79小说集》		
高晓声	《流水汩汩》	《雨花》1979年第6期	《79小说集》	1978.11	
高晓声	《雪地花》	《紫琅》1979年第3期；1979年第4期	《79小说集》	1978.9初稿1979.5改写	
高晓声	《一支唱不完的歌》	《钟山》文艺丛刊1979年第4期	《79小说集》		
高晓声	《我的两位邻居》	《雨花》1980年第1期	《高晓声一九八〇年小说集》人民文学出版社1981年版	1979.11.8年第15	B

续表

作家	小说题名	发表期刊、时间	收入文集	文末落款	自传性
高晓声	《陈奂生上城》	《人民文学》1980年第2期	《高晓声一九八〇年小说集》	1978.12.7年第11	B
高晓声	《钱包》	《延河》1980年第5期	《高晓声一九八〇年小说集》	1980.2	
高晓声	《定风珠》	《钟山》1980年第3期	《高晓声一九八〇年小说集》	1980.3.4	B
高晓声	《山中》	《安徽文学》1980年第11期	《高晓声一九八〇年小说集》	1980.6.7年第10	
高晓声	《尸功记》	《鸭绿江》1980年第11期	《高晓声一九八〇年小说集》	1980.7	
高晓声	《鱼钓》	《雨花》1980年第11期	《高晓声一九八〇年小说集》	1980.10	
高晓声	《宁静的早晨》	《新观察》1981年第1期	《高晓声一九八〇年小说集》	1980年6月	A
高晓声	《极其简单的故事》	《收获》1981年第2期	《高晓声一九八〇年小说集》	1980.3 初稿 1980.5 二稿 1980.11 三稿	
高晓声	《陈家村趣事》	《长城》1981年第1期	《高晓声一九八〇年小说集》	1980.3	
高晓声	《水东流》	《人民日报》1981年2月21日	《高晓声一九八一年小说集》人民文学出版社1982年版	1981.1 于常州	
高晓声	《陈奂生转业》	《雨花》1981年第3期	《高晓声一九八一年小说集》	1981.1 于常州	B
高晓声	《大好人江坤大》		《高晓声一九八一年小说集》	1981年3月11年第15日应《花城》之邀，急就于广州	B
高晓声	《水底障碍》	《雨花》1981年第7期	《高晓声一九八一年小说集》	1981.5 急就于南京	
高晓声	《崔全成》	《上海文学》1981年第10期	《高晓声一九八一年小说集》	1981.7 常州—苏州	

续表

作家	小说题名	发表期刊、时间	收入文集	文末落款	自传性
高晓声	《刘宇写书》	《小说界》1982年第1期	《高晓声一九八一年小说集》	1981.8 于常州	A
高晓声	《心狱》	《文汇月刊》1982年第3期	《高晓声一九八一年小说集》	1981.8.2—7 于苏州	
高晓声	《飞磨》		《高晓声一九八一年小说集》	1981.8.19 于苏州	
高晓声	《绳子》	《雨花》1982年第2期	《高晓声一九八一年小说集》	1981.12.9 年第10 于常州	
高晓声	《鱼的故事》		《高晓声1982小说集》四川人民出版社1983年版		
高晓声	《陈奂生包产》	《人民文学》1982年第3期	《高晓声1982小说集》		B
高晓声	《书外春秋》	《花城》1982年第3期	《高晓声1982小说集》		A
高晓声	《大山里的故事》	《人民文学》1982年第10期	《高晓声1982小说集》		
高晓声	《老友相会》	《上海文学》1982年第11期	《高晓声1982小说集》		
高晓声	《磨牙》	《钟山》1982年第6期	《高晓声1982小说集》		
高晓声	《丢在哪儿》	《雨花》1983年第1期	《高晓声1982小说集》		
高晓声	《泥脚》		《高晓声1982小说集》		
高晓声	《陌生人》		《高晓声1982小说集》		B
高晓声	《买卖》	《滇池》1983年第2期	《高晓声1982小说集》		
高晓声	《太平无事》	《福建文学》1983年第9期	《高晓声1983年小说集》中国文联出版公司1984年版	1983.5.8 年第11 于广州	

绪论　如何理解"归来作家"小说中的"自传性"

续表

作家	小说题名	发表期刊、时间	收入文集	文末落款	自传性
高晓声	《"聪明人"》	《上海文学》1983年第11期	《高晓声1983年小说集》	1983.6.17于福州	
高晓声	《糊涂》	《花城》1983年第4期	《高晓声1983年小说集》		A
高晓声	《蜂花》	《收获》1983年第5期	《高晓声1983年小说集》		
高晓声	《快乐》	《现代作家》1984年第1期	《高晓声1983年小说集》		
高晓声	《闹地震》	《星火》1984年第2期	《高晓声1983年小说集》		
高晓声	《一诺万里》		《高晓声1983年小说集》		B
高晓声	《跌跤姻缘》		《高晓声1984年小说集》中国文联出版公司1986年版		
高晓声	《铨根老汉》	《文汇月刊》1984年第3期	《高晓声1984年小说集》		
高晓声	《荒池岸边柳枝青》	《雨花》1984年第8期	《高晓声1984年小说集》	1984.3.1年第23于从化温泉荔园宾馆	
高晓声	《陈继根癖》	《上海文学》1984年第7期	《高晓声1984年小说集》		B
高晓声	《极其麻烦的故事》	《钟山》1984年第6期	《高晓声1984年小说集》		
高晓声	《重到白荡乡》		《高晓声1984年小说集》		
高晓声	《杭家沟》	《作家》1984年第9期	《高晓声1984年小说集》		
从维熙	《北国草》	《收获》1983年第2、3、4期	《从维熙文集》第一卷 华艺出版社1996年版		A

重构"昨日之我"

续表

作家	小说题名	发表期刊、时间	收入文集	文末落款	自传性
从维熙	《大墙下的红玉兰》	《收获》1979年第2期	《从维熙文集》第四卷	1978年12月于西安	B
从维熙	《第十个弹孔》	《十月》1979年第1期	《从维熙文集》第四卷	1978年8月于北京	B
从维熙	《杜鹃声声》	《新苑》1979年第2期	《从维熙文集》第四卷	1979年3月于北京	
从维熙	《泥泞》	《花城》1980年第5期	《从维熙文集》第四卷	1980年1月6日于北京	B
从维熙	《伞》	《文艺增刊》1981年第3期	《从维熙文集》第四卷	1981年7月	A
从维熙	《菊》（后改题《没有嫁娘的婚礼》）	《东方》1981年第2期	《从维熙文集》第四卷	1981年4月—5月 杭州—北京	B
从维熙	《遗落在海滩上的脚印》	《收获》1981年第3期	《从维熙文集》第四卷	1980年12月于北京	B
从维熙	《燃烧的记忆》	《文汇》1982年第1期	《从维熙文集》第四卷	1981年11月19日于北京	B
从维熙	《梁满囤出访》	《长春》1982年第3期	《从维熙文集》第四卷	1981年12月23日于北京	B
从维熙	《远去的白帆》	《收获》1982年第1期	《从维熙文集》第四卷		B
从维熙	《雪落黄河静无声》	《人民文学》1984年第1期	《从维熙文集》第五卷	1983年9月于北京	B
从维熙	《白云飘落天幕》	《小说界》1984年第1期	《从维熙文集》第五卷	1983年10月28日脱稿于北京	B
从维熙	《春之潮汐》	《钟山》1984年第2期	《从维熙文集》第五卷	1983年12月24日于北京	B
从维熙	《狗的死刑》（微型小说）	《小说界》1981年第2期	《从维熙文集》第六卷		
从维熙	《猫的主人》（后改题《猫的喜剧》）（微型小说）	《小说界》1981年第2期	《从维熙文集》第六卷		

绪论 如何理解"归来作家"小说中的"自传性"

续表

作家	小说题名	发表期刊、时间	收入文集	文末落款	自传性
从维熙	《凹》（微型小说）	《百花园》1983年第10期	《从维熙文集》第六卷		
从维熙	《凸》（微型小说）	《百花园》1983年第10期	《从维熙文集》第六卷		
从维熙	《灯和灯的影子》（微型小说）		《从维熙文集》第六卷	1984年2月初于北京	
从维熙	《爱的墓园》（微型小说）		《从维熙文集》第六卷		
从维熙	《女瓦斯员》（收入《从维熙小说选》时改题《初春》）	《上海文艺》1978年第5期	《从维熙文集》第六卷	1978年	B
从维熙	《洁白的睡莲花》	《人民文学》1979年第2期	《从维熙文集》第六卷	1978年	
从维熙	《静静的夏夜》	《青海文学》1979年第1期	《从维熙文集》第六卷	1978年	
从维熙	《梧桐雨》	《北京文艺》1979年第8期	《从维熙文集》第六卷	1979年	
从维熙	《献给医生的玫瑰花》	《长春》1979年第10、11期	《从维熙文集》第六卷	1979年	B
从维熙	《心河》	《芒种》1980年第5期	《从维熙文集》第六卷	1980年	
从维熙	《葵花嫂外传》	《长城》1980年第3期	《从维熙文集》第六卷	1980年4月5日脱稿于北京	
从维熙	《第七个是哑巴》	《北京文学》1980年第10期	《从维熙文集》第六卷	1980年7月于北京	B
从维熙	《心灵上的墓碑》	《北京文学》1981年第12期	《从维熙文集》第六卷	1981年9月下旬于北京	
从维熙	《相逢在大洋彼岸——谨将这个绝非虚构的故事，献给年轻的朋友》	《新观察》1982年第1期	《从维熙文集》第六卷		

49

续表

作家	小说题名	发表期刊、时间	收入文集	文末落款	自传性
从维熙	《鼎》	《上海文学》1983年第10期	《从维熙文集》第六卷	1983年8月20日夜	
从维熙	《春水在残冰下流》	《北京文艺》1978年第8期	《从维熙小说选》北京出版社1980年11月版		B
从维熙	《吕梁山的喜剧》（收入《从维熙小说选》时改题《吕梁情踪》）	《新港》1979年第3期	《从维熙小说选》		
鲁彦周	《天云山传奇》	《清明》1979年第1期	《鲁彦周文集》第三卷	1979年3月16日至4月5日写于合肥	B
鲁彦周	《呼唤》	《收获》1981年第1期	《鲁彦周文集》第三卷	1979年10月20日写于合肥12月4日修订于上海	B
鲁彦周	《清澈如水的眼睛》	《文汇月刊》1981年第8期	《鲁彦周文集》第三卷	1981年5月30日夜于上海	B
鲁彦周	《春前草》	《小说界》1981年第3期	《鲁彦周文集》第三卷	1981年8月写于烟台	B
鲁彦周	《桂花潭》	《安徽文艺》1979年第3期	《鲁彦周文集》第五卷	1978年12月写于北京1979年元月修订于合肥	B
鲁彦周	《啊，万松庄》（收入《鲁彦周文集》时改题《晚景》）	《上海文学》1983年第1期	《鲁彦周文集》第五卷	1982年11月16日于上海	
鲁彦周	《在病房里》	《安徽文学》1980年第7期	《鲁彦周文集》第五卷		
鲁彦周	《寻觅》	《钟山》1983年第6期	《鲁彦周文集》第五卷		
鲁彦周	《迟暮》	《上海文学》1983年第7期	《鲁彦周文集》第五卷	1983年，4月12日晚，广州	

绪论 如何理解"归来作家"小说中的"自传性"

续表

作家	小说题名	发表期刊、时间	收入文集	文末落款	自传性
鲁彦周	《生疏》	《羊城晚报》1983年①	《鲁彦周文集》第五卷		
鲁彦周	《隔膜》	《安徽文学》1983年第8期	《鲁彦周文集》第五卷	1983年5月4日广州	
鲁彦周	《彩虹坪》	《小说界》1983年第1期	《鲁彦周文集》第一卷 安徽文艺出版社 2002年版	1982年4月5日零点写完于蚌埠南山宾馆东楼 1982年8月1日修订于上海	
张弦	《记忆》	《人民文学》1979年第3期	《挣不断的红丝线》人民文学出版社1983年版	1979年1月	B
张弦	《舞台》	《人民文学》1979年第10期	《挣不断的红丝线》	1979年9月	B
张弦	《被爱情遗忘的角落》	《上海文学》1980年第1期	《挣不断的红丝线》	1979年10月	
张弦	《一只苍蝇》	《北京文学》1980年第10期	《挣不断的红丝线》	1980年8月	
张弦	《最后的恩赐》	《雨花》1980年第12期		1980年8年第9月,成都—南京	
张弦	《未亡人》	《文汇月刊》1981年第1期	《挣不断的红丝线》	1980年11月	
张弦	《挣不断的红丝线》	《上海文学》1981年第6期	《挣不断的红丝线》	1981年1月	
张弦	《污点》	《江南》1981年第2期	《挣不断的红丝线》	1981年2月	B
张弦	《银杏树》	《钟山》1982年第2期	《挣不断的红丝线》	1981年12月	
张弦	《回黄转绿》	《人民文学》1982年第3期	《挣不断的红丝线》	1982年元月	

① 具体日期待查。

续表

作家	小说题名	发表期刊、时间	收入文集	文末落款	自传性
张弦	《春天的雾》	《雨花》1982年第6期	《挣不断的红丝线》		
张弦	《遗愿》	《上海文学》1983年第7期	《张弦代表作》	1983年5月于南京	B
张弦	《热雨》	《北京文学》1983年第11期	《张弦代表作》		
张弦	《绿原》	《文汇月刊》1983年第10期			
张弦	《姐妹》	《雨花》1984年第8期			B
张弦	《伏尔加轿车停在县委大院里》	《上海文学》1984年第9期			
张弦	《请原谅我》	《人民文学》1985年第1期	《张弦代表作》	1984年8月于上海	

第一章　王蒙:"少年布尔什维克"的归来

第一节　多事半生的四个节点

王蒙是自传意识最为强烈的当代作家之一。他本人也曾坦然承认,"在我许多作品的人物身上,正面人物身上有我的某种影子"①。王蒙的小说体量巨大、风格多变,并不能完全用"自叙传"笼统概括。但是,王蒙每一时期最重要的作品,几乎都是部分地以其本人为原型。从林震(《组织部新来的青年人》)到钟亦成(《布礼》)、陈杲(《夜的眼》),再到后来的倪藻(《活动变人形》)、钱文("季节"系列),王蒙创造了一系列自传式主人公。更有意味的是,由于王蒙的自传性书写一以贯之,具有相当程度的连续性和系统性,因而小说主人公的现实投射,近乎覆盖了王蒙生活的每一段落。随着自传、访谈、回忆录等自述性材料在其年过七旬之后陆续披露,王蒙形形色色的人生经历公之于众。这些事件构成了理解王蒙小说的基本脉络,也使此前潜藏在小说之中的人生故事由隐而显。因此,如萨特所说的"对照式"阅读,即"在他(人物)身上寻找我(作家)身上的东西"的方式,也就变得饶有意味。

2007年,在与斯洛伐克汉学家高利克的对谈中,王蒙总结了

---

① 王蒙:《创作是一种燃烧》,《王蒙文集·论文学与创作(上)》,人民文学出版社2014年版,第383页。

他的生活道路上的四件大事：

> 第一件事就是在我的少年时代，我就变成了一个反对当时的国民党政府的少年，至少我自己以为我自己是一个革命者，而且在我差五天不满十四周岁的时候，就参加了中国共产党，成为共产党地下组织的成员……第二件事情是一九五三年我就决定将自己的一生献给文学……第三件事呢，一九五七到一九五八年，在中国的"反右"运动中，我莫名其妙地成了右派分子……第四件事情就是后来的改革开放。改革开放使中国的情况完全变化了，使我个人的命运完全变化了。我无论写作，还是社会生活上，都保持着一种积极的劲头。①

这四个事件，就是王蒙个人生活史的四个关节点，也是改变他一生轨迹的四个拐点。它们的时空跨度，恰好对应着王蒙感慨系之的"故国八千里，风云三十年"。以下对于王蒙生平经历的简述和分析，即由此而展开。

一 从南皮到北平：少共情结的缘起

今天，从北京市区出发，沿着京台高速南下，经过沧州，下一个不起眼的出口名为南皮，这就是王蒙的老家。王蒙祖籍河北沧州南皮县潞灌乡龙堂村，距离北京仅270多公里。王蒙的父亲和母亲，都是土生土长的河北沧州人。但到王蒙这一辈出生之时，王蒙的父母已经走出龙堂村，到北平求学，此后一直在那里生活居住。王蒙1934年10月15日出生于北平沙滩，在他的童年时期，回到南皮故家的次数屈指可数。从南皮到北平，其实是王蒙的父辈，而非王蒙本人的人生轨迹，王蒙有充分的理由忽略祖籍于他若有若无的联系，

---

① 王蒙、高利克：《有同情心的"革命家"》，《王蒙文集·谈话录（上）》，人民文学出版社2014年版，第253—254页。

而把自己视作一个土生土长的北京人。但是越到后来，王蒙的"寻根"意识似乎越强烈。在其自传的第一节，王蒙反复强调南皮才是自己的"根"，并把这视作自己的"原罪"和"隐痛"①，由此已可见出王蒙对于家族传统，以及童年时期的人与事的基本态度。

王蒙幼时成长在一个不平衡的家庭结构里，与四个长辈共同生活：父亲王锦第、母亲董玉兰（新中国成立后改名董敏）、外祖母董于氏，和守寡的姨妈董芝兰（后改名董效）。此外还有姐姐王洒，后来又添了妹妹王鸣和弟弟王知。父亲王锦第1911年2月生人，1929年入北京大学哲学系就读，1933年毕业，据说曾与何其芳和李长之做过舍友，王蒙的名字即是何其芳起的，姐姐王洒之名则得于李长之。王锦第1934年赴东洋留学，就读于东京帝国大学文学部大学院哲学科，1937年毕业，回国后曾任北京市立高级商业学校校长、青岛市立师范学校校长，中德学会编译委员会会员，先后在北京大学、北京师范大学、华北大学、辅仁大学担任讲师或研究员，但每一段经历都很短暂，而且大多是以被裁、解聘等不愉快的方式收场。1952年高等院系调整后，王锦第又到北京大学任教，与季羡林、王铁崖等在北大中关园一公寓比邻而居。②

尽管王蒙对其父亲的学问与为人评价都不高，但在乃父同学、同事与学生的眼中，王锦第的形象实有闪光的一面。李长之、张岱年曾分别为王锦第的诗集、译著写过评论和序言。③ 张岱年晚年回忆说："1937年北平沦陷后，我与王森都滞留故都，由王森介绍，认识了王锦第……王锦第看过我发表的文章，颇相器重。1943年

---

① 王蒙：《王蒙自传·第一部 半生多事》，花城出版社2006年版，第1页。
② 据卞毓方《天意从来高难问——晚年季羡林》（中国文联出版公司2009年版）中说，北大中关园一公寓是一栋灰色小楼，每单元三层，每层两户，当时王铁崖住501、502，王锦第住503，刘迪生住504，杨通方住505，季羡林住506。王锦第的生平资料，主要参考《王蒙自传·第一部 半生多事》，及丁玉柱《王蒙旧体诗传》（中国海洋大学出版社2006年版，第122页）。
③ 参见《王锦第〈异乡集〉》，《李长之文集》第四卷，河北教育出版社2006年版；李存山《张岱年先生早年的一篇序文》，《中国哲学史》2008年第3期。王锦第的著译文字，经过郜元宝整理和校订，编成《王锦第文录》，由人民文学出版社2023年12月出版，王蒙为该书撰写序言《父亲母亲的罪与罚之后》，可以参看。

春节，他买一盆梅花送给我，至今感念不忘。北京解放后，王锦第亦在北京大学工作，在教研室讨论明清思想时，王锦第以木刻本方以智的《物理小识》相示。当时我不了解此书的价值，对王锦第说：这书没有什么。后来才认识到此书含有重要的唯物论观点，深悔当时太不虚心了。"① 王蒙多次提到父亲讲课不受欢迎，但据欧阳中石（他于1950年考入北京辅仁大学哲学系，院系调整后转入北京大学哲学系，王锦第在辅仁和北大都曾教过他）回忆，"王锦第到北大后，很少上课，也不怎么露面，独往独来，但是学生都喜欢他"②。而在家庭结构的另外一极，尽管与追慕"洋派"生活的王锦第的性情、观念都大异其趣，但王蒙母亲董玉兰也有许多"新女性"的品质。她出生于1912年，是缠足后又放开的解放脚（也就是鲁迅《离婚》中爱姑的"钩刀式的脚"），读过冰心、巴金、张恨水、徐志摩，嫁给王锦第时正在沧县第二中学念书，后又随丈夫一起到北京读过大学预科，一年后肄业回归家庭，共和国成立后做了多年小学教师。

　　平心而论，童年留给王蒙的，不仅有丰富的痛苦，还有同样丰富的爱和欢乐，"我的四个长辈：父、母、姨和姥姥都极爱我，我从小生活在宠爱之中"③。但无论是在《王蒙自传》，还是在高度还原童年生活的小说《活动变人形》中，王蒙都倾向于以消极的情绪和批判的笔调叙写家庭旧事，毫不避讳地展现其中腐烂、阴暗的一面。于是，我们在其笔下看到一个失败的父亲、一个神经质的母亲、父母之间的相互伤害，以及长辈四人之间永无休止的争吵和谩骂。与此同时，王蒙相当自觉地将祖辈与父母身上"莫名其妙的顽劣"，与中国传统社会的腐朽根性联系在一起。在《活动变人形》里，王蒙就曾记叙过父亲与"三位一体"的母亲、姨妈、外祖母的一次内斗，这个桥段的本事在《王蒙自传》中也有叙述。

---

① 张岱年：《耄年忆往——张岱年自述》，山西人民出版社1997年版，第89页。
② 卞毓方：《天意从来高难问——晚年季羡林》，中国文联出版公司2009年版，第243页。
③ 王蒙：《王蒙自传·第一部　半生多事》，花城出版社2006年版，第20页。

……怎么那么恶,那么凶,那么能言善辩啊。真是深仇大恨,恨不得扒了皮吃我的肉啊。每一句话都像刀,十句话就足以杀死一个大活人啊!再加上她的姐姐和母亲呢,一下子三个人冲过来,又敢动口又敢动手呢。尤其是那个静珍,从十九岁守志的周姜氏,我实在是怕她。我相信她是真敢杀人的……怎么办呢怎么办呢,不可开交,令人发疯。最后倪吾诚灵机一动,无师自通地想起了孟官屯——陶村一带男人对付女人的杀手锏来了,他大喝一声:我要脱裤子了!边说边作状。这一招还真灵,三个女人立刻落荒而逃,追也追不回来了。他笑了,他感到一种报复的快意。这是一种什么样的野蛮丑陋的快意哟……中国不亡,是无天理!①

"中国不亡,是无天理",幼年耳闻目睹的不堪经验,就这样凝结为一种必须变革的意识:"倪藻八岁的时候已经产生了这模糊而又坚决的思想:必须改变这一切了,是到了非改变不可的时候了。"②这样,就像年轻时的巴金一样,王蒙也把自己的革命意识,首先归因于家庭内部的生活实感,而不仅是从外部灌输的结果。王蒙将故乡、家庭,乃至他所生活着的1949年以前的北平,共同视作自己"少共"情结的最初源头;反过来说,革命的历史观和时间观,也支配和组织了王蒙对于少年时期的回顾。

由此,在1945年考入北平私立平民中学后,王蒙积极从高年级师兄那里接受进步思想,进而走上革命道路,也就显得合乎逻辑。1948年10月10日,王蒙加入中共地下组织,"并立即投入了发展组织,积蓄力量,迎接解放,保卫北平的斗争。在这样的年代,我的最高理想是做一个职业革命家"③。如今人们已经很难理解什么是"职业革命家",革命又如何会是一种令人向往的"职业"。

---

① 王蒙:《王蒙文集·活动变人形》,人民文学出版社2014年版,第61页。
② 王蒙:《王蒙文集·活动变人形》,人民文学出版社2014年版,第116页。
③ 王蒙:《年轻的履历》,转引自曹玉如编《王蒙年谱》,中国海洋大学出版社2003年版,第10页。

霍布斯鲍姆认为，职业革命者是 20 世纪世界史的驱动力量，必须与一般革命人严格区分开来：后者包括共产党的广大支持群众，他们"提出的誓言，最多不过建立在阶级与团体的基础之上，绝非个人牺牲式的革命"，"职业革命者跟他们不一样，人数虽少，却举足轻重。不了解职业革命者，就无法了解 20 世纪个中的变化"。① 因为"少共"的特殊经历，王蒙的身份就不只是一个革命的拥护者，而是新中国的参与者和缔造者。到了"新时期"，这段经历更是转化为王蒙政治和文学意义上的双重优势。关于这一点，下文分析《布礼》的自传意味时还会着重讨论。

二　文学志业与苏联影响

> 1949 年 1 月 31 日　星期一
>
> 今天，在可怕的预言过后不到 24 小时，"人民解放军"终于进入北京。下午 4 点，当加利亚骑车经过王府井大街时，她看到了第一批进城的部队，在队伍的前面有一辆广播车（显然由市政府提供），喇叭里不断地高喊着口号"欢迎解放军进北平！欢迎人民的军队进北平！热烈庆祝北平人民得解放！……"在车的旁边和后面，六人一排，行进着二三百名全副武装的共产党士兵，他们步伐轻快，看上去很热，像是经过长时间行军一样。他们都有着红红的脸颊，健康且士气高昂。……
>
> 走在士兵后面的是学生，他们手里高举两幅巨大的画像，一幅是毛泽东，另一幅大概是人民解放军总司令朱德。再后面是一支军乐队，最后是一长队载着许多士兵、学生以及电话公司、铁路管理局和其他半官方组织的平民雇员的卡车。大约十分钟游行队伍才走完。②

---

① ［英］艾瑞克·霍布斯鲍姆：《极端的年代：1914—1991》，郑明萱译，中信出版社 2014 年版，第 87 页。
② ［美］德克·博迪：《北京日记——革命的一年》，洪菁耘、陆天华译，东方出版中心 2001 年版，第 95—96 页。

以上引文，摘自 1948—1949 年间在北京访学的美国汉学家博迪（Derk Bodde，又译卜德）的日记。1949 年 1 月 31 日的这一篇，客观而又生动地记录了人民解放军进城这一天的见闻。是日凌晨，王蒙就开始了紧张的准备工作，扎横标、挂彩旗、写标语，带领同学们加入了迎接解放军入城的欢迎队伍。亲身参与改天换地的历史大事件，给一个十五岁的孩子带来的巨大震撼，自是不言而喻。这就不难理解，王蒙日后的身份意识始终明确坚定——首先是革命者（干部），其次才是作家（知识分子）："我的头一个身份是革命者，这一点不含糊。我十四岁入党，十五岁北平解放我就是干部。贾平凹有篇文章叫《我是农民》，我要写的话就是《我是革命者》。革命、共产主义是我自己选择的。……那是我的童子功，我不是书斋型的知识分子"，但是"我的性格又使我不可能只当干部，我更适合当知识分子"。① 王蒙将开始写作《青春万岁》的 1953 年，视作自己从文的起点。彼时已经身为北京青年团东四区委副书记的王蒙，为何会走上文学的道路，可以从不同层面作出解释，但内在的动机之一，可能是一种个人的愿望："在计划经济的年代，差不多只有写作不由计划安排，你想写就写，写好了就能成事。"② 可以看到，一种本质性的张力，在王蒙及同代作家的职业生涯起点就已潜伏——"照列宁所同意的卡尔·考茨基的描写，知识分子（这里当然包括作家）的工作条件是'非无产阶级的'。……一个作家是一个工厂，在那里进行着手工业式的劳动"③。

　　王蒙曾用四个关键词总结自己的青年时代：革命、爱情、文学与苏联。④ 值得注意的是，对于王蒙而言，这四种元素多数时候并不矛盾，反而构成一种特殊的和谐，这是他与许多同时代人（甚至包括他笔下的主人公）不同的地方。王蒙既不曾有"革命误我

---

① 王蒙：《我只是文化蚯蚓》，《王蒙文集·谈话录（上）》，人民文学出版社 2014 年版，第 196 页。
② 王蒙：《王蒙自传·第一部　半生多事》，花城出版社 2006 年版，第 121 页。
③ 郭小川：《沉重的教训——1957 年 10 月 11 日在批判刘绍棠大会上的讲话》，《文艺报》1957 年第 28 期。
④ 参见王蒙《苏联祭》（告读者），作家出版社 2006 年版。

我误卿"的爱情悲剧，也未在革命与文学之间感到撕裂的痛苦。以文学为志业，仍然是以革命为志业；文学之于王蒙，只是革命的另一种形式。而最后一个关键词"苏联"，则为王蒙的革命与文学联姻之路，指明了前进的方向。

王蒙自幼就展现出文学天分，酷爱读书。根据王蒙自述，他青少年时期的阅读大致可以分为三个阶段，每一阶段都可开列出长长的清单。小学三年级以后到受壁胡同附近的民众教育馆借阅，可以算作王蒙阅读的第一阶段，书目庞杂：

> 关于练功的《绘图八段锦详解》《太极拳式图解》，武侠小说《崆峒剑侠传》《峨眉剑侠传》《大宋八义》《小武义》《鹰爪王》《十二金钱镖》等，鲁迅、冰心、巴金、老舍，曹禺的《日出》和《北京人》，丁玲的《水》和《莎菲女士的日记》，雨果的《悲惨世界》，插图本《世界名人小传》，还有《爱的教育》《木偶奇遇记》《安徒生童话集》《格林童话集》等。

第二阶段是上了平民中学后，王蒙在北海旁边的北平图书馆和高年级的地下党员何平家中的读书经历，这一阶段他开始系统地接触左翼书籍：

> 艾思奇的《大众哲学》、华岗的《社会发展史纲》、毛泽东的《新民主主义论》、黄炎培的《延安归来》，苏联小说有《钢铁是怎样炼成的》《铁流》《毁灭》《士敏土》，卡达耶夫的《孤村情劫》《妻》、瓦西列夫斯卡娅的《虹》，还有画册《苏联儿童之保护》，英国费边社会主义者所写的《苏联纪行》等。

第三阶段是新中国成立以后一直到王蒙开始创作的1953年前后，此时的阅读具有更强的目的性，也是王蒙初登文坛之时最直接

的创作资源,这些书目有:

> 法捷耶夫的《青年近卫军》、科斯莫杰米扬斯卡娅的《卓娅和舒拉的故事》、爱伦堡的《巴黎的陷落》《暴风雨》《巨浪》《九级浪》和《谈谈作家的工作》、安东诺夫的《第一个职务》、纳吉宾的《冬天的橡树》、巴甫连柯的《幸福》、尼古拉耶娃的《收获》、巴巴耶夫斯基的《光明普照大地》,也有鲁迅、托尔斯泰、屠格涅夫、陀思妥耶夫斯基、巴尔扎克、契诃夫等经典作家,及《三里湾》《保卫延安》等当代作品。①

书单就像一面穿越时空的镜子,折射出读书之人年轻时的肖像。将三份书单放在一起对照,就可看出苏联文学在王蒙的阅读和知识结构中,占据着越来越大的比重。可以说,苏联文学构成了王蒙的精神底色,在其文学生涯的开端,产生过近乎覆盖性的影响。

佛克马在分析中国文学的苏联影响时提醒说:"在对苏联文学的态度上,我们必须区分中国官方的正统的立场与民间的非正统的作家、批评家的立场,还要进一步区分苏联官方认可的苏联文学和文学理论与非官方的苏联文学和文学理论。"② 不难看出,王蒙1950年代对于苏联文学的接受(严格地说,是王蒙对1950年代接受苏联文学的自述),实际上限定在"正统"的苏联文学的范围之内,尤其是被中国的文艺界权威认定的苏联文学"经典"——以表现"苏联人民不可摧毁的革命意志和他们对祖国、对共产主义事业的无限忠诚"③ 的作品为主。也就是说,青年王蒙所接受的

---

① 以上书单根据《王蒙自传》(第一部)整理。
② [荷] D. W. 佛克马:《中国文学与苏联影响(1956—1960)》,季进、聂友军译,北京大学出版社2011年版,第250页。
③ [荷] D. W. 佛克马:《中国文学与苏联影响(1956—1960)》,季进、聂友军译,北京大学出版社2011年版,第233页。佛克马认为,1950年代中国文艺界推崇的苏联文学,偏重于苏联老一代作家胜过年轻一代。比如,周扬在第三次文代会的报告中"称赞法捷耶夫1927年写的《毁灭》,还评价了绥拉菲摩维奇的《铁流》(1924)、富尔曼诺夫的《恰巴耶夫》(《夏伯阳》)(1923)、奥斯特洛夫斯基的《钢铁是怎样炼成的》(1934)、法捷耶夫的《青年近卫军》(1945)和波列伏依的《真正的人》(1946)"。

"苏联文学",必须与19世纪俄国文学,以及不加界定的苏联文学概念区分开来。这一点和张贤亮比较,就显得格外清晰(详见本书第二章的分析)。在吸收苏联的文艺理论方面,王蒙后来回忆说,他是把人民文学出版社1955年出版的《苏联人民的文学》(1954年召开的第二次全苏作家代表大会发言集)当作"圣经"来读的,"直读得我醍醐灌顶,如醉如痴,溶化在血液里,落实到行动上了"①。

王蒙的早期创作,处处可见苏联影响的痕迹,有些小说甚至可以指认出是以哪一部苏联作品作为对话、借鉴、仿效的对象。比如《青春万岁》和《青年近卫军》、《组织部来了个年轻人》和《拖拉机站站长与总农艺师》,都存在对应的关系,甚至到了《布礼》之中,也仍然不难在某些片段找出苏联小说的蛛丝马迹②。在1950年代,这种"临摹"苏联的写作策略,实际上在青年作家中相当普遍,一度被他们视为正确性的保障。但在阴晴不定的政治气候里,这样的模式也并不总能安然无虞。

三 《组织部》的前前后后

从对命运的影响程度上说,发表于《人民文学》1956年第9期的《组织部新来的青年人》(王蒙初拟题名为《组织部来了个年轻人》,以下简称《组织部》),无疑是王蒙一生最为重要的作品之一。日后王蒙被划"右派"、远赴新疆,多少都因这篇小说而起。围绕这篇小说展开的讨论、争议和批判,是当代文学史上一桩著名的"公案",很长时间里都是一笔说不清楚的糊涂账。但是随着近年来一些资料的披露,诸多疑点都已获得令人信服的解释。关于这

---

① 王蒙:《旧梦重温》,《王蒙文集·欲读书结》,人民文学出版社2014年版,第217页。
② 例如,《布礼》中钟亦成与"灰影子"的辩论,就可见出拉夫列尼约夫中篇小说《第四十一》的影子。《第四十一》里的红军女战士马柳特卡,在与白党中尉辩论时说道,"祖国也好,革命也好,都是闲扯淡",与"灰影子"的语言和腔调极为相似。

一事件已有较为翔实的研究成果①，这里不再详细展开，仅对其中几个关节点作一些简要的梳理。

投身文学之后，王蒙1954年年底就完成了长篇小说《青春万岁》的初稿，次年在《人民文学》上发表了儿童小说《小豆儿》，参加了1956年春天的全国青年文学创作者会议。但是在"青创会"之后写就的《组织部来了个年轻人》，才算是王蒙文学道路上的第一个重要实绩。《组织部》于当年9月发表，年底就被选入中国作协编辑的年度短篇小说选，随后在《文艺学习》《人民日报》《文汇报》等多家报刊引发了热烈讨论。如今来看，尽管这篇小说挑战了"当代文学"的写作成规，触犯了"风景"或"结构"上的禁忌②，但它绝非年少轻狂的率性之作。与它的苏联母本《拖拉机站站长和总农艺师》（以下简称《拖拉机站》）一样，《组织部》也是一次"顺风向"的写作，而且处处体现出一种政治上的成熟。③ 佛克马就此指出，"在这一点上，他（指王蒙——引者注）大概是年轻一派中国知识分子的典型，既熟悉苏联的形势，又足够现实，认为自由思想进入中国的唯一通道要经由苏联"④。事实上，在1955—1956年的中国，《拖拉机站》可以算是风靡一时

---

① 参见温奉桥、张波涛编《一部小说与一个时代：〈组织部来了个年轻人〉》，中国海洋大学出版社2016年版。该书中具有比较重要的资料价值的研究文章有：李洁非《迷案辨踪——〈组织部新来的青年人〉前前后后》、崔建飞《毛泽东五谈〈组织部新来的青年人〉》、温奉桥《〈组织部来了个年轻人〉研究50年述评》等。

② 参见洪子诚《"组织部"里的当代文学问题——一个当代短篇的阅读》，载王德威、陈思和、许子东主编《一九四九以后——当代文学六十年》，上海文艺出版社2011年版。

③ 邵燕祥认为，《拖拉机站站长和总农艺师》中的"娜斯嘉之所以一时获得令人炫目的成功，也只是由于她搭上了'九中全会'的便车，有当时的苏共中央作为后盾；而尼古拉耶娃这部小说的成功，固然是她生动地塑造了人物形象，反映了群众改变现状的愿望，更是因为它是全面贯彻'九中全会'决议之作，符合'大胆批评缺点的同时，表现值得模仿的榜样'的要求。如果错过了这个时机，在赫鲁晓夫为了政治平衡转而支持文艺界的保守派时，也许连发表的机会都得不到，或者一发表就遭到抨击。尼古拉耶娃……以她在50年代初期的实践，应该说是体制内冲锋陷阵的改革者"（邵燕祥《我死过，我幸存，我作证》，作家出版社2016年版，第243页）。

④ ［荷］D. W. 佛克马：《中国文学与苏联影响（1956—1960）》，季进、聂友军译，北京大学出版社2011年版，第90页。

的主旋律小说，截至 1957 年上半年共印行 125.3 万册，在两年半的时间里，总印行数就已在翻译出版的苏联文艺书籍中位居第四，仅次于《钢铁是怎样炼成的》《青年近卫军》和《卓娅和舒拉的故事》。① 共青团中央宣传部从 1955 年开始号召全国青年与全体团员学习这篇小说，也是造成该书风行的重要原因，女主人公娜斯嘉成为一代青年的偶像。概而言之，《组织部》是在"百花齐放"的大背景下，与一部堪称主旋律的苏联小说直接对话的写作。

即使在形势急转直下，以至于王蒙和秦兆阳不得不在《人民日报》上作出公开的解释和检讨的时候，王蒙政治上的敏锐度和预见性，以及自我批评时诚恳的态度、老练的表述和恰到好处的分寸感，即使是年纪长他一辈的秦兆阳（1916—1994）也相形见绌。王蒙在文章中承认，"从道理上，我多少知道林震是不值得效法的，当一个朋友看了小说表示要向林震学习时，我曾写信劝阻他。但是作品引起的效果，却是对于林震以及赵慧文的无批判的美化、爱抚和同情"，这是"由于作者的心灵深处还存在着一些与林震'相通'的东西"，"作者没有站得比自己的人物更高，却降得（我说降得，因为在工作、生活里作者与林、赵式的人物还是有界限的）和自己的人物一般低"。他最后的结论是，"我必须好好地学习理论，学习客观地、全面地、深刻地认识生活；必须克服小资产阶级的思想情绪"。②

王蒙划"右"过程中具体的人事因素，如今已大致水落石出。1959 年春天，王蒙被转到北京门头沟区一担石沟劳动改造，在那里与同样命途多舛的从维熙相遇。从维熙后来是这样描绘王蒙彼时

---

① 统计数据来自《苏联文学在中国》，《文艺报》1957 年第 31 期。
② 王蒙《关于"组织部新来的青年人"》，《人民日报》1957 年 5 月 8 日第 7 版。该日《人民日报》第 7 版，同时刊登了王蒙此文和中国作协书记处召开的北京文学期刊编辑工作座谈会的发言记录《加强编辑部同作家的团结》（未完待续），茅盾、秦兆阳、王蒙等文艺界领导、编辑、作家都有发言。次日（1957 年 5 月 9 日）《人民日报》第 7、8 版，续完座谈会记录，并刊登《人民文学》编辑部整理的《"人民文学"编辑部对"组织部新来的青年人"原稿的修改情况》。

的精神肖像的:"乍见王蒙时,他好像又消瘦了,因而使得他本来就像竹竿般的身子,变得更为颀长。他被划为右派,翻了几次烙饼:划上了,又推翻了;推翻了,又划上了。几个回合的反复,精神折磨可想而知。反右期间,我和他惟一的一次见面,是在批判刘绍棠的会上,当时他还在扮演着正面人物的角色,不过好景不长,厄运很快就降临到他的头上。"①

根据相关材料,之所以会出现"翻烙饼"的反复,是因为在王蒙应否"戴帽"的问题上,具有裁决权力的三方意见存在分歧。其中一方是北京市委,主要由市委副书记杨述(韦君宜的丈夫)负责,不同意"戴帽";针锋相对的一方是王蒙的直接领导团市委,单位负责人是王静中(按:此人在《王蒙自传》2006年初版中被称为W,直到2014年收入人民文学出版社45卷《王蒙文集》时才改为原名,以至于李洁非在写于2009年的《迷案辨踪》中,还只能根据黎之的说法称其为×××),坚持要给王蒙"戴帽";另外一方是最终"拍板"的中宣部,具体负责的是林默涵和周扬,据称他们本来倾向于不划,但由于团市委的一再坚持,为了"平衡"还是划上了。② 根据王蒙的说法,王静中如此坚持其实"并无个人动机",他的理据主要有四点:第一,《组织部》的错误思想,"王静中表示他是懂文艺的,他也从艺术上批。如指出'组'中有

---

① 从维熙:《走向混沌(最新增补版)》,作家出版社2012年版,第42页。
② 具体过程在李洁非《迷案辨踪——〈组织部新来的青年人〉前前后后》(载温奉桥、张波涛编《一部小说与一个时代:〈组织部来了个年轻人〉》,中国海洋大学出版社2016年版)一文中叙述得非常清楚。黎之的《回忆与思考——1957年纪事》记述了王静中和林默涵的第一次谈话:"那次团市委来人,是在林默涵办公室谈的。林说我和周扬同志研究了一下,大家觉得不划王蒙右派为好。他的小说是毛主席肯定的。王蒙才二十几岁,很有才华,年轻人有缺点多帮助他。团委那位同志说我们不是根据这篇小说划王蒙右派的。他向党交心,交出很多错误思想,对党不满。……双方意见不一致。林说,那好吧。我向周扬同志和部里汇报一下,你们也回去研究一下。"(《新文学史料》1999年第3期)在这次谈话之后,就是王蒙在自传中讲到的决定命运的"三方"会议:"时过境迁后,人们透露,是在中宣部周扬主持的一次会议上决定了命运。北京市委杨述副书记坚持不同意戴帽子,单位负责人W坚持一定要划,争了很久……最后周扬拍板:划。"(王蒙:《王蒙自传·第一部 半生多事》,花城出版社2006年版,第172页)

哪些败笔"①；第二，王蒙在组织和他的几次谈话中，自己交代出很多"错误思想"，比如"说他要写一系列批评老干部的小说，出一本叫'蜕化集'"②；第三，王蒙在四机部 738 工厂团委副书记（1956 年秋天上任）的岗位上，工作态度消极，没有融入工厂和工人的生活③；第四，王蒙与刘绍棠、林希翎等很多"大右派"来往密切。大抵是以上四点不易辩驳的理由，以及团市委的坚决态度，使得中宣部也不便一味回护。

1950 年代的这场文祸，无疑是王蒙几十年难以释怀的心结。尽管在"复出"之后的公开场合，王蒙都表现出"不想翻历史老账"④的豁达，但是作家有权在自己的小说中，隐秘地告解、控诉和报复自己的过去。在系统地重读王蒙不同时期的小说及其自传之后，笔者惊异地发现，王蒙对于《组织部》公案的讲述行为，远比人们真正意识到的提早许多。

四 新疆：王蒙的阿凡提时期

冯骥才的夫人顾同昭有一则妙语，常为王蒙津津乐道：张贤亮像是西部大侠或马贼，打家掠舍，带上女人飞奔；王蒙则像阿凡提一样整天开着心，说着笑话，然后这也成了那也行了。⑤ 阿凡提的故事和形象，在 1950 年代的中国就已家喻户晓。⑥ 根据普遍流传的版本，他是一个普通的农民，聪明、幽默、乐观，总是倒骑着一头小毛驴，善于以机智的玩笑为贫苦劳动者排忧解难、伸张正义。

在笔者看来，从 1963 年到 1979 年十六年的新疆生活，可以称作王蒙的"阿凡提时期"。在王蒙后来的追忆里，新疆是一片"给

---

① 王蒙：《王蒙自传·第一部　半生多事》，花城出版社 2006 年版，第 170 页。
② 黎之：《回忆与思考——1957 年纪事》，《新文学史料》1999 年第 3 期。
③ 参见王蒙《王蒙自传·第一部　半生多事》，花城出版社 2006 年版，第 154—159 页。
④ 雷达：《"春光唱彻方无憾"——访作家王蒙》，《文艺报》1979 年第 4 期。
⑤ 参见王蒙《王蒙自传·第二部　大块文章》，花城出版社 2007 年版，第 254 页。
⑥ 可参看《阿凡提的故事》，《人民日报》1956 年 8 月 19 日。

第一章 王蒙:"少年布尔什维克"的归来

我以新的经验、新的乐趣、新的知识、新的更加朴素与更加健康的态度与观念的土地"①。概而言之,新的经验、乐趣、知识、态度与观念的总和,就是王蒙所体会到的新疆精神,而它的核心,正是阿凡提式的幽默,或者说是《在伊犁》中反复提及的维吾尔语音译词"塔玛霞尔"。根据作者的解释:"它包含着嬉戏、散步、看热闹、艺术欣赏等意思,既可以当动词用,也可以当名词用,有点像英语的 to enjoy,但含义更宽","是一种自然而然的怡乐心情和生活态度,一种游戏精神","维吾尔人有一句相当极端的说法:'人生在世,除了死以外,其他全部是塔玛霞尔!'"②

赵园曾将"塔玛霞尔"与北京人的"找乐"相提并论③,但笔者认为,只有把王蒙的"新疆"与王蒙的"苏联"两相对比,才能真正理解"塔玛霞尔"之于王蒙的意义。也就是说,"塔玛霞尔"之所以重要,就在于它是庄严、崇高、理想主义的苏联精神的消解和补充。在王蒙的精神结构里,"苏联"是少年时代就已确立的一极,"新疆"则是与"苏联"相对的另外一极。"苏联"和"新疆"合在一起,才是王蒙后半生完整的精神世界。而在历史地理学的意义上,如果说苏联是革命文化的正统、主流、中心,新疆则是边缘、外围、方外之地。在革命的年代,新疆为王蒙提供了另外一种语言,另外一套文化系统和精神资源,使他获得了从不同的视角重评(作为革命想象的)苏联、重评当代历史、重评自己走过的道路的可能性。尽管这一切并不尽是意料之中的收获。

与海德格尔所谓的"被抛"不同,举家奔赴新疆,是王蒙自愿作出的决定。即使在同时代人看来,这个异乎寻常的举动也无异

---

① 王蒙:《故乡行——重访巴彦岱》,《王蒙文集·散文随笔(上)》,人民文学出版社 2014 年版,第 159 页。

② 参见王蒙《王蒙自传·第一部 半生多事》,花城出版社 2006 年版,第 280 页;陈柏中《王蒙与维吾尔语》,载王蒙《你好,新疆》,人民文学出版社 2011 年版,第 444 页。需要补充的是,哈萨克语和其他邻近语言中也有"塔玛霞尔"这一词汇,但意义与维吾尔语略有区别。哈萨克语中的"塔玛霞尔"就是"玩"(play)的意思,没有维吾尔语中丰富的衍生意义。

③ 赵园:《北京:城与人》,北京大学出版社 2014 年版,第 73 页。

于"自我流放",黄秋耘就劝王蒙先不要带家属去,留条退路。何况在 1960 年代初,王蒙的处境几乎可以用"优越"来形容。尽管未能在"反右"时逃过一劫,但王蒙后来也坦言,"讲老实话对我还是比较客气,对我的处理也是最轻的,报纸上也没有大张旗鼓地要把我批倒批臭"①。此言非虚。1961 年秋天,王蒙便在市委的关照下"摘帽",一年后分配到北京师范学院中文系,担任鲁迅研究专家王景山教授的助教。据王景山后来的回忆:"王蒙来系后,虽然名为助教,但和其他助教不同,是另眼相看,受到优待的。当时房子很紧张,但还是千方百计给王蒙搞了一个单间(当时助教谁也没有这个权利)。出席文艺界的会,听文艺界的报告,王蒙都是受到照顾的。"②

因此,王蒙挈妇将雏——妻子崔瑞芳、5 岁的王山和 3 岁的王石——远走新疆,确乎是一个并不简单的决定。事到如今,也难说清王蒙登上离开北京的 69 次列车的时候,是否想过自己有一天还会回来,又是否想过这一去竟是十六年。王蒙并非先觉者,但对山雨欲来的政治风暴,他也多少有些不祥的预感。在新疆岁月的尾声,王蒙在写给邵燕祥的信中(落款日期是 1978 年 5 月 30 日,当时王蒙已在《人民文学》上发表小说,但还未返京),向音尘断绝二十多年的老友略叙行迹,述及置身事外的庆幸、家庭生活的温暖补偿,虽笔调克制,读来依然让人百感交集:"这些经历,等接到您的回信后再详谈。只说一点,'文化大革命'几年,我在伊犁农村平安度过,收获很大,除其他外,学会了作为突厥语的一个分支的维吾尔语";"我心情、身体都很好。'妻小'跟我一起远去新疆。现二子一女,大儿子去年上了大学。女儿小,九岁"。③

在新疆,王蒙先是被安排在《新疆文艺》担任编辑,并在该刊上陆续发表作品。然而好景不长,1964 年秋季"文艺整风"开始,王蒙创作的报告文学《红旗如火》本已排版,又被临时撤下。

---

① 王蒙:《我看毛泽东》,《王蒙文集·谈话录(上)》,人民文学出版社 2014 年版,第 45、47 页。
② 王景山:《关于王蒙的交代材料(1968)》,《天涯》1996 年第 3 期。
③ 邵燕祥编:《旧信重温》,武汉出版社 1999 年版,第 221 页。

第一章 王蒙:"少年布尔什维克"的归来

年底再因"右派"问题被取消下乡搞"四清"的资格。自此直到1977年的十三年间,王蒙没有任何作品公开发表。1965年4月,王蒙被下放到伊犁市巴彦岱红旗人民公社二大队,与维吾尔族老汉阿卜都热合曼一家同吃同住同劳动,并在这里经历了"非常年代"中最激烈的年月。由此我们就能理解,为什么"伊犁"或"在伊犁",会成为王蒙新疆记忆与新疆叙述的中心。在伊犁的六年间,边缘、民间、逍遥,是王蒙主观感觉中的状态。如其所言:"严格地说,巴彦岱谈不上有什么文化大革命,稍稍学学样而已。"① 他没有受到实质性的冲击,只是被撤销公社大队副队长的职务,依旧留在大队做翻译。虽然不至"不知有汉,无论魏晋"的隔绝,但在大气候的疾风暴雨里,王蒙的小气候确乎有种世外桃源般的宁静与温馨。与新疆父老打成一片,家庭关系(特别是夫妻关系)其乐融融——这一点的重要性无论怎样估计也不过分,正如张贤亮在《男人的一半是女人》中所说:"有比社会压力还要可怕的压力,就是家庭压力。一一地回忆在历次运动中受尽折磨而自杀的人,发现触发他们采取这一行为的最关键的契机,却是妻子或孩子给他们的刺激。"王蒙也在自传中引述《苦难的历程》罗申对娜嘉的表白——"大地正在燃烧,人们正在疯狂,国家正在撕裂,这个时候,能够指望的只有你的温柔的心"②,并多次将发妻比作义无反顾随夫充军的俄国十二月党人的妻子。

1971年5月,王蒙被分配到乌拉泊文教"五七干校"劳动,被认定是没有问题的"五七战士";两年后调文化局创作研究室,全家迁回乌鲁木齐,事实上标志着王蒙政治意义上的挫折告一段落。在日后的回忆中,无论是对于在新疆的十六年,还是在伊犁的六年,王蒙总是表达着真诚的感激与怀念。青春无悔是令人感动的,但如果说绝无其他情绪的混杂,则定然脱离实际,也无法体现历史与人性真实的复杂性。王蒙当时远未到达看破红尘的年纪,因此在

---

① 王蒙:《王蒙自传·第一部 半生多事》,花城出版社2006年版,第290页。
② 王蒙:《王蒙自传·第一部 半生多事》,花城出版社2006年版,第258页。

"阿凡提"和"塔玛霞尔"的外表之下,又时常隐藏一种黯然神色:"离开了大城市,再离开次大城市。不能'用',不能上台盘也不能工作。实际上已经被剥夺了许多公民权,受到了各种贬斥。"① 身在历史之中的当事者,在随波逐流之余,那些压在心底的曲折和企盼,委实一言难尽。出于这个原因,尽管不合故事发展的先后顺序,我还是愿以王蒙一段生动淋漓的回忆,作为这一小节的结束:

> 一九七二或一九七三年的新年,我与几位文联的同事饮酒,喝得较多,我已经哭哭笑笑,语无伦次。原籍伊犁察布察尔县的锡伯族作家忠禄兄便也乘酒兴大喊,我们一起回伊犁去,乌鲁木齐有什么好?第二天他们告诉我,我则叫道:"不是,我不是想回伊犁,不是回伊犁……"我拼命地敲着桌子,把桌面敲出几个小坑,把自己的手指也敲裂了,鲜血流渗。共饮者分析,这时他们才恍然大悟,王蒙不管讲过多少伊犁的好话,王蒙不管怎样地与伊犁语言风俗认同,王蒙之志并非伊犁,而是意在北京。②

五 北京:归来的陌生人

毫无疑问,1979年是王蒙人生中的关键一年。《王蒙文集》附录的"王蒙年表"里,1979年下的五条事记,就个人命运而言,都有千钧重量:

> 2月 出席人民文学出版社举办的长篇小说座谈会。
> 北京团市委下达"右派"问题"改正"通知,并向新疆维吾尔自治区党委开出了党员组织关系介绍信,"右派"问题

---

① 王蒙:《王蒙自传·第一部 半生多事》,花城出版社2006年版,第261页。
② 王蒙:《王蒙自传·第一部 半生多事》,花城出版社2006年版,第344页。

获得彻底改正,恢复党籍。

  6月 奉调回京,任北京市作家协会专业作家。

  6月12日 举家乘70次列车迁回北京,住北池子招待所。在那里写了《布礼》《蝴蝶》《夜的眼》与一些评论。

  10月30日至11月16日 以主席团成员身份出席第四届全国文代会,当选为中国作协第三届理事会理事。①

对于作家王蒙来说,这一年的重要意义,不仅是政治上的"改正",还在于文学上的"爆发"。从1979年末到1980年初夏,王蒙迎来了创作的井喷期。数月之间,王蒙连续发表了当时被冠以"意识流小说"(或"探索小说")之名的短篇小说《夜的眼》《风筝飘带》《春之声》《海的梦》,和中篇小说《布礼》《蝴蝶》,在文坛激起强烈反响。这一系列作品既是王蒙文学"后半生"的起点,也是制高点,一举奠定了王蒙在1980年代文坛的地位。仅从"意识流"的命名即可看出,当时的论者主要是从"形式"的层面来认识它们的意义的。如李子云在写给王蒙的信中说:"以《夜的眼》为开端……你在创作上开始了新的探求,你企图把复杂与单纯、现实与理想巧妙地结合起来。"② 但对于这些小说的作者来说,它们的重要意义显然超越了单纯的技术层面:"然而我始终不能忘情于这大约七八个月的喷发。《布礼》已经进入了情况,稍嫌生涩,不无夹生。《夜的眼》一出,我回来了,生活的撩拨回来了,艺术的感觉回来了,隐蔽的情绪波流回来了。"③ 这种"回来了"的感觉之可贵,需要设身处地才能理解其意义。如今被称作"归来者"的作家,都实现了社会层面的归来。但不是每一个"归来者",都能在文学的意义上归来。

  如今来看,有必要特别指出的是,王蒙这些所谓的"意识流

---

  ① 《王蒙文集·代言、建言、附录》,人民文学出版社2014年版,第371页。
  ② 王蒙、李子云:《关于创作的通信》,《王蒙文集·论文学与创作(下)》,人民文学出版社2014年版,第48页。
  ③ 王蒙:《王蒙自传·第二部 大块文章》,花城出版社2007年版,第92页。

小说",是在"重返"北京的特殊时刻写下的。与此前发表的《向春晖》《最宝贵的》《光明》等小说相比,王蒙的创作之所以会发生急剧的变化,从新疆到北京的空间转换,应是至关重要的因素。在当时的创作谈中,王蒙以兼具时间和空间内涵的"故国八千里,风云三十年",概括他这一时期的"小说做法"①。"八千里,三十年",既是王蒙对其坎坷半生的个人总结,也包含了烂柯人般的隔世之感。这一方面意味着,作者的人生经历和历史体验构成小说的结构框架;另一方面也说明,1979年的北京,特别是王蒙彼时彼地的位置、处境和心态,决定了这些小说独特的叙述视角。如果想要真正理解1979年的王蒙,我们不妨先把视野稍稍放宽一点。

"在1979灰尘滚滚的大路上,我们看到了千百万个被贬文人和家人肩背手提,拥挤在人群中,或赶火车,或乘轮船和汽车,从贫穷闭塞的广大乡村'重返城市'的壮观景象。"② 文学史家描绘的这幅1979年的"清明上河图",是我们为王蒙定位的历史布景。事实上,在浩浩荡荡的"归来"大军里,王蒙一直走在队伍的前列。由于不难理解的地缘因素,北京市在落实干部政策方面一直领先全国。根据档案资料,北京审干复查和平反纠正冤假错案的工作自1978年5月起就已抓紧落实,至1979年6月就已基本结束,王蒙不过是被"改正"的11700名"右派分子"中的一个。③ 王蒙的"改正"通知和介绍信在1979年2月就已下发;同年6月,在距"四次文代会"还有近半年的时候,王蒙就风尘仆仆地赶回北京。如果我们还记得,方之在写给邵燕祥的信里,曾对江苏省委领导的保守姿态("江苏有关掌权者是以稳见称的。他们不到最后一刹

---

① 王蒙:《我在寻找什么?》,《文艺报》1980年第10期。
② 程光炜:《文学讲稿:"八十年代"作为方法》,北京大学出版社2009年版,第247页。
③ "全市共复查了65008名干部的问题,占本市'文化大革命'中被立案审查的干部总数的99.1%。属于原处理完全错误的占复查总数的65%,部分错误的占13%,基本正确的占22%","为反右派斗争中被错划为'右派分子'的11700名(含外地调入的)干部作出改正,并给1959年'反右倾'时受到错误批判的4500多名干部进行了平反"。参见《当代北京大事记》,转引自曹子西主编《北京通史》第十卷,北京燕山出版社2012年版,第90—91页。

那，是不会表态的")大发牢骚的话,当能理解"时间"是悬在"归来者"背上的鞭子,每分每秒都有其意义。

不过,"归来"不是一蹴而就的过程,"重返"也不意味着可以即刻回到曾经的轨道。虽已重回故地,但由于住房尚需等待分配,王蒙和妻子依然无"家"可归,被临时安排到市文化局下属的北池子招待所暂住。招待所由一个小剧团的排练场改建而成,条件简陋。① 王蒙住在六号房间,面积不到十平方米。"嘈杂"一词,足以形容这里的生活环境。王蒙的屋门正对着公共盥洗室,哗哗的流水声从早到晚。后窗外面是一个大席棚,公用电话就在棚子下面,再往里面放了全招待所唯一的一台电视机。盛夏之时,晚上七八点钟天还没黑透,招待所的客人都凑到席棚下面看电视,吵闹异常。每到这时,王蒙常会和妻子到大街上散步,看着夜色降临这座城市,久违的路灯骤然亮起。《夜的眼》开篇所写的"路灯当然是一下子就全亮了的,但是陈杲总觉得是从他的头顶抛出去两道光流",就是源于王蒙这样的生活实感。

在自己长大的城区身为"房客",这是历史造成的错位。与同代作家不同的是,王蒙敏锐地从这种错位感出发,以"归来的陌生人",而非英雄或受难者的视角,捕捉重回故地的恍惚感受。因此,在《夜的眼》《风筝飘带》等"即景式"小说中,王蒙的位置更接近于一名"漫游者"和"观察者",并因此获得了一种现代意义的主体意识,"近代的主体从本质上来说是观察者。观察暗含着距离和去身体化,这种规训的成果是认知的肯定性和理性的控制,成为观察者的人会把他周围的世界以及他自己都客体化"②。

---

① 尽管简陋,但王蒙对这间小屋充满感情,他在这里总共住了5个月,完成了《夜的眼》《布礼》《蝴蝶》《友人与烟》《悠悠寸草心》和多篇评论。在小说《高原的风》(载《人民文学》1985年第1期)中,王蒙写了一间"神奇的小屋",即是以北池子招待所的这间客房为原型。在男主人公宋朝义"高处不胜寒"之时,妻子江春激刺他说:"你还记得我们刚回来,一起住在小招待所的情景吗?那时候一提起我们的工作和生活,你的眼睛像两盏灯。"

② [德]阿莱达·阿斯曼:《回忆空间:文化记忆的形式和变迁》,潘璐译,北京大学出版社2016年版,第101页。

我们随后将看到，对北京乃至北平的记忆，将在作者漫游的过程中不断被召唤而出，成为他观察这座城市种种变化的潜在参照。

第二节　少共·在伊犁："北京"与"新疆"的双重变奏

本书所讨论的"自传性"，是"新时期"特定历史空间的产物，因此需要在现实政治、个人命运、文学表现的互动关系中予以考察。在"归来作家"中，王蒙的情况既足够典型，又有其鲜明的独特性。因为高度的政治敏感，王蒙对自传性材料的征用具有强烈的自觉意识，并会根据外部条件的转变，随时作出适当的调整。因此，王蒙小说中自传成分的表现及其变化，便更具有可供分析的症候性。在王蒙的自我意识里，新中国成立前的少共经历和十六年的边疆生活，是最具"特殊"意义的两种资源，也是其自传小说的两个主题。如果提升到个人思想发展的动态过程中考察，二者并非并行不悖的平行关系，而是互斥又互补的相反相成。如果说对自传性的讨论，是要在内与外、经与权的辩证中把握诗与真的张力，那么具体到王蒙而言，核心的问题就是"北京"与"新疆"的双重变奏，即要考察少共经历与边疆生活，是否、如何，并以何种比例在王蒙不同阶段的小说中得到表现。

从 1978 年到 1984 年，王蒙共发表小说 51 篇，其中可以视为具有自传性的，有《夜的眼》《春之声》《海的梦》《布礼》《蝴蝶》《表姐》《木箱深处的紫绸花服》《杂色》《相见时难》《如歌的行板》10 篇，以及自成一体的系列小说《在伊犁》（包含 9 篇小说）[①]。如果不算类乎"非虚构"的《在伊犁》，王蒙从"复出"

---

① 《在伊犁》结集出版之时，王蒙在"后记"中说："《在伊犁》……都是记载我在伊犁的所见所闻所经历的人和事……可以说是从不同的侧面反映了那一段生活"，"一反旧例，在这几篇小说的写作里我着意追求的是一种非小说的纪实感"。放在今天来看，《在伊犁》或被归入非虚构文学、纪实文学的类型之中。因为《在伊犁》的文体特殊性，笔者不拟在自传性的维度讨论这一系列的小说。

第一章 王蒙:"少年布尔什维克"的归来

到1980年代中期的小说创作,大致可以分为三个阶段:新疆时期、"意识流"时期①、后"意识流"时期。第一阶段相当短暂,仅有包括获奖小说《最宝贵的》在内的几个短篇发表,可以视为王蒙"复出"的试笔期。容易被忽略的是,与王蒙此后的作品相较,这一阶段小说的特点之一,恰恰是自传色彩的缺乏。尽管《向春晖》《队长、书记、野猫和半截筷子的故事》《歌神》,都以在新疆时期的特殊年代作为题材,但我们几乎不能从中看到王蒙本人的身影和经历,也甚少看到具有烟火气息的人物形象和生活世界,触目所见多是作者小心结撰的情节。正如王蒙后来自评《歌神》时所说的:"我的多数作品是被文思所挟持,被灵感所推动,是'它们'写我。而此作却是殚精竭虑的产物,来自整体性的歌唱愿望,清清晰晰,明明白白,是我在写'它'。故事情节完全符合口径,不但有批判'文革',而且有批判'苏修',爱憎分明,立场坚定。"②

第二个阶段,就是王蒙回到北京之后的爆发期。《夜的眼》《布礼》《春之声》《海的梦》《蝴蝶》等小说,都带有不同程度的自传性质;"故国八千里,风云三十年",本就是根据这些小说的创作实绩提炼而得的经验。因此,"意识流"时期也可以说是王蒙自叙传小说写作最集中、最自觉的时期之一,下文将作专节分析。

在经历了高热度、高能量的井喷期之后,王蒙的创作在进入1980年代后也渐趋平稳。艺术手法上的创新不再是王蒙刻意追求的重心,题材和风格更趋多样,但在思想、主题和形式上,依然接续了前一阶段的某些重要元素。从自叙传的角度看,《如歌的行板》《相见时难》《杂色》这三部中篇相当重要,它们接续了隐伏

---

① 本节讨论的王蒙的"意识流小说",是一个批评史概念,文本范围限定在上述6篇小说(《夜的眼》《风筝飘带》《春之声》《海的梦》《布礼》《蝴蝶》)之内。这样界定的理由是,1980年出版的《王蒙小说创新资料》(北京市社会科学联合会、文艺学会筹备委员会编,中国人民大学书报资料社印)和1981年的《夜的眼及其他》(花城出版社1981年版)二书,都收录了这6篇小说,并配以相关的创作谈、评论文章和新闻报道。其中,王蒙和厦门大学两位学生的《关于"意识流"的通信》、李陀的《现实主义和"意识流"——从两篇小说运用的艺术手法谈起》、何新的《什么是"意识流"?》所涉及的文本,都不超出上述6篇小说。

② 王蒙:《王蒙自传·第二部 大块文章》,花城出版社2007年版,第28页。

在《布礼》和《夜的眼》等小说中的问题线索，从不同的角度继续延伸。

在以上两个阶段的小说中，诞生了一系列作为中心人物的男主人公形象，他们是陈杲、钟亦成、岳之峰（《春之声》）、缪可言（《海的梦》）、张思远（《蝴蝶》）、曹千里（《杂色》）、周克（《如歌的行板》）、翁式含（《相见时难》）等。他们与作者本人的距离并不相等，也并非都以作者本人为原型（如张思远），但在身世经历或人生体验上，大抵都可见出王蒙的身影、轮廓，抑或某个侧面。若以自传式主人公作为观察的焦点，便可发现在《如歌的行板》、《相见时难》和《布礼》之间，实有一条潜在的连续性线索。"少共"，或者更准确地说，新中国成立前参与地下工作的（候补）党员，是钟亦成、周克和翁式含共同的政治身份。这三个主人公与王蒙的离合关系，特别值得细致的比较分析。三者的人生轨迹，都是先与少年王蒙并行，而后在某个节点与其分离，走上另外的一条岔路。比较而言，周克与王蒙"分手"最早，根据小说的描述：1952年，从事机关工作的周克考取大学，学习土木建筑工程。这看似随意的一笔，其实并非信手拈来，而是确有其事作为底子。据王蒙自述，正是在1952年，因为受到第一个五年计划的鼓舞和安东诺夫小说《第一个职务》的影响，他确曾有过报考大学学习土木建筑的打算，甚至已经找来了高中的课本自学，只是最终没有实现；[①] 翁式含没有文学天分，始终是一个纯粹的"政治工作者"；钟亦成直至1960年代才和王蒙分道，他一直没有离开北京，并在这里经历了历史动荡。或许可以说，周克、翁式含和钟亦成，是王蒙创造出来的三个分身（而不仅是替身），他们分别是考入大学建筑系的王蒙，没有走上文学道路的王蒙，和选择了文学但没去新疆的王蒙，各自代表着王蒙人生的另外一种可能。在面临选择的十字路口，他们替代王蒙走上了那些"未选择的路"。与此同时，革命年代中的情感关系，也因为选择的不同而呈现出更为多样的形态。钟亦成与

[①] 参见王蒙《王蒙自传·第一部　半生多事》，花城出版社2006年版，第121页。

凌雪、周克与萧铃、翁式含与蓝佩玉,可以看作王蒙构想出来的三种感情模式。如果说钟亦成与凌雪(他们和王蒙与崔瑞芳最为接近)可以代表"坚贞",那么"错误"和"偶然",则是后两组失败感情的关键词。周克为了在"反右"中揭发好友,不惜供出女友萧铃的通信,终致二人互生罅隙;蓝佩玉在胡同里迷路,错过了与上线地下党员的接头,最终脱离"革命"远走美国,并且因此牵连了翁式含的半生。王蒙以这样的方式,演绎并探讨了历史发展和个人命运的复杂性,以及被现实政治压抑的潜在能量。其中的关键性议题是,如何看待"革命"的代价?如何看待"革命"对于人性、对于爱情的压抑和异化?革命理想和革命伦理,又怎样在"新时期"的历史条件下实现积极的转化?

在故事发生地的选择上,《布礼》《如歌的行板》和《相见时难》都以首都作为中心,王蒙这一时期的其他小说也多是如此。也就是说,在自叙传小说的题材层面,"北京"一度压倒"新疆",在王蒙的双重变奏中占据了支配性的地位。《杂色》是一个异数,这也正是它的独特意义。发表于1981年的《杂色》,是王蒙第一次以小说的形式,正面表现20世纪60—70年代新疆的实际生活经验,并由此开启了在《在伊犁》中得到充分实践的,以新疆为视角反思革命的观念形式。从主人公的身份上讲,曹千里也是"少共",或者准确地说,是准"少共"、有小资产阶级思想的"少共"、未能成长为真正无产阶级战士的"少共"——曹千里在抗战结束后即参加反美反蒋的学生运动,曾因在新年联欢会上演唱进步歌曲而被捕。北平解放后即转为新民主主义青年团团员,随南下工作团到湖北做经济工作,后因与领导吵架私自返回,被视为自动脱团。但是,《杂色》的重心不在主人公少年时期的政治功过,而是别有怀抱。王蒙在曹千里身上的"自我"投射,主要表现在自愿到边疆的决定,以及主动融入当地生活,接受"本地化"改造的积极心态:"一九六〇年该曹出于个人目的自愿申请支援边疆,遂调至边疆 W 市郊区某文化馆。……甚至直到今天,当别人问到他的经历的时候,他还要强调说:'我是自愿到边疆来的','我是自愿到基层来的'。他甚至感到奇怪，为什么人们要用异样的眼光看着他，要用异样的表情听他叙述自己的经历呢？""要是曹千里早一点出来就好了，但他起床以后只顾了喝奶茶，竟喝了半个多钟点。虽然曹千里来这个公社只有三年，但他处处学着本地人的生活方式、本地人的语言、本地人的饮食。他模模糊糊地觉到，这种本地化的努力不但是改造的一个方面，而且是适应、生存、平衡的必需，甚至是尽可能多地获得生活乐趣的最主要的途径。"① 从这些叙述中，不难捕捉到作者本人的声音。而将曹千里与王蒙捆绑在一起的，还有对于新疆意味复杂的热爱、坚定而又不断回旋的无悔，以及沧海桑田的隔世之感。

某种意义上，王蒙的新疆十六年，也可以看作"到农村去，接受贫下中农再教育"的变体。尽管这种"再教育"不无反讽的意味，但是王蒙似乎的确在积极融入当地生活的过程中，获得了革命干部和知识分子身份之外的价值立场与思维方式。郜元宝曾对王蒙经历的革命作过明确的界定："王蒙经历中国革命并不完全……二十年代初共产党建立，二十年代后半期大革命失败和革命文学兴起，整个三十年代'左翼文学'的反文化围剿以及自身不同意见的紧张冲突及其在抗战时期的延续，四十年代革命文学向延安文学的转换以及造成这种转换的中国革命的各种复杂因素，王蒙都没有亲身经历。他念兹在兹不忍释怀的革命，主要是'少共'在四十年代末没落的北平对于革命的热切追求，五十年代初对于新生的共和国全身心的欢迎和陶醉，以及很快在毫无防备也无法理解的情形下，所遭遇的其实并不新鲜或很不新鲜的所谓革命内部的革命（继续革命）对年轻的革命者的无情作弄。"② 如果说王蒙"复出"之后的小说也可以视为一种反思，那么这种反思意识的生成，使得"少共"与"伊犁"两个本不相干的段落前后呼应，互相激荡，混

---

① 王蒙：《杂色》，《王蒙文集·中篇小说（上）》，人民文学出版社2014年版，第166、172—173页。
② 郜元宝：《当蝴蝶飞舞时——王蒙创作的几个阶段与方面》，《当代作家评论》2007年第2期。

合成了"少共在伊犁"的故事——一个引人深思的命题。

早在《夜的眼》中,王蒙就曾以夹叙夹议的笔法,触及"羊腿"与"民主"的对立关系问题:

> 上来两个工人装束的青年,两个人情绪激动地在谈论着:"……关键在于民主,民主,民主……"来大城市一周,陈杲到处听到人们在谈论民主,在大城市谈论民主就和在那个边远小镇谈论羊腿把子一样普遍。这大概是因为大城市的肉食供应比较充足吧,人们不必为羊腿操心。这真让人羡慕。陈杲微笑了。
>
> 但是民主与羊腿是不矛盾的。没有民主,到了嘴边的羊腿也会被人夺走。而不能帮助边远的小镇的人们得到更多、更肥美的羊腿的民主则只是奢侈的空谈。①

这里提到的"民主",也可以被诸如"启蒙""革命"等与百年中国的历史进程紧密相关的、在政治中心被频繁提及的大词替代。《杂色》接过了《夜的眼》点到为止的问题线索,它对于革命的深度反思也恰在于此:"这些年,他愈是下到基层,愈是认识到人必须吃饭这样一个伟大的、有时候又是令人沮丧的真理";"千真万确的是,遗憾的是,一切伟人与骏马都必须吃饭(草)……"② 基层的日常生活,无意中构成了对于激进思潮的瓦解力量。"喝马奶"是《杂色》中一个饶有趣味的细节:曹千里在进山途中经过一户哈萨克牧民的毡房,尽管革委会发出了不准喝马奶的通知,但是牧人们对此满不在乎,不仅用马奶给曹千里充饥,同时也和他一起咕嘟咕嘟地喝了起来。这种非暴力不合作的"吃饭哲学",也在接下来的《在伊犁》中被王蒙反复书写。渗透其间的"去

---

① 王蒙:《夜的眼》,《王蒙文集·短篇小说(上)》,人民文学出版社2014年版,第198页。本章中《夜的眼》小说文本,均引自此版本,下不出注。
② 王蒙:《杂色》,《王蒙文集·中篇小说(上)》,人民文学出版社2014年版,第195—196页。

政治的政治",或如王安忆所言:"我就觉得《在伊犁》吧,王蒙完全放下对政治的意见了。这也许和环境有关系,他就是在很底层,这些人就是吃饭睡觉还有爱,除此,什么事都和他们不相干。"①

然而,真的是"完全放下"了吗?王蒙从来不是"去政治"的,对于"去政治的政治",对于羊腿、马奶、吃饭哲学的正当性,也从不只是一味肯定。在这一点上,他的立场和姿态,类似于写作《悲惨世界》之时的雨果,与"肠胃社会主义"和"兵营社会主义"两端,都保持一定程度的距离:"他反对'兵营社会主义',因为它在名义上让每一个人都安逸幸福,实际上却剥夺他们的自由,用国家代替自发的活动";"他反对'肠胃社会主义',因为倘若他退一步承认'人人安逸就已经不错了',那他同时也确信'如果这就是一切的话,这什么都不是':如果满足人的物质需要就能满足他们的期望的话,这无疑是愚蠢的想法"。②王蒙这些小说的价值在于,它们表现了同时期作品难得的限度意识,叩其两端,允执其中。在王蒙最好的小说中,都展现出这种对"中间人物""中间状态"(或者说,对于在两个极端之间商榷、斡旋、调解、妥协)的强烈兴趣。1950年代的林震就是"中间人物",在组织部(现实/现实主义、经验/经验主义)和年轻人(理想/理想主义、热情/革命热情)之间寻找积极的平衡。"新时期"的陈杲、曹千里等自传主人公,则是在相隔"八千里,三十年"时空距离的"昨我"与"今我"之间,感受并思索着北京与新疆、民主与羊腿、革命伦理与日常生活的复杂关系。

在1980年代的文学场域中,王蒙以小说为形式的"反思",确乎达到了当时少有人及的深度。然而问题也有另外的方面。无论是《杂色》还是《在伊犁》,其实都是"迟到的"书写,是"在他和文学主潮的大致和谐而又并非融合无间的共振告一段落之后,

---

① 王安忆、张新颖:《谈话录》,广西师范大学出版社2008年版,第206页。
② [法]莫娜·奥祖夫:《小说鉴史:旧制度与大革命的百年战争》,周立红、焦静姝译,商务印书馆2017年版,第206页。

回过头来对一度被压抑的新疆生活的释放或补充叙述"①。如果放到王蒙的创作总体当中看,这样的"迟到"绝非偶然。

第三节 "意识流"的底色:《布礼》《夜的眼》中"我"的故事

如果说"新时期"起点的写作行为,某种程度上是以个人名义发起的历史重评,那么其时王蒙的任务,就是找到如何将"我"的故事,缝合到"拨乱反正"和"思想解放"的大叙事之中的方式。王蒙回京之后创作的"意识流小说",就是在"新时期"起点讲述的故事,也被论者视为具有个人特色的"伤痕""反思"小说。② 之所以选择《布礼》和《夜的眼》作为讨论的中心,不仅因为其中诞生了钟亦成和陈杲两个标志性的自传式主人公,也是由于两篇小说之间存在着意味深长的关联性。如果从"故事讲述的年代"上划分,王蒙的"意识流小说"可以分成两类:一类处理"历史问题",以《布礼》《蝴蝶》为代表;另一类侧重当下感受,如《夜的眼》《春之声》《海的梦》和《风筝飘带》。表面上看,《布礼》记述"昨天的故事",与《夜的眼》的"今天的故事"构成一条连续性的时间线索,互不干涉又互相补充。但更微妙、更值得探讨的"自传性",恰好存在于二者交织、重合的区域,以及它们共同忽略、规避的缝隙之中。

在小说修辞学的意义上,钟亦成和陈杲是"隐含的作者",是王蒙在小说世界中的"第二自我"和不同替身。布斯提醒说,"我们必须说各种替身,因为不管一位作者怎样试图一贯真诚,他的不同作品都将含有不同的替身,即不同思想规范组成的理想。正如一个人的私人信件,根据与每个通信人的不同关系和每封信的目的,

---

① 郜元宝:《当蝴蝶飞舞时——王蒙创作的几个阶段与方面》,《当代作家评论》2007年第2期。
② 例如郜元宝认为,王蒙提供了"反思文学"的一个特殊品种。参见郜元宝《当蝴蝶飞舞时——王蒙创作的几个阶段与方面》,《当代作家评论》2007年第2期。

含有他的自我的不同替身,因此,作家也根据具体作品的需要,用不同的态度表明自己"①。进一步说,王蒙的履历搭建了隐形的自传框架,构成了小说的"潜文本"。而作为"显文本"的《布礼》和《夜的眼》,以及代替作者出现在舞台之上的陈杲和钟亦成,之于自传框架的重合或者溢出,都包含着需要留心的问题。前述萨特所谓的对照式阅读,即"理解人物的正确方式就是在他身上寻找我身上的东西",其实包含着一种略显傲慢的预设——"我"大于"他"、作家大于人物。但就小说发生学而言,实际的情形远不只如此,在意识的水面之下,还有广阔的无意识空间。近年有学者致力于"当代文学中的潜结构与潜叙事研究",即意在借助精神分析的方式,发掘文学作品中潜隐的诸种无意识。②也就是说,真正有效的互文式阅读,是"潜文本"与"显文本"、"潜结构"与"显结构"的双向对读,既要"在他身上寻找我身上有的东西",也要"在他身上寻找我身上没有的东西"。而且,我们必须时刻提醒自己,"他"可以大于"我",人物可以大于作者,因为人物不仅携带着作家的意识,同时借用弗洛伊德的术语来说,也有"本我"的无意识显现。

王蒙"半生多事",但从"年代学"的角度上说,1949、1957和1979这三个年份的特殊意义,已在上文的生平述略中清晰呈现。黄仁宇先生的《万历十五年》,从英文原名直译应为《1587:无关紧要的一年》(*1587, A Year of No Significance*)。1949、1957和1979之于王蒙,却是他的三个"至关重要的一年"(A Year of Significance)。因此,以生平与文本互证的方式重读《布礼》和《夜的眼》,关键就是要看王蒙如何借他的"替身"之口,讲述这三个不同寻常的年份的。

---

① [美]韦恩·布斯:《小说修辞学》,华明、胡晓苏、周宪译,北京联合出版公司2017年版,第67页。
② 参见张清华《当代文学中的"潜结构"与"潜叙事"研究》(《当代作家评论》2016年第5期),及其相关系列文章。

一　1949：“少共”经历的纪实与虚构

王蒙甫一返京，即开始续写在新疆已经动笔的《布礼》。与从维熙等"归来者"同时期的小说相似，《布礼》也包含着强烈的自我正名意识。在这篇小说里，王蒙借助"替身"的掩护，集中地呈现和回应了个人的"历史问题"。尽管"少共精神"最初来自李子云的概括，但王蒙比任何评论家都更清楚自己的优势所在，并在小说中以多种手段反复强化这一优势。布礼，即"布尔什维克的敬礼"的简称，是当时已经消失的词语，只有新中国成立初期的共产党员才会在信件落款时使用，"我当时以此作为我的第一部中篇小说的标题，包含了弘扬自己的强项：少年布尔什维克的特殊经历与曾经的职业革命者身份的动机"①。仅在标题的选择上，就可见出王蒙机敏的"区别"意识，他不仅要证明自己的革命身份，而且要将自己从革命队伍之中拣选出来。也就是说，王蒙及其在小说中的"替身"钟亦成，不仅是一个革命者，而且是一个早熟的、老资格的、"十三岁接近地下党组织，十五岁入党，十七岁担任支部书记"的革命者。在王蒙自己的革命履历中，1949年以前的部分无疑具有最高等级。这一方面因为，正如离休与退休的区别一样，是否在1949年之前参加革命工作，本身就是界定革命资历的重要分界线。更为内在的原因是，1949年的王蒙处于当代史的"中心"，他作为地下党员参与了改天换地的建国大业，正如《布礼》中引用的一首歌曲所唱的："路是我们开哟，/树是我们栽哟，/摩天楼是我们亲手造起来哟，/好汉子当大无畏，/运着铁腕去消灭旧世界，/创造新世界哟，创造新世界哟！"② 这种亲手推动历史车轮的主人翁感觉，让王蒙有充分的理由自信（且说服别人相信），共和国的历史与他个人的历史同向前行。

---

① 王蒙：《王蒙自传·第二部　大块文章》，花城出版社2007年版，第43页。
② 王蒙：《布礼》，《王蒙文集·中篇小说（上）》，人民文学出版社2014年版，第45—46页。本章中《布礼》小说文本，均引自该版本，下不出注。

因此，在以时间碎片作为结构，每小节都以年月命名的《布礼》之中，以"一九四九年一月"为标题的段落前后两次出现，占据了不小的比重。王蒙本人在 1949 年的实际经历，最值一提的是参与了解放军进城之后，在北京大学四院礼堂召开的全市党员大会，据其回忆："参加会议的有地下党员一千多人。……记得会议从中午一点半一直开到深夜，解放军的将领和未来的北京市（当时还叫北平呢）的党政领导同志分别与大家见面，讲话，做报告。也是在这次会上，地下党员第一次大规模地学唱《国际歌》。会开到晚上，大家还没有吃饭，就由部队派出许多吉普车，到处购买烧饼、油条、大饼、窝头、酱肉……"① 这次会议的场面，被王蒙以"纪实"的笔法，事无巨细地写入了《布礼》之中。

问题在于，1949 年的王蒙作为"个人"，是处在一千多名党员所组成的"集体"中的，而且以其当时的年纪和资历而言，必然是叨陪末座的"小不点儿"。故而，如果让钟亦成完全生活在少年王蒙的身影之中的话，钟亦成便会远英雄而近常人，变成一个非典型的正面人物，而这有违当时通行的小说规则。王蒙自然不愿冒险，于是他在"一九四九年一月"的部分，把钟亦成挪移为中学生队伍的带领者，并为他添加了传奇化的桥段：

> 凌雪正要回答钟亦成的招呼，一阵枪声传来，沿着干涸了的旧河道，仓皇逃过来两个国民党败兵……钟亦成连思索都没思索，大喝一声"站住！"就从两米高的桥端向着这个大个子扑了过去，他和大个子一起摔倒在地上，他闻到了大个子身上的哈喇和霉锈的气味，他举起了"童子军"军棍，又喝了一声："缴枪，举起手来！"这时，男学生和女学生也都冲了过来，形成了一个包围圈。
>
> 两个国民党败兵慌忙举起了手，那个跛子还跪到了地

---

① 王蒙：《火热的怀念》，《王蒙文集·散文随笔（上）》，人民文学出版社 2014 年版，第 156 页。

上。……革命正在胜利，他们也正在胜利，就连从两米高跳下来的钟亦成，不但没有摔坏，甚至也没有磕碰着一块皮肤。

在此之后，王蒙似乎仍嫌不足，又给1950年代的钟亦成附加了舍身救火的英雄事迹。这种欧阳海式的见义勇为，实际上是革命文学遗留的情节模式，我们在罗群（《天云山传奇》）、章永璘（《绿化树》）等落难者身上还会看到它的反复搬演。在"新时期"初期的文学成规中，似乎只有用极端英雄主义的行为，才能证明主人公的清白，和对党、国家和革命事业的无限忠诚。

不妨把视线暂且拉回到1956年，为《布礼》的传奇化段落寻找一个参照的背景。当年1月，中国作协创作委员会小说组召开座谈会，议题之一是讨论尼古拉耶娃的《拖拉机站站长和总农艺师》。马烽在发言中说："这部小说虽然也有缺点，但和我们的'主题大体相同'的一些作品比较起来所接触的矛盾斗争，'要深刻得多，尖锐得多'，'我们有些作品却多半是通过和自然灾害的斗争，来表现英雄人物的，如放火、用身体堵缺口、半夜起来关牛圈的门，或者在搞什么发明创造时候不吃饭、不睡觉等等'。"① 而后的《组织部来了个年轻人》之所以被认为清新脱俗，原因之一就在于其中有听电台、煮荸荠、欣赏春夜槐花香等大量具有生活质感的细节。因此，如果单独将《布礼》模式化的情节编造，与王蒙1950年代的创作纵向比较，实可视为"退化"的征象。王蒙青年时代的伯乐萧殷，就曾对他的获奖作品《最宝贵的》态度暧昧，"他（指萧殷——引者注）回信说到我搁笔太久了，尚需恢复一段。也是需要再加劲之意。我想他老不喜欢我的这种理性与直挺挺的抒情，这种大帽子阵势与直接政论"②。不过，当代文学是不断翻转的历史过程，彼时那些被马烽批评的缺点，此时却是作家"返回"的路径和目标。在思想和文学观念仍处于历史低点的时刻，《布礼》的写作无

---

① 转引自洪子诚《1956：百花时代》，北京大学出版社2010年版，第74页。
② 王蒙：《王蒙自传·第二部 大块文章》，花城出版社2007年版，第11页。

疑是小心翼翼、遮遮掩掩的。如果说它有什么独特的思想价值，恐怕也不在于文本内部，而是夹杂在小说文本与"创作自述"之间"复杂缠绕"的缝隙之处。①

《布礼》最为人诟病的，是其中表达的"中国如果需要枪毙一批右派，如果需要枪毙我，我引颈受戮，绝无怨言"和"党是我们的亲母亲，但是亲娘也会打孩子，但是孩子从来不会记恨母亲。打完了，气会消的，会搂上孩子哭一场的"的观念形态。洪子诚就此批评说："这种思想、信仰，多少已经离开了具体的历史形态和实践内容，而被抽象为一种不可触动的教条，转而成为对人进行规范、压迫的力量。在王蒙的小说中，似乎一切都是可以分析的，没有绝对的边界，惟独这种被抽象的理想不可怀疑、分析。"② 这样的批评当然很有道理，但似乎多少忽视了理想信念和表述策略的微妙区别。在对《布礼》展开任何批评之前，我们都有必要将其放回它所发生的历史语境里，理解作家在"早春天气"中"试水"的复杂心理。这不仅是一个抽象的诗与真、虚构与纪实的问题，更涉及"真"和"纪实"的历史条件问题。尽管在相同的条件下，不同的作家主体也会有不一样的处理方式。

总结而言，1949年的部分意味着，王蒙把自己的"少共"经历积极地、无所保留地投注到钟亦成的身上。少年钟亦成的身影时常与王蒙重合，但又远远大于真实的王蒙。如果说《布礼》具有某种"诗史"的品质，那么它的史料价值，恰恰存在于"原形"与"变形"的张力之中。

二　1957年的人与事，及小说的伦理学

这里所说的1957年，是在中国当代史的意义上使用，对于王蒙而言，它指的是从1956年《组织部》发表，到1958年被划为

---

① 程光炜：《革命文学的"激活"——王蒙创作"自述"与小说〈布礼〉之间的复杂缠绕》，《海南师范学院学报》（社会科学版）2006年第6期。
② 洪子诚：《当代文学概说》，广西教育出版社2000年版，第11页。

"右派"的这一段时间。正如上文所说,这是王蒙多年挥之不去的纠结和隐痛所在。在《夜的眼》中,作为王蒙另一个"替身"的陈杲,就曾把我们带到1957年的入口:

> 粉碎"四人帮"后,陈杲接连发表了五六篇小说,有些人夸他写得更成熟了,路子更宽了,更多的人说他还没有恢复到二十余年前的水平。……这种倒胃口的感觉使他想起二十多年前离开这个大城市来。那也是一种离了群的悲哀。因为他发表了几篇当时认为太过分而现在又认为太不够的小说,这使他长期在百分之九十五和百分之五之间荡秋千,这真是一个危险的游戏。

但纠缠历史问题,并非《夜的眼》的重心所在。因此,陈杲略显沉痛的回忆被作者迅速打断,扑面而来的"新北京"印象覆盖了过去的记忆。二十多年前的故事就在浅尝辄止的讲述中,被淡化为一种朦胧的历史感。

但在《布礼》之中,王蒙笔下的1957年就不再只是抽象的历史,而是极其具体的人与事。这一点在王蒙的自传性材料大量披露之后显得尤为清楚。在此之前,包括笔者在内的研究者,几乎都没有注意到《布礼》中的一个人物——宋明同志,也没有对作者因他而展开的大段议论作出任何有效的分析。因此,我想在这里变换一种写作的方式,用引文加注释的方法,首先将王蒙关于这一人物的文学表现和自述材料对照呈现出来。我们将会看到,宋明同志的原型,就是前述力主给王蒙"戴帽"的王静中,而且王蒙在《布礼》中用精细的笔触,高度还原了这一人物包括外貌、行为、语言、心理、私人生活在内的方方面面。笔者无意为"索隐派",但是根据自述材料重读《布礼》,确实可以读出以往被忽略的意味,并让我们从一个崭新的角度看待王蒙小说的自传性质;对于理解王蒙当时所处的历史情境和关系网络,理解同时期"归来者"的小说形态和潜在结构,相信也有不少裨益。我引用的两份材料,分别是《王蒙自传》第一部（此处引用的是修订版，即收入 2014 年人民文学出版社《王蒙文集》的版本，以下简称《自传》），和王蒙与温奉桥、郭宝亮 2008 年关于自传写作的对谈《人·革命·历史》（以下简称"对谈"）①，着重号为笔者所加。

> 《布礼》：……宋明同志，不知为什么一想起他来钟亦成就有点发怵。宋明长着一副小小的却是老人一样的多纹路的面孔，戴着一副小小的、儿童用品一样的眼镜，最近刚与老婆离了婚，从早到晚板着面孔，除去报刊和文件上的名词他似乎不会别的语言。给钟亦成印象最深的是一年以前，钟亦成发现，在宋明的工作台历上和密密麻麻的"催××简报""报××数字""答复××询问事项""提××名单"等事项并列的还有"与淑琴共看电影并谈话"（淑琴是他妻子的名字，当然，那时候他们还没有离婚）以及"找阿熊谈说谎事"（阿熊是他的儿子的名字，现年六岁）。现在，评论新星的文章引起了宋明的注意，肯定，他的工作台历上将要出现新的项目，如"考虑钟亦成《自述》一诗"之类，这令人未免发毛。

> 《自传》：王静中是抓运动的骨干之一。他戴一副小眼镜，个子不高，很能分析问题。其时他刚刚离了婚。

> "对谈"：除了个人心理上那种……那些事都是真的，那个负责我的人刚刚离过婚，他作为一个男性，个人的隐私，那个情绪是极端的阴暗，心理非常的阴暗，这些都是真的。

在《布礼》中，宋明同志一共出场（出现）了四次，这里是他的首次亮相。当时钟亦成的诗歌《冬小麦自述》已经引起争议，但

---

① 王蒙、温奉桥、郭宝亮：《人·革命·历史》，《王蒙文集·谈话录（上）》，人民文学出版社 2014 年版。

钟亦成的问题尚未定性。《冬小麦自述》仅有四句诗行：野菊花谢了/我们生长起来；/冰雪覆盖着大地/我们孕育着丰收。这首诗确为实有，即女诗人钟鸿发表于1957年《北京文艺》的《冬小麦之歌》，诗人后来因此获咎，终被打成"右派"。① 在这里，《冬小麦自述》也可以看作《组织部》的"替身"。"评论新星的文章"，可能影射的是李希凡的《评〈组织部新来的青年人〉》（初刊《文汇报》1957年2月9日）。《布礼》中与宋明同志私生活有关的部分，涉及历史的偶然性和个人性因素。历史往往是抽象的，但有时又非常具体。

> 《布礼》：经过了三个多月的大量的工作，经过了一个漫长的、其结果却是早已注定了的政治的、思想的、心理的过程。其中包括宋明同志的耐心的、有时候是苦口婆心的推理与分析；钟亦成的一次比一次详尽、一次比一次上纲上得高、一次比一次更难于自拔的检讨；群众最初并无恶意的但在号召之下所做的揭发批判，当然其中也有人为了表现自己的革命性而加大了嗓门和挑选了最刺人的词句；到后来，由于宋明的深文周纳的分析和钟亦成的连自己听了也会吓一跳的检讨，更由于周围政治气温的极度升高，这种揭发批判变成了无情的毁灭性的打击、斗争，最后，作出了上述结论。

> 《自传》：现在一切明白，如果我与她一样，如果我没有那么多离奇的文学式的自责忏悔，如果我没有一套实为极"左"的观念、习惯与思维定式，如果不是我自己见竿就爬，疯狂检讨，东拉西扯，啥都认下来，根本绝对不可能把我打成右派。……归根结底，当然是当时的形势与做法决定了许多人的命运，但最后一根压垮驴子的稻草，是王蒙自己添加上去的。

---

① 参见《对"冬小麦之歌"的看法（读者来信）》，《北京文艺》1957年第7期；及王蒙为《钟鸿诗文选》所作序言《致意钟鸿》，见《钟鸿诗文选》，中国国际出版社2016年版。

"对谈"：被打成右派，自己有一定的责任。……我不知道是一种什么心理，一种自虐狂还是什么，就是自己向党交心，交心的时候自己为自己扣一大堆帽子，暴露一大堆反动思想……然后他的论据就是你看你自己都写出检讨了，这样的人再不划为右派，还划什么呀？

《布礼》中的这一段涉及钟亦成被划为"右派"的过程和原因，此时王蒙的认识已经带有一定程度的自我反思。他认为，钟亦成被"戴帽"，宋明同志、群众和钟亦成自己都有责任。这种认识在三十年后也没有发生任何改变。值得注意的是，王蒙并未把"自虐狂"心理简单归结为对党的忠诚，在后来的"对谈"里还进一步分析了这种心理的多元成因：胆小怕事、迎合潮流、人云亦云，甚至是一种担心"运动和他毫无关系"的"寂寞感"。

《布礼》：这天晚上，宋明同志自杀了。他长期患有神经衰弱症，手头有许多安眠药片。这件事，给钟亦成留下了十分痛苦的印象。他坚信宋明不是坏人。宋明每天读马列的书、毛主席的书，读中央文件和党报刊直到深夜，他热衷于用推理、演绎的方法分析每个人的思想，把每粒芝麻分析成西瓜，却自以为是在"帮助"别人。……他说了许多热情而真挚的，而且，以钟亦成当时的处境，他觉得是很友好的话。但宋明自己却原来是那样软弱，他选择了一条根本用不着那样的道路，文化大革命的风暴只是轻而又微地触动了一下他，他就受不了了——愿他安息。

《自传》：此后王静中两次吞安眠药自杀，一次在庐山会议后反对右倾机会主义之时，救回来了，他只承认是严重神经衰弱，安眠药吃多了。最后他终于在"文革"一开始时死去了。……"文革"后团市委给一批被迫害至死的同志开追悼会，王静中的追悼会我也去了。这就叫不堪回首。我在追悼，

第一章　王蒙："少年布尔什维克"的归来

在告别一个时代。

《布礼》中的这个段落，出现在"一九六七年三月"的小节中，实际篇幅比引用部分还要长出一倍。如果没有《自传》中透露的"本事"作为底子，读者其实很难理解这个枝蔓的长段的用意。王蒙的"追悼"有一种特别的沉重，同时又极其纠缠。在他的性格当中，既有"不翻历史旧账"的大气，也有鲁迅式的"一个也不饶恕"（许子东语）。历史与人性的复杂性，就这样深深埋藏在小说中一个被人遗忘的角落里，也是另一种不成样子的追悼与告别。

《布礼》："……而且，说实话，我要对您坦白地说，如果当时换一个地位，如果是让我负责批判宋明同志，我也决不会手软，事情也不见得比现在好多少……"

《自传》：我还必须承认，如果是我批判帮助一个人，如果是我"帮助"他，我的振振有词，不一定逊于他。

"对谈"：我就设想，比如咱们俩换一个个儿，现在是上边通知我了，说这个老W有问题，你现在负责解决他这个问题，我比他心会软一点，这点我可以肯定，我心会软一点。我会谈着谈着就自己有点犹豫，自己有点困惑，不会就非把他搞定，非把他钉在柱子上，才算完事。

宋明同志最后的"现身"，是"一九七五年八月"钟亦成与老魏谈心时提起的，算是一次缺席的审判。有意思的是，王蒙一直保留着这种换位思考的方式，但在不同的场合结果略有不同。孰是孰非并不重要，重要的是，借助自传性材料的参照，可以发现《布礼》以小说的形式，提出了一组困难的伦理学问题：如何看待历史运动中具体的"加害者"？作为受害人，应该如何看待、如何对待（曾经的）加害者？这又涉及如何对事件定性，在集体性的历史暴力中，问题是自上而下的，还是自下而上的，又如何认定和追究个人的责任？在另一个层面，作为写作者，特别是作为当事人的写作者，应该如何记述、如何书写？对于小说中的这类人与事，又该如何阅读、如何评论？

　　对于这些难以达成共识、难有标准答案的问题，王蒙借《布礼》给出了自己的一种回答。但是，王蒙从来不是一个虚无主义者，而始终是深信福祸相依的乐观主义者。在《布礼》之中，对于1957的叙述也并非全无暖色。部分地以王蒙妻子崔瑞芳为原型的凌雪，就坚持着与钟亦成全然不同的态度："……对《冬小麦自述》批判，胡批！把你定成右派，这也不对，这也是搞错了！人家怎么说你，这有什么了不起，你自己什么样，你自己不知道？你不知道，我知道你。你不相信，我相信你！"尽管小说无疑作了浪漫化的夸张，但是那种来自家庭内部的支撑，关键时刻定盘星一般的力量，却绝不是作者凭空想象出来的。急剧变动的历史情势，激烈冲击、颠摇着个体的是非观念。凌雪的宝贵在于，在钟亦成近乎崩溃的时刻，她提供并坚持另一种是非，一种"这是搞错了"的执着和信任。"此亦一是非，彼亦一是非"，倘若有另一种是非的存在，即使它的声音细小微弱，对于当事者而言，无形中就有了将自身处境相对化的可能性。而这，也正是"归来者"们反复提及的，家庭与家人的意义。

　　如果仅就以上的对读而言，《布礼》中的1957年故事，无疑是强自传性的书写，比1949年故事的自传色彩还要强烈。但是放在小说实际的接受史中看，这种自传性又是以极其隐晦、曲折的方式呈现的。作者当时并未以任何形式暗示读者，应该从自传的角度读解《布礼》的这个部分。王蒙为何要以这样的方式处理他的1957年？是为知情者所写，还是要通过写作疗愈创伤，或是二者兼有，抑或二者皆非？在小说形态及其接受的层面，这只是旁逸斜出的"侧记"，是不为人注意的插曲，但它提出的伦理问题——人的伦理和小说的伦理，却是值得深思的。无论如何，如果说《布礼》是以小说回应个人的历史问题,那么1949年的"少共情结"只是人人可见的正面,1957年的人和事则是被其遮挡的背面,双面合在一起,才是问题的全部。

三 两个北京:"灯光"和"售票员"

纳博科夫(Vladimir Nabokov)曾写过一篇名为《柏林导游》的小说,主线是对柏林城市的大小要素细致入微的观察。小说写道,到了21世纪20年代,人们会在一家技术博物馆里看到有轨电车和售票员制服,可是人们对售票员的表情和动作的感知,却如何在未来人们的记忆中找到位置呢?于是他记录下所有观察到的细节:"我好奇地盯着电车售票员,看他怎样用宽宽的黑手指甲夹住车票并在两个地方打孔,在羊皮包儿里翻来翻去并捏出找给乘客的零钱,然后立刻再把皮包儿扣上,拉着系着铃铛的皮带或者用大拇指按住前门的闩,好让车厢最前边儿的乘客也能接到他递过去的车票。……"德国学者韦尔策对此评论说:"在这部短篇小说里,纳博科夫不仅罗列了自己亲眼看到的事物,而且还记述了他在感知柏林这座城市的时候,是怎样通过自己的历史和经历,来过滤所见事物的。他对过去、当前和未来这三种时间的痕迹要素的清点记述乃是一种结晶,一种围绕他自己的历史和他这个客居柏林(这座城市的历史并不是他的历史)的外国人的处境而形成的结晶。"①

在对物质性细节的处理上,王蒙拥有与纳博科夫相似的天赋。王蒙对于日常所见的事物有着过人的感受和记忆能力,并能娴熟地在过去、当前和未来的时间维度中穿梭,激活事物本身在沉默中承载着的历史和回忆。印刻在事物上的"时间的痕迹要素"反过来也是一面镜子,映照出作者和主人公在这座城市中的位置与

---

① 参见[德]哈拉尔德·韦尔策编《社会记忆:历史、回忆、传承》,季斌、王立君、白锡堃译,北京大学出版社2007年版,代序第1页。

处境。

《夜的眼》以对灯光的感受开篇，以对售票员的白描落幕，一首一尾遥相呼应。首先且看我们的主人公陈杲，是如何在城市夜晚来临的一瞬出场的。笔者曾在绪论中引过开篇的这段文字，借以指出"新时期"小说中潜隐的"自传契约"。正是"契约"的存在，使得作者与主人公的高度重合不仅不成问题，有时甚至是作者的有意为之。

> 路灯当然是一下子就全亮了的。但是陈杲总觉得是从他的头顶抛出去两道光流。街道两端，光河看不到头。槐树留下了朴质而又丰满的影子。等候公共汽车的人们也在人行道上放下了自己的浓的和淡的影子。
> ……陈杲已经有二十多年不到这个大城市来了。二十多年，他待在一个边远的省份一个边远的小镇，那里的路灯有三分之一是不亮的，灯泡健全的那三分之二又有三分之一的夜晚得不到供电。

《夜的眼》的情节极为简单，甚至合乎"一地，一天之内完成的一个故事"的三一律："复出"的作家陈杲来北京开会，并受边区领导之托走后门办事，未果。小说的最后，徒劳无功的陈杲又要回到小说开始时的起点，似乎什么事情都没有发生，但似乎又有一些东西在悄然改变：

> 他飞快地来到了公共汽车的终点——起点站。等车的人仍然是那么多。有一群青年女工是去工厂上夜班的，她们正在七嘴八舌地议论车间的评奖。……陈杲上了车，站在门边。这个售票员已经不年轻了，她的身体是那样单薄，隔着衬衫好像可以看到她的突出的、硬硬的肩胛骨。二十年的坎坷，二十年的改造，陈杲学会了许多宝贵的东西，也丢失了一点本来绝对不应该丢失的东西。然而他仍然爱灯光，爱上夜班的工人，爱民

主、评奖、羊腿……铃声响了,"咔"的一声又一声,三个门分别关上了,树影和灯影开始后退了,"有没有票的没有?"售票员问了一句,不等陈杲掏出零钱,"叭"的一声把票灯关熄了。她以为,乘车的都是有月票的夜班工人呢。

《夜的眼》之所以被时人不甚准确地名为"意识流",就在于它的重心不是故事主线,而就在那些看似"无用"的枝节,一股脑涌入视听的纷繁物象和嘈杂声响。在首尾两端,王蒙都自觉地将耳闻目睹的事物——灯光、公共汽车、售票员、夜班工人、民主、羊腿……迅速置入记忆的滤镜之下。从而,1979 年的"灯光"与"售票员"的深层意蕴,是在二十年前与二十年后的对比中生成的。在"两个北京"的对比框架中,它们不仅因为"我观"而"着我之色彩",同时也被赋予了"感时"和"忧国"的历史性。"故国八千里,风云三十年"之所以被王蒙视为一种创作方法,就在于它的实质就是对比,是在时间与空间的双重维度反复展开的参差对照。既是 1979 年与 1949 年和 1957 年的对照,也是北京与新疆、北京与北平、1979 年与 1957 年"两个北京"的对照。在这个意义上,《布礼》正是进入《夜的眼》的一把钥匙,只有在与《布礼》和相关自述性材料的对读中,才能真正理解"灯光"与"售票员"之于作者个人命运的隐喻意义。

在《夜的眼》中,叙事者将陈杲对城市灯光的"震惊",归因于边远小镇的匮乏。诚如作者自己所说,"如果不是阔别十六年,如果不是已经习惯于生活在伊宁市解放路二号或者乌鲁木齐市南梁团结路东端高地,如果不是到京后我们夫妇常常彳亍在例如王府井大街上观看天是怎样变黑的(此时我们在北京还没有'家'),也许不会有这种对于街市灯火的感受"①。王蒙连用三个"如果不是",解说这段灯光描写的来由。但是,陈杲不是陈奂生(《陈奂生上城》),也不是吴老太爷(《子夜》),他的"震惊"并非源于都市现

---

① 王蒙:《王蒙自传·第二部 大块文章》,花城出版社 2007 年版,第 54 页。

代性的陌生体验，反而是因为一种遥远的熟悉，是由这种恍若隔世的熟悉引发的震动。某种意义上，这种"震惊"的根柢，就深埋在《布礼》中"一九四九年一月"的北平：

> 电灯亮了。多么难能可贵，由于地下党领导的工人护厂队的保护，发电厂的设备完好无损，而且在战斗结束四十几个小时以后，恢复了已经中断近一个月的照明供电。多么亮的灯，多么亮的城市！

从这里我们再去重读《夜的眼》的开篇，当能读出一种特别的辛酸。同样是城市灯亮的瞬间，但是钟亦成与陈杲却处于完全不同的历史位置。1949 年亮起的路灯，是属于少年布尔什维克的荣光。那时的钟亦成，是历史的主人，国家的主人，也是这座城市的主人。由城市的主人翁沦为路人和陌生人，陈杲的恍惚感恰与王蒙彼时客居北京的中间状态互为表里。但无论如何，路灯毕竟又在陈杲的头上亮了起来，在这里，仿佛又能看到王蒙特有的，从"归来"直到如今始终不变的，"better than the worst"（语出王蒙与查建英的私下谈天，意为"总比最坏的要好"）的乐观主义。

与"灯光"相比，"售票员的表情和动作"是更为微妙的隐喻。在《布礼》的"一九五七年十一月"的小节中有一段略显夸张的内心描写：

> 坐上无轨电车，我不敢正眼看售票员和每一个顾客，因为我理应受到售票员和每一个顾客的憎恶和鄙夷。走进邮局，当拿起一张印有天安门的图案的邮票往信封上贴的时候，我眼前发黑而手发抖，因为，我是一个企图推翻社会主义、推翻中华人民共和国、推倒五星红旗和光芒四射的天安门的"敌人"！……

从 1957 年到 1979 年，主人公的位置移动，也体现在他们与"售票员"的关系之中,尽管这种关系有时只是单向度的想象。在集体意识深入人心的时代,无轨电车形成一个临时的小集体,是由人民群众组成的社会大集体中的一个单元。在这里,售票员和每一个乘客都是抽象的"人民群众"的具象化。钟亦成"不敢正眼看售票员"的内心活动,实际就是一种被集体驱逐的自弃心理。借用达顿对于中国刑罚制度的分析来说,在此时钟亦成的想象里,他将面临"和古代违反乡约者同样的命运"。被"押送到远离大城市的边远地区",意味着他"不仅在身体上被从社会整体中逐出,而且在意识形态上也被从'人民'的行列中逐出。不仅在法律上,而且在社会上,他都不被作为'人民'来对待"。① 到了陈杲这里,他不再有钟亦成这样的"弃民"意识。在小说最后,他虽是踉跄、灰头土脸,但总算赶上了末班的公共汽车。然而,在由售票员和乘客所组成的这一个临时集体中,他依然是一个毫无存在感的"多余人"——"'有没有票的没有?'售票员问了一句,不等陈杲掏出零钱,'叭'的一声把票灯关熄了。她以为,乘车的都是有月票的夜班工人呢。"可以说,整篇《夜的眼》所书写的,就是多余人和局外人视角中的北京,而如前文所说,这正是历史所造成的错位。

钟亦成与陈杲的故事到此为止。通过《布礼》和《夜的眼》的对读,我们可以看到,在1949、1957 和 1979 年的时间节点,都是小说具有高强度的自传性的部分。反过来说,在钟亦成和陈杲的身上,王蒙没有的东西也就历历可见。从地域性的角度来说,强自传性的 1949、1957 和 1979 年部分,都是北京的故事,王蒙十六年的"新疆故事"却在小说中付之阙如。换句话说,王蒙的"三十年"首尾俱在,而本应作为主体的躯干部分却是不见影踪。② 需要

---

① [澳]迈克尔·R. 达顿:《中国的规制与惩罚——从父权本位到人民本位》,郝方昉、崔洁译,清华大学出版社 2009 年版,第 294 页。
② 王蒙在《这边风景》的后记中引述林斤澜的妙语说:"我们这些人如吃鱼肴,只有头尾,却丢失了肉厚的中段。"见王蒙《这边风景》,花城出版社 2013 年版,第 705 页。

特别注意的是，王蒙身上始终带有自觉的"年轻的老干部"① 的身份意识。如程光炜指出的，"与'新时期'复出文坛的大多数文人不同，他（指王蒙——引者注）是以'官员'而不是以'记者'、'编辑'、'学生'、'专业作家'（如陆文夫、刘宾雁、李国文、白桦、公刘等）的'文化身份'重返文坛的。因此，他的'人生经历'所酿造的相当鲜明的政治意识和革命情结不仅比这些人要自觉和自然，构成一个基本的'创作视野'和'文学关怀'，而且深刻影响了他对人生、历史和文学的看法"②。而且还应看到，在"新时期"的起点，王蒙不仅是以"年轻的老干部"的身份归来，还是以"年轻的老干部"的身份写作。王蒙喜欢在主人公的名字上玩弄文字游戏，钟亦成就是"忠也诚"，而"杲"的意思是光明，两个名字连在一起，就是忠诚于过去的革命，且深信未来的光明。这正是王蒙其时讲述"我"的故事，所想要实现的表达与表态。这既是曲折与光明的辩证法，也是隐身与现身的置换术。以"故国八千里，风云三十年"为总题的自传书写，既是对故国风云的深描，也是在提示人们注意：从千里之外归来的，还是那个"年轻的老干部"，那个永远的少年布尔什维克。

---

① 王蒙有言："在动乱时期，写作很谨慎……谨慎令我注意严守已经被各方面视为圭臬的现实主义，严守自己的年轻的正在接受艰难考验的老干部、老革命身份。'年轻的老干部'，这个词是我在北京团市委的老领导张进霖，给新疆原自治区团委书记，后任区党委副秘书长牛其义的信中写的，从中也可以看出，我即使遭遇艰难，我仍然得到太多的帮助护持。"见舒晋瑜、王蒙《我真爱文学，始终觉得意犹未尽——关于王蒙创作70周年的对话》，《人民艺术家·王蒙创作70年全稿》代序，人民文学出版社2023年版。一些学者倾向于从"负面"看待王蒙的这种身份意识，如认为这是一种与"直"相对的圆滑、世故。不过，即使不同立场，这种意识背后也有许多值得重视的内涵，例如政治智慧、同志情谊、团队意识、协作精神。在特定时期，上述品格不仅可以自我保护，也可以保护（或者不伤害、少伤害）与自己有关的他人。
② 程光炜：《革命文学的"激活"——王蒙创作"自述"与小说〈布礼〉之间的复杂缠绕》，《海南师范学院学报》（社会科学版）2006年第6期。

第二章　张贤亮：被革命者的启示录

第一节　"改造"的历程

无论为人还是为文，张贤亮都是一个颇富争议的人物。在中国当代文学中，很少有这样一位作家，让评论家和研究者又爱又恨。洪子诚在2016年以"前辈：强悍然而孱弱"为题重读《绿化树》。其中的虚词"然而"，比任何词汇都更能概括张贤亮的批评史。"然而"所代表的一分为二，是几篇最具代表性的评论文章共同持有的态度："张贤亮在《绿化树》里，以心理学上的极大真实性，重现了这个既悲壮又充满了诗意的年代。……但是，张贤亮在《绿化树》里达到的心理学上的极大真实性，却是付出了一定代价而取得的。"[①]"《夕阳》无异于他的一篇宣言，他用那样热烈的语气描述桑弓的美学领悟，似乎就是想表明，他打算以这种态度去回顾历史。……但我又有点怀疑，他真能实现自己的宣言吗？"[②]"如果不是从创作实绩而仅就创造的天赋来说，张贤亮确可与张爱玲、沈从文等量齐观，其水准应在老舍、茅盾这样的20世纪三四十年代的小说家之上。同时，我也越来越意识到，尽管张贤亮的一些长篇每一章都包含着长段的叙述、对

[①] 黄子平：《我读〈绿化树〉》，《文艺报》1985年第11期。
[②] 王晓明：《所罗门的瓶子——论张贤亮的小说创作》，《上海文学》1986年第2期。

话、场景描写或人物刻画——这些正是他足以令人钦佩的才华的印记,但是这些长篇作品整体上很少有让我满意的。"① "然而"的后面隐含着不满,更多的则是一种不解。让论者困惑乃至痛惜的是,张贤亮巅峰期的小说,总在即将到达巅峰的时刻跌落;男主人公的自责与自省,又总混杂着自辩和自恋的成分。在和张贤亮的写作同时展开的评论中,种种困惑最终都可归结为善意的期待。而事到如今,"前辈"已经作古,豪情满怀的1980年代也已远去,已无必要再以他者——无论鲁迅还是陀思妥耶夫斯基②——的精神高度,要求和规划张贤亮的精神历程。无论爱恨,张贤亮就是张贤亮。

毋庸赘述,张贤亮的小说总是带有或多或少的自传性质。如白烨所言,张贤亮的小说创作,"无论是回溯过去,还是直面现实,都无不带着他这些过往经历的深刻底色。因而也可以说,他的创作所呈现出来的艺术特征,与他的人生经历的独特经验有着相当密切的内在关联"③。但对今日的研究者来说,重要的不是指出人与文、作者与人物的联系,而是如何将这种关联性视野内在化,既深入到作家精神结构的细部与暗角,又能碰触表征与现实的扭结所在,从而在整体性的把握中,重新理解张贤亮的写作动力和心理机制;并在发现种种"然而"(即作家的矛盾、羁绊与内在困境)之后,有力地解释这些"然而"的发生。而正因为强烈的自传性质,张贤亮小说的诸多隐秘,首先要从他刻骨铭心的经历中寻找线索。恰如张贤亮本人所言:"一个人在青年时期的一小段对他有强烈影响的经历,他神经上受到某种巨大的震撼,甚至能决定他今后一生中的心理状态,使他成为某一特定精神类型的人。……如果这个人恰恰是个作家,那么不管他选择什么题材,他的表现方

---

① 夏志清:《张贤亮:作者与男主人公——我读〈感情的历程〉》,李凤亮译,《中山大学学报》(社会科学版)2008年第5期。
② 许子东:《陀思妥耶夫斯基与张贤亮——兼谈俄罗斯与中国近现代文学中的知识分子"忏悔"主题》,《文艺理论研究》1986年第1期。
③ 白烨:《时代的生活和情绪的历史》,《张贤亮精选集》序,北京燕山出版社2013年版。

式、艺术风格、感情基调、语言色彩则会受他这种特定的精神气质所支配"。① 进一步说，我们当然要先回到张贤亮的情境之中，但更为重要的，是要从张贤亮的情境中发现和提炼问题。如果认识到张贤亮的改造，并非在同等的强度下展开，而是随着政治风向的变化而时松时紧，那么，《绿化树》故事发生的1961年，《男人的一半是女人》主要讲述的1975年，在张贤亮的"改造"过程中又处于何种位置？

张贤亮很喜欢使用"历程"一词，他多次援引阿·托尔斯泰的《苦难的历程》，后来又将具有自传性质的几部作品总题为"感情的历程"。于他而言，"历程"意味着一段绝非一马平川，而是有阶段、有起落、有悲欢，还有量变和质变、光明和曲折反复辩证的生命过程。在随后的部分，笔者将使用一些具有复杂历史内涵的词语——例如"翻身"，组织起对张贤亮生命过程的叙述。这既是表明，张贤亮的个人命运，深刻地楔入当代中国的历史进程；同时又试图在无情亦有情的大历史中，为渺小的个人意志与欲望，保留它们应有的位置。而在评述的过程中，我们必须始终记得，道德化的尺度不妨首先放宽一些，因为"史家的主要任务，并不在判定谁是谁非，而在力求了解那些最不能为我们所理解的事物"②。

一 童年："另一种生活"的想象

> 最近，我们中共甘肃省委干部文化学校全体教工人员，对我校教员、右派分子张贤亮的反党反人民反社会主义的言行，进行了无情的揭露和坚决的斗争。右派分子张贤亮对党对社会主义一贯是采取仇恨和敌视的态度。"延河"文学月刊七月号上发表的他那首反党反社会主义的"大风歌"，就是他的反动

---

① 张贤亮：《满纸荒唐言》，《飞天》1981年第3期。
② ［英］艾瑞克·霍布斯鲍姆：《极端的年代：1914—1991》，郑明萱译，中信出版社2014年版，第6页。

思想最突出最集中的表现。他的反动思想是有它的阶级根源和历史根源的。

张贤亮生长在一个反动官僚、买办资本家、特务头子的家庭里，是一个浸透了毒液的谬种，是个地道的纨绔子弟。

张贤亮的祖父张铭，是国民党伪外交部驻尼泊尔专使，驻爪哇领事。其父张友农（又名张国珍）是国民党党员、军统特务、反动组织"民族革命同盟会"会员。张友农在敌伪统治时期，投靠美帝国主义和国民党，并以他个人的反共、反人民的丑恶伎俩，一时成为"红人"。因而曾先后担任过上海买办企业"华美贸易公司"的总经理、南京"农业机器造油厂"总经理、重庆"中国工业社"总经理、北京"求进电铸制造厂"总经理……等。并在西安伪西北行辕任过中校秘书。张友农在解放后，与特务张某在南京伪装制收发报机进行特务活动，后又到北京进行特务活动，于五二年被人民政府逮捕，在服刑期间身死。

张贤亮的姑父程溪超是重庆国民党军统局处长，张在重庆时曾在程溪超家住过一个时期。

张贤亮生长在这样一个家庭里，自然他的脑子里注满了官僚资产阶级的反动毒液。张自称，他自小就羡慕"大人物"兴登堡、俾斯麦等人的"丰功伟绩、政治权术、外交风度"，想当个"政治家"、"外交家"，从而使他家"簪缨世袭"、"象笏满床"。①

以上所引文章，是《延河》展开对《大风歌》（载《延河》1957年第7期）的批判时登出的一份"揭发材料"。这份材料提供了张

---

① 柴世师、杨清南：《张贤亮是怎样的人？》，《延河》1957年第10期。着重号为笔者所加。在以往的张贤亮研究中，这份材料还未引起应有的重视。在笔者所见的范围内，日本学者山田敬三的《挫折的诗人——张贤亮试论之一》是较早引用这份材料的文章，参见刘柏青、张边第、王鸿珠主编《日本学者中国文学研究译丛》（第六辑——新时期文学专辑），吉林教育出版社1993年版。

贤亮家世的许多信息，尤其是乃父张友农的详细情况。即使是张贤亮后来的自述文章，也不曾讲得如此清楚。

张贤亮的家世即使不说显赫，也至少可谓衣冠之家。张贤亮祖父张铭的履历，可在一些近现代人物辞典中查到。张铭（1889—1977），字鼎丞，祖籍江苏盱眙，早年留学美国，获华盛顿大学法政硕士学位，据张贤亮说，还在芝加哥大学拿过另一个学位。归国后历任湖北都督府外交部秘书，安徽大学校长，国民政府驻美国使署参赞、驻爪哇总领事、驻尼泊尔全权大使等职，最顶峰时曾在1920年代出任南京临时政府外交部部长。① 在小说《灵与肉》中，主人公许灵均的父亲1930年代在哈佛取得学士学位。而在现实中，张贤亮的父亲张国珍（字友农）确曾就读于哈佛商学院，但不知何故中途肄业，归国后曾被聘为张学良的英文秘书。如"揭发材料"中所述，张贤亮的父亲有国民党官员的背景，后来成为大资本家。在张贤亮的记忆中，抗战胜利以后是父亲最得意的时期："那时，他的生活用品全要在上海专卖高档洋货的惠罗公司去买。这家公司，老上海人大概还有记忆。他出现在柜台前面，售货员总会把他当作洋人，要用英语对他说话，就可见其'绅士'风度了。"② 张贤亮的母亲陈勤宜同样出身大户人家，其父陈树屏（1862—1923），安徽安庆人，光绪年间中举，后历任广西融县、湖北随州知州、江夏知县、武昌知府等职。陈勤宜为乃父晚年所得，就降生在江夏县衙门。③ 考虑到张铭也曾做过民国时期安徽天长县的第一任知事，张、陈两家确实可谓门当户对。

张贤亮的家世，经常让我们想起张爱玲。夏志清就曾由此发挥说："张贤亮出生和成长于一个富有的家庭，这给这位未来作家带

---

① 另据张贤亮说，是"宁汉分裂"时武汉政府的外交部长。上述张铭的经历，主要参考陈玉堂编著《中国近现代人物名号大辞典》，浙江古籍出版社2005年版。

② 张贤亮：《父子篇》，《心安即福地》，贵州人民出版社2013年版，第217页。

③ 张贤亮父母年纪相仿，张国珍生于1909年，陈勤宜生于1908年。但外祖父陈树屏的年纪，比祖父张铭长出一辈。参见张贤亮《故乡行》一文中的《修缮祖坟记》，载张贤亮《心安即福地》，贵州人民出版社2013年版，第204页。

来了极大的便利——他很早就能接触到很多好书，并开始步入音乐和艺术的殿堂。曹雪芹也曾如此幸运过。另外一个例子是中国现代小说家端木蕻良，作为一个势力强大的地主家庭的子孙，端木很早就学习读写中国古诗，接着又阅读了19世纪西方文学作品；与张贤亮一样，他对托尔斯泰和巴尔扎克也有着强烈的兴趣。20世纪作家中，出生于显赫世家、在早熟的文学才华方面可与张贤亮相提并论的，还有张爱玲和白先勇。"① 夏志清将张贤亮的才华，完全归功于他童年时期的阅读以及超人的记忆力，这是根据张贤亮1980年代以后的小说反推出来的。事实上，张贤亮并非像张爱玲那样在父亲的书房中"泡"大，也很难说接受过任何程度的"家学"。这首先是因为时局的缘故，张贤亮童年辗转多地，"我一九三六年十二月出生于南京，转年就因日寇侵略举家逃难到当时的'陪都'重庆，在重庆生活了九年，抗日战争胜利后重返沪宁两地"②。更内在的原因是，张贤亮与父亲和祖父都有很深的"疏离感"③，他多次讲到父亲从来不过问他的教育问题。这一点是可信的，一个明显的证据是，尽管有着如此"西化"的父亲和祖父，但张贤亮完全不会说英语。④

张贤亮与母亲感情很深⑤，但对祖父和父亲多有怨言，并曾在文章中苛刻地评判他们的一生，这一点与王蒙颇为相似。张贤亮在《父子篇》中写道："从形象上回忆祖父和父亲，就想起他们的许多坏事来了。"祖父张铭的传奇性经历，在他的笔下完全是另一番

---

① 夏志清：《张贤亮：作者与男主人公——我读〈感情的历程〉》，李凤亮译，《中山大学学报》（社会科学版）2008年第5期。
② 张贤亮：《故乡行》，《心安即福地》，贵州人民出版社2013年版，第196页。
③ 张贤亮：《父子篇》，《心安即福地》，贵州人民出版社2013年版，第218页。
④ 关于"不懂英语"的叙述，见张贤亮《我的倾诉》，《心安即福地》，贵州人民出版社2013年版，第94页。
⑤ 张贤亮对母亲的感情，既体现在一些自传材料中（参见本书附录笔者对张贤亮夫人冯剑华的访谈），也渗透在作品的字里行间。《绿化树》中有一个片段：章永璘恢复部分人身自由、分到农场生产队之后，就迫不及待去方圆几百里内唯一的邮政代办所给母亲寄信，半真半假地叙述近况，报喜不报忧。作者在这里写道："我没有钱，但我有很多好话寄给妈妈。"尽管此前少有人注意，但这个看似轻描淡写的句子，却可能是整篇小说最为感人的地方。

第二章 张贤亮:被革命者的启示录

样子。① 而父亲的形象不仅模糊,而且丝毫不值得尊敬:"我的记忆中他老人家在生活上是舒服得过分了点。早晨眼睛一睁开先要发顿'被窝疯',也就是说看什么都不顺眼,骂人,摔东西,然后等佣人把牛奶面包端到床上来用早餐,看报。他干过'官事',办过公司,开过工厂,但他既不像官僚,也不像资本家,完全是一副艺术家的派头。……他可说一辈子没扮演好那个社会分配给他的角色。他办不成好事,干坏事也不会彻底的,纯粹是一个俄罗斯文学中的奥勃洛摩夫,即'多余人'的典型。"②

张贤亮性情跳脱,讲述往事有时不尽可靠。但无论如何,可以确定的是,童年的张贤亮,至少在物质上享受着锦衣玉食的少爷生活。抗战胜利后,张贤亮随长辈重返沪宁两地。张家在上海的住地位于淮海路一带的高安别墅区③;在南京的府邸,则是湖北路狮子桥国民政府外交部后面的一栋花园别墅,传说是张铭与"辫帅"张勋打麻将赢来的,因张铭号梅溪,故名梅溪山庄。而从家庭地位上来说,张贤亮又是张家的长房长孙④,这一点又让我们想起鲁迅,尽管在张贤亮的文字中,很难看到家族因袭的重负。在《灵与肉》中,许灵均的父亲在多年以后为他讲起一段往事:"你生下来,你爷爷为你在南京外交部旁边的华侨招待所设汤饼筵的那天,你在妈妈怀里的样子,我记得清清楚楚,就像是昨天一样。那天,申新的荣家、先施的郭家、华纺的刘家、英美烟草公司的郑家都从上海来了人。你知道,你是我们家的长房长孙……"⑤ 侨居美国的

---

① "就这样一位人物,却在满清时支持同盟会,在北洋军阀时支持南方国民党,在共产党还没成立时就和共产主义运动的领导人结交,在共产党时代又去巴结'四人帮'。总而言之,说好听点,他一向追求'革命',说不好听的话,他老是不安分,倾向于当时的叛逆。我想,这并不完全是由他思想主导的,更不是出于对当时统治者的不满,而是他的天性使然。"参见张贤亮《父子篇》,《心安即福地》,贵州人民出版社2013年版,第213页。
② 张贤亮:《父子篇》,《心安即福地》,贵州人民出版社2013年版,第213页。
③ 参见本书附录笔者对冯剑华的访谈。
④ 张贤亮不仅是长房长孙,而且是独子独孙,参见张贤亮《父子篇》,以及笔者对冯剑华的访谈。
⑤ 张贤亮:《灵与肉》,《张贤亮选集(一)》,百花文艺出版社1995年版,第147页。本章中《灵与肉》小说文本,均引自该版本,下不出注。

父亲是张贤亮移花接木的虚构，但是这段往事，却很可能有真实的经历作为底子。

张贤亮的童年经历，以何种方式出现在他"复出"以后的小说中，是一个颇耐玩味的问题。在张贤亮倚重自身经历的小说（特别是总题《感情的历程》的《初吻》、《绿化树》和《男人的一半是女人》）中，主人公在落难，或者身处绝境之时，对儿时生活的回忆，总是作为对"另一种生活"的想象而闪现。除去许灵均与"昨日之我"重逢的情节①外，张贤亮还非常善于借助主人公因屈辱、愧疚、濒死而产生的幻想，带出过去的生活片段，仿佛推开一扇回到童年的大门。当回忆的潮水退去，主人公重新回到冰冷的现实情境，蒙太奇的手法加强了对比的效果。然而需要再次强调的是，张贤亮的特别之处，是他真实地经历过他笔下的"另一种"生活，确曾拥有人生经历中的"史前时期"（《灵与肉》语）。他是以"少爷"的身份走进新社会的，这是他与王蒙，与从维熙，与"归来者"一代的最大区别。

二　身份歧视与"弃儿"意识

在短篇小说《灵与肉》和《初吻》里，张贤亮都以一座城市的解放，作为主人公童年结束的标志。

> 后来，父亲果然没有回家。不久，当他母亲知道父亲带着外室离开了大陆，不几天也就死在一家德国人开的医院里。
> 而正在这时，解放大军开进了上海……
> ——《灵与肉》

---

① 夏志清分析说，按照张贤亮的生平资料去读《灵与肉》，"你会感到一种特别的辛酸，因为那篇小说讲述了一个富有的父亲在阔别中国30年后第一次回来，寻找他的儿子并叫他与其一起去美国的故事。试想一下，在20世纪40年代末，如果张贤亮的父亲跟当时很多有钱有地位的人一样毅然出国，那么他将会活下来，后来也真有可能回国来寻找他的儿子"。参见夏志清《张贤亮：作者与男主人公——我读〈感情的历程〉》，李凤亮译，《中山大学学报》（社会科学版）2008年第5期。

> 我好像也成熟了，用责备的眼光瞪着她。我们俩久久地对视着，并不时讨厌地看看在门前忙碌的那些军人，然后又都收回目光互相看着对方。她轻轻地玩弄着我的小手指头。我们都明白我们想干什么。而我们想做的那件事（指接吻——引者注），又都在交流的眼光和手指头上默默而又惊心动魄地完成了。
>
> 最后，她叹了口气，说：
>
> "只有大人不打仗了，我才能回来。"
>
> 不久，南京就解放了。解放的那天，她家花园中的月季已经盛开，而那株栽在窗前的棣棠，更是绽出了满树金黄色的花朵。我盯着那扇空荡荡的窗口看了一会儿，但很快就被坡下震天动地的锣鼓声吸引过去了……
>
> ——《初吻》①

时间的开始，即是童年的终结，这当然是时过境迁之后才能建立的关联逻辑。尽管如此，与小说中的主人公一样，张贤亮的确是和他的家庭一起，在上海和南京迎来了解放。② 根据张贤亮的叙述，1949年新中国成立时他刚上初中，在户籍登记的"家庭成分"一栏里填写的是"资本家"，并且认为这就决定了他以后的命运。③ 此言虽然略有夸张，但是关于出身的歧视，确从此时开始就一直纠缠着他。在长文《一切从人的解放开始》中，张贤亮以亲身的体验指出，教育领域的身份歧视渗透到选班干部、领助学金、大学政审、分配工作的方方面面。④

---

① 张贤亮:《初吻》,《灵与肉》,贵州人民出版社2013年版,第59页。
② 根据张贤亮的回忆,他的父亲曾为上海解放而欢呼过:"(他在)上海解放前夕兴冲冲地搞反蒋活动,我还记得上海解放那天夜里他站在我们家的楼顶上大喊大叫,无比兴奋的样子。只有我知道这些都不是出于什么思想进步,而是在每一次社会变迁面前都有一种莫名其妙的冲动。"见张贤亮《父子篇》,《心安即福地》,贵州人民出版社2013年版,第220页。
③ 见张贤亮《一切从人的解放开始——谨以此文纪念改革开放三十周年》,《美丽》,贵州人民出版社2013年版,第11页。
④ 张贤亮:《一切从人的解放开始——谨以此文纪念改革开放三十周年》,《美丽》,贵州人民出版社2013年版,第12页。

在讨论王蒙的上一章中，笔者分析过《布礼》中的"弃民"意识。而在张贤亮写于1980年的《灵与肉》里，"弃民"或说"弃儿"的意识，同样是联结作者与主人公的关键因素。但在这篇小说中，张贤亮将主人公与他本人的身份作了精细的区隔，相当"聪明"地处理了许灵均"被谁遗弃"的棘手问题。他将雨果《悲惨世界》的"他是一个被富人遗弃的儿子"作为小说的题记，进而在小说中写到许灵均"先是被父亲遗弃，母亲死了。舅舅把母亲所有的东西都卷走，单单撇下了他"，最终是"共产党收留了他，共产党的学校教育了他"。这样，许灵均就被"妥善"地安放到十七年小说中常见的人物谱系里。如果说许灵均是以张贤亮本人为原型，那么这一处"变型"就是极富意味的改动。小说之外的实际情形是，王蒙的厄运由《组织部》而起，张贤亮的落难却绝不是从《大风歌》开始。在被打为"右派"之前，张贤亮首先是"资产阶级分子"，而后更是"关、管、斗、杀分子子女"。他广泛意义上的"改造"，至少要从1952年算起。可以说，在"归来作家"中，张贤亮经历的改造是最漫长的。

张贤亮自少年时代起就生存于他自称的诸种歧视之中，他由此形成的畸形心理不仅值得一份同情之理解，也需要从不同侧面进行分析。张贤亮后来多次谈及因为出身而难以挤进"主流社会"的苦恼，而作为一名有心从文的青年，这意味着他很难通过常规的途径——如参加青年创作者会议、加入作协分会，而被纳入主流文学的视野之中。由此造成的一个后果是，张贤亮的知识结构与王蒙等同代人形成了较为明显的差异，这一点不知是福是祸。从张贤亮1980年代以后的小说来看，他的文学资源主要由两部分组成：一是19世纪现实主义文学，特别是以托尔斯泰、陀思妥耶夫斯基、蒲宁为代表的19世纪俄国文学；另一部分则是曾经作为"内参"出版的艾特玛托夫①，以及20世纪现代主义文学，如乔伊斯、福

---

① 艾特玛托夫对张贤亮、张承志、张炜等当代作家的影响，可参见赵稀方的分析。见赵稀方《二十世纪中国翻译文学史·新时期卷》，百花文艺出版社2009年版，第108—114页。

克纳和马尔克斯。对"归来"一代产生过巨大影响的苏联文学,尤其是以《毁灭》《铁流》《青年近卫军》《钢铁是怎样炼成的》为中心的苏联文学"正典",则很难在张贤亮的作品乃至精神结构中找到存留的痕迹。

关于张贤亮在1949年以后的个人经历,开篇所引的"揭发材料"是这样叙述的:

>解放后,张贤亮在建南中学上学时,就参加了官僚、地主、资本家、反革命分子的子弟们组织的反动小集团"寒声社"、"宇宙社",在校内外散布反动言论。后来张到南京市三中,又和一些纨绔子弟恢复了"宇宙社",并积极"扩大组织",先后拉入了廿多人,在校内外散布反动言论,造谣生事;在校内贴反动标语,张并在"宇宙社"办的"壁报"上写了辱骂革命领袖的反动诗歌。这时又在"人民诗歌"上发表了一首歪诗,得到了胡风分子化铁的赏识,化铁写信"鼓励"他,并相约面谈。
>
>一九五一年九月,张到北京三十九中上学后,又与一纨绔子弟组织了"七兄弟"流氓集团。这个流氓集团除了散布谣言外,还在校内外偷盗财物、打群架、调戏妇女、乱搞男女关系。张为了更顺利地进行流氓活动起见,与"十二郎"、"十三生"、"五虎"、"九鸟一凤"等流氓集团取得联系,互相支援,互相包庇,大肆进行其流氓活动。
>
>因张流氓成性,因而于一九五四年六月被北京市三十九中开除学籍,同时被公安局逮捕,经审讯教育后,具保释放。
>
>一九五六年,张随移民到甘肃。八月到中共甘肃省委干部文化学校工作。到校后,经常与右派分子刘俊新等散布反党、反社会主义的言论。并玩弄一位教师的爱人。

抛开其中夸张的成分不论,我们至少能够据此为张贤亮的少年时期绘出一幅清晰的路线图:上海市建南中学→南京市三中→北京市三十九中→移民甘肃。被北京三十九中开除一事，在张贤亮的回顾里，是因出身不好而遭受的侮辱性对待：高三时学生宿舍经常丢东西，老师找不到小偷，因为张贤亮出身于资产阶级家庭，就逼迫他顶罪。① 而张贤亮与母亲和妹妹一起移民甘肃（现宁夏银川贺兰县。宁夏回族自治区1958年10月才成立，故银川当时属甘肃省，称为甘肃省银川专区），实际是在1955年7月②，而非"材料"中说的1956年。至于移民的原因，张贤亮的自述有两个版本，一种强调被迫，一种暗指自愿。在2006年的散文《宁夏有个镇北堡》中，张贤亮写道："1954年，北京就开始建设'新北京'，首先是要把北京市里无业的、待业的、家庭成分有问题的、在旧中国体制内做过小官吏的市民逐步清除出去，名曰'移民'，目的地是西北的甘肃、青海和新疆。我这样家庭出身的人自然是被迁移的对象。"③ 而在早期的创作谈中，张贤亮则说是因为自己没考上大学，就报名去偏僻地区当文化干部。④ 究竟哪种叙述更接近彼时的真实情况，现在已很难查考。但不管怎样，从北京迁往荒凉的西部，毕竟让张贤亮暂时获得了相对宽松的生存环境："在1956年，我却被中共甘肃省委干部文化学校录为教员，似乎家庭出身已不再是求学求职的一大障碍了。总之，我的确感受到了'新时代的来临'。"⑤ 如果张贤亮自此与世无争，也许真能在这片贺兰山阙平静地了却余生。

----

① 参见张贤亮散文《一切从人的解放开始》和小说《青春期》。

② 1955年5月到8月，四百六十八户北京移民分八批陆续抵达黄河边的贺兰县"京星农场"，其中最有名的是袁世凯的六姨太叶蓁、儿子袁巨勋和两个孙子。张贤亮和母亲、妹妹就是其中的一户。参见王鸿谅《寻访》，《朔方》2014年第11期。

③ 张贤亮：《宁夏有个镇北堡》，《收获》2006年第3期。相似的叙述，也见《今日再说〈大风歌〉》，《诗刊》2002年6月上半月刊。

④ 参见《张贤亮谈创作》，《青春》1984年第3期；《作家的修养》《悟性与理性》，载张贤亮《写小说的辩证法》，上海文艺出版社1987年版。关于张贤亮是否高中毕业，山田敬三在《挫折的诗人——张贤亮试论之一》中说："前面引述的那篇文章说，张1954年被北京三十九中开除，保释后复学终至毕业。而《肖尔布拉克》中的主人公仍然带着中学毕业证书奔赴新疆，大概也说明了他实际上是高中毕业了的。"见刘柏青、张边第、王鸿珠主编《日本学者中国文学研究译丛》（第六辑——新时期文学专辑），吉林教育出版社1993年版，第226页。金介甫在《沈从文传》中说，作品可以成为"了解作家本人生活的钥匙"，至少对于张贤亮来说，的确如此。

⑤ 张贤亮：《今日再说〈大风歌〉》，《美丽》，贵州人民出版社2013年版，第181页。

三 《大风歌》与"杀父之仇"

在一般的文学史叙述中,《大风歌》是讨论张贤亮的起点:因为这首在1957年发表的长诗,张贤亮被划为"右派",继而开始长达二十二年的"改造"。事实上,《大风歌》事件不能简单视为一桩冤案,它的内部纠缠着复杂的、不同层面的问题。从张贤亮个人命运的角度说,《大风歌》仿佛一个巨大的旋涡,把诸多与诗歌本身无甚关联的因素卷入其中。与《组织部来了个年轻人》的公案相比,《大风歌》事件至今存在一些看不清楚的疑点,正如洪子诚指出的,"凭这些句子就说作者是'怀疑和诅咒社会主义社会',即使在当年也有些需要相当的想象力……我们难以清楚张贤亮遭难的准确原因。也许得罪了某个领导?或者所在的单位需要一个'右派'?将这些文字和他的出身、家庭问题挂钩也许有更大的可能——这犹如指流沙河写《草木篇》是为报'杀父之仇'"①。张贤亮落难的"准确原因",也就是《大风歌》事件的真相,确实难以完全坐实;或许也不存在绝对意义上的"准确原因"。但是我们仍然可以努力寻找关联性的线索,尽可能靠近事件发生的历史现场。

张贤亮中学时就有诗歌发表,在1956年到中共甘肃省委干部文化学校②教书以后,受到"百花时代"的氛围感染,此前压抑的诗人梦再度勃发,开始更加积极地向全国各地的文学报刊投稿。③

---

① 洪子诚:《〈绿化树〉:前辈,强悍然而孱弱》,《文艺争鸣》2016年第7期。
② 据中国人民大学张欣的博士论文《张贤亮文学创作评价史及反思》(2016)介绍,该校原名中共甘肃省委干部文化学校,1956年春改名为中共甘肃省委第二干部文化学校,是宁夏党校的前身。另据张贤亮在1957年写给《延河》编辑部的信中说:"现在我在学校里教书……这学校也并不是长期的,解散后我就回到农村或到工厂,我要做诗人……"参见"延河"编辑部《本刊处理和发表"大风歌"的前前后后》,《延河》1957年第8期。
③ 根据田美琳编撰的《张贤亮主要生活创作年表》[《宁夏教育学院学报》(社会科学版)1985年第1期],在《大风歌》发表的1957年7月之前,张贤亮已在《诗刊》《星星》《中国青年报》等报刊上发表诗歌六十多首。这份材料的真实性有待查考,因为除在《延河》上发表的几首诗之外,其他诗作都处于"失踪"状态。

1957年初，张贤亮的三首诗歌《夜》《在收工后唱的歌》和《在傍晚唱的歌》，连续三期发表在陕西的文学月刊《延河》之上。这三首诗都是以农民或农垦工人的视角和声口，歌唱祖国和社会主义的新建设。当时的张贤亮被视为"《延河》上顶被器重的新生力量"①，时任《延河》编辑部主任的余念，对于张贤亮的才华颇为赏识。在1957年第3期的《编辑随笔》中，余念在推介《在傍晚唱的歌》时写道："祝福这个青年，愿他的心胸随着对生活的更深更广的追求而更加开阔和充实，愿他的才华发展起来，愿他的歌声更响。"张贤亮的这三首诗，以及《延河》编辑部（特别是余念）与他的互动往来，为后来《大风歌》所引起的风波埋下了伏笔。

关于《大风歌》事件的来龙去脉，署名《延河》编辑部的两篇文章《本刊处理和发表"大风歌"的前前后后》（载《延河》1957年第8期）、《接受本刊七月号错误的教训　为保卫社会主义文学阵地而斗争》（载《延河》1957年第11期）讲得非常清楚。据其所言，事情的大致经过是：《大风歌》在1957年2月就已寄到《延河》编辑部，编辑部当时认为该诗第二部分不妥，本拟于四月号将第一部分单独刊发，后经反复研究抽下；编辑部给张贤亮写信提出批评意见，张贤亮并不服气，寄来言辞更加激烈的回信；编辑部收到来信后，决定全文发表《大风歌》，以期在读者中引起讨论，并嘱张贤亮根据来信撰写简短的后记，与诗作一同配发；张贤亮寄来"后记"，编辑部又认为内容空洞，于是又经延宕，直至七月号才刊发《大风歌》，未发后记，也未以编辑部的名义作出任何说明。

在《大风歌》从投稿到发表的几个月中，正是政治形势急速转向的一段时间：1957年5月15日，毛泽东撰写《事情正在起变化》一文；6月8日，《人民日报》刊发社论《这是为什么？》。《大风歌》发表之后迅速受到大规模的批判，在当时的情势下，也并非完全不可理喻。出自诗人公刘之笔、刊登于1957年9月1日

---

① 安旗：《从矫揉造作的"颂歌"到反社会主义的战歌》，《延河》1957年第9期。

第二章　张贤亮：被革命者的启示录

的《人民日报》的《斥〈大风歌〉》，是所有批判文章中最有影响的一篇。但与普遍的印象相反，对于《大风歌》的批判并非始于《人民日报》，而是从《延河》的自我检讨开始。一些研究者认为是公刘的文章拉开了批判的序幕，可能是受到了张贤亮后期自述文章的误导。① 从事件的前因后果来说，《斥〈大风歌〉》只是《延河》上已经全面展开的批判运动的回响。② 《大风歌》发表于1957年第7期（七月号），同月24日，《延河》编辑部就召开了批判《大风歌》的座谈会，中国作协西安分会主席柯仲平、副主席郑伯奇、胡采全都参加了会议，会上对《大风歌》的定性是"反党反社会主义"的一株"毒草"。③ 随后，《延河》自第8期至第10期连续三期刊登批判《大风歌》的特稿：安旗《这是一股什么风？》（第8期）、安旗《从矫揉造作的"颂歌"到反社会主义的战歌》（第9期）、沛翔《"大风"吹来了什么？——读"大风歌"有感》（第9期）、姚虹《人民的洪流将席卷一切右派分子而去——斥张贤亮的"大风歌"》（第9期）、霍松林《扑灭这股妖风——批判张贤亮的"大风歌"》（第9期）、柴世师与杨清南《张贤亮是怎样的人？》（第10期）。

---

① 如张贤亮《今日再说〈大风歌〉》，《诗刊》2002年6月上半月刊。当时供职于中国人民解放军总政文化部的公刘，为何会捉笔写出批判《大风歌》的文章，目前还没有令人信服的解释。相关分析参见马占俊《"反右"运动中张贤亮及其〈大风歌〉批判始末》，《中国现代文学研究丛刊》2016年第12期；洪子诚《〈绿化树〉：前辈，强悍然而孱弱》，《文艺争鸣》2016年第7期。

② 《延河》第7期（七月号）共有三篇文章（诗歌）受到批判，除《大风歌》之外，还有朱宝昌的《杂文，讽刺和风趣》、平平的《〈论抒人民之情〉读后》。公刘的《斥〈大风歌〉》刊登于《人民日报》1957年9月1日的文艺副刊（第8版），与此前刊于《人民日报》1957年8月18日第8版的苏方《一支蛇泡沫——斥〈延河〉上的一篇文章》（针对朱宝昌的文章）属于同样的情况，和刊登于主要版面的《组织部新来的青年人》的相关讨论性质并不相同。但是，公刘的文章确使《大风歌》由地方性事件升级为全国性事件。

③ 《"延河"编辑部召开会议批判"大风歌"》，《延河》1957年第8期。与"反右"中的其他批判运动一样，对《大风歌》的处理，牵涉《延河》编辑部、作协西安分会内部的人事问题。《延河》编辑部的问题，主要是主编胡采、副主编魏钢焰与编辑部主任余念之间的关系问题。不久后，余念被打为"右派"，详情可参见刊于《延河》1957年第11期（十一月号）的王汶石《批判余念的反动社会思想和文艺思想》、"延河"编辑部《接受本刊七月号错误的教训　为保卫社会主义文学阵地而斗争》。

113

重构"昨日之我"

  理解《大风歌》事态的后续发展，首先要给《大风歌》一个恰切的历史定位。如上所言，《大风歌》共有两个部分。第一部分副标题为"献给在创造物质和文化的人"，其中半数诗行都以"我"字起首（比如后来常被摘出批判的"我向一切呼唤、我向神明挑战/我永无止境、我永不消停/我是无敌的、我是所向披靡的、我是一切！"），尽管这里的"我"是人格化的大风，但是这种强烈风格化的自我张扬，确实可以看作对"郭沫若早期自由体（《天狗》之类）的不高明的模仿"①。但从《延河》编辑部的处理意见来看，问题更为严重的，是以"我在大风中"为副标题的第二部分。② 这一部分（也是整首诗）以这样的诗句收尾："大风呀！/……让你那强有力的和声去宣布/新的时代来临了！/需要新的生活方式！/需要新的战斗姿态！"

  在给《延河》编辑部的回信里，张贤亮是这样解释《大风歌》的创作动机的：

> 编辑同志：难道您们没有感到和平时期青年的精神麻痹了吗？难道您们没有感到生活提高的结果，青年中产生了享乐思想了吗？难道您们没有感到风暴，没有激烈的阶级斗争，没有动荡的革命行为，青年是怎样的在那里想着个人，知识浮浅随波逐流，对时代热爱不深，对生活拥抱不紧吗？请相信我，我没有偏见，没有只看见一部分，我看的是成千个被称为积极分子的人呀！而且很大部分是党员、团员，在南京、在北京、在银川。……"大风歌"就是要把有这种睡眠状态的青年唤醒。③

---

① 洪子诚：《〈绿化树〉：前辈，强悍然而孱弱》，《文艺争鸣》2016 年第 7 期。
② "开始，我们并未站在工人阶级的立场上，以马列主义的观点去首先辨别作品的政治倾向，而迷惑于它的漂亮的外衣，错位的仅认为后一段有不健康的东西，前一段可以单独发表。"参见"延河"编辑部《本刊处理和发表"大风歌"的前前后后》，《延河》1957 年第 8 期。
③ 引自"延河"编辑部《本刊处理和发表"大风歌"的前前后后》，《延河》1957 年第 8 期。

将张贤亮的解释,与《大风歌》结尾的诗行结合来看,该诗可以归入当时"干预生活"的作品序列。而流沙河的《草木篇》,确乎是一个更为贴切,而又令人唏嘘的类比。《大风歌》与《草木篇》的联系,既存在于写作手法和情绪基调的层面,如当时的一篇批判文章所写:"四川文艺界的右派分子流沙河为'中国的知识分子的软弱,感到羞耻';张贤亮为中国的青年'精神麻痹'而满怀'哀愤'。"① 更为深层的联系,则在批判展开的逻辑层面。《草木篇》(刊于《星星》1957 年第 1 期创刊号)诗案早在"反右运动"开始半年之前就已爆发,根据流沙河的回忆,毛泽东在当年 2 月的全国宣传工作会议上就讲到《草木篇》:"我们在民主革命的运动中,伤害了一些人的感情,那些有杀父之仇,杀母之仇,杀兄之仇,杀弟之仇,杀子之仇的人,时候一到就会来一个草木篇。"②

在当时,张贤亮未必知悉毛泽东的这次讲话,也未必了解流沙河的家底,但对《草木篇》与《星星》的命运,他确应有所耳闻,并且心有戚戚。在《延河》后来刊出的,张贤亮在 1957年 4 月 7 日给《延河》编辑部的回信中,他甚至表达了不惜成为第二个流沙河的高蹈姿态:"至于您们考虑到发表出来可能引起各种不同的意见,对我不好,这好意我是感激的,可是如果发表了而引起各种不同的意见或指责,我也不怕,因为我已料到这一点……如果'不同的意见'相同了,一致认为我是'百花'中的'毒草'的时候,也可给人们认识什么是'毒草',擦亮人们的眼睛,主要的请您们考虑刊物是否会被影响(如像《星星》那样)。"③

虽然诸如此类的"厥词"和《大风歌》一起遭到了猛烈的批判,但需要指出的是,在 1957 年,文章受到批判和戴上"右派"

---

① 安旗:《这是一股什么风?》,《延河》1957 年第 8 期。
② 何三畏整理:《"如果不写这个,我后来还是要当右派":流沙河口述"草木篇诗案"》,《看历史》2010 年第 6 期。
③ "延河"编辑部:《本刊处理和发表"大风歌"的前前后后》,《延河》1957 年第 8 期。

帽子虽然密切相关，却仍是不能混为一谈的两件事情。作品性质的界定、对其中错误倾向的批判，通常是由各地作协、文学期刊和批评家来完成。而如何处理作者，是否将其划为"右派"，主要是由作者的所在单位掌握。也有如宗璞那样，小说（发表于《人民文学》1957年第7期的《红豆》）受到严厉指责，但是作者幸免"戴帽"的情况存在。对于张贤亮来说，最终致命的一击，或许还是将《大风歌》与他的家庭背景联系在一起的《张贤亮是怎样的人？》。这篇由他的两位同事执笔的揭发材料，使用了同批判《草木篇》一样的思维逻辑，也就是被张贤亮称为"把人的一切行为和思想都归结于亲族血缘关系的分析方法"①。此文一出，《大风歌》里的"反动思想"，也就获得了扎实的"阶级根源和历史根源"；《大风歌》的写作也就可以和报"杀父之仇"联系在一起。也正因此，张贤亮后来很少抱怨《大风歌》的批判者，却唯独对这篇文章耿耿于怀：

> 一九五七年批判我时，我的一位好友（现在仍是我的好友）在《延河》上发了一篇《张贤亮是什么人》，大部分篇幅却是我祖父和父亲的历史。真如曹操说陈琳的话："苶及先人"，还加了许多艺术的虚构。我理解，他也和陈琳一样，不过是"箭在弦上，不得不发耳"。可是后来，这就成了我一次次的判决书中的主要依据，搞得我有口难辩，苦不堪言。②

张贤亮与这位"好友"之间的故事，也被他写到小说《霜重色愈浓》（1979）之中。小说的主人公之一阚星文，即以当初揭发张贤亮的"好友"为原型；另一主人公周原的原型，就是张贤亮自

---

① 张贤亮：《霜重色愈浓》，《张贤亮选集（一）》，百花文艺出版社1995年版，第60页。本章中《霜重色愈浓》的小说文本，均引自该版本，下不出注。
② 张贤亮：《从库图佐夫的独眼和纳尔逊的断臂谈起——〈灵与肉〉之外的话》，《小说选刊》1981年第1期。

己。① 有趣的是，阚星文是由于自己的恋人被周原抢走，而在"反右"运动中揭发周原的。这让我们想到，《张贤亮是怎样的人？》中还有这样的话："（张贤亮）到校后，经常与右派分子刘俊新等散布反党、反社会主义的言论。并玩弄一位教师的爱人。"或许也只有在张贤亮这里，如此沉重的历史还能留有令人莞尔的缝隙。张贤亮出身不好，但也不能把所有的问题都推给他的祖父和父亲；张贤亮的个性诚如王蒙的评价，"精力充沛，好事好动"，且有强烈的自我表现欲。② 根据这份材料后半部分的"揭发"，"鸣放"期间言行过激和"私生活"方面的问题，是在《大风歌》和家庭背景之外，导致张贤亮被划为"右派"的两个因素。而张贤亮的"右派分子"身份，实际上又混杂了"资产阶级分子""关、管、斗、杀分子子女"和"反党反社会主义坏分子"的多种成分。

四 两个农场之间的张贤亮

张贤亮于1958年5月14日被押送贺兰县西湖农场，从此开始了他正式的"劳动改造"生涯。1961年12月，张贤亮第一次劳改释放，到南梁农场就业，身份是农业工人；1962年9月，社会主义教育运动在全国开展，张贤亮罪行升级，1963年7月28日被银川地区中级人民法院以反革命罪判处管制三年，就在南梁农场

---

① 有必要重申，张贤亮的小说是通向他个人生活史的暗道。《霜重色愈浓》中写道："反右派斗争一开始，他的一篇题为《谈邹忌讽齐王纳谏》的历史小品就突然被报刊点名批判了。开始时调子并不高，可是自他的一个好朋友在省报上发表了一篇题为《周原——地主阶级的孝子贤孙》这样的揭发性文章以后，炮火一下子就猛烈起来。因为联系到他的祖宗三代，不仅这一篇文章，就是他过去发表的每一个字、每一个标点符号都成了一个个故布的疑阵了，人们非要去追究隐藏在它后面的'真实'意图不可。于是，在最后定案时，他终于被打成'右派'，送到农场去劳动教养。"但总的来说，从处理个人历史的隐衷角度来看，张贤亮不是不依不饶的人，《霜重色愈浓》也是一篇相当"大度"的小说。张贤亮甚至将自己思想和经历的一部分，分给了本应是反面人物的阚星文。王晓明在《所罗门的瓶子》中将这篇小说的主题归结为"男主人公的背叛行为"，和对这种背叛的"自我辩解"，其实并不确切。这里涉及的问题，还是笔者在王蒙一章就已提出的，在现实和小说的双重层面，受害人如何对待加害人的伦理难题。

② 王蒙：《王蒙自传·第二部 大块文章》，花城出版社2007年版，第192页。

执行;① 1965年社教运动再掀高潮,管制期未满的张贤亮再被判处三年劳教,再次押送西湖农场;1968年第二次劳改期满释放,再回南梁农场,此时已值运动的高潮,张贤亮又被"造反派"定性为"反革命修正主义分子",投入农场群专队,即俗称的"牛棚";1970年又在"一打三反"中被抓进农场兵团私设的监狱,也就是所谓的"土牢",不久被放出,继续在南梁农场和普通农工一起劳动,直至1978年。

以上这些经历,就是张贤亮自己概括的"两次劳教、一次管制、一次群专、一次关监"②。在他的自述中,二十年间他在仅有一渠之隔的西湖农场和南梁农场来来回回,运动来时被押到西湖农场劳改,释放之后就到南梁农场就业,始终处于抓了放、放了抓的鬼打墙状态。对于一个人的一生来说,二十年的时间绝不算短,无聊与无望更会延展它的长度。但也如前所述,张贤亮的"长二十年"不可能是均质的,而必然伴随着处境与心态的起起落落。因此,尽管绕来绕去的枯燥材料不免让人头疼,但是我们还是不能放过西湖农场与南梁农场,以及身在两个农场的张贤亮间的微妙区别,这对理解张贤亮以"劳改"生活为题材的小说非常重要。

西湖农场始建于1956年,位于银川市新城北部,因场南境有西湖而得名。地势低洼,场境原多为湖泊,1950年代开挖四二干沟后,湖沼洼地自然疏干而垦为耕地。③ 1957年起,西湖农场改为由甘肃省贺兰县(1958年以后属宁夏回族自治区)公安厅管理的劳教农场,与著名的夹边沟农场属于同样的性质,都是集中关押未经法院判决的"右派分子"和"坏分子"的。据高尔泰所说,夹边沟农场也是在1957年由监狱劳改农场改为劳教农场,"'劳动教养'这个词,以及它所指谓的事物,是1957年的新生事物,历史

---

① 此处资料来源于宁夏审判志编纂委员会编《宁夏审判志》,宁夏人民出版社1998年版,第234页。张贤亮在不同文章中对于"管制"和第二次劳改的自述略有出入,应以档案资料为准。

② 张贤亮:《满纸荒唐言》,《飞天》1981年第3期。

③ 西湖农场与南梁农场的资料,参考宁夏百科全书编纂委员会编《宁夏百科全书》,宁夏人民出版社1998年版;中国城市信息交流研究部编《中国农垦企业大全》,中国城市经济社会出版社1990年版。

上从未有过（以前只有'劳动改造'一词）。进来以前，没人知道劳教农场是个什么样子。来自五湖四海的人们，带来许多事后看起来非常可笑的东西：二胡、手风琴、小提琴、象棋、溜冰鞋、哑铃、拉力器，等等之类，画家毕可甚至带来了画箱、画架和一大卷油画布，重得背不动。……"① 关于领教"劳教农场"为何物的"可笑的"过程，张贤亮也有极其相似的叙述："老母牵着幼小的妹妹倚着土坯房的黄土墙目送我远去，虽依依不舍，但以为我好像还有远大前程，因为在她有教养的头脑里，'教养'一词总是与'绅士'连在一起的，绝对和'苦役'不相干；我也仿佛觉得经过一番'教养'会'重新做人'，并不十分悲伤。书全部装在一个黄色的藤条箱里，可是到了劳教农场，管教干部却把文艺书籍都没收了，只允许带《资本论》进'号子'。"②

在基本生存的层面，张贤亮在西湖农场的第一次劳改，特别是1960年年底，是最为艰难的一段，甚至一度令他在生死之间徘徊。在西湖农场，劳教犯人每天在农场委任的队长的带领下劳动，劳动以农活为主，因西湖农场的水田多，春夏季主要活计是稻田薅草。但当时劳教犯人面临的最大凶险，不是队长的苛刻和高强度的劳动，而是严重的饥饿。在条件最为恶劣的时候，张贤亮有过饿得不省人事的经历。③

相较而言，张贤亮在南梁农场的处境就要改善很多。南梁农场地处银川市北郊，与西湖农场隔渠相邻，但是两个农场的场部相距近30公里。④ 虽然同样名为农场，但南梁农场与西湖农场性

---

① 高尔泰：《寻找家园》，北京十月文艺出版社2014年版，第139页。
② 张贤亮：《雪夜孤灯读奇书》，《南方周末》2013年7月25日。
③ 这段经历在《绿化树》和《男人的一半是女人》中都有提及。张贤亮1960年在西湖农场的详细情况，主要参见其日记体小说《我的菩提树》，和意识流小说《习惯死亡》。此段另外参考的一份材料，是同时期在西湖农场的贾仁怀写于1964年的《思想检查》，参见段怀君《难忘艰苦岁月中西湖农场劳教所的几件事》，载周生俊主编《灵武文史资料（第八辑）》，内部资料，2009年。
④ 笔者在2017年7月和11月，两赴银川实地探访。西湖农场现已不存，改建为阅海公园，但仍保留当年的场部，就在阅海公园以北，紧靠北绕城高速。南梁农场现为宁夏枸杞企业集团公司，与镇北堡西部影视城相距不远。

质完全不同,是与"大墙"无涉的农业生产单位。南梁农场于1953年建场,起初是属于农垦部门管理的国营农场,1965年改制为军垦单位,划归兰州军区生产建设兵团,编为农建十三师五团。①张贤亮1968年第二次劳改释放,再次从西湖农场到南梁农场就业时,南梁农场已改成连、排、班的军事编制。这也就是为什么,张贤亮会在1970年被关进农场兵团私设的"土牢"里。抛开这短暂的关监时期不论,张贤亮在南梁农场的身份是农业工人,所谓的"自食其力的劳动者"(《绿化树》),处于相对自由的状态。

如果我们将张贤亮的小说讲述的年代,与他改造的"时间表"和"路线图"相互参照,那么以上引述的材料,就有了显示问题的潜力。我们知道,张贤亮本拟写作的总题为"唯物论者的启示录"的九个系列中篇小说,最终只完成了《绿化树》和《男人的一半是女人》。《绿化树》的故事从1961年12月1日开始,那一天正是张贤亮第一次劳改释放的日子。如果带着张贤亮的生平资料重读小说,跟着章永璘一起登上海喜喜的马车,早晨出发,傍晚赶到南梁的场部报到,当能体会到主人公那种压抑中的喜悦。在《男人的一半是女人》里,章永璘与黄香久的第一次相遇是在1967年的劳改大队,但是这一部分只是小说的"引子"。故事的主体部分发生在八年之后的1975年,从章、黄二人在南梁农场羊圈的重逢开始。如此说来,《绿化树》和《男人的一半是女人》中的故事,都发生在张贤亮作为农工而不是劳改犯人的松弛期,是他劳改生涯的相对高点,生活在一片微茫中隐藏着改变的希冀。这样看来,它们不是通常认为的劳改队小说、大墙文学,或者说只能算是准劳改队小说、准大墙文学。

王蒙曾经戏称从维熙是"大墙文学之父",张贤亮是"大墙文学之叔"。除去文本内部的差异外,如果将"之叔"与"之父"的

---

① 南梁农场由农垦转为军垦的过程,可以参看张贤亮小说《土牢情话》中有关农场的"闲笔"。

劳改经历两相对比，二者最为明显的区别不在饱经磨难的"特殊生活"领域，而恰恰在于日常生活的世界。尽管从维熙与妻子都深陷大墙，接二连三的变故压得人透不过气，但是与妻子、母亲、儿子的情感联系，毕竟构成了一个相对独立的"小世界"和"小气候"。而在1969年母亲过世之后的很长一段时间里，张贤亮的生活世界——无论是现实的还是想象的——只有他自己。张贤亮小说中的女人们，马缨花（《绿化树》）、黄香久（《男人的一半是女人》）、李秀芝（《灵与肉》），都有真实的人物原型，但张贤亮相对稳定的两性关系，至少要在1975年之后才得以确立。张贤亮在公开文章中提到过的，只有《一切从人的解放开始》中写到的"陈姓坏分子"，也就是黄香久的原型。在这篇文章中，张贤亮说他是在1977年与这位"同一生产队、同被管制的'坏分子'"同居，但据张贤亮南梁农场的故旧颜灯标回忆，他们在1970年代中期就已经一起过日子了："那个女的也是吃过苦的，兰州人，在西湖农场劳改，后来跟劳改队的一个干部结婚了，可她就是喜欢张贤亮，要跟丈夫分开。……她很能干，做的面条很好吃，把张贤亮伺候得非常好，'文革'期间也跟着张贤亮一起陪斗。"① 但是，无论张贤亮如何反复地以小说的形式表白和讲述，无论他的亲朋故旧、邻里乡亲提供了多少桃红色的"逸事"，我们还是很难想象张贤亮劳改生涯的生活细节。举目无亲的张贤亮，从哪里寻找支持自己的力量？这个欲望的缺口，对于理解张贤亮或许有着原点性的意义。

诚如夏志清所言，"较之软心肠的庾信和曹雪芹，张贤亮在情感上就显得更加坚韧、更加现代，也更有适应力"②。事实上，张贤亮在"改造"生涯中，一直有着强烈的求生意识，并且以笔作为武器，积极地寻找改变命运的机会。尽管直到1979年，张贤亮

---

① 王鸿谅：《那个叫章永璘的张贤亮》，《三联生活周刊》2014年第42期。笔者2017年7月去宁夏探访时，亲自向颜灯标核实过这段故事。
② 夏志清：《张贤亮：作者与男主人公——我读〈感情的历程〉》，李凤亮译，《中山大学学报》（社会科学版）2008年第5期。

才因发表小说的契机而走出农场,① 但是在此之前,他还有过多次未遂的尝试:1960 年在劳教队,写作以西湖农场党委书记为主人公的人物特写《永放红光》,投稿给《宁夏日报》,被认为与事实不合,未被采用。② 1962 年以笔名张贤良在《宁夏文艺》上发表三首诗歌,后来身份被发现,受到农场政治处批评。③ "文化大革命"结束后,张贤亮集中阅读了马克思、恩格斯、列宁的经典著作,整理出了几万字的哲学和政治经济学的论文,雄心勃勃地投稿给《红旗》,然而被相继退回;投寄出去的诗歌也是音信杳然。在这样的情况下,张贤亮才转而写小说。从创作动机的角度看,张贤亮属于"本无意为小说"的一类,1979 年几篇小说的发表,不过是他屡战屡败之后,一次偶然的成功。对于那时的张贤亮而言,论文、特写、诗歌、小说,乃至任何文体、任何类型、任何主题、任何形态,皆不过是黑猫与白猫的区别,就其目标而言,是殊途同归。这可以说是一种特殊时期特殊形式的"为人生"的写作。

第二节 "我"的退化:自传主人公发展史

如不少评论家指出的,张贤亮的写作始终带有自我表现的迷恋。截至 1985 年发表的《男人的一半是女人》,张贤亮就已经在五篇小说中,塑造过四个以他本人为原型的成人态主人公。他们是《霜重色愈浓》里的周原、《土牢情话》里的石在、《灵与肉》里的许灵均、《绿化树》和《男人的一半是女人》里的章永璘。④ 这还不算以其少年生活为素材的《初吻》和同样包含自身经历的《吉普赛

---

① 从 1978 年年底开始,张贤亮试写小说《四封信》《四十三次快车》《霜重色愈浓》《吉普赛人》,投稿给《朔方》编辑部,备受赏识。《朔方》随即于 1979 年第 1 期、第 2 期、第 3 期和第 5 期的重要位置,连续刊发这几篇小说。小说发表后受到宁夏回族自治区领导和文联领导的重视,同年底,张贤亮就被调到《朔方》编辑部。详情参见本书附录笔者对冯剑华女士的访谈。
② 参见张贤亮《张贤亮长篇小说系列:我的菩提树》,人民文学出版社 2014 年版,第 17—51 页。
③ 张贤亮:《我与〈朔方〉》,《朔方》1999 年第 10 期。
④ 参见本书绪论第三节表 0–1。

人》。四位自传主人公所对应的生活段落不尽相同,但都落在张贤亮因"右派"落难的时间范围内,因此可以说,张贤亮是在写作生涯展开的过程中,将同一个"我"的故事反复讲了五次。而就像《绿化树》中有马缨花、《男人的一半是女人》中有黄香久,五篇小说中都有一个与"我"构成对位的女主人公。因此,从男主人公的身份、性情、言行,以及他与女主人公关系的微妙变化中,应能看到这位自传主人公的发展历程。但与一般的印象相反,一种极具意味的悖反恰恰在此发生。从1979年到1985年,张贤亮的小说在思想和艺术上不断深化,但是他笔下的自传主人公却不断退化,从强健而愈发孱弱、萎缩,最后甚至于"猥琐"①。个中原因,委实耐人寻味。

《霜重色愈浓》在前面已有提及,它与张贤亮1979年发表的另外三篇小说一样,都有一个明确的政治主题作为出发和落脚点——《四封信》的中心是揭批"四人帮",《四十三次快车》和《吉普赛人》的背景是1976年4月5日的"四五运动",《霜重色愈浓》的批判对象则是"评法批儒"运动。重返中学教师岗位的周原,提出应在语文教材中消除崇法反儒的痕迹,补充孔子、孟子的选篇和王安石的《元日》等。这一触犯禁忌的提案,最终获得校长阚星文的支持,周原与阚星文也因此消除了曾经的芥蒂。阚本是周原的发小,后来因爱上同一个女人而反目;在"反右运动"中,阚写出了致周原于死地的揭批文章。周原的教育背景、工作经历、婚姻状况都与张贤亮本人有别,唯独在1957年打成"右派"的原因,以及被阚星文揭发的家族血统问题上,就连具体细节也高度相关。②小说中的周原,虽然有知识分子的敏感和浪漫气质,却也是铁肩担

---

① 或许是出于对张贤亮"自恋式"写作的反感,洪子诚在《〈绿化树〉:前辈,强悍然而孱弱》(《文艺争鸣》2016年第7期)中,以其少见的刻薄写道:"不过还是要感谢张贤亮,在'新时期'文学众多苦难英雄的知识者形象中,他补充了这样的自得,然而矫情、猥琐的图像,这使历史不那么条理化,或许能让文学叙述与'历史真实'之间不致离得太远。"

② 小说写道,阚星文和周原本是无话不谈的好友,"在北京,他的家和周原的家相隔仅一条胡同,他知道周原的祖父是清朝末科进士,曾当过一任七品县官,而周原的早已死去的父亲,是一个沉湎在琴棋书画中终生无所事事的破落户子弟,他从未见过面的伯父却是黄埔军校二期的学生,国民党军队中的一个高级幕僚"。

道义的硬汉。他与阚星文的恩怨情仇,在张贤亮写来仿佛两个俄国贵族的决斗。最能显示性格的一幕,出现在两人重逢的时刻:

> 这两个人身高、肩宽、年龄都相同,都有一个圆圆的硕大的头颅和一副聪明的面貌;尽管两个头颅上的黑发中已夹杂着银丝,眉宇之间却都仍然透出勃勃的英气。……这两个二十一年没有见面的密友和敌人就这样默默地,然而又是气概轩昂地对视着,好像谁也不愿意首先饶恕对方,在周原的眼神里,更有一股挑战的意味。

在与文玉奇的婚姻关系中,周原也是主动、强势的一方,始终在劝慰着自己的妻子,而不是像《绿化树》《男人的一半是女人》那样阴阳颠倒。值得一提的是,文玉奇的身份是周原的同学、北京师范学院的高材生,是在知识和文化上与男主人公平起平坐的"读书人"。但是我们很难说清,对于张贤亮而言,文玉奇与后续女主人公的区别,究竟只是在人物设置的层面,还是因为源自不同的"原型"。

知识浅薄的女性形象在张贤亮小说中的首次亮相,是写于1980年的中篇《土牢情话》。也是从这篇小说开始,女性变成了男主人公的拯救者。《土牢情话》的故事背景,是张贤亮在1970年被关进农场土牢的经历,小说的人物、细节,大多有实际生活的原型。女主人公乔安萍是农场土牢班长,却对她负责看押的犯人石在渐生情愫,继而参与了他们的"越狱"计划。乔安萍没有文化,但是心地真纯,对石在一片痴心。可惜石在却是外强中干,在连首长们的逼供下屈打成招,葬送了他和乔安萍的未来。石在在小说中有一段深刻的自我剖白:"(过左的)观念,会使一部分人的自我膨胀起来,也会使另一部分人的自我萎缩下去。尽管后一种人里也有品格无可指摘的人,但他们的精神境界总是卑微低下的,因为他们承认前者的膨胀,也承认自己的无权;他们安于自己卑微的地位,甘于逆来顺受,甘于放弃自己的独立思考。而不幸我正是这后

第二章　张贤亮：被革命者的启示录

一种人。"① 这样的石在，精神强度自然无法和周原相比，但其实也无可厚非，或许是更接近于历史实际的常人，而且至少还有"基度山伯爵的神态"，后来也有自省。《土牢情话》的叙事结构类乎鲁迅的《伤逝》，通篇以石在的第一人称口吻讲述，而他之所以要写出这个故事，也是"要写出我的忏悔，写出我的祈祷"。此外，小说中的乔安萍虽然已是拯救者的角色，但是她与石在的感情关系，还是嵌套在专政与被专政的阶级关系之中。因此，她还不是马缨花那种肉体与精神意义上的拯救者。

到了《灵与肉》中，男主人公的主体精神又被进一步削弱。许灵均命途多舛，但也逆来顺受。"右派"戴帽，他抱着农场的马儿痛哭失声；"右派"摘帽，他捧着主任的手号啕大哭。即使是和李秀芝的婚姻，起初也是完全被动的。用秀芝的话说，许灵均是"老实巴交的下苦人，三脚踢不出个屁来，狼赶到屁股后头都不着急"。至此，从《霜重色愈浓》中普希金式的贵族，到《土牢情话》中的基度山伯爵，再到《灵与肉》中的老实人（窝囊废），自传主人公的退化轨迹已可清晰勾勒。而退化的终点，则是《唯物论者的启示录》中的章永璘。更确切地说，从周原到章永璘，张贤亮笔下男主人公的发展，是双重的倒退：在男性气质上，章永璘是贾宝玉；在道德水准上，章永璘是陈世美——至少在一些研究者看来如此。那么，张贤亮为何如此倾心于"退化"的书写，是深层结构的反讽，还是对圆形人物、复杂人性的艺术追求，抑或是要为主人公艰巨的思想改造预留空间？其实并不容易解释。但无论如何，塑造并且维护一个高大的、英雄式的自我形象，肯定不是他反复讲述同一个故事的动力所在。在现代小说中出现的"反英雄"（antihero）概念，或许有助于解释部分缘由，如福楼拜，就自诩是第一个有能力取笑自己笔下主人公（英雄）的小说家。② 不过，被

---

① 张贤亮：《土牢情话》，《张贤亮选集（二）》，百花文艺出版社1995年版，第80页。

② 参见莫娜·奥祖夫在《小说鉴史：旧制度与大革命的百年战争》中的讨论（周立红、焦静姝译，商务印书馆2017年版，第270页）。

张贤亮取笑的章永璘们，不只是小说的主人公，还是自传主人公。如果我们还记得，同样具有强烈自传意识的王蒙，也只是承认许多小说的"正面人物身上有我的某种影子"。张贤亮或许确实是自恋、自怜的，但他又不惜让自己在小说中的投影，叠加反面人物的复杂品质，这无疑是不和谐、不正常的，也是不简单的。个中的多重意味，将在以下对《唯物论者的启示录》的读解中继续讨论。

第三节　通往红毯之路
——重读《唯物论者的启示录》

一　章永璘与张贤亮

2014年9月28日，张贤亮因病与世长辞。中国作家协会的唁电高度评价了他的文学成就："张贤亮同志是我国当代著名作家，'反思文学'的杰出代表。他为我国新时期文学的繁荣发展做出了突出贡献，创作出许多优秀作品。"

在"盖棺定论"中将张贤亮称为"反思文学"的代表，应该是就《灵与肉》《绿化树》和《男人的一半是女人》等代表作而言。如果在"反思文学"的视野中看，张贤亮的小说以相对严格的个人经历为标本，呈现出强烈的内向性和个人化特征。沈从文所谓的"照我思索，可理解我；照我思索，可理解人"，恰好可以用来注释张贤亮的"反思"的独特品质。

这种"反思"的方法论，被张贤亮完整地表述在《绿化树》开篇的《唯物论者的启示录》的"总序"之中：

"在清水里泡三次，在血水里浴三次，在碱水里煮三次。"阿·托尔斯泰在《苦难的历程》的第二部《一九一八年》的题记中，曾用这样的话，形象地说明旧知识分子思想改造的艰巨性。当然，他指的是从沙俄时代过来的资产阶级知识分子。

然而，这话对于曾经生吞活剥地接受过封建文化和资产阶

第二章　张贤亮：被革命者的启示录

级文化的我和我的同辈人来说，应该承认也是有启迪的。于是，我萌生出一个念头：我要写一部书。这"一部书"将描写一个出身于资产阶级家庭，甚至曾经有过朦胧的资产阶级人道主义和民主主义思想的青年，经过"苦难的历程"，最终变成了一个马克思主义的信仰者。

这"一部书"，总标题为"唯物论者的启示录"。确切地说，它不是"一部"，而是在这总标题下的九部"系列中篇"，现在呈献给读者的这部《绿化树》，就是其中的一部。①

尽管像阿城未完成的"八王"系列一样，《唯物论者的启示录》的构想也是大业未半即告废止，因而无论从整体结构还是人物形象上，都有它的片面性、未完成性。但从"总序"和仅有的两部小说（《绿化树》《男人的一半是女人》）中，已经足可见出张贤亮拟的总体蓝图，和他为主人公章永璘规划的发展（改造、转变、超越）道路。任何一条道路的设计，最重要的就是两个端点——起点与终点。因为起点与终点的选择，直接关联到核心价值，即是关于"我"是谁、从何而来、身在何处、向哪里去等终极问题的回答。而正是终点的设置，在作品发表后引起巨大的争议。这就是《绿化树》的结尾：

> 1983年6月，我出席在首都北京召开的一次共和国重要会议。军乐队奏起庄严的国歌，我同国家和党的领导人，同来自全国各地各界有影响的人士一齐肃然起立，这时，我脑海里蓦然掠过了一个个我熟悉的形象。我想，这庄严的国歌不只是为近百年来为民族生存、国家兴盛而奋斗的仁人志士演奏的，不只是为缔造共和国而奋斗的革命先辈演奏的，不只是为保卫国家领土和尊严而牺牲的烈士演奏的……这庄严的乐曲，还为

---

① 引自《张贤亮选集（三）》，百花文艺出版社1995年版，第162页。本章中《绿化树》和《男人的一半是女人》的小说文本，均引自该版本，不另出注。

了在共和国成立以后，始终自觉和不自觉地紧紧地和我们共和国、我们党在一起，用自己的耐力和刻苦精神支持我们党，终于探索到这样一条正确道路的普通劳动者而演奏的吧！他们，正是在祖国遍地生长着的"绿化树"呀！那树皮虽然粗糙、枝叶却郁郁葱葱的"绿化树"，才把祖国点缀得更加美丽！

啊，我的遍布于大江南北的、美丽而圣洁的"绿化树"啊！

这个结尾之所以引起争议，不仅在于文本内部。还是因为，仅由起点和终点来看，从劳改队到红地毯，小说之内章永璘的路，就是小说之外张贤亮的路。从叙事学的角度讲，结尾的这两个段落属于"直接的、无中介的议论"，即作者越过主人公，以"本人身份"对读者作出的"直接致辞"。① 反过来，从阅读效果来说，这样的大段议论，无异于向读者宣告小说的叙事者就是作家本人，这使得作者与主人公之间形成了"不正常"的关系。写作《绿化树》时的张贤亮，已经是弓马娴熟的小说家，他固执地坚持一个技术层面的败笔，恰恰说明这种"不正常"是技术层面之外的症候。

巴赫金总结过作者偏离对主人公的正常态度的三种情况："第一种情况：主人公控制作者。主人公的对象性情绪和意志立场，即他对世界的认识和伦理立场，对作者具有极大的权威性，因此，作者不能不用主人公的眼光去看对象性世界，不能不完全从内部去体验主人公的生活事件；作者不能在主人公身外找到一个有信服力的和稳定的价值支点。""第二种情况：作者控制主人公，把起完成作用的因素纳入主人公内部，作者对主人公的态度部分地成为主人公对自己的态度。主人公开始自己说服自己，作者的反思被放入主人公的心灵或嘴里。""第三种情况：主人公是自己的作者，他从审美角度思考自己的生活，仿佛在扮演一个角色；这种主人公不同于浪漫主义的无定形的主人公和陀思妥耶夫斯基的负疚的主人公，

---

① ［美］韦恩·布斯：《小说修辞学》，华明、胡晓苏、周宪译，北京联合出版公司2017年版，第15页。

是自鸣得意的、满怀信心地从艺术上完成化的主人公。"① 综观《绿化树》和《男人的一半是女人》中的章永璘，介乎巴赫金所说的第二种与第三种情况之间，与相应描述存在诸多可以讨论的相似之处。但我认为，考虑到章永璘是典型的自传主人公，考虑到这两部小说在当代文学实际的接受情况，章永璘所体现的"不正常"，可以说是双重的"不正常"：一种是作者与主人公的不正常关系（如巴赫金所分析的）；另一种是作者（有意无意间）使自己的读者，偏离对于主人公、对于主人公与作者关系的正常理解。后者更为罕见，也更具症候性。

　　通常来说，将作者、叙事者、主人公区隔开来，是专业研究的基本常识。但在《唯物论者的启示录》中，以上三者经常形成难以分割的"粘连"状态。两篇小说都以第一人称叙述展开，章永璘既是主人公，也是叙事者，而且营造出极其逼真的"写实"幻觉。黄子平当时便敏锐地指出这一问题："在这种角度里，作者能极为真实地深入地再现青年知识分子当年的灵魂深处的每一次细微的震颤，使之与主人公所处的社会环境、具体处境，与人物的性格逻辑、思维逻辑都丝丝入扣。与此同时，读者也就很难把今天的作者与二十年前的章永璘区分开来，把作品的思想倾向和人物的心理状态区分开来。"② 也就是说，置身于"文如其人"的沉浸式氛围，即使老成持重的研究者，也难免轻忽章永璘和张贤亮的界限和差异。

　　其实，由人物而作者的解读方式，存在相当程度的风险，无论在技术还是伦理层面。因此，当论者尝试沿此路径展开精神分析时，往往要作出预先声明，划定作者与人物在人格上的边界："如同弗洛伊德一样，这些文字并非对作家本人道德状况的指摘，而只是试图探查他作品中所包含的可能的无意识内容，是对于人物心理的一种推测而已。尽管我们都清楚，'人物其实就是作者的一部

---

① ［俄］M·巴赫金：《审美活动中的作者和主人公》，《巴赫金文论选》，佟景韩译，中国社会科学出版社1996年版，第372页。
② 黄子平：《我读〈绿化树〉》，《文艺报》1985年第11期。

分'，但对于人物的态度未必就是指向作者的态度，因为作家是有修养和道德的，人物则不必。因此某种程度上，对于人物精神状况的分析，虽然有对作家精神世界进行'窥探'的嫌疑，但终究不是一种道德侵犯。"① 而由于读者、作者、主人公的不正常关系，张贤亮的情况恰恰相反。对人物进行精神分析的方式，反而可能纾解过往加在张贤亮头上的道德压力。张贤亮的品行、作风，当然与任何公众人物一样，都可以被议论和批评，但不应该是以其作品和人物作为例证。

在形式层面，章永璘第一人称的叙述，又总是呈现出相互消解的多层自我。他常常一边讲述故事、交代自己的言行，一边供出言行背后的内心活动，与此同时又对身体和心理的双向活动进行评价，往往带有愧恶、悔恨、自怨自艾等否定性情绪，仿佛从章永璘的身体里，总会忽然钻出一个妖魔，又仿佛有个坏孩子在他背后学舌。这造成了解读的难度，但也正是解读的意义。无论如何，即使从自传性的角度出发，对于张贤亮及其小说的有效分析，也必须始终谨慎、精细地区隔其人与其文。

二 "翻身"的故事：创伤与补偿？

如果说《唯物论者的启示录》（以下简称《启示录》）展现的是从劳改队到红地毯的历程，那么在最切肤的自叙传层面，《启示录》就不是一个"受难"的故事，而是一个"翻身"的故事。在韩丁（William Hinton）描述"土改"的《翻身——中国一个村庄的革命纪实》中，"翻身"被视作中国革命创造的一个重要的新词汇，"它的字面意思是'躺着翻过身来'。对于中国几亿无地和少地的农民来说，这意味着站起来，打碎地主的枷锁，获得土地、牲畜、农具和房屋。但它的意义远不止于此。……总之，它意味着进

---

① 张清华：《春梦，革命，以及永恒的失败与虚无——从精神分析的方向论格非》，《当代作家评论》2012年第2期。

第二章　张贤亮：被革命者的启示录

入一个新世界。"① 蔡翔对中国社会主义文学的讨论，则将"翻身"与工农阶级的"尊严"联系起来："'翻身'不仅仅是经济的，更是政治的。普遍的尊严感的确立，才可能使工农真正获得一种'翻身'的感觉，在这一意义上，社会主义需要挑战的，已经不仅仅是资本主义，而是自有阶级以来的所谓的人类社会的等级传统。"②

张贤亮的"翻身"故事则不同，它展现了"躺着被翻下去，再努力翻上来"的更为艰难的过程。在与中国革命的关系中，张贤亮笔下地主、资产阶级及其子女的叙述，正是蔡翔的阐释框架所遮蔽的那一部分。《绿化树》中以《资本论》读后感的形式所呈现的可谓一种"颠倒"（着重号为笔者所加）：

> 马克思是那么妙不可言地用几笔就勾画出资本家与工资劳动者的关系：
>
> "离开简单流通或商品交换的领域……剧中人的形象似乎就有些改变了。原来的货币所有者，现今变成了资本家，他昂首走在前面；劳动力的所有者，就变成他们的劳动者，跟在他后头。一个是笑眯眯，雄赳赳，专心于事业；别一个却是畏缩不前，好像是把自己的皮运到市场去，没有什么期待，只期待着剥似的。"
>
> 睡下以后，这一幅生动的画面还在我脑海中萦绕，不过它变成了这副样子：走在前面的，是我的伯父、父亲和他们崇拜的"专心于事业"的摩根们；跟在他们后面的，是一大群他们所雇佣的工人。但这幅画一瞬间又变成了另一副样子：现在，工人走在前面了，"笑眯眯，雄赳赳，专心于事业"，而原来走在前面的却跟在后面，"畏缩不前，好像是把自己的皮

---

① ［美］韩丁：《翻身——中国一个村庄的革命纪实》，韩倞等译，北京出版社1980年版，第6页。

② 蔡翔：《革命/叙述：中国社会主义文学—文化想象（1949—1966）》，北京大学出版社2010年版，第284页。

> 运到市场去，没有什么期待，只期待着剥似的"。而我呢，一个穿着烂棉袄、蓬头垢面的乞丐似的人物，既无法和走在前面的工人一样"笑眯眯，雄赳赳，专心于事业"；也没有什么再可"剥"的了，所以只得踟蹰在二者之间，进退不得……

通过对《资本论》的阅读，章永璘看似将个人的身世感，提升到政治阶级学的高度。但实际上，在他脑海中萦绕的"革命"画面，仍不过是"颠倒"，只是等级顺序的调换（"原来走在前面的却跟在后面"）。如同《白鹿原》中的"翻鏊子"，被煎烤着的锅盔上翻下覆，但是"鏊子"喻指的结构本身却是岿然未动。在《绿化树》中，章永璘自认为"有罪"，却不是他本人犯下的"罪行"（crime），而是预先决定的一种"原罪"（sin），只是因为他有"高老太爷式的祖父和吴荪甫式的伯父、父亲"。虽然他借但丁的《神曲》安慰自己，发出"我所属的阶级覆灭了，我不下地狱谁下地狱"的反问，甚至断言"没落的阶级家庭出生的最后一代，永远不能享受美好"，但很难说这是人物/作者的生活实感，还是嵌在《资本论》《神曲》神话结构中的艺术想象。值得注意的，反而是这幅画面中章永璘的自我描述——"只得踟蹰在二者之间，进退不得"。按照时间的顺序，在《启示录》其余的部分里，章永璘这种"进退不得"的状态，直到《男人的一半是女人》所讲述的1975年才有了改变的希望：

> 但是，这个信息（指邓小平平反的消息——引者注）非同一般。直觉告诉我外面是真正要起变化。一股火焰穿过烟囱；一股热流贯穿我周身的血脉。同一条船上翻下来的，不管是先翻下来的或是后翻下来的，现在终于有一个人爬上来那条大船，并担任了船长。

将自己称作与邓小平命运相系的"同船人"，确乎是匪夷所思的惊人之语，但对理解《启示录》十分重要。《启示录》在大历史与自叙传之间建立起一种特殊的上下联动机制，而张贤亮的倾向也在其中清晰呈现。《男人的一半是女人》的故事结束于1976年1月，章永璘在大喇叭里听到周总理逝世的消息，决定与黄香久离婚，逃离农场。为了顺利离开，章永璘找到好友罗宗祺（他的身份是另一个农场的团场长，被章永璘称为党内"民主派"）帮忙，二人忧心忡忡地谈起国家的政治走向。章永璘称他此番逃亡还没有明确的计划，但是总感觉会有一次真正属于人民的运动。这遭到了罗宗祺的驳斥，罗坚持认为，只有船长真正更替，船行的方向才可能改变。

在其他场合，张贤亮从不遮掩"归来者"与"新时期"体制的唇齿相依，不讳言对邓小平的感激，也不惮于承认自己是"三中全会的既得利益分子"①。张贤亮为纪念改革开放三十年而作的长文《一切从人的解放开始》，可以视为《唯物论者的启示录》的一篇颇具深度的创作谈。张贤亮开门见山地指出，"邓小平倡导的'思想解放'运动"在规模及社会影响上，大大超过由文化精英引领的"五四运动"，因为它不只是思想的解放，更是人的解放，而人的解放才是真正的解放"②。但事实上，至少在张贤亮的理解中，并没有抽象意义的人的解放，只有一个个具体的人的身份转换。在《绿化树》与《男人的一半是女人》中，张贤亮为我们保留了"翻身"的初始感觉。

《启示录》中"翻身"的终局，就是"红地毯"。就此而言，张贤亮确实"庸俗"，但又相当坦率，其间曲直，自有后人评说。对张贤亮来说，翻身的快乐还有另外一个方面。在上文所引的"担任船长"的段落之后，《男人的一半是女人》接着写道：

> 我并不想把那条大船击沉：既然我已经落水了，大家都下来吧！这条船应该有我的一份！我只想回到大船上去，晾干我

---

① 王蒙：《王蒙自传·第二部　大块文章》，花城出版社2007年版，第193页。
② 张贤亮：《一切从人的解放开始——谨以此文纪念改革开放三十年》，《美丽》，贵州人民出版社2013年版，第3页。

的衣裳，舔净我的伤痕，在阳光下舒展四肢，并在心灵深处怀着一个隐秘的愿望：参与制定船的航向。

这种"参与制定船的航向"的隐秘愿望，在小说写作的同时已经基本实现：1983年6月，张贤亮担任第六届政协委员，在人民大会堂出席会议，这就是《绿化树》结尾的现实来源；1984年6月，张贤亮加入中国共产党。①

对《唯物论者的启示录》的相关争议，无论出于同情还是批评，论者往往把张贤亮的姿态和表现，归结为一种补偿心理。从心理乃至病理的角度讨论《启示录》，本身是极有意义的。在张贤亮生平的每个段落，在他创作的每部小说中，都可以感受到强烈的政治情结和政治抱负。当这种强政治性欲望长期受阻，不能通其道，就会郁积为心理学意义上的情结（complex），或者生成为创伤性神经官能症（traumatic neurosis）。《启示录》中触目所及的，就是章永璘诸如此类的精神创伤，以及这种创伤的身体化。确有学者从这个角度看待章永璘：黄子平在评论中指出，"畸形的环境造成畸形的人性，但畸形的人性也还是人性。人性的'病理学'比普通的生理学更能暴露其内在的深度"②。张清华则将章永璘和鲁迅笔下的"狂人"、郁达夫笔下的"零余者"、钱锺书笔下的方鸿渐和赵辛楣并列，认为他们表明，在中国文学的"精神核心"或"核心精神"中，"存在着这样一种敏感、脆弱、犹疑、错乱、非理性和毁灭性的冲动与倾向，这是人性中固有的黑暗部分，也是文学中必须呈现的深渊景象"③。

但是问题在于，就总体而言，当论者谈及"补偿"之时，一

---

① 关于张贤亮入党事，参见本书附录笔者对冯剑华的访谈。冯剑华特别提到，对于张贤亮来说，入党和"摘帽"一样，都是具有重要意义的人生大事。
② 黄子平：《正面展开灵与肉的搏斗——读〈男人的一半是女人〉》，原载《文汇报》1985年10月7日，引自本社编《评〈男人的一半是女人〉》，宁夏人民出版社1987年版，第1页。
③ 张清华：《春梦，革命，以及永恒的失败与虚无——从精神分析的方向论格非》，《当代作家评论》2012年第2期。

般并非从心理学,而是从社会学层面着眼的。也就是说,人们谈论的,是损有余而补不足的社会分配层面的"补偿"。由此出发,或许能够抵达理性范围内的普通心理学、常态心理学(normal psychology),但无法通向以非理性为中心的病异心理学、变态心理学(abnormal psychology)。以社会学替代心理学的后果是,人性的黑暗和深渊消失了,变成了日光下的平湖,当"畸形"真正出现在面前的时候,人们却不能认出它,从而指责"畸形"本身,指责"畸形"背后的所谓补偿性心理,而不是造成这种心理的歧视性暴力及其背后的历史逻辑。这是因为,从朴素的情感和认识出发,人们能够想象、理解的创伤承受者,应该是可怜虫的形象。但是,精神创伤的运作(及其艺术呈现),实际是因人而异的复杂过程,因此人们想象中的可怜之人,往往呈现出可恨、可厌、可憎、可鄙的复杂面目。进一步说,社会学层面的补偿,也许可以解释张贤亮为什么这么做,却绝不能解释他为什么这么写。如果说写作是疗愈,那么塑造高大、英雄式的自我形象,编织富贵荣华、西窗剪烛的美满生活,难道不会更好吗?如果说是补偿,一个被视为"软弱""猥琐"的主人公,一个贾宝玉和陈世美的结合体,又能补偿什么呢?[①]

不过,无论从任何角度出发,都不难见出章永璘是个矛盾体。在他身上,并立着正与邪、善与恶、强悍与孱弱、受害与施害、理性与非理性的诸多对立项。正是这些不能调和的矛盾,使其招致争议和反感,而且始终处在"批评围困"[②]之中。若是细究起来,这种矛盾的形成,不只在于与自传性相关的人物逻辑,还与《启示录》特殊的结构设计有关。

[①] 在已经提到的文章以外,针对《男人的一半是女人》中的章永璘,进行道德批评的文章还有周惟波《章永璘是个伪君子》、陆荣椿《战士的姿态掩不住卑怯的灵魂》、罗玲《政治上的志士 道德上的小人》等,以上三篇均收本社编《评〈男人的一半是女人〉》,宁夏人民出版社1987年版。

[②] 许子东:《在批评围困下的〈男人的一半是女人〉——兼论作品的多层次意蕴和多层次评论》,收本社编《评〈男人的一半是女人〉》,宁夏人民出版社1987年版。

三 混合气质与多重改写

严格地说,将《绿化树》(初刊《十月》1984年第2期)和《男人的一半是女人》(初刊《收获》1985年第5期)归入"反思文学",实际是个文学史意义上的时代错误。两篇小说都发表于1980年代中期,其时作为思潮的"反思"已成明日黄花。在"新时期"文学演进的链条上,《启示录》恰好位于两个时代、两种话语的交汇处,既可视为"伤痕""反思"的回响,又开"身体书写"(或称"欲望叙事")的先河。① 在这个意义上,这两篇小说面世之时的"陌生性",突出表现在小说主题的"复调"。它们既是劳动改造的故事,也是个人命运的故事、男人与女人的故事,任何单一向度的阐释都难以概括其主旨。佛克马就曾指出,关于《男人的一半是女人》,中国和西方读者在接受反应上存在巨大差异:"中国人对这部小说的接受令人惊讶地强调突出了有关性爱的那一部分,就好像它和20世纪30年代欧洲的《查泰莱夫人的情人》一样具有同样的解放作用。由于这些有关性爱的章节在西方读者眼中并不显眼,所以他们不会太看重它们。"②

因为主题的"复调",多个声部的统合就成为技术层面的难关。在《绿化树》中,张贤亮还可以凭借一股可遇不可求的气势,让多线糅合的问题隐而不彰。在一鼓作气之后,《男人的一半是女人》已显出衰弱、溃散的迹象,声部之间各行其是、分崩离析的态势也就愈发明显。批评家当即指出了"两个层面的焊接因缺少

---

① 如程光炜所说,"1985年至1988年之间,'婚外恋'、'性苦闷'是许多作家涉猎的敏感主题,不少作品一旦发表,立即就会在读者和社会上引起'强烈反应',成为文学争鸣和批评的'焦点',作家一时间也因此成为'公众人物',身上被赋予了很多飞短流长的传闻、文坛小道消息,等等"。见程光炜《狂欢年代的"荒山之恋"——王安忆小说"三恋"与80年代社会》,《文学讲稿:"八十年代"作为方法》,北京大学出版社2009年版,第372页。可以说,张贤亮及其总题《唯物论者的启示录》的这两篇小说,正是程光炜所说的这种现象的先声和征兆。

② [荷]佛克马、蚁布思:《文学研究与文化参与》,俞国强译,北京大学出版社1996年版,第143页。

必要的中介而不无生硬"的问题，并将缘由归结为理性对感性的压抑："张贤亮的艺术感觉极好，但是生动的、多义的（丰富的）感觉，每每令人惋惜地被抑制不住的、单义的、过分明晰的理性说明所限制并被狭窄化了。"① 正是由于多声部统合的难题，章永璘成了性格矛盾体。笔者将这种多重矛盾的性格组合，称为混合气质。混合气质本身未必是弊病，问题在于，它并不是均匀地散布在章永璘身上，而是呈现出斑块化的征象。在笔者看来，斑块形成的根由不是理性，而是框架，也就是张贤亮《启示录》的方法论。

小说家往往都有自己独到的创作方法论。博尔赫斯的方法论是"写假想书的注释"②——"他假装他想写的那本书已经写成了，由某个人写成了，这个人是一位被发明的无名作者，一位来自另一语言、另一种文化的作者；接着，他描述、概括或评论那本假想中的书"③。尽管并不相同，但张贤亮的方法论里也有一种对于"互文性"的热情。他经常让主人公阅读（或者想起）一本书，或者用一本书中的人物、情境来比附主人公的状态。阅读的书是《资本论》（限于客观条件），想象的书则多是西方文学经典。④ 这样，章永璘们不仅生活在小说赋予他们的生活里，也同时生活在引文的情境中。引文范围还不仅限于文学，举凡东西方音乐、绘画、电影、传说，都是援引的对象。夏志清对张贤亮方法论的激赏是可以理解的，因为这种旁征博引（誉之者言）或东拉西扯（毁之者言）的写作方式，既像他盛赞的钱锺书，也是他自己的评论、研究

---

① 黄子平：《正面展开灵与肉的搏斗——读〈男人的一半是女人〉》，载本社编《评〈男人的一半是女人〉》，宁夏人民出版社1987年版，第2—3页。
② ［阿根廷］豪尔赫·路易斯·博尔赫斯：《小径分岔的花园》，王永年译，上海译文出版社2015年版，序言第 i 页。
③ ［意］伊塔洛·卡尔维诺：《豪尔赫·路易斯·博尔赫斯》，《为什么读经典》，黄灿然、李桂蜜译，译林出版社2012年版，第279页。
④ 据笔者统计，《绿化树》和《男人的一半是女人》中出现的西方文学作品（或人物）有：阿·托尔斯泰《苦难的历程》、朵连格莱（王尔德《道连格雷的画像》）、聂鲁达《伐木者，醒来吧》、亚历山大·格林《红帆》、但丁《神曲》、忒勒玛科斯（荷马《奥德赛》）、玛甘泪（歌德《浮士德》）、达姬娅娜（普希金《叶甫根尼·奥涅金》）、惠特曼《欢乐之歌》、拜伦《雅典的少女》、托尔斯泰《复活》、塞万提斯《堂吉诃德》、弥尔顿《失乐园》。

方式。①

不过，这种引文式写作，在当时的读者，即使是同代作家中，也引起反感和非议。比如张弦就在给邵燕祥的信中评价说："我也感到一些不足，或者说不满。那主要是通篇贯穿着的聂赫留朵夫式的忏悔和自我完成。……他不时引用普希金、拜伦，真倒胃口，活像糖醋鳜鱼浇上了一团色拉油，俏皮得有点不伦不类。有时则全然挫伤了阅读时的美好情感。"②从维熙则在致张贤亮的公开信中委婉地说："我在闽南侨乡穿行时，遇到了一个昔日和你我同命运的朋友。他也很喜欢《绿化树》，认为作品写得结结实实；赞美之余，也提出了一点他的意见，要我转你考虑。他说：文中摘了《资本论》的部分章节，虽和你的主题立意不无关联，但多数属于外在的东西，和形象思维还没能凝为血肉。读者读到这些章节时，总是追踪人物的命运线索，而把这些摘引跳过去。对于这一点，其他读者亦是同感，现写给你，供你参考。"③

无论毁誉，这样的混合式写法，确乎是《启示录》的题中之义。总题（"唯物论者的启示录"）及总序——唯物论是坚持物质第一性的认识论，"启示录"则是带有基督教背景的词汇——已经显示出张贤亮碰触纯粹的矛盾、把握异质性张力的勃勃野心。在《绿化树》和《男人的一半是女人》中，张贤亮总是表现出将政治宣谕、哲学阐释、艺术表现三者混合的奇异冲动。在政治—哲学的维度上，《启示录》具有现实/现时意义的正统性。必须指出

---

① 夏志清对张贤亮的评价，见其《张贤亮：作者与男主人公——我读〈感情的历程〉》［李凤亮译，《中山大学学报》（社会科学版）2008年第5期］。夏志清在《中国现代小说史》等书（包括《中国古典小说》）中都广泛使用了"比较"方法，以至于王德威不免要为其辩护："在《中国现代小说史》里夏志清经常比较中西作家，也因此常使读者不以为然。……他自不同西方的国家文学大量征引作者、作品、文类，招来'散漫无章'或'不够科学'之讥，却至少显示其人的博学多闻。……夏的方法学因此促使我们重新思考文学跨国语境与个别特色间的张力。"见王德威《重读夏志清教授〈中国现代小说史〉——英文本第三版导言》，夏志清《中国现代小说史》，刘绍铭等译，复旦大学出版社2005年版，序言第43页。

② 邵燕祥编：《旧信重温》，武汉出版社1999年版，第297页。

③ 从维熙：《唯物论者的艺术自白——读〈绿化树〉致张贤亮同志》，《从维熙文集（第八卷）》，华艺出版社1996年版，第366页。

的是,尽管故事情节是对"苦难的历程"的叙述,但这是张贤亮在1980年代的历史高点,反身处理自己1960年代、1970年代的生活体验。也就是说,《启示录》中隐藏着一个"1980年代"的认识装置。1980年代的意识形态、思想动向、社会转型诸种因素,都悄然渗透到"过去时"的生活情境与心理状态之中。① 在《男人的一半是女人》的著名片段里,遭到羞辱的章永璘在沙枣树下昏倒,灵魂超越躯体,在虚实难辨的历史长河中漫游。但无论是具有同样遭遇的宋江、奥赛罗,还是象征东方智慧的孟子、庄子,都无法有效解决章永璘的困境。最终,马克思的幽灵从圆月中踱出,一番坦诚的对话让章永璘豁然开朗。最后,章永璘将他的终极困惑抛给马克思:"您对我们社会的前景有什么可以指教我的吗?因为这个问题不仅仅关系到我如何对待生活,还关系到我的生与死。"

"经济!"马克思立刻接上问题回答,"要从经济上来看问题。唯物主义的历史观我已经大体上表述过了。……我再告诉你,这种历史观还有另外一面:当生产力衰退的时候,萎缩的时候,已经不能维持社会的生存的时候,社会革命的时代也同样会到来,以便挽救濒于死亡的生产力。……现在,你们的生产力已经被阉割了,连再生产的能力也没有了,它一直在靠嘴对嘴的人工呼吸来勉强维持。可笑的是,你们这个时代,不是脑,不是手,而是嘴这种器官特别发达的时代。你想想,这样的时代能持续多久呢?"

这正是,而且只能是1980年代中国的马克思主义:"什么叫社会主义,什么叫马克思主义?我们过去对这个问题的认识不是完全清醒的。马克思主义最注重发展生产力。我们讲社会主义是共产主义的

---

① 关于张贤亮本人1980年代的阅读和思想状况,可参见本书附录笔者对冯剑华先生的访谈。其中冯先生特别谈道,张贤亮看得比较多的杂志是"1980年代初期的《读书》","思想比较活跃"。

初级阶段……社会主义阶段的最根本任务就是发展生产力。"①

诸如此类的政治—哲学阐释，或许还有一个私人性、隐秘性的维度，那就是如"总序"所说的，作者需要解释"转变"的发生：一个出身于旧家庭的青年，怎样从对"资产阶级人道主义和民主主义"的信仰，转化为对马克思主义的信仰。作者或许还想要解释的，是与这种转变相伴随的、他在1980年代获得的一切政治荣誉。

章永璘的混合气质，正是来源于兼顾政治宣谕、哲学阐释、艺术表现的混合式方法论。章永璘和他的女人们，至少要在三个维度同时存在：其一是以张贤亮本人经历为底本的现实主义故事，它的主旨是"讲述自己"；其二是以《资本论》为中介的马克思主义政治经济学，它的目标是"改造自己"——章永璘用劳动实践和理论学习，同时改造着自己的身体和精神；其三是带有启示录性质的西方文学经典，它的终极是"超越自己"——章永璘又把他和马缨花、黄香久的关系比附于但丁和贝娅特里斯、浮士德和海伦，从而他把生命中遇到的、活生生的女性，视作自我超越的阶梯。将这三种维度调和起来自然是困难的、几乎不可能完成的任务，即使但丁的三级体系确为实有，人也不能同时生活在地狱、炼狱和天堂。

从自叙传的维度看，张贤亮要在多重维度完成对章永璘的塑造，因而政治、哲学、艺术的话语共同挤压具体的"经验"，使其产生变形的需要。在再现农场生活经历的同时，张贤亮也在改写着自己的农场生活。就再现而言，这是令人遗憾的。但对张贤亮来说，情况也可能是，对于不堪回首的"昨日之我"，他不是重返、重述、重审，而是真正实现了重构。由此，他重新发现，甚至成功改变了自己的过去，尽管只是在虚构、想象的世界里。

---

① 邓小平：《建设有中国特色的社会主义（一九八四年六月三十日）》，《邓小平文选（第三卷）》，人民出版社1993年版，第63页。

第三章　从维熙：大墙内外的叙述

第一节　二十年风雪驿路

1987年，张贤亮以同代人兼好友的身份，在《我写维熙》中留下这样的印象："翻读维熙的作品，我常有这样的感觉，若干若干年以后，它们可能会逐渐失去艺术上的价值，但历史的价值却会越来越重要。'你看吧，当初有人就是这样地"傻"！'而我又觉得，后代人会比我们这一代人聪明得多，也宽厚得多。他们会从这些真实的记录中得出他们的看法。"①

张贤亮的预言，在三十余年后的今天已经得到某种程度上的印证。时间磨损了从维熙小说的艺术价值，《大墙下的红玉兰》《第十个弹孔》《雪落黄河静无声》等作品中的道德力量和悲剧美感，难以穿透时间的障壁，再让今日的读者为之激动；但在另一方面，小说中那些今日眼光之中的"傻"，或许恰恰代表着特定时期的精神结构与文化意识，反而具有某种不可替代的史料价值。尽管小说之于时代，不是直接的记录、指涉关系，但那些携带丰富历史信息的小说，如果经过恰当的处理，可以转化为研究者所谓的"叙事性的历史文献"②。

在"归来"一代作家中，从维熙的创作态度最为严肃，甚至

---

① 张贤亮：《我写维熙》，载《从维熙文集（第四卷）》，华艺出版社1996年版，第675页。
② 周展安：《1970年代末期的"精神危机"及其克服——以刘心武七八十年代之际的创作为中心》，《中国现代文学研究丛刊》2018年第11期。

到了"不近人情"的地步。他坚持创作之于生活的依存关系,坚持以"大墙生活"作为写作的中心题材①,而且拒绝以幽默、反讽等留有余裕的姿态重返过去,拒绝稀释曾经的苦难:"我已劳动改造了二十年,一无金银可挥,二无才情可以浪掷;我的生活体察和感情积累,不允许我'玩弄文字',只允许我向稿纸上喷血。"②"之所以如此苛求自己,实因20年开掘的这口深井,还有许多待写的东西没有完成。……因而轻车肥马、游山玩水,怕是与我绝了缘分。即使偶然为之,也是为了解除过度劳累,缓冲一下中枢神经,为新的冲刺做精力上的准备。"③

从维熙的姿态,自然有其性情志趣的特殊性,具有相似经历的同辈,也极少如他这般执滞于过去。但是这种特殊性,也正是历史之一种,只有放回到作者本人的"生活体察和感情积累"中才能获得理解。二十年的"大墙生活",无疑构成了从维熙后半生的精神原点,规定和制约着他的全部写作。从维熙经常将自己的这二十年,描述为风霜雨雪的"驿路"④,充满身不由己的颠沛,从一个驿站被赶向另一个驿站。和王蒙恍兮惚兮的"故国八千里,风云三十年"、张贤亮带有阐释空间的"历程"相比,"驿路"一词更有事后回首的确定性,一种对于必然性的信心,仿佛一个步履维艰的跋涉者,山一程水一程,但却始终知晓终点的存在。在这个绝不随便的措辞里面,即可见出从维熙精神结构的一个侧面。如今我们研究的起点,就是回到这条驿路之上,清理旅人留下的痕迹。

---

① 在1980年代,胡乔木和其他负责宣传工作的领导,在称赞从维熙的同时,都曾委婉地提出希望他改换写作路数、投入"现代生活"的建议。从维熙当时对此的回应是:"我库存了二十多年的底层生活与感情积累,让我抛弃这些库存,而重新进入另一个生活领域,是否……是否……是舍椽而去求木?那样干,我的失落太多了";"脱离了作家主体经历,而使作家成为一个新的主体的要求,不仅太高,而且有悖于文学创作规律"。参见从维熙《"帆"与"礁"——"文学之旅"回眸之六》,《从维熙文集(第八卷)》,华艺出版社1996年版,第250页。

② 从维熙:《以简代繁——〈走向混沌〉序》,《从维熙文集(第三卷)》,华艺出版社1996年版,第437页。该文作于1988年。

③ 《从维熙文集(第一卷)·自序》,华艺出版社1996年版。

④ 从维熙在《尧都驿》《母亲的骊歌》《最早的一个冬季——忆文学少年》《酒醉台北》《话说莫言》等多篇散文中,都有这样的措辞和叙述。

一 家世与童年

从生平研究的角度讲,家世背景与童年经历通常是第一个入口,因为它们对于一个人的人格和思想的形成关系甚大。生性敏感的作家们,往往沉迷童年往事的讲述,从维熙也不例外。他甚至数次提醒研究者,在大墙生活之外,他童年时期的遭遇,对于他成为"这一个"作家亦有至关重要的影响。① 从维熙的童年叙事有两个重心,一是与母亲的深厚感情,二是促使他走上文学道路的创伤性经历,二者又有不可分割的联系。

1933年4月7日,从维熙出生于河北省玉田县代官屯。新中国成立后从家的成分是地主,但据从维熙说,在他降生之时,从家即已是和酒肉无缘的书香门第。在口口相传的家族故事里,从家祖辈原籍山东,后来逃荒至冀东落脚,至太祖一辈依靠卖豆腐起家,由赤贫而至小康人家。从维熙的祖父读书刻苦,清朝末年考中秀才,唐诗宋词无所不通。从维熙是从氏家族的长孙,被祖父视若掌上明珠,自幼便教他背诵"一去二三里,烟村四五家。亭台六七座,八九十枝花"等简单的诗句,可以算作他最初的文学启蒙。② 由此也可发现,在中国近现代思想史的代际视野中,"归来者"一代的家世,可以提炼为这样的社会学模型:他们大多有一个由旧入新的父亲(如前面提到的王锦第、张友农),以及一个与孔乙己同辈的祖父。如果科举时代没有终结,从维熙的祖父们如未中举出仕,也会在各自的村塾中做教书先生,亲自开蒙自己的孙辈。

从维熙对于父亲印象淡漠,乃因其父从荫檀过世之时,他尚不

---

① "80年代,一些文学评论家由文及人地对我进行评说时,常常只提到了20年劳改生活,对我进行过炼狱般的锤炼,而我少年时代即心揣磐石,却一直罕为人知。这一段少年生活中的感伤,对我性格的淬火十分重要。"[从维熙:《最早的一个冬季——忆文学少年》,《从维熙文集(第七卷)》,华艺出版社1996年版,第12—13页]

② 参见从维熙《文学的梦——答彦火》,载刘金镛、房福贤编《从维熙研究专集》,重庆出版社、贵州人民出版社1985年版,第68页。另参见从维熙《最早的一个冬季——忆文学少年》《老屋手记》等散文中的相关记述。

满 4 岁。从荫檀生于 1909 年，他继承了家族的读书基因，自幼成绩出众，中学毕业于河北名校遵化五中，并以第一名的成绩考取天津北洋大学工学院。抗战爆发后，他随北洋大学西迁重庆，后在奔赴延安的途中被捕，狱中因肺病去世。在《父亲的遗像》中，从维熙说他直到 1990 年，才辗转获知父亲亡故的详情："1937 年底，父亲与几名北洋学子，在重庆飞机场干地勤工作（修理飞机），因不满国民党的龟缩山城，与几个北洋同学出重庆朝天门，妄图从水路逃奔武汉转路投往延安，被捕于朝天门码头。父亲为策划者，被关进山城国民党陆军监狱，是在监狱中喋血而亡。"①

从维熙是家中独子，没有兄弟姐妹。父亲早逝后，抚养幼子的重担自然压到了母亲的肩上。从母张鹤兰生于 1907 年，1995 年寿终正寝，在其被从维熙形容为"马拉松"的一生中，充满了诸多磨难，但她以惊人的柔韧与忍耐撑起了自己与家庭，也给了从维熙穿越艰难时世的精神支撑："如果说我所以能走过 20 年劳改生活的凄迷驿路，没有沉沦，没有颓废，没有自惭，都能从我母亲性格对我的影响和雕塑上找到根源。"② 与出身耕读之家的从荫檀不同，张鹤兰是地道的农村妇女。在从维熙看来，父亲是名牌大学的进步学生，母亲却是裹脚缠足的"文盲"，二人的结合是一场封建社会的"畸形婚姻"。③

---

① 从维熙：《父亲的遗像》，《从维熙文集（第七卷）》，华艺出版社 1996 年版，第 289 页。消息的来源，是一个身在台湾的从父昔日学友。从荫檀之死的另一种说法，见其同班同学郭佩珊所写的《革命生活片断回忆——在国民党空军中的活动及其他工作》［载云南省历史研究所编《云南现代史研究资料（第三辑）》，1980 年，第 89 页］："在机校遇到一件很不愉快的事。我在北洋大学的同班同学从荫檀被国民党折磨死了。从荫檀是一九三〇年与我同时考入天津工学院预科的。他于一九三六年毕业后在长沙工作，因抗战关系他的所在单位疏散，裁减工作人员，他考入国民党空军通讯学校，这个学校是特务控制的，他不是学电讯的，他又考入重庆中央大学航空特别班，这个班又合并到成都空军机械学校，成为该校的高级机械班第三期乙班。从荫檀是一个只知读书的书呆子，他离开通讯学校可能有手续不全之处。重庆空军通讯学校得知从荫檀擅自转到机校高级班，就把他押解到重庆通校给折磨死了。"
② 从维熙：《最早的一个冬季——忆文学少年》，《从维熙文集（第七卷）》，华艺出版社 1996 年版，第 12—13 页。
③ 从维熙：《最早的一个冬季——忆文学少年》，《从维熙文集（第七卷）》，华艺出版社 1996 年版，第 3 页。尽管原因不尽相同，但在本书论及的几位"归来者"的叙述中，其父母的婚姻都不圆满。从维熙与王蒙一样，都提到这种不圆满背后的结构性原因。

第三章　从维熙:大墙内外的叙述

父亲去世以后的童年时光,在从维熙的叙述里,逐渐变成对立的两极——父系家族与孤儿寡母。他本人的落脚处,也在城(北京—通县)、乡(出生地玉田代官屯)之间摆荡。从维熙四年级时,从家不再供应他读书,他随母亲从县城回到代官屯。代官屯是依山傍水的小村庄,中年以后的从维熙,像中年以后的沈从文一样,对这段失学的乡野生活充满眷恋:"无论从我思想的形成和从文学创作这个角度上去回忆,这都是我最有意义最有色彩的一段生活了。……虽然在家庭中我是个不幸儿,但是我是大自然的宠儿。"① 从维熙 1950 年代初的小说,如《故乡散记》《在河渡口》《夜过枣涢》《七月雨》,虽被视为追慕孙犁之风,但都发源于这段生活的记忆。

不过,无忧无虑的时光没有持续太久,1946 年从维熙再次"进城",从农村前往北平求学,插班于西四北小学六年级,后进入东城内务部街的北平男二中读初中,刘绍棠后来也曾在此就读。在初一期末考试时,从维熙因为小代数零分而面临留级;恰好叔叔从荫芬去通县教书,从维熙便随他转至通县师范附中。母亲也同他一道去通县叔叔家寄居。无论从常情忖度,还是出于对乡土社会的家族制度的考量,此时的从家与这一对孤儿寡母,本就是尴尬的、矛盾一触即发的结构关系。只是在从维熙的局内人视角中,童年生活由此进入成长小说的框架。他一方面深感于母亲的"爱的教育"——为供其在北平读书,母亲曾典卖嫁妆换取学费,后来又为一个祖孙三代之家当保姆,"怕我难堪,不许我在同学们之间张扬","她勤奋而无休止地劳动,全然是为了我这个没有出息的儿子"。② 另一方面,他又愤懑于母亲受尽排挤。在他的回顾中,目送心气高傲的母亲从叔叔家"被赶出来",独自返回代官屯,是刻骨铭心的创伤经历:"事隔多年,我把这一天视若我少年和青年分界的界河,16 岁的我提前进入了青年期。"③

---

① 从维熙:《文学的梦——答彦火》,载刘金铺、房福贤编《从维熙研究专集》,重庆出版社、贵州人民出版社 1985 年版,第 69—70 页。
② 从维熙:《最早的一个冬季——忆文学少年》,《从维熙文集(第七卷)》,华艺出版社 1996 年版,第 8—9 页。
③ 从维熙:《最早的一个冬季——忆文学少年》,《从维熙文集(第七卷)》,华艺出版社 1996 年版,第 12 页。

二 青年作家的诞生和"堕落"

从维熙在《文学的梦》中写道:"由于我童年时的遭遇,使我对新中国诞生充满欢欣之感。我个人认为,我的文学生命是和中华人民共和国同时诞生的。"① 这并非虚言。由从维熙最初的文学轨迹看,确有足够的理由将他视作新中国培养的第一代作家。1950年代初期的文学制度,以及几位伯乐和引路人——孙犁、晏明、周游和康濯,在其加速成长的道路上提供了助推的力量。

从维熙1950年考入北京师范学校,开始大量阅读解放区作家的小说,后来被他点名提到的,有孙犁的《风云初记》《荷花淀》,康濯的《我的两家房东》,孔厥、袁静的《新儿女英雄传》,周而复的《燕宿崖》。与此同时,从维熙开始发表小说习作。处女作《共同的仇恨》以抗美援朝时期的校园生活为背景,刊于《光明日报》1951年1月1日元旦增刊"抗美援朝的一日"征文专栏。此后,从维熙在孙犁主编的《天津日报》副刊《文艺周刊》上,接连发表了《红林和他爷爷》、《老莱子卖鱼》、《七月雨》、《红旗》、《社里的鸡鸭》(后改题《鸡鸭委员》)、《接闺女》、《在河渡口》、《远离》等八篇小说。如果不算征文性质的《共同的仇恨》,从维熙最早的八篇小说,全部发在孙犁主持的《文艺周刊》上。这些小说都以故乡玉田为背景,表现农村的新生活和新气象。对于从维熙来说,孙犁不仅是有知遇之恩的前辈,也是文学创作上的导师。他追慕孙犁的"柔顺之美",形成了最初的艺术风格。在1950年代文坛,从维熙和刘绍棠、房树民、韩映山等祖籍河北(含后来划入北京市的通县)的文学青年,一同被视为孙犁的门生,以致后来有"荷花淀派"的说法。②

---

① 从维熙:《文学的梦——答彦火》,载刘金镛、房福贤编《从维熙研究专集》,重庆出版社、贵州人民出版社1985年版,第70页。

② 参见冯健男编选《荷花淀派作品选》,人民文学出版社1983年版。编者在该书序言中说:"作为一个文学流派,'荷派'是在建国初期,由孙犁作品对于一些文学青年的吸引力和影响力促成的,同时,这又是和孙犁作为一个文学园丁对于这些青年作者热情和辛勤的培养与扶植分不开的。"

1953年夏天,从维熙从北京师范学校毕业。因为发表过作品,他原本被保送至北大中文系深造,后因学校响应北京市委"提高全市教师队伍质量"的会议精神,转而被分配到海淀区青龙桥小学教书。① 但仅半年之后,由于老诗人晏明(时任《北京日报》文艺编辑)的极力举荐,从维熙调至《北京日报》社文艺部。延安鲁艺出身的副社长周游有惜才之心,不仅全力促成从维熙的调动,后来也多次破例批准从维熙的创作假和深入生活的请求。在从维熙申请当专业作家(即不拿工资,只靠稿费作为经济来源)的时候,周游也出于保护之心,将他的行政关系留在了报社。

在1956年青年创作者会议之前,从维熙已经发表了二十二篇小说,出版了小说集《七月雨》(新文艺出版社1955年版);第二本小说集《曙光升起的早晨》(新文艺出版社1956年版)也即将付梓。同时,经中国作协主席团第16次会议(1956年2月)批准,从维熙加入中国作协,康濯是他的介绍人。和他同批加入作协的,还有刘真、刘宾雁、刘绍棠、刘澍德、何迟、何南丁、李学鳌、邵燕祥、黄秋云、张春桥等人。② 王蒙曾经回忆说,"青创会"上有三个青年作者最常提起的热词:"发"(指发表作品)、"集子"(指出版作品集)、"入会"(指加入作协)。③ 以这三个词汇作为衡量尺度,从维熙都是出类拔萃,可谓青年作者中的先行者。从创作实绩上看,彼时除了当红的刘绍棠,可与从维熙一争高下的同辈,可能只有诗人邵燕祥了。

从"青创会"开始,从维熙和刘绍棠的名字经常捆绑在一起。二人当时已是往来密切的好友,但是他们性情迥异。刘绍棠开朗善谈,有才子气;从维熙老实木讷,不善言辞。刘绍棠在《从维熙剪影》中回忆说:"在同辈人中,从维熙最不锋芒外露,因而很不

---

① 参见从维熙《最早的一个冬季——忆文学少年》,《从维熙文集(第七卷)》,华艺出版社1996年版,第19页。
② 《本会主席团1956年通过的新会员名单 本会主席团第16次会议通过的会员——1956年2月25日》,《作家通讯》1957年第1期。
③ 参见王蒙《半生多事(自传第一部 修订版)》,《王蒙文集》,人民文学出版社2014年版,第146页。

引人注意。当我们一起参加集会的时候，他总是坐在我的背后，或是坐在后排和边座，很少发言。他在同辈青年作家中以憨厚和敏感著称，这是人所共知的。"① 许多从维熙的新知故友，都说他看起来完全不像一个作家。即使是他的伯乐康濯（康濯是从维熙加入作协的介绍人，也为从维熙写过多篇评论），当时对他的印象也是"比起别人或许要更加老实一些，甚至也可说是要稍稍笨一些，因而也更加刻苦一些"②。

由于这样的性格反差，从、刘二人当时的合作，都给人留下刘绍棠牵头、从维熙跟从的印象。一般认为，从维熙在"反右"中落难，主要是因为三篇文章：一是与刘绍棠合写，署名"刘绍棠、从维熙"的《写真实——社会主义现实主义的核心》，此文是为王蒙《组织部新来的青年人》辩护之作，刊于《文艺学习》1957年第1期"关于'组织部新来的青年人'的讨论"专栏中；二是发表于《北京文艺》1957年第4期的《对社会主义现实主义的几点质疑》，该文与刘绍棠的《现实主义在社会主义时代的发展》并列刊出；三是发表于《长春》1957年第7期，后来被视为攻击农村干部的小说《并不愉快的故事》。三篇之中，《对社会主义现实主义的几点质疑》的问题最为严重。据从维熙的说法，这篇文章是在《北京文艺》约稿的情况下写就，而且在完全不知情的情况下与刘绍棠的文章并列在一起。《北京文艺》编辑部在《为保卫文学的党性原则而斗争——我们的初步检查》（《北京文艺》1957年第8期）中，对从、刘的这两篇文章作出了说明：

> 首先我们要谈的，是发表在今年四月号上刘绍棠的"现实主义在社会主义时代的发展"，和从维熙的"对社会主义现实主义的几点质疑"，这两篇文章的基本论点是一致的，即在反对教条主义的幌子下，来反对马列主义，反对文艺为工农兵

---

① 刘绍棠：《从维熙剪影》，载刘金铺、房福贤编《从维熙研究专集》，重庆出版社、贵州人民出版社1985年版，第91页。
② 康濯：《从维熙中篇小说集》序，中国青年出版社1980年版。

服务的方向，对我们社会主义文学事业的成就，完全否定，进行严重的歪曲和诬蔑！这两篇文章是我们有意识放的，放了准备批判的。

《北京文艺》的最初动机，究竟是确如此文所说的"阳谋"，还是事后为撇清责任所作的托词，现在已很难查考。但是当时的刘绍棠，已经是被《文艺报》点名批判的青年作家堕落反党的典型。刘绍棠年少成名，同时炫才扬己，言行不羁，多次当面顶撞领导，难免惹人嫉恨。更严重的是，在"鸣放"期间，刘绍棠提出了质疑"延安文艺座谈会的讲话"的意见①，风向一转，自然引火上身。从当时批判的情形来看，从、刘二人虽然一同受过，但是多数火力还是集中在刘绍棠身上。以从维熙情节的严重程度，应在"划右"与"不划"之间。他的最终落马，主要还是身处风暴的中心，运动波及范围太大所导致。据从维熙的说法，《北京日报》社一共揪出二十名"右派"，他是其中的第十三个。②

三 劳动生涯

命运有时非常微妙。刘绍棠、从维熙二人之中，情节较为严重的刘绍棠1958年被开除党籍，划为三类右派分子，在京郊各地劳动三年后摘帽，户口转回北京家中，此后几年他一直住在1957年以2500元购买的一处位于府右街光明胡同的三合院③。"文化大革命"开始后，刘绍棠感到大事不妙，遂举家迁回通州儒林村，相对平安地度过了"匿居乡野荒屋寒舍，苟全性命于乱世"的十年。④

---

① 参见刘绍棠《我对当前文艺问题的一些浅见》，《文艺学习》1957年第5期。
② 从维熙：《走向混沌（最新增补版）》，作家出版社2012年版，第24页。
③ 据刘绍棠自述，50年代初期，在北京的作家买房成风，但购房者都是丁玲、艾青、胡风、周立波、赵树理、臧克家、秦兆阳、李季、马烽等中老年作家，他是青年作家中买房的第一人，因此在"反右"运动时，这也构成了他腐化堕落的一大罪状。参见王培洁《刘绍棠年谱》，文化艺术出版社2012年版，第66页。
④ 参见王培洁《刘绍棠年谱》，文化艺术出版社2012年版，第80—85页。

反倒是从维熙一路运交华盖，历经二十年大墙岁月，九死一生。从 1957 年被划为右派算起，在这条"驿路"上，他总共在十三个地方（公社、收容所、劳改农场）劳动改造。这十三个驿站，连缀起磨难重重的流放之路。为清楚起见，下以表格的形式列述从维熙的劳改过程，以及每一阶段的重要事件和劳动情况。（表 3–1）表中引文，皆出自从维熙的《走向混沌》（作家出版社 2012 年版）。

表 3–1　　　　　　　从维熙劳改经历纪要

时间	地点	主要从事劳动	重要事件
1957 年秋冬	北京状元府《北京日报》社的右派被组织起来劳动	盖《北京日报》社职工宿舍	
1958 年 4 月 6 日	京郊鲁谷公社《北京日报》社的右派送鲁谷公社、新华分社的右派去上庄，北京出版社右派去何家坟	锄草、间苗、整菜地畦梗等农活	
1958 年 9 月	门头沟南辛房大队一担石沟"北京日报社、新华社北京分社以及北京出版社的老右，在农村改造时化整为零了，此时又在这儿重新会合。除了那些在状元府就熟悉了的伙伴之外，又多了从中共北京市委、团市委以及市总工会、市妇联来的右派分子。"（第 41 页）	基建，修筑一座市委疗养院	1959 年，一同改造的妻子张沪第一次尝试自杀，送北京第六医院抢救
1959 年	永定门外"四路通"	开垦农副业基地；赶马车	在年终总结会上，被骆新民揭发 "这个戏剧性的突变，是我（包括张沪和赵筠秋）的命运转折点。我们都作了长长的自我检查，并彼此'互相帮助'。从对反右斗争的'错误认识'谈起，一直深挖到对大跃进、总路线、人民公社这三面红旗的'反动观点'。"（第 60 页）

续表

时间	地点	主要从事劳动	重要事件
1960年12月29日	北京土城劳教收容所 1960年12月9日，《北京日报》社宣布对从维熙加重处罚："领导宣读了我们的反动罪状（主要是对反右运动的看法，对'三面红旗'的言论，阅读《南共八大会议纲领》，以及传播傅聪'叛国'的消息等。当然，不会忘记把我写长篇小说《第一片黑土》也列入了罪状之内，还有张沪的'自绝于人民'问题等）。结论中指出，这是右派当中有纲领的'反改造小集团'（南斯拉夫在中国的别动队），必须严加惩处云云。"（第76页）	认罪学习 代号二七三	
1961年1月	延庆营门铁矿	先在井上搬迁机械设备、装运矿石；后来下井开掘铁矿石 "没有风钻，要从事原始的开掘方式：一把大锤，一根铁钎，一个人手扶铁钎，另一个人抡锤击铁钎；凿出或钻出孔眼来装上雷管炸药，然后引爆放炮。"（第111页）	
1961年	津北茶淀农场（又称清河农场） "这儿是方圆几十里地的一个劳改农场，里边关押着万名左右的各种类型的囚犯，是北京市的最大劳改点之一。解放前这儿曾是海盗出没的地方，解放后犯人在这儿开始了劳役性的屯垦，到了我们去服劳役的1961年，里边已是岗楼和铁丝网交错，稻田、葡萄园和茅草、野蒿相织的劳改'圣地'了。"（第126页）	"我们队属于大田队，干的是挖沟开渠一类的活儿，间或也到田野里收割稻子或砍高粱。"（第127页）	1961年大饥荒

续表

时间	地点	主要从事劳动	重要事件
1962年秋	团河农场三畲庄 位于北京城南十多公里的团河宫之畔	挖人工湖	1963年3月15日,提前解除劳教,同时摘掉右派帽子,被分配到团河农场第二大队当农工,从事园艺劳动,被评为二级工,月工资36元2角
1968年11月8日	又被押回茶淀农场	疏通水渠,拉牛车	1969年,林彪"一号战备命令"下达,农场开始大转移。根据组织安排,农场的右派和刑事犯一律发配到当时被称为"三线"的山西
1969年年底至1970年	山西曲沃砖场(曲沃监狱)	运土、打坯、烧砖	1970年春,一同在曲沃劳改的妻子张沪在"一打三反"中被揭发,被迫与从维熙分居,受群众监管。随后,张沪口服敌敌畏第二次自戕,抢救数日后生还
1971年5月	晋东南晋普山煤矿	"我在矿山的劳改生活,大致可以分为三个阶段:一、建井;二、采煤;三、身上背起一个德国进口的瓦斯检查器,在整个的地下煤城监测杀人的瓦斯。"(第316页)	
1973年春	山西长治近郊的大辛庄劳改农场 筹建农场下属的四氯化碳化工厂	制坯烧砖,建厂房;当铣工;到张家口学习四氯化碳化工工艺的生产流程,被高炉烧伤	
1975年	山西伍姓湖农场(公安系统内称为永济监狱第三劳改中队) 位于黄河风陵渡口	受农场指导员照顾,当统计员	

从上表可以看出,除了1963—1968年一段相对的平静期之外,从维熙近二十年的时光都在动荡中度过。从文学创作的角度讲,丰

富的痛苦积累了丰富的素材，而苦难出真知的信条，也是支撑他生活下去的重要理由，也难怪从维熙执拗地坚持大墙题材的写作："我库存了二十多年的底层生活与感情积累，让我抛弃这些库存，而重新进入另一个生活领域，是否……是否……是舍橡而去求木？那样干，我的失落太多了。"① 从维熙复出后小说中的大量细节，特别是其中的劳动场景，大多源于他的这些"库存"。举例而言，《女瓦斯员》（《上海文艺》1978 年第 5 期）中女主人公杜梅在巷道中监测瓦斯浓度的工作，就是从维熙自己在晋普山煤矿的劳动任务，"那是我最最怀念的一段时光。这个差事之所以令人难忘，实因这个担子太沉重了。每每开山炮声响过之后，别的囚徒还龟缩在防炮洞里，我则要身先士卒，闯进那冒着滚滚浓烟的掌子面（即开山之处的工作面），去检查开炮之后瓦斯浓度的数据。那是最为危险的瞬间，如果煤层中施放出的瓦斯过量，首先因呼吸窒息而倒下的是我"②。

除了"劳动"的视角之外，从维熙的大墙岁月，还可以从另外的几个角度观察。其一是家庭生活。从维熙当时的家庭成员，有母亲张鹤兰、妻子张沪，还有 1956 年出生的儿子从众。从维熙与妻子一同被送去劳改时，从众还不满一岁。在其后二十多年中，从众由祖母独自抚养长大。即使是在北京郊区劳动，从维熙也只是偶尔才能回家探望。与母亲和儿子的常年分离，还不是从维熙个人生活中的最大困扰。妻子张沪③在 1950 年代与从维熙一起供职于《北京日报》社，1957 年先于从维熙戴上"右派"帽子。由于夫妻两人是同一单位的右派分子，也就是所谓的"双劳改"，因此他

---

① 从维熙：《"帆"与"礁"——"文学之旅"回眸之六》，《从维熙文集（第八卷）》，华艺出版社 1996 年版，第 250 页。
② 从维熙：《"黑鬼"白描》，《我的黑白人生》，生活·读书·新知三联书店、生活书店出版有限公司 2014 年版，第 75 页。
③ 张沪，浙江绍兴人，1931 年出生，其父为党内资历甚高的教育家张宗麟。张沪 1946 年参加学生运动，1947 年入党，1951 年起在《北京日报》社任记者编辑，1957 年被划为"右派"。1978 年改正后，长期供职于《北京晚报》，她也写有《曼陀罗花》《瓦妖》《方城门》等以大墙生活为题材的小说，后来结集为小说集《女囚》（华艺出版社 1993 年版）、《鸡窝》（同心出版社 2006 年版）。1990 年，从维熙与张沪协议离婚。

们一直是同步地辗转各地,即使分隔在"男号""女号"或是不同的农场,也都在一日可达的探望距离之内。但是,他们的流放生涯,并未因此而拥有俄国十二月党人般的浪漫与深情,反而增添了精神和肉体的沉重负荷。张沪性情孤傲,在每个环境中都落落寡合。1959 年在北京门头沟,1970 年在山西曲沃,张沪两次服毒自戕,虽经抢救生还,但依然给夫妻两人留下了心灵创伤。从维熙在《走向混沌》中写道:"从曲沃的那件痛心的事件开始,我生理上患了阳痿症——在矿山尽管比那儿宽松了不少,但仍然不能复原。这是既难以出口,又难以医治的精神疾症(直到 90 年代初,我已年近六十,生理之疾才不医自愈)。"①

第二个观察视角,是从维熙带在身边的书籍。如同《资本论》之于张贤亮,由此可以管窥,读书人将何种精神能量视为珍贵,又如何转化为支撑生命的粮草。在《书殇》一文中,从维熙写到他偷偷携入劳改队,藏在箱底的四本书:方志敏的《可爱的中国》、高尔基的《母亲》、杰克·伦敦的《荒野的呼唤》、雨果的《悲惨世界》。"《可爱的中国》一书,是警示自己在屈辱的环境中,不能因个人恩怨,而在大节上失聪,这可是屈原精神在中国知识分子身上的遗传",由此我们或可明白,从维熙后来为何会写出"爱国爱得近于偏执,坚贞坚得不近人情"② 的《雪落黄河静无声》、《菊》(又题《没有嫁娘的婚礼》)、《遗落在海滩上的脚印》等一系列小说。"《母亲》一书,则更有针对性了,我母亲大半生的苦难遭遇,比高尔基书中的母亲的肖像,有过之而无不及……当我在漫长的劳改生活中,产生绝望念头、想自我了断的时候,高尔基的《母亲》,立刻让我清醒,因为我还有一个受苦的母亲,她在遥望着我的背影,期盼着我坚强地活下去。"《荒野的呼唤》是一本"狼图腾"式的小说,写一条名叫布克的驯良家狗,在阿拉斯加雪原上

---

① 从维熙:《走向混沌(最新增补版)》,作家出版社 2012 年版,第 338 页。
② 张贤亮:《我写维熙》,载《从维熙文集(第四卷)》,华艺出版社 1996 年版,第 675 页。对从维熙《雪落黄河静无声》中的"爱国主义"的批评,参见高尔泰《愿将忧国泪,来演丽人行——一篇小说引起的感想》,《读书》1985 年第 5 期。

饱受野狗欺凌，激发出动物的野性，后来竟然成了狼群的领袖。从维熙在《走向混沌》和其他小说中，多次提及这本书，并曾用这个故事勉励张沪。在他看来，"作为一个文弱书生，我要想在劳改队中活下去，必须用其书的魂魄，激励自己在逆境中的果敢。……在狼群中生活，必须要学会狼嗥，否则一个知识分子，会成为狼群吞噬的对象"。《悲惨世界》"则为了提示自己无论遭遇到多大的不幸，一切都可以失去，但不能失去小说主人公冉阿让的善良。学会狼嗥是为了在恶劣生存环境中自卫，而不是用以去扼杀善良，以防狼嗥失度，真的成为一匹两条腿的'人狼'"。[1] 除了这四本书之外，后来被从维熙谈及的，还有孙犁的《荷花淀》、肖洛霍夫的《被开垦的处女地》（第二部）、果戈理的《塔拉斯·布尔巴》和别林斯基全集。[2]

第三个视角，是从维熙的书信。从维熙在流放岁月中，一直保持着与刘绍棠的书信联系；他在山西的日子里，还给孙犁、马烽、段杏绵（马烽夫人，与从维熙同为1956年"青创会"北京代表团代表）和胡耀邦写过信。在这之中，从维熙与刘绍棠持续二十年的通信至为重要。除了必要的精神慰藉，从维熙还经由刘绍棠的通信了解中央的政治动向，间接地保持着同北京和文坛的联系。例如，1962年夏天，从维熙在茶淀农场，收到姨兄捎来的刘绍棠信："他在信中告诉我，王蒙重新在刊物上发表了小说，邵燕祥在《人民文学》上也有诗作问世，他的短篇小说《县报记者》将在北京文艺上亮相，云云。这个消息，对我说来比姨兄带来的那一堆食品还重要，因为那是冰河解冻的消息，是关联到劳改农场一大批落难知识分子命运的大事。"[3] 从维熙到山西后，二人的书信往来也未断绝，刘绍棠不断鼓励着自己的老友，并且为他的前途出谋划策。

---

[1] 从维熙：《书殇》，《我的黑白人生》，生活·读书·新知三联书店、生活书店出版有限公司2014年版，第56—57页。

[2] 见从维熙《文学的梦——答彦火》，载刘金镛、房福贤编《从维熙研究专集》，重庆出版社、贵州人民出版社1985年版，第69页。

[3] 从维熙：《走向混沌（最新增补版）》，作家出版社2012年版，第145—146页。

重构"昨日之我"

1973年，从维熙在山西长治大辛庄劳改时，被召入农场"批林批孔宣传组"。组内一个"右派"突然被长治文联调走，这也让从维熙看到了一线曙光。从维熙随即给马烽和段杏绵写信求助，并将此事告知刘绍棠。为了尽可能还原当时的情境，以及难以言传的局中人的复杂心绪，容我将刘绍棠的回信原文抄录如下：

维熙：

你有了想重新进入文化圈子的念头，是个重大的变化。我觉得不管你能不能进入长治文坛，已然在思想上是个升腾。因为它证明，你的文名，你的创作能力，在主导你恢复自信。只要政策幅度再宽一些，长治想要你，恐怕还求之不得呢！

我寄希望于未来。中国的发展与繁荣，要靠现今四五十岁的人才；北京文苑的百花盛开，也要靠咱们这些"二度梅"的开放。浩然一个人，太寂寞了。万紫千红才是春。近日我写了一首诗，摘以下四句给你：

恶竹根除去，

雨后发春笋。

请君拭目待，

新苑花似锦。

你的处境已大大改变，小从即将自立，更无后顾之忧。一定要趁年富力强，写作和储蓄一些作品。今日无用，将来未必无用。书到用时方恨少！……跟你这封信同时来到的，是我二弟自武汉寄来的贺年信。前些日子，武汉流行着我的小说，李冰和吉学霈向我二弟打听我的情况，深表惋惜之情。我也惋惜李冰和吉学霈，他们不是也没有新作问世吗？我妹夫与周立波住在一个居民楼，每天都看见他，气息奄奄，朝不虑夕矣！跟他相比，我们有年纪的优势。谁笑在最后，谁笑得最好！

……①

---

① 从维熙：《走向混沌（最新增补版）》，作家出版社2012年版，第373页。

四 在临汾:"归来"的前夜

事实上,从维熙确从这时开始,迎来了命运的转机。在接到从维熙的信后,段杏绵以个人名义复信,表示虽然困难,但会努力"想些办法",并请从维熙提供更多情况。数月之后,段杏绵又有来信,隐晦地透露了一点希望。信中说到山西作协评论家李国涛与劳改局领导有些往来,已嘱他询问相关政策问题。① 此后的事情,从维熙本人也不尽知悉。几年以后,一篇从山西作协的角度采写的新闻稿《从维熙在临汾的日子里》,补充了一些当时的内幕信息:

> 我省老作家马烽、西戎、胡正等同志得知从维熙的情况后,决定把他暗中保护起来,想让他到临汾地区文艺工作室工作。胡正同志于一九七五年秋为此亲来临汾,向当时任临汾地区宣传部长的郭璞同志和地区文艺工作室主任郑怀礼同志说明了情况,郭璞、郑怀礼两位老干部求才若渴,立即着手为从维熙安排工作。郑怀礼同志亲自给从维熙这个素不相识的"右派"写了封辞意恳切的长信,让他顶替文艺工作室一个自然减员指标。同时,他又奔走于临汾、运城、永济之间,找农场负责人谈话,找有关领导签字,找办事员盖章,后又得到了当时主持临汾地委工作的董启民同志的支持。这样几经曲折,终于峰回路转,一九七六年八月,手续办好了。②

在从维熙这一边,生活转入了苦尽甘来的快车道。1976 年 8 月底,从维熙接到临汾文联主席郑怀礼的来信。同年 10 月,从维熙即告别劳改农场,登上开往临汾的列车。"记得,在我告别劳改农场

---

① 从维熙:《走向混沌(最新增补版)》,作家出版社 2012 年版,第 377 页。
② 齐峰:《从维熙在临汾的日子里》,载刘金镛、房福贤编《从维熙研究专集》,重庆出版社、贵州人民出版社 1985 年版,第 113—114 页。

的那天早晨,是个响晴的天,天上还挂着一缕红色的朝霞,黎吉鸟不停地叫着。当时许多因'右派'而身陷囹圄的伙伴,都来送我。……我怀着酸楚的心情,几次回首眺望那像18世纪古堡一样的'大墙'和岗楼,不知为什么竟然产生了一点惜别之情。"①

对于"归来者",特别是北京的"归来者"而言,重返的路途往往有一个或长或短的"过渡期"。也就是说,"归来"不是一夕之间就能完成的动作,而总是包括几个阶段。如果再考虑到文学上的"归来","过渡期"的情况就更为复杂,堪比个人命运的黑匣子。对从维熙而言,"在临汾的日子"就是他的灰箱。到了临汾,从维熙被安排在一间10平米的小屋居住。如同王蒙住过的北池子招待所客房一样,这间小屋条件简陋,但对于房客却有特殊的意义,其中有他们虽已不再年轻,却重新蓬勃起来的生命,也是文学生涯重启之前的蓄势。因此时过境迁后的回忆,总被笼罩在暖黄的色调里。在这间小屋里,从维熙完成了短篇小说《女瓦斯员》和《洁白的睡莲花》,它们分别发表在《上海文艺》1978年第5期和《人民文学》1979年第2期。特别是《女瓦斯员》的发表,可谓从维熙时隔三十年的重新亮相,是他"复出"文坛的标志,"其珍贵意义,在于当时中央55号为'错划成右派的同志改正'之红头文件尚未下达,我已经意识到我的文学生命(的复苏)"②。除此之外,从维熙还在这里重写了《第一片黑土》(出版时改题《北国草》)的序曲和第一章,列出了《第十个弹孔》和《杜鹃声声》的写作提纲,构思并写出了《大墙下的红玉兰》的开篇。

此后在从维熙身上发生的一切,已是我们并不陌生的故事。1978年底,《北京日报》社下达从维熙"改正错划右派"的平反通知。1979年1月6日夜,从维熙登上驶离山西的火车,直赴北京。

---

① 从维熙:《尧都驿》,《从维熙文集(第七卷)》,华艺出版社1996年版,第23页。
② 从维熙:《临汾情》,《从维熙文集(第七卷)》,华艺出版社1996年版,第32页。中央55号文件,即《关于全部摘掉右派分子帽子决定的实施方案》,1978年9月17日向全党下发。

第二节　党员干部、知识分子和主角之外的"我"

　　房福贤在《从维熙小传》① 中将从维熙自"复出"到 1980 年代中期的创作分为三个阶段：一是 1979 年平反回京之后，从维熙在一年之内连续发表了《大墙下的红玉兰》《第十个弹孔》《杜鹃声声》和《献给医生的玫瑰花》四个中篇②，引起轰动。"这四个中篇都写于党的十一届三中全会前后"，它们"率先撩开了监狱、劳改农场的题材禁区的帷幕"，"也推动了整个文坛的中篇小说向新的高度迈进"。第二阶段是从 1980 年到 1981 年上半年，从维熙写下了《泥泞》《第七个是哑巴》《遗落在海滩的脚印》和《没有嫁娘的婚礼》四部中篇，它们在取材上从十年浩劫回溯到"反右"斗争，"这正是……思想解放运动对从维熙创作思想开拓的结果"。第三阶段是从 1981 年下半年到 1984 年前后，从维熙又写作了《伞》《燃烧的记忆》《鼎》《雪落黄河静无声》等中篇，修改发表了 1975 年的《远去的白帆》，它们在继续描写受难的知识分子的同时，也把视角扩展到普通农民、矿工、犯罪少年等。

　　通常的看法是，从维熙在 1980 年前后（对应于房福贤划分的第一、第二阶段）的小说创作，绝大多数是以"大墙"为题材，因而作者个人生活的印记，在作品中时时可见。但与表面化的印象相反，从维熙事实上从未写过具有强烈自叙传色彩的小说。如钟亦

---

　　① 参见刘金镛、房福贤编《从维熙研究专集》，重庆出版社、贵州人民出版社 1985 年版，第 3—12 页。
　　② 据从维熙自述，他复出后"主要致力于中篇小说的写作"（《洁白的睡莲花》前言），批评家也一致认为，中篇小说最能代表他的创作成就。因此，中篇小说的创作情况是房福贤《从维熙小传》的分段依据。在主流文学内部，有 1979 年是"中篇小说崛起年"的说法（参见刘锡诚《关于〈大墙下的红玉兰〉》，《在文坛边缘上——编辑手记》，河南大学出版社 2004 年版，第 263 页），而说中篇小说的兴起始于从维熙，也大致不差，王蒙等同时代人都曾在回忆文章中提及。另按，《献给医生的玫瑰花》和《第七个是哑巴》，一般被归为短篇小说，此处依房福贤说照录，不作改动。除中篇小说以外，从维熙这一时期还有十余篇短篇小说（收入短篇小说集《洁白的睡莲花》），和以 1950 年代在北大荒深入生活的经历为题材的长篇小说《北国草》。

成（王蒙《布礼》）、章永璘（张贤亮《绿化树》）那样的自传式主人公，也从未在从维熙的作品中出现。在从维熙的"大墙"小说中，作为主要角色的正面人物（或称英雄人物），有两种主要的身份类型：坚持真理的共产党员干部和在政治运动中受难的中国知识分子（通常以强烈的爱国主义信念为性格特征）。为讨论方便，下表（3－2）整理了在从维熙小说中出现的这两类人物，及作者对主人公身份的描述。

表3－2　　从维熙小说正面人物概况

人物	小说（发表时间、刊物）	身份及相关描述
葛翎	《大墙下的红玉兰》（《收获》1979年第2期）	共产党员，老公安干部，原省劳改处处长 "一个在抗日战争硝烟弥漫的战壕里入党的共产党员，一个从朝鲜战场上转业到省公安局的负责过预审和劳改工作的干部"，"一个掌管国家专政工具的领导干部"
路威	《大墙下的红玉兰》	劳改农场场长 以工厂七级锻工的身份参加志愿军，多次立下战功。在战场上与葛翎结下深厚友谊，战争结束后又一起转业到省公安局。"路威没有留在省局，他带领一部分犯人，来到黄尘滚滚的河套建立了这个改造罪犯的农场。"
鲁泓	《第十个弹孔》（《十月》1979年第1期）	共产党员，公安局长 经过"近十年的冤狱折磨"，1976年"从狱中出来，重新走上公安局长的领导岗位"
江铁	《杜鹃声声》（《新苑》1979年第2期）	共产党员，军工科研单位党委书记 "过去他是驻国外使馆的武官，最近调任某军工科研单位的党委书记。"
杨羽	《献给医生的玫瑰花》（《长春》1979年第10—11期）	劳改农场医院医生，老党员 "老医生……严肃地注视着我：'救死扶伤，实行革命的人道主义，那是医生的义务。医生的最高天职：在于不仅仅要用"听诊器"听病人的心律，而是要用它倾听真理的呼吸，了解祖国大地跳动的脉搏；只懂医术，而没有革命贞节的医生，不能算个好的革命医生。'"
迟铁鹏	《春水在残冰下流》（《北京文艺》1978年第8期）	矿党委副书记、革委会主任 "由八级老矿工提拔的矿党委书记兼革委会主任，号称'煤老虎'。"

第三章 从维熙：大墙内外的叙述

续表

人物	小说（发表时间、刊物）	身份及相关描述
高水	《泥泞》 （《花城》1980年第5期）	老地下党员，"右派" "知识分子出身的地下党员"，新中国成立后被分配到一个艺术院校，搞建团的工作。1957年被划为"右派"，下放到茶树湾，与石凤妮重逢、结合，"文化大革命"中再次蒙冤，被投入监狱牢房
石凤妮	《泥泞》	女共产党员，劳改农场场长 新中国成立前被拐卖到青楼，被高水解救后投身革命，"革命胜利之后，她转业到了家乡从事建设，现在是茶树湾农场的场长"。1966年被打为"走资派"
萧严	《没有嫁娘的婚礼》（《菊》） （《东方》1981年第2期）	公安干部，劳改农场管教科科长
刘局长	《遗落在海滩上的脚印》 （《收获》1981年第3期）	劳改局局长，老公安、老八路 "这位老者是1936年参加东北抗联的老同志，红卫兵砸烂公检法时，他到深山密林的劳改队来躲风。"
陆步青	《遗落在海滩上的脚印》 （《收获》1981年第3期）	共产党员，"右派"，原为科技学院大学生 在"音响自导鱼雷"方面的论文受到国防科学家的重视。"文化大革命"结束后，因为原则性的"祖国"问题而与相爱二十多年的恋人苏珊珊分别
骆枫	《燃烧的记忆》 （《文汇》1982年第1期）	超级瓦斯煤矿原矿长，共产党员 "文化大革命"中被打为"黑工贼"加"走资派"，自愿到矿井下同犯人们一起劳动 "他猛然解开工作服的纽扣，从贴身小褂中，掏出几张党费单据来，对我说：'你不相信我，可总该相信它吧！'"
寇安	《远去的白帆》 （《收获》1982年第1期）	老革命干部，劳改农场原场长、原支部书记 "他是开辟这个劳改场的元老，只因为他参加过彭老总平江暴动，年轻时在彭老总的身边当过几天警卫员，彭老总在庐山身陷囹圄之后，电波居然能传导到这个和彭老总几十年也未见过面的寇安身上。传说在我们未到这个劳改队之前，他先被撤了支部书记的职务，后被抹掉了场长的头衔，而降为一个普普通通劳改队长。老场长思想不通，拂去头上大大小小的乌纱，没接受劳改队长的工作，而自愿去当了菜园的看守。"
杨亚	《第七个是哑巴》 （《北京文学》1980年第10期）	老教授 原为XX学院地球物理系副教授，"文化大革命"初期被造反派诬陷，下放劳改农场

161

续表

人物	小说（发表时间、刊物）	身份及相关描述
东方汉阳	《没有嫁娘的婚礼》（《菊》）（《东方》1981年第2期）	"摘帽右派"，原为H大学天文数学系研究生混血儿，生父是早期留英学生，母亲是英国人；"对共产党持有谬误偏见"的父母1948年离开中国，由祖父祖母抚养大。在"天体黑洞"领域有深入研究。因为原则性的"祖国"问题先后与三任女友分手
范汉儒	《雪落黄河静无声》（《人民文学》1984年第1期）	"右派"，原为西语系大学生因为原则性的"祖国"问题而与曾经有过叛逃行为的陶莹莹缘悭一面
林逸	《白云飘落天幕》（《小说界》1984年第1期）	"右派"，原为北方矿院大学生家境贫寒，生性软弱孤僻，在劳改队中有"林妹妹"的绰号，"文化大革命"中被打断小腿致残。但在平反回京后迅速"奔向生活的激流"，分配到中学教物理，业余时间义务到光华夜校为待业青年补习，主动要求去大西北支援教育，与曾经的难友、准备移民美国的白洁峰形成鲜明对比

从上表可以看出，在从维熙"复出"后的小说中，早期（大致对应于房福贤划分的第一、第二阶段）主要以共产党员干部，特别是公安系统的中层、基层领导（如公安局局长、劳改农场场长）作为着力塑造的正面人物形象；后期（对应于房福贤划分的第三阶段）主要以爱国知识分子作为主人公，他们回应的现实问题，是随着改革开放的进展而在部分高干、高知群体中出现的"出国热"现象。但这两种类型的人物设计也有共同之处：其一，至少在从维熙的认知和叙述中，他们都来自从维熙二十年生活的所见所闻："艺术创作不是机械地照相，需要艺术加工；但是我这些中篇里的人物，都能在生活中找到依据，甚至有其生活的原型。"① 其二，尽管有以生活作为基础的细节真实，但主人公无论是共产党员、领导干部，还是知识分子，都首先是国家政治叙事中的一个象征性位置，人物的典型性规约远远大于个人性的呈现。或者说，人物的设计、选择和加工，固然与"我"的见闻有关，但他们首先

---

① 从维熙：《文学的梦——答彦火》，载刘金镛、房福贤编《从维熙研究专集》，重庆出版社、贵州人民出版社1985年版，第77页。

服从于具体历史时刻的实际性规定。其三，他们都是如范汉儒、东方汉阳一般的"爱国爱得近于偏执，坚贞坚得不近人情"的爱国主义者，只不过在侧重点和表现形式上有所区别："我在处理这些悲剧性题材时，是把个人所承受的痛苦和祖国的命运紧紧融合在一起的。因此，我笔下的受难者……都是爱国主义者。"① 最后，也是最重要的，无论是党员干部的坚持真理，还是知识分子的爱国主义，都体现出从维熙小说的最大特点——强烈、执着的道德热情。至于这种求真、求善的道德激情的多面性和反作用力，将在以下重读《大墙下的红玉兰》时再作讨论。

从自传性的角度看，尽管这两类主人公都不是以作者本人为原型，但是他们与"我"的距离并不相同。对于从维熙来说，作为后期主人公的"知识分子"，都是"我"的同类，往往是以曾经的难友为原型。在小说《白云飘落天幕》里，作者借史凌宙之口戏谑道："我读了你的不少小说，好多朋友的形象，都被你写进书里去了！黄鼎，陆步青……"如果说这一类人物可以算作"我们"，那么早期的党员干部则是明确的"他们"。许子东曾将"伤痕文学"中作家的道德义愤，按照表现对象的区别分成两种："一种是因革命战士遭到'假革命'的迫害而愤怒（从维熙、王蒙的愤怒态度不一，愤怒理由却大致接近），另一种因劳动人民受到'假革命运动'的损害而愤慨（高晓声、张一弓、叶蔚林等人，主要侧重这个角度）。"② 如果从作家身份的角度观察，从维熙与王蒙的区别其实非常明显。从维熙 1983 年才加入中国共产党，他没有王蒙那样的"少共"经历，因而无法在小说中自然地渗透"自己人"的身份意识。如果说《布礼》《夜的眼》是在书写"我"或者说"我们"的故事，那么以"共产党员"作为主人公的鲜明标记，则与从维熙的"个人性"无涉，而是完全出于他对"典型人物"的理解。在从维熙的想象中，具有典型性的英雄人物必须兼具人性和

---

① 从维熙：《文学的梦——答彦火》，载刘金镛、房福贤编《从维熙研究专集》，重庆出版社、贵州人民出版社 1985 年版，第 78 页。

② 许子东：《当代文学印象》，上海三联书店 1987 年版，第 87 页。

党性，而且共产主义理想正是他们崇高品格的来源。这确如杜高所总结的："葛翎的自我牺牲的悲壮战斗，石凤妮坚贞深挚的爱情和舍己为人的崇高品德，高水的坚忍不拔的执着追求，鲁泓的严格的原则精神和大公无私的气概……所有这一切，都不是一般意义上的人或人性的高贵和美好，而是在党和革命的长期培育下，无产阶级战士的共产主义精神所凝结的党性，在每一个具体性格中的动人表现。"①

但在从维熙的小说里，也不是完全没有"我"的位置。在《献给医生的玫瑰花》《远去的白帆》《没有嫁娘的婚礼》《燃烧的记忆》《雪落黄河静无声》《白云飘落天幕》里，都有一个以从维熙本人为原型的人物——叶涛。然而，叶涛在每篇小说中的分量，正如《白云飘落天幕》中所概括的，是"三个主要角色之外的我"。也就是说，叶涛从不是小说的主人公，而是作为当事人和目击者，承担叙述故事的功能。值得一提的是，作为线索人物和介入型叙事者，叶涛的作用不仅在于引导故事，也是借由他所发出的评价、议论，引导读者的阅读。在布斯看来，小说的阅读"有一种基本要求，读者需要知道，在价值领域中，他应该站在哪里——即需要知道作者要他站在哪里"，"作者他自己……与主要人物认同，而读者被邀请来分享这种放纵"。② 叶涛的作用就相当于小说中的路标，直接显示作者的道德立场，并告知读者应该站在哪里、通向哪里。

这种由次要人物发起的第一人称叙述，是从维熙惯常采取的两种叙述视角之一。另外一种是在他的早期小说中更为常见的第三人称全知叙事。但从作者的介入、价值倾向的表达角度看，这两种视角在从维熙这里并无本质的区别。接下来我们就以《大墙下的红玉兰》为例，看看从维熙是如何在第三人称叙事的小说中发出声

---

① 杜高：《从维熙和他的小说》，载刘金镛、房福贤编《从维熙研究专集》，重庆出版社、贵州人民出版社1985年版，第214页。

② [美] 韦恩·布斯：《小说修辞学》，华明、胡晓苏、周宪译，北京联合出版公司2017年版，译序第11、77页。

音,以"隐含的作者"对笔下的人物和事件作出道德评判和情感反应的。

第三节 "真实"的歧义
——关于《大墙下的红玉兰》及其讨论

在思想解放的背景下,《大墙下的红玉兰》(以下简称《红玉兰》)在《收获》1979年第2期发表之后,引起热烈的反响。在主流批评界,它或被认为写出了"本质的真实性"[①];或被视作中篇小说里的《班主任》,"把中篇小说的创作推向了时代的前列"[②]。与《班主任》一样,《红玉兰》也是一部特别符合,因而也特别依赖特定时期的文学成规的作品。因此,时过境迁之后,不难从中找到这样那样的缺失。在洪子诚的《中国当代文学史》中,从维熙小说的缺陷,被归结为由概念化和简单化导致的"失真":

> 从维熙的这些悲情浪漫小说,继承的是传统戏曲、小说的历史观,即把历史运动,看作是善恶、忠奸的政治势力之间的较量。……这种道德化的历史观,制约了从维熙小说的艺术形态。人物被处理为某种道德"符号",着力刻画的"正面人物"(或"英雄人物"),都显现为灵魂"纯净",道德"完美"。复杂的生活现象,被条理、清晰化为两种对立的道德体现者的冲突,并以此构造小说的情节。叙述者与人物、情境之间的失去间隔,词语的夸张,都有突出的表现。[③]

事实上,关于《红玉兰》人物、情节和细节的"真实性"问题,在作品发表之初就引起不少争议,也是当时由《文艺报》发起的

---

① 顾骧:《历史教训的探索》,《文艺报》1979年第7期。
② 孔罗荪:《我们需要中篇小说》,《十月》1981年第3期。
③ 洪子诚:《中国当代文学史(修订版)》,北京大学出版社2007年版,第269页。孟繁华在《1978:激情岁月》也持类似观点。

讨论中的一个焦点。① 例如，沙均（毛承志）认为小说"细节不真实"，设置的大量巧合经不起推敲，看不出故事背后的必然性，这是因为"政治倾向性和艺术真实性没有和谐地统一起来。前者站得住，后者靠不住"②。一位署名金忠强的读者，则在来信中指出：作者强行将故事情节与"四五"运动嫁接在一起，使得小说分裂为两个部分，"为小说中失真的人物提供了失真的环境，失真的环境又使失真的人物更失真"③。即使是撰文盛赞《红玉兰》的顾骧，也在该文中指出："生活的真实性是这部小说长处所在；而作品中某些不足的地方，问题也出在这里。作品中某些情节，缺乏浓厚的生活感。如葛翎在干校中进行的斗争，给人以从政治概念出发，进行图解之感。"④

问题一个有趣的层面，在于这场争论发生在从维熙——这位在1950年代因为声援王蒙等人的"写真实"、反对创作公式化概念化的两篇文章《写真实——社会主义现实主义的核心》《对"社会主义现实主义"的几点质疑》而获咎，并且终身以"真"作为最高追求的作家身上。从维熙曾有这样的夫子自道："就我个人的生活道路来讲，我追求作品的真、善、美的完整和谐。在这三个字中，'真'居其首。"⑤ 因此可以说，对于从维熙和《红玉兰》的真实

---

① 《文艺报》自1979年第7期起特辟专栏，讨论《大墙下的红玉兰》，参见《文艺报》"编者按"《关于〈大墙下的红玉兰〉的讨论》，《文艺报》1979年第7期；《文艺报》文学评论组《来稿来信综述》，《文艺报》1979年第11、12期。二文均收刘金镛、房福贤编《从维熙研究专集》，重庆出版社、贵州人民出版社1985年版。此外值得注意的是，在《文艺报》公开讨论之前，《文艺报》与人民文学出版社曾召开内部讨论会交流意见。《红玉兰》的发表距离四次文代会开幕还有大半年的时间，在这段后来所谓的历史"真空期"，报刊编辑部及出版社通过内部讨论切磋"异见"，首先在"小共同体"的内部谋求基本共识，这在当时看来是"必要"的"业务学习"。相关记述参见刘锡诚《在文坛边缘上——编辑手记》，河南大学出版社2004年版，第265页。

② 沙均：《悲剧不悲》，原载《文艺报》1979年第7期，引自刘金镛、房福贤编《从维熙研究专集》，重庆出版社、贵州人民出版社1985年版，第278页。

③ 《文艺报》文学评论组：《来稿来信综述》，原载《文艺报》1979年第11、12期，引自刘金镛、房福贤编《从维熙研究专集》，重庆出版社、贵州人民出版社1985年版，第307页。

④ 顾骧：《历史教训的探索》，原载《文艺报》1979年第7期，引自刘金镛、房福贤编《从维熙研究专集》，重庆出版社、贵州人民出版社1985年版，第272页。

⑤ 从维熙：《文学的梦——答彦火》，载刘金镛、房福贤编《从维熙研究专集》，重庆出版社、贵州人民出版社1985年版，第80页。

性批评，不是简单的道德批评和形式批评，而是关系到社会主义文学的基本原则和终极目标。因为在中国当代，乃至世界无产阶级文学中，"真实"一直是一个具有内部张力的概念。如吴义勤所言，"'真实性'本质上是一个从属于现实主义的概念，它主要维系的就是对现实主义的理解和判断问题"①。

不过，以往对于《红玉兰》"真实性"的讨论和再讨论，一般都是从作品的社会政治语境和文学历史语境（如浪漫主义、现实主义、革命浪漫主义与革命现实主义）出发展开的。其实，从维熙坚信《红玉兰》的"真实性"，还是来自原型和本事的层面。也就是说，他自信小说中写到的人与事，都来源于他的生活，即使不是他本人（及其所经历的），也与他本人（及其所经历的）有关。因此，关于《红玉兰》"真实性"的讨论，还应该附加一个自传性语境的维度。反过来说，搞清从维熙所谓的"真实"究竟所指为何，也会有助于理解从维熙的文学观念，以及他使用自传性材料的独特方式。

一 "细节的真实"：《红玉兰》里的人物和细节

《红玉兰》以简洁的题记开篇：

> 民间传说：日蚀是天狗想吞噬太阳的时刻。在这个时刻里，天地混沌，人妖颠倒，鬼魅横行……
> 中国历史上出现"日蚀"的年代，在大墙下面，发生了这样一个悲怆的故事……②

仅从题记已可看出，《红玉兰》的题旨是描写大墙之下、人妖之间的斗争。恰如洪子诚所言，小说中的人物被处理为政治、道德符号，分配到善恶分明的营垒之中。正面人物有被投入牢房的老公安

---

① 吴义勤：《"写真实"与"真实性"》，《南方文坛》1999年第6期。
② 从维熙：《大墙下的红玉兰》，《从维熙文集（第四卷）》，华艺出版社1996年版，第1页。本节中《大墙下的红玉兰》小说文本，均引自此版本，下不出注。

干部葛翎，葛翎的老战友、农场场长路威，因拒绝"批邓"触怒领导的体院学生高欣及其未婚妻周莉。反面人物则有三十年前打伤过葛翎的"还乡团"分子马玉麟，受过葛翎审讯的流氓分子俞大龙，身为农场政委的"造反派"头目章龙喜，以及省公安局的武斗专家秦副局长。故事主要讲述正邪之间的几次较量。高潮出现在1976年的春天，周莉从北京赶来看望高欣，同时带来首都人民自发悼念周总理的照片。高欣和葛翎深受感动，决定在两天后的清明节制作花圈表达哀思。不料计划泄露，章龙喜没收了制作花圈的材料，二人决定铤而走险，趁夜摘下大墙电网之上的玉兰花。但当葛翎爬上大墙边上的高梯，却被暗中监视的章龙喜鸣枪击中，鲜血染红了怀中的白玉兰。在故事结束之后，作者交代了每一个人物的结局：葛翎死去两天后，秦副局长亲临农场处理善后——马玉麟提前释放、俞大龙当上了犯人班长、高欣被关进禁闭室。章龙喜升任农场党总支书记。路威则在秦副局长赶到之前，怀揣两支被鲜血染红的玉兰花，登上了去北京告状的火车。

值得注意的是，在这篇小说的原始版本中，每一小节似乎都有一个类似章回小说的对偶式标题。例如，标志着高潮来临的第四节，即题为"风雪驿路，葛、路叙往事；千里探监，周莉庆巧遇"①。尽管后来发表的版本去掉了这些回目，但由此可以发现，从维熙在《红玉兰》中有意继承中国古典小说、戏曲的某些叙事元素。而由前引标题所示，小说与"古典"叙事模式相互沟通的表现之一，就是多次运用"巧合"，作为故事情节起承转合的推动力。这也是作品发表后最常为人诟病的地方之一。沙均在《悲剧不悲》中指出，小说的重大缺陷，就是"一些情节和细节虽巧而不妙，经不起推敲"，例如，高欣失手将铁饼扔出墙外，凑巧砸死"走资派"的小孩；章龙喜命令值班战士向葛翎开枪，小战士本想抬高枪口示警，章龙喜却在扣动扳机的一刹那微微按了一下枪身，子弹便不偏

---

① 引自沙均《悲剧不悲》，《文艺报》1979年第7期。笔者对《红玉兰》原有"章回小说式"标题的推测也来源于这篇文章。

不倚正中葛翎。沙均认为,这种"戏不够,巧来凑"的破绽,在小说中屡次出现,使得整部小说"弄巧成拙,反倒失真"。

但从自传性的角度说,从维熙自诩《红玉兰》的"真实性",也的确有其充足的理由。周作人1950年代写作《鲁迅小说里的人物》时曾言,"小说是作者的文艺创作,但这里边有些人有模型可以找得出来",他的这本小书就是"纪事实",解说鲁迅小说中人、物、时、地的"真相"。① 从维熙对《红玉兰》真实性的底气,也正在于此。在他看来,《红玉兰》中的人物,都是从他二十多年的"生活库存"中拿出来的,"路威也好,高欣、周莉也好,甚至反面人物章龙喜也好,他(她)们都来自于生活积累,来自于沃土大地,而绝不是来自幻想中的天国"②。

葛翎的"雏形"是"一个曾经是某部副处长的老共产党员",可能来自从维熙在报纸上读到的一个故事:"他是在'文化大革命'的中期,因为反对祭神的宗教仪式,拒绝天天读和早请示,而被送进劳改队来的。这个同志到了劳改队之后,仍然坚持这一唯物论的观点,并不断上书中央,最后被关进了监狱的大墙。尤其使我触目惊心的是:听说这个老同志平反之后,政工部门从他的档案袋里竟然发现一张表格,这张表格是当时他所在的那个劳改单位,报请上级对他处以死刑的材料。我立刻意识到,专政性质的蜕变,是共产党员和革命人民人头落地的严峻问题……"③

路威的原型,是从维熙1961年在津北茶淀农场改造时的主管队长刘队长。他曾主动安排从维熙去相邻的女队看望妻子,并且破例允许他在那里留宿一夜。"我无论如何也想不到,一个参加过抗美援朝战争、归国复员后到劳改工作岗位上的大老粗,竟然有一双明察秋毫的眼睛","他是党的政策的化身,他是人道主义的化身,

---

① 周作人:《鲁迅小说里的人物》,河北教育出版社2002年版,第1页。
② 从维熙:《创作与生活——致青年习作者》,载刘金镛、房福贤编《从维熙研究专集》,重庆出版社、贵州人民出版社1985年版,第47页。
③ 从维熙:《关于〈大墙下的红玉兰〉答读者——兼谈一封匿名信的启示》,载刘金镛、房福贤编《从维熙研究专集》,重庆出版社、贵州人民出版社1985年版,第31页。

所以当小说中唯一的女孩子——探监来的周莉出场之后,路威不但对她十分照顾,亲自安排了她和高欣的会见,并在周莉头上支撑起一把保护伞"。①

高欣和周莉的故事,来源于从维熙的两位画家朋友:"远在一九五七年,我的一个朋友——青年画家,被错划为右派之后,许多亲戚都和他断绝了往来。就在这个时候,她——一个年轻的女画家,却对他紧追不舍。我的这位朋友,出于对她的深爱,叫她择良而栖;但她出于对他的深爱,要求和他结婚。"② 这两位画家,就是 1958 年与从维熙一同在京郊劳动的王复羊和女画家崔振国,其时从维熙和张沪还参加了他们的结婚仪式。这两个人的故事,在《走向混沌》中有详细记述。③

除此之外,小说中关于劳动的几处细节,都与从维熙的实际生活经验有关。《红玉兰》的故事发生在 1976 年春天的河滨农场,这正是以从维熙当时所在的、位于黄河风陵渡口的伍姓湖农场为原型。因此小说中的劳动内容,是参与改造盐碱滩的引黄工程。小说中高欣因为路威的关照,担任农场的总统计员,这其实正是从维熙在伍姓湖农场时的职务。从维熙能够在 1975 年写出《远去的白帆》的初稿,很大程度上便得益于农场指导员陈大琪的照顾:"应当感谢那些正直而有革命良心的劳改干部,他们给我安排了劳改队的统计员工作,又对我写小说装作视而不见;这就给了我精神和时间上的巨大支援。"④ 结尾将玉兰花"悬置"于大墙墙头之上、电网之内,无论是否合乎情理,也与从维熙的特殊"经验"有关。1969 年刚到山西曲沃砖场时,从维熙就被分配了与服刑的犯人一

---

① 从维熙:《创作与生活——致青年习作者》,载刘金镛、房福贤编《从维熙研究专集》,重庆出版社、贵州人民出版社 1985 年版,第 44—45 页。
② 从维熙:《创作与生活——致青年习作者》,载刘金镛、房福贤编《从维熙研究专集》,重庆出版社、贵州人民出版社 1985 年版,第 46 页。
③ 从维熙:《走向混沌(最新增补版)》,作家出版社 2012 年版,第 39—41 页。
④ 从维熙:《关于〈远去的白帆〉……》,载刘金镛、房福贤编《从维熙研究专集》,重庆出版社、贵州人民出版社 1985 年版,第 64 页。从维熙对于陈大琪的回忆,见《走向混沌(最新增补版)》,作家出版社 2012 年版,第 386—392 页。

起加高监狱狱墙的工作。也只有在大墙之内待过的人,才会对大墙和电网——两个世界现实和象征意义上的双重分界——怀有一种特殊的敏感。同样敏感的还有张贤亮,他在《我的菩提树》中也曾写到从"内部视角"观察的大墙:"要逃跑,在劳改农场真是轻而易举。虽然'劳教人员'的生活比正式犯人还艰苦,劳动还繁重,但毕竟是'行政最高处分':一、没有警卫看守;二、没有高墙和铁丝网,犯人大院就像家属大院一样围着一圈不到四尺高的土墙,狗都能翻出去(我第二次劳改时正值'文化大革命',院墙才增高到六尺,墙上安装了铁丝网)。"①

特殊的生活经验,既为从维熙提供了写作的素材,也为他建立起对待批评者的心理优势。在细节是否真实的问题上,从维熙相信,最终解释权掌握在他自己手上。前面说过,沙均的评论文章《悲剧不悲》对《红玉兰》的真实性多有质疑,从维熙在给刘锡诚的私信中回应说:"这篇文章游离了主题,人物,故事,去专门讲些具体问题,是舍本求末的一种探讨。因为评论者没有劳改队的起码常识,比如,在'细节不真实'的部分,指出葛翎身为劳改处处长,'居然不知马玉麟在河滨农场'之类。试以山西省为例,一共28个监狱,怎么能设想葛翎能有如此大的神通?对葛翎和路威的关系,评论者亦作了同样的推论,脱离人物当时所处的具体环境,来探讨他的性格和行为,是架空的。比如对《文汇报》与周总理的关系问题,葛翎刚刚视察监狱回来(监狱都不订《文汇报》,他怎么能知道发生了《文汇报》反总理的问题?)以抽象的一般性的概念去分析人,而不是从人物当时的典型环境去研究人物,在评论工作上,必然产生'无的放矢'的毛病。"②

在当时的历史条件下,《红玉兰》讨论中的各方,对于此类细节问题都格外重视。《文艺报》甚至特别邀请了供职于北京市公安

---

① 张贤亮:《我的菩提树》,人民文学出版社2014年版,第69页。
② 见刘锡诚《在文坛边缘上——编辑手记》,河南大学出版社2004年版,第257—258页。

局的刘光人参与讨论会,就是出于"他对监狱生活的了解"①。包括从维熙本人在内,讨论的每位参与者都努力从经典马克思主义的话语体系内部,为自己的观点寻求坚实的支撑。恩格斯对现实主义的界定——"现实主义的意思是,除细节的真实外,还要真实地再现典型环境中的典型人物",也被讨论者反复征引。然而,关于"细节真实"的争论看起来热闹,实际上很难形成有效的对话。因为小说无论如何"真实",都不可能让每个细节都有据可查,争论各方最终只能各执一词,有选择性地列举"逼真"或"失真"的情节和人物。因此,细节的来源并不是问题的关键,反倒是从维熙在为小说辩护时的逻辑值得注意:由"真实性"自然过渡到"典型性",进而提出评论要从"人物当时的典型环境去研究人物"。这就将问题推向了更深,也更复杂的层次。

二 "曲笔"与"倾向性"

如果细究起来,从维熙自述中提到的几个人物,从原型角度而言,其实不在同一个层面:路威、高欣和周莉可以说来自"目睹",但葛翎却来自"耳闻",是从维熙从新闻中取材结撰的。这也可以在一定程度上解释,为什么评论者关于《红玉兰》细节真实性的质疑,较多集中在葛翎,尤其是他的结局上。康濯是从"革命浪漫主义"的角度为从维熙辩护的:

> 有的读者以为作品结尾颇嫌仓促,这可能不无道理,但作为艺术偏爱,完全允许作者保持不变。有的读者以为作品中葛翎在那一景况下竟去摘取玉兰花,并终于献出生命,此种情节对于公安干部葛翎来说则显然不合理,而带有盲目冒险的性质;这一看法尽管合乎一般推理,我却认为碍难统一。因为

---

① 见刘锡诚《在文坛边缘上——编辑手记》,河南大学出版社 2004 年版,第 260 页。

在葛翎当时的景况下,坚定不移和千方百计地要悼念周总理,就不能不带有冒险性质,但却同盲目毫不相干,反倒恰恰是高度自觉的表现。葛翎终于献身而去,他鲜红的热血染透了白白的玉兰花。法西斯监狱大墙下的红玉兰哇!这一鲜明的、具体的而又赋有象征性的形象,是多么强烈、引人,使我们永记不忘!而正是在这里,不又透露了作者从生活出发刻意创新的,毫不显得矫揉造作的,革命浪漫主义的精神和手法么!①

从维熙在1979年致刘锡诚的信中,同样提到《红玉兰》有意识地在"两结合"方面作了探索,并认为革命浪漫主义可以为作品赋予"美学内涵",也更具有打动读者的感染力。② 在《答木令耆女士》的公开信中,他进一步将自己的写作方法概括为两个步骤:"把我在二十年底层生活中看到的东西……开掘出来,有倾向性而不是自然主义地描写出来。"③ 而在《红玉兰》中体现倾向性、承载革命浪漫主义的元素,无疑就是小说的核心意象——被鲜血染红的玉兰花。

早在1981年,日本学者池上贞子就注意到,从维熙的小说有一个明显的特点,就是几乎每篇都写到植物,特别是花,而且它们都起着功能性的作用。除了"红玉兰"之外,还有《献给医生的玫瑰花》中的玫瑰花、《洁白的睡莲花》中的睡莲花、《女瓦斯员》中的石榴花、《杜鹃声声》中的杜鹃花、《梧桐雨》中的法国梧桐、《泥泞》中的苦菜花等等。池上认为,从维熙作品中的花主要有两

---

① 康濯:《从维熙中篇小说集》序,中国青年出版社1980年版。
② 从维熙1979年7月31日致刘锡诚的信中写道:"相当长的一个时期以来,包括'四人帮'以前,文学艺术创作中,出现了一种畸形,即:抛弃了对革命浪漫主义的探求,因而许多作品,不能动人以情,不能使人为之热血沸腾,更谈不到文学作品中的美学内涵。在路威、周莉、高欣这些人物身上,我比较有意识地在这方面进行了一些探索。我们年轻一代是多么缺乏美的情操的教育呵!"参见刘锡诚《在文坛边缘上——编辑手记》,河南大学出版社2004年版,第258页。
③ 从维熙:《答木令耆女士》,载刘金镛、房福贤编《从维熙研究专集》,重庆出版社、贵州人民出版社1985年版,第57页。

重意思：其一是作者献给所尊敬、所爱的人的物质性实体；其二是作为隐喻，"献给在历史转折时期中，悲愤而死的人们，是对受难者的一首挽歌！是献给幸存者的赞歌"。①《红玉兰》中的玉兰花，同时包含了这两重意义。而且还应进一步指出，从维熙笔下的花，符号和意义都是一一对应的，解读和阐释的空间封闭，因此是象征性，而非寓言性的存在。这也正是《红玉兰》"革命浪漫主义"的精髓所在。或许可以这样总结，"大墙下的红玉兰"是革命现实主义的"大墙"与革命浪漫主义的"红玉兰"的结合。从维熙其他小说中的花，也不过是同一美学原则的继续操练。不过，在"新时期"的文学场域中，"革命浪漫主义"是一个比"革命现实主义"更早受到冲击的概念②，以至于我们无法仅仅通过"重返现场"的方式，恰当地评判"红玉兰"所象征的美学原则，及其由盛转衰的历史命运。在这个问题上，参照性视野的建立，或许是一种有益的尝试。

如果我们顺着文学史的脉络上溯，为从维熙的"红玉兰"寻找对照，那么在鲁迅《药》的尾声，清明时节围在夏瑜坟顶的那一圈红白的花，应是一个富有意味的类比。同样可供对读的，还有鲁迅在《呐喊·自序》中作出的著名的解释："既然是呐喊，则当然须听将令的了，所以我往往不恤用了曲笔，在《药》的瑜儿的坟上凭空添上一个花环，在《明天》里也不叙单四嫂子竟没有做到看见儿子的梦，因为那时的主将是不主张消极的。"如果我们用鲁迅的（即马克思主义文论之外的）措辞重构《红玉兰》的阐释空间，那么被鲜血染红的玉兰花，也可理解为一种不恤使用的

---

① ［日］池上贞子：《论从维熙作品中的花》，陈喜儒译，原载《新观察》1981年第10期，引自刘金镛、房福贤编《从维熙研究专集》，重庆出版社、贵州人民出版社1985年版，第204—209页。

② "革命浪漫主义"的概念在1970年年末就已处境尴尬，即使是文艺界领导，对它的态度也存在明显分歧。例如，冯牧就不赞成继续使用"革命浪漫主义"和"两结合"的提法。见严平《潮起潮落：新中国文坛沉思录》，人民文学出版社2015年版。还可参见复旦大学中文系资料室编《新时期文艺学论争资料（1976—1985）上册》（复旦大学出版社1988年版）中的"关于'两结合'创作方法问题的讨论情况综述"部分。

第三章　从维熙：大墙内外的叙述

"曲笔",而"曲笔"又总是和"将令"联系在一起。由此我们可以从一种狭隘的惯性逻辑中解放,在更长时段的视野中重新看待文学与政治的关系,重新看待从维熙彼时秉持的写作观念,以及特定历史时刻诗与真的辩证。

经由鲁迅转喻式地理解《红玉兰》的"倾向性",不足以导向一种严谨的讨论方式。但正如艾布拉姆斯在《镜与灯》序言中所说:"起用某些被遗忘的比喻,使我们得以从一个崭新的、似乎能够揭示本质的角度对某些原有的事实重新做一番观察。"① 根据伊格尔顿的考察,"倾向"一词"原文为 commitment,含有'政治上投身'、'信奉'的意思"②,本身就包含着遵从"将令"的组织观念。在 1970 年代末的历史空间中,"将令"可以理解为以拨乱反正为中心的各种政治安排。小说的倾向性,应该表现为思想上与中央精神同步,同时通过人物和情节,明确地表达作者的价值立场,并以文学的情感力量积极地影响和引导读者。《红玉兰》之所以被誉为中篇小说里的《班主任》,一方面是因为它标志着中篇小说这一文体的崛起,另一方面则在于它具有可与后者相提并论的"革命性"力量。也只有在这个意义上,《红玉兰》违背生活真实,也偏离自传性的结尾才可能被理解。在从维熙写作《红玉兰》的 1978 年岁末,"天安门事件"刚刚获得官方平反。莫里斯·梅斯纳认为:"在 1978 年所有的'拨乱反正'措施中,没有什么比中国共产党对 1976 年 4 月 5 日'天安门事件'的重新评价具有更大的政治意义了。"③ 同样为人熟知的是,这一事件迅速得到文学层面的反映,且不必说社会反响热烈的《天安门诗抄》与话剧《于无

---

① [美] M. H. 艾布拉姆斯:《镜与灯:浪漫主义文论及批评传统》,郦稚牛、张照进、童庆生译,王宁校,北京大学出版社 2015 年版,作者序第 4 页。
② [英] 特里·伊格尔顿:《马克思主义与文学批评》,文宝译,人民文学出版社 1980 年版,第 42 页。
③ [美] 莫里斯·梅斯纳:《毛泽东的中国及其发展——中华人民共和国史》,张瑛等译,丘成等校,社会科学文献出版社 1992 年版,第 505 页。黄平在《从"天安门诗歌"到"伤痕文学":关于"新时期文学"起源的再讨论》(《文艺争鸣》2015 年第 8 期)一文中,详细梳理了中央对于"天安门事件"的平反过程,以及在此过程中文学表达与政治形势的密切互动和复杂牵连,可以参看。

声处》,仅在1978年首届全国优秀短篇小说评选的获奖作品中,就有两篇直接以"天安门事件"为题材的小说——李陀的《愿你听到这支歌》和宗璞的《弦上的梦》。这两篇小说中主人公悼念周总理的行动,也都带有康濯所说的"高度自觉"的"冒险性质"。《红玉兰》的立意与上述作品相较大同小异,无非是将北京的天安门广场移置到外省的"大墙"之中。

然而,殊途同归的情节模式,自然也意味着写作套路和历史认识上的高度重复,因此在语境转换之后自然受到不同程度的质疑。但是从文学史研究的角度,笔者恰恰认为它打开了一条理解伤痕、反思文学的崭新思路。从某种意义上说,"反思文学"是一个容易让人误解的概念,因为"反思"意味着一种分析、探究历史问题的冲动,是具有"强主体性"的认识活动。而《红玉兰》等作品的主要意义,在于推动国家层面的社会转型,而在历史认知的层面贡献甚微。从维熙们所信奉的,也是革命现实主义美学所要求的"倾向性",本就不是众人皆醉我独醒的独立思考,而是众人拾柴火焰高的齐心协力。这些作品在被历史限定和塑形的同时,也深刻地介入和参与了"新时期"的历史进程。与其从《红玉兰》中寻求异声,不如把它理解为一声呐喊。毕竟,爱憎分明的"呐喊"才是作者原初的创作动机。经由"曲笔"所释放的"倾向性"一词的丰富语义,也让我们认识到,历史化地理解从维熙和这一时期的"真实观",个人与国家的关系是另一个不能略去的维度。

在从维熙的文学观念中,作家首先应该是个爱国主义者。① 爱国主义话语,也是他回应"真实观"问题的终极答案。在《红玉兰》之后,从维熙还写了"爱国爱得近于偏执"的《菊》(又题《没有嫁娘的婚礼》)、《遗落在海滩上的脚印》、《雪落黄河静无声》等小说。在《雪落黄河静无声》中,从维熙甚至借范汉儒之口,将无条件的"爱国",比之于人的"贞操"——"我认为无论

---

① 许世杰:《沧桑历尽大道直——访从维熙》,载刘金镛、房福贤编《从维熙研究专集》,重庆出版社、贵州人民出版社1985年版,第108页。

男人、女人都有贞操,一个炎黄儿女的最大贞操,莫过于对民族对国家的忠诚"。高尔泰就此批评说:"小说所谓的人的'贞操',一旦同屈原式的愚忠联系在一起,就变成'忠'、'孝'、'节'、'烈'之类外在于人的观念,和封建社会束缚人的伦理道德规范了。"① 事实上,真正的问题在于,"爱国"与"贞操"一样,在从维熙的小说中被抽象为不可分析的观念框架。② 不过,这也让我们能够接近历史情境中的"社会史实"。在"新时期"初期的文化场域中,实际上缺少能够将国族话语对象化的知识资源。作家们无法像日后谙熟理论的知识人那般,可以将国家视作"想象的共同体"(安德森),抑或"个人与其实在生存条件的想象关系"(阿尔都塞)。

其实,在政治哲学的视野中,爱国主义话语的内部张力,有一条绵长的理论线索,可以一直上溯到亚里士多德提出的"好人与好公民"的区分。亚里士多德提出的问题是:"我们能否一方面成为一个城市、国家或民族的忠诚成员,另一方面履行自己对人性所负有的更大范围的道德义务?"③ 对好公民而言,爱国(城邦)就是终极,支持和捍卫你自己的国家(城邦),以及它的一切制度既是必要也是充分的,理由很简单:它们是你自己的东西。这种公民德性的观念,如果超越城邦或国族的范畴,就有可能遇到矛盾,因为一个国家、一种制度下的好公民,未必就是另一个国家、另一种制度下的好公民。从维熙对于"真实"的信念,经过爱国主义的中介,转化为一种对于"善好"的无条件的捍卫。只是,"善"与"真"一样,在观念领域都是多重的、充满歧义的,如果不进行自

---

① 高尔泰:《愿将忧国泪,来演丽人行——一篇小说引起的感想》,《读书》1985年第5期。
② 可供参考的是胡适写于1918年的《贞操问题》(《新青年》第5卷第1号)。文中写道:"今试问人'贞操是什么?'或'为什么你褒扬贞操?'他一定回答道:'贞操就是贞操。我因为这是贞操,故褒扬他。'这种'室以为室也'的论理,便是今日道德思想宣告破产的证据。故我做这篇文字的第一个主意只是要大家知道'贞操'这个问题并不是'天经地义',是可以彻底研究,可以反复讨论的。"
③ [美]史蒂芬·B·斯密什:《耶鲁大学公开课:政治哲学》,贺晴川译,北京联合出版公司2015年版,第281页。关于政治哲学中爱国主义的讨论,参见该书第一章("为什么是政治哲学?")和最后一章("捍卫爱国主义")。

觉的反思和界定，仅从"真就是真""善就是善"的经验直感，是无法通向"求真得真""求善得善"的结果的。

不过，问题也有另外的方面。与从维熙的写作同时，张贤亮的《灵与肉》、王蒙的《相见时难》，也都涉及类似的题材，但都不像从维熙这般偏至。比较起来，从维熙本就不以思辨见长，而是善于观察和记录旁人懒于关注的历史细节。张贤亮和王蒙或因出身，或因经历，本身就有较同时代人更为宽阔，也更为复杂的视野。加之二人对于自己的"知"（长处）和"无知"（局限）都有敏锐的察觉，因此在观念冲突中更能从容进退。有趣的是，张、王二人提到从维熙时，都曾对他的"傻"或"迂"有过善意的讥嘲。① 但就历史研究而言，从维熙的"固执"和"迟钝"，也不是没有好处。在被称为"进步"的历史风暴中，王蒙会像蝴蝶一样飞舞，张贤亮懂得人与环境的物质变换，从维熙的姿态则可以固定一段时间，留给后世的研究者一件标本，让他们从中辨认已经消逝的观念。

三 多重真实：典型性、事件性、或然率

即使我们把对"真实"的探讨限定在马克思主义文论的范畴之内，最终也不免发现，"真实"是一个歧义丛生以至于难以界定的概念。因此在"真实"的名目之下，理论界又提出了"生活真实""理想真实""本质真实""历史真实""艺术真实""局部真实""整体真实"等亚概念，从性质及程度上对"真实"作出种种区隔的尝试。在所有的尝试之中，强调客观生活的真实观和倾向历史本质的真实观，构成了贯穿于20世纪左翼文学历史实践的一组

---

① 王蒙对从维熙"迂诚"的评价，参见《王蒙自传·第一部 半生多事》，花城出版社2006年版，第182页。张贤亮在上引《我写维熙》中写道："我不赞赏他的是，他的笔调似乎少了一点幽默感。他太认真。这使我想到他在那种情况下可能会比我更痛苦，也比我坚定和沉稳。这样认真，这样坚定和沉稳地对付荒谬的生活可真不易！他不会是大墙中的老油条。我能想象出他穿着黑色的蓝棉袄，腰上系根草绳，戴着没檐的两耳风帽，趿拉着掉了帮的橡胶鞋，在'晚点名'队列中哆嗦，而脑子里却自以为负教化天下之大任、万物皆备于我的那副可笑模样。"

基本矛盾。在 1950 年代的苏联，就曾有因为巴克拉诺夫的《一寸土》而起的"两重真实"之争。在讨论中，拉扎列夫赞扬小说从参战士兵的视角描写战争，认为只有一种真实即"战壕里的真实"，批驳了划分两种真实的倾向。这种看法当时被视作对社会主义现实主义的不点名的批评。因此，柯兹洛夫和巴拉巴什站出来批评《一寸土》，捍卫他们认为更伟大的真实即"党性的真实"。他们坚持认为，文学应该有教育的功能，因为任何知识和艺术的目的都是为了武装人，使其进一步改造生活，这是共产主义美学的基本原则。因此他们需要"双重真实"，来保持英雄主义的战争理想。①

从这个角度看，如果单就《红玉兰》（特别是其中的葛翎及其结局）而言，从维熙无疑偏重的是典型性的真实，即那种倾向历史本质的真实观。王蒙曾经戏称从维熙是"大墙文学之父"，张贤亮是"大墙文学之叔"。如果我们将"之父"与"之叔"两相对照，就可以清晰见出"大墙"在从维熙作品中的功能。同样是表现加缪所谓的"囚禁生活"，对张贤亮来说，"大墙"更多作为故事发生的背景空间，是人性——特别是畸形人性展开的场所。他的核心关注，还是置身其中的那一个"我"。从维熙则不同，他对"认识你自己"并无兴趣，如其在《红玉兰》自述中所言，"在人妖颠倒的历史岁月，监狱——这个社会大垃圾箱内关进来许多闪光的'黄金'，因此，再没有比这个角落，更能本质地体现这个苦难岁月缩影的地方了"②。可以看到，从维熙是将"大墙"理解为非常年代的典型环境，而他作为作家的使命，便是站在社会和国家的高度，塑造典型环境中的典型人物。在这之中究竟有没有"我"，

---

① 参见［荷］D. W. 佛克马《中国文学与苏联影响（1956—1960）》（季进、聂友军译，北京大学出版社 2011 年版）第七章第四节"双重真实"的讨论。与此相类似的，还有高尔基提出的"两种真实"观，可参见杨荫隆《谈谈高尔基的"两种真实"观》，《人民日报》1981 年 9 月 2 日。

② 从维熙：《关于〈大墙下的红玉兰〉答读者——兼谈一封匿名信的启示》，载刘金铺、房福贤编《从维熙研究专集》，重庆出版社、贵州人民出版社 1985 年版，第 30—31 页。

可以忽略不计。

　　放眼从维熙的小说及其批评史，甚至可以看到比"双重真实"更多的歧义褶皱。前面说过，从维熙对于过往生活"不隐善"的态度，是以"眼见为实"的信念作为根柢。这种真实观，其实就是"战壕里的真实"，即亲历者目睹的那一部分事实，这又回到了自传性的维度。从维熙还曾以此为理由，反驳评论者的质疑："在我的《远去的白帆》发表之后，曾收到过一位中层干部的来信，指责我把生活写得太严峻了。他在信中说：'劳改队里是不许带进去小孩的，你为什么写"右派"黄鼎带进去了小黄毛？'我复信给他说：'你说的是"应该如何"，而我所写的是"事实如何"。'"①从维熙这里提出的，"应该如何"与"事实如何"的区分，又把问题引向另一条歧路。如果我们记得，亚里士多德《诗学》中的著名论断，诗人的职责不在于描述已发生的事，而在于描述可能发生的事，即按照或然率或必然律可能发生的事。那么，至少在文学作品的层面，"事实如何"（即已发生的事）并不具有相对于"应该如何"（即按照或然率或必然律可能发生的事）的任何优势。进而言之，从哲学上来说，亲历者的"眼见"属于"偶发性范畴"（contingent categories）②，带有偶然性，依赖于种种环境因素，不具备绝对性质，是一个已经发生的既成事件——本节标题中的"事件性"，即是在这个意义上确立。在哲学史上，自古希腊开始就有一条理性主义传统，即把思想的对象看得比感觉的对象更加可靠，用逻辑推理来否定经验观察，由此确立的基本信念，可以概括为"眼见为虚，思想为实"③。讨论至此，我们或许只能发出一声苏格拉底式的慨叹："真"是难的。仅就《红玉兰》中的"真实"观念而言，就既有典型性与事件性之争，还有事件性与或然

---

①　从维熙：《唯物论者的艺术自白——读〈绿化树〉致张贤亮同志》，《从维熙文集（第八卷）》，华艺出版社 1996 年版，第 360 页。
②　参见［英］彼得·巴里《理论入门：文学与文化理论导论》（杨建国译，世界图书出版公司 2023 年版）第 41 页的讨论。
③　邓晓芒、赵林：《西方哲学史（修订版）》，高等教育出版社 2014 年版，第 27 页。

率之辨。

不过，历史现场中的问题没有这么复杂。在今天看来，真正合乎实际的梳理，是将其时这种对于"真实"的热情（而不是"真实"本身）问题化。正如特里林在《诚与真》中所说的，求真其实是一件艰难的事，但"在历史的某个时刻，一些人或阶级把做这种努力看作是道德生活中最重要的事"①。如果追溯从维熙的创作观念，追溯《红玉兰》及其讨论的思想根源，核心的地方正是这种道德热情。尽管从维熙和讨论的参与者，或许没有意识到"多重真实"的复杂性，持论和对话也往往言不及义，但他们都秉持一种共同的信念："真实"是重要的。如果我们把《红玉兰》相关的"真实性"讨论，视为观念史的一个段落，那么其间的众声喧哗，高下深浅皆有其意义。就从维熙而言，他相信自传性的真实，相信经验，相信苦难，相信生活，相信经验、苦难、生活应当被讲述和记忆，相信它们与人的思想、感情、观念的对应性。与此同时，他也相信典型性的真实，相信文学的社会责任与教育功能，相信"更高的真实"的存在，以及所有通向它的努力。

---

① ［美］莱昂内尔·特里林：《诚与真：诺顿演讲集，1969—1970 年》，刘佳林译，江苏教育出版社 2006 年版，第 7 页。在这本书中，特里林将真实观念区分为"真诚"（sincerity）与"真实"（authenticity）两种。"真诚"是"公开表示的感情和实际感情之间的一致性"，主要指对"自我"的忠实；"真实"则要求更繁重的道德经验，更苛刻的自我认识，更关注外部世界和人在其中的位置。本章并未采用这种区分，但从人与社会的联系角度，我们讨论的"真实"概念更接近后者。

第四章　高晓声:"陈家村"里的小说家

第一节　"陈家村"的"城里人"

在"归来者"中,高晓声的身份意识、作家姿态和文化观念都有其独异之处。在小说的艺术形态上,这种特殊性突出反映在表现对象的选取,以及作家(在立场、情感、观点上)与表现对象的关系之中。季红真在写于1985年的一篇评论中说,在同代作家中,"除了高晓声以民族久远的政治历史为背景,自觉地把农民的精神心理,作为包括知识分子在内的民族性格的典型来加以表现之外,多数作家都侧重知识分子的政治命运,把它作为独立的历史现象来认识"①。如其所言,在1980年代及其后的评论界,通常将高晓声视为"归来者"中绝无仅有的农村题材作家(甚至直接称之为农民作家),进而以作者和主人公共同经历的"苦难"为核心,阐述其以"陈家村"为背景的小说创作。与此同时,高晓声自己也在反复强调他与陈奂生们的互文关系:"我同造屋的李顺大,'漏斗户'陈奂生,命运相同,呼吸与共;我写他们,是写我心。与其说我为他俩讲话,倒不如说我在表现自己。"②"我能够正常地度过那么艰难困苦的二十多年岁月,主要是从他们身上得到的力量。正是他们在困难中表现出来的坚韧性和积极性成了我的精

---

① 季红真:《两个彼此参照的世界——论张贤亮的创作》,《读书》1985年第6期。
② 高晓声:《也算"经验"》,《青春》1979年第11期。

第四章 高晓声:"陈家村"里的小说家

神支柱。"① 生于农民家庭,后又回乡务农二十一年,这一"农民出身——去农民化——再农民化"的三阶段履历,是论者对于"复出"之前的高晓声的普遍印象,并已落实到各种文学史的著述之中。

但在这个问题上,友人高燮初的回忆却提供了不同的视角。高燮初说,他与高晓声有"血缘宗亲关系,共同姓高",同时遭遇相似,都是1957年在南京"出事"。然而,"他是出生在武进高姓聚族而居的大村里,落难还乡受到宗族的庇护,大家都保护这个不幸的落难才子,躲过了很多灾难,少吃了不少苦。我的命运差多了,我出生在无锡祖辈相承为高氏的小村里,大家本来以叔伯兄弟相处的人,一下子把我当成了仇人,乌眼鸡一样盯着我,我家中的老人都遭受到折筋断骨的糟蹋,我被打裂了三根脊柱,所以我告诉他农民也是分类的。教唆、挑逗能激发部分农民的兽性。……我说你在农村受到的恩惠,因此,产生了李顺大与陈奂生等形象,要是我能动笔写小说,可能是血淋淋的暴力形象"②。

高晓声是否如其所言,是因为"宗族"的原因而受到庇护,李顺大、陈奂生的产生又是否缘于"恩惠",将在下文讨论。但由此已可见出,高晓声回乡的这段生活,依然存在未被照亮的暗区。如果简单将高晓声看成"受难者",并从这个角度分析其人其作,可能产生若干误会,也将错过高晓声与陈奂生们交会的路口。事实上,在这二十多年中,高晓声的实际生存状态与当地村民有着本质性的区别,可以说是陈家村(高家头)的"另类"存在。本章对于高晓声生平经历的考察,即从这里展开,意在以传记资料为中心,建立一个文本之外的观察视点和参照空间,由此可对高晓声的小说世界,对其小说中的"我"和主人公,生成与既往研究不同的理解方式。

---

① 高晓声:《且说陈奂生》,李怀中主编《高晓声自述》,江苏凤凰文艺出版社2016年版,第304页。
② 高燮初:《青萍情缘——怀念高晓声先生》,载高晓声文学研究会编《高晓声研究·生平卷》,江苏文艺出版社2014年版,第117—118页。

一　乡绅的幽灵：高晓声自述中的家世

1928年7月8日，高晓声降生于江苏省武进县（今属常州市）郑陆镇后董墅村。郑陆镇也称郑陆桥，也就是高晓声小说中柳塘镇的原型。郑陆镇西距常州三十里，属典型的江南水乡，境内纵横交叉的河、浜、沟、汊，形成繁密的河网系统。在其小说里常见的草塘浜景象，即来源于此。在郑陆镇西南六里，是名为董墅的片村，包括前董墅、后董墅、钱家头、邵家庄、前庄头、陈家头、西塘头、仙湾里八个自然村。高家所在的后董墅村，有陈、陆、高三个大姓，当地人把高姓聚居的区域称为高家头。因此，高晓声的同村人大多姓高，就像其小说中的陈家村人多为陈姓一样。

高晓声称自己生于"耕读之家"①，意思是不同于只耕不读的普通农户，而应属于乡绅阶层。对于中国传统社会中的乡绅阶层，费孝通、吴晗、张仲礼、费正清等学者，都从社会学和经济学角度进行过深入的研究。② 总体而言，所谓"士大夫居乡者为绅"，乡绅指的是在野并享有一定政治和经济特权的社会集团，通常是退任回乡的官员和取得功名但并未出仕的人。在传统的乡土社会结构里，他们是中央政权与地方事务之间的结合点，是联络官民的中介，在地方上拥有政治、经济、文化的三重权力。

费孝通曾于1948年组织过有关"中国社会结构"的讨论班，讨论成果后来结集为《皇权与绅权》一书。在该书所收的论文中，史靖归纳了乡绅所必须具备的七种条件：第一，在家世方面必须

---

① 高晓声：《我的简史》，李怀中主编《高晓声自述》，江苏凤凰文艺出版社2016年版，第63页。
② 不同学者对这一群体的命名和界定略有区别，有缙绅、乡绅、绅士、士绅、乡绅士大夫等称谓，这与研究者各自的侧重点有关。比如，费孝通一般使用"士绅"，张仲礼则用"绅士"一词，并都给出了自己的解释。这一概念的英文译法，也有gentry、gentleman、elite、literal等多种。关于这一问题，及"乡绅"问题的研究史，参见徐茂明《江南士绅与江南社会（1368—1911年）》的梳理（商务印书馆2006年版，第13—61页）。本章论题不涉及概念辨析，只在基本内涵的层面，一律使用"乡绅"一词。

有光荣的过去；第二，其人及其父祖或家族必须有对地方的具体贡献；第三，典型的绅士一定是有功名科第的退休官员，而且功名越高、官职越大，也就越有影响力；第四，有一份丰厚的财产，"绅士与地主往往不可分……虽然所有的地主不一定都是绅士，不过绅士则一定是地主，并且是大地主"；第五，必须有地方人民的拥戴；第六，有一定的经验与资历；第七，如果上述条件齐备，还会拥有随之而来的威望和地位。① 吴晗对士大夫的六点特征的总结与史靖基本一致，但他特别提到士大夫在社会结构上的"中间性"："士大夫的地位，处于统治者和被统治者之间，上面是定于一尊的帝王，下面是芸芸的万民。"② 因此，在不同时期和地域的历史上，绅权成了重要的调节杠杆，有时是皇权的延长，有时代表地方人民的权益。也是出于对"中间性"的认识，胡庆钧的论文尽管没有使用"阶级"一词，但还是明确将乡绅与农民视为"两种人"——他们"代表两种不同的经济基础，生活程度与知识水准"，"是上与下，富与贫，高贵与卑微的分野"。③

从这个角度对读高晓声对于家世的自述，便有一种特别的兴味。高晓声1928年出生于江苏省武进县，其时科举制度早已废除，因此不能套用经典的乡绅标准，但是"经济基础、生活程度与知识水准"，仍然是评估高晓声家境的有效尺度。高晓声降生之时，高家有田十亩七分，三间两进带阁楼的木结构老屋。④ 高晓声在《李顺大造屋》和多篇散文中都曾提过一句苏南老话：十亩三间，天下难拣。由此可见高家当时的经济景况。高晓声的父亲高崖清生

---

① 史靖：《绅权的本质》，费孝通、吴晗等《皇权与绅权》，华东师范大学出版社2015年版，第119—121页。
② 吴晗：《论士大夫》，费孝通、吴晗等《皇权与绅权》，华东师范大学出版社2015年版，第52—54页。
③ 胡庆钧：《两种权力夹缝中的保长》，费孝通、吴晗等《皇权与绅权》，华东师范大学出版社2015年版，第103页。
④ 参见朱净之《高晓声的文学世界》（江苏凤凰文艺出版社2015年版）、李怀中主编《高晓声自述》（江苏凤凰文艺出版社2016年版）。关于高家田产的数目，高晓声曾有"十亩七分""九亩七分""八亩多"等几种说法，此处取第一种说法，参见王彬彬《高晓声评传》中的讨论（江苏凤凰文艺出版社2019年版，第6页）。

于 1898 年（一说 1896 年），腹有诗书。到他当家之时，高家少耕而多读，土地常年出租，主要以他做官员和教员的薪水作为经济来源。战乱年代，高家生活并不宽裕，1939 年还被迫卖掉一亩地维持运转，但也绝对算不上困难。1950 年土改运动中，高家被评为中农。高晓声在 1956 年为加入华东作协而写的《自传》中对此评价说："我认为不确切，因为我家土地是出租的，而生活主要来源还是靠剥削。"① 尽管此言有自我检讨和划清界限之意，但也大致属实。

高崖清是国民党党员，1930 年前后在福州国民党部队任职，败仗后回乡，此后办过私塾，做过多所小学和中学的语文教员。② 高崖清一生娶过三个女人，高晓声母亲王桂英是他的第二任妻子。王桂英生于 1905 年，是从郑陆镇嫁过来的农家妇女。此外，高晓声还有一个异母姐姐和三个妹妹，曾有一弟但不幸早夭。尽管生逢乱世，但高晓声的童年自在快活，绝少忧虑："我是独生子，而且亲戚中男孩子很少，大家都溺爱我。"③ 因为战乱频仍，高晓声的学业断断续续，曾先后就读于武进县郑陆桥小学、常州织机坊小学、江阴县澄西中学、武进县鉴明中学，其间多次辍学。九岁时抗战开始，常州沦陷，高晓声被接回乡下避难。其时，父亲所在的学校停办，就在村里办起了私塾。高晓声跟着父亲学古文，从"三、百、千"读到四书五经。

如上所述，尽管乡绅在地方事务中兼有多重角色，但最核心的功能还是在文化层面，例如书院讲学、刊布善书、主导乡论、善举劝业、移风易俗等。④ 对知识的占有乃至垄断，是乡绅最本质的特

---

① 高晓声：《自传》，李怀中主编《高晓声自述》，江苏凤凰文艺出版社 2016 年版，第 45 页。

② 在这个层面，高崖清和前文提到的——王蒙之父王锦第、张贤亮之父张友农、从维熙之父从荫檀相似，都是一个"由旧入新"的父亲，但他对于"旧"的态度，特别是在文化、教育层面，显出更多眷恋。

③ 高晓声：《自传》，李怀中主编《高晓声自述》，江苏凤凰文艺出版社 2016 年版，第 49 页。

④ 见徐茂明《江南士绅与江南社会（1368—1911 年）》，商务印书馆 2004 年版，第 25、33 页。

征,也是他们维护其文化权力的重要途径。而少年高晓声最真切的优越感,正是来源于知识层面。他与父亲和家族心灵上的深层联结,也由此得以建立和贯通。在少年时期,高晓声接触了大量古典小说,如《三国演义》《水浒传》《儒林外史》《说唐》《今古奇观》等,而如评家所指出的,《聊斋志异》对他日后的写作风格影响甚深。① 他也常读《古文观止》和《纲鉴易知录》,把里面的故事当小说看。他后来回忆说:"我们的村庄很大,家里有书的,伸手不满五指。而有几十部文学、历史书的,只有我一家,这都是我父亲读书时买的"②,"(我)比一般农家孩子优越的地方是从小就有机会接触文学作品,所以很早就萌发作家之志"③。可以说,高家在知识层面的"超群",自幼就在高晓声的心中,植下了与同村农家子弟的区别意识。

不过,在历史剧烈错动的当口,高家在传统社会中的"光荣的过去",转瞬就会成为"黑历史"。有关"乡绅"的家史,在1949年后成为高晓声努力撇清,却也无法摆脱的幽灵般的"原罪"。从时间顺序上来说,高晓声童年时代的拐点,是在他十五岁左右。1942年8月,母亲病逝,随后父亲到澄西中学教书,也将高晓声带去,插入初中二年级。次年年初,高崖清放弃澄西中学的教职,加入宜兴山区张少华的忠义救国军。忠义救国军是由国民党军统局组织的非正规部队,《沙家浜》中胡传魁率领的汉奸部队,就是忠义救国军的一支;高崖清参加的队伍的首领张少华,也在当地解放后被政府枪决。抗日战争结束后,高崖清还曾担任国民党武进县党部秘书,1948年任县参议员。因为以上的"反动"履历,高崖清在1950年12月的镇压反革命运动中被人民政府逮捕,判处有期徒刑5年,送溧阳社渚农场劳改。期满释放后留该农场工作,

---

① 王彬彬:《用算盘写作的作家》,《小说评论》2011年第3期。
② 高晓声:《想起儿时家中书》,李怀中主编《高晓声自述》,江苏凤凰文艺出版社2016年版,第10页。
③ 高晓声:《我的简史》,李怀中主编《高晓声自述》,江苏凤凰文艺出版社2016年版,第63页。

按劳取酬。①

对于父亲的问题,高晓声在1956年的自传中写道:

> 1950年12月,政府逮捕了我的父亲,我要把我知道他的情况向当地法院反映一下,王怀泽(引者按:时为文联秘书,高晓声在自传中称此人"品质很坏")叫我不用这样做,他说:"如果需要,法院会来向你了解的,否则,你就不用反映了,反映得不深刻,反而有麻烦。"我居然就听了他。而且在1951年3月8日,我姨母来,哭着要我回去,我还竟然回去探了一次监。可是自己还认为,对反革命的父亲的被捕,自己不曾动摇过,一切都做得很好,真是荒唐!(我和父亲的感情过去就不好,他的反革命的具体罪行我到现在还不知道,我采取的基本态度是这样的:在被捕时,我认为既然政府逮捕他,那就说明他有反革命罪行,待后来判了刑,我的想法是劳动改造是改造人的一种方法,目的是使人新生——我和父亲一直没有联系。)②

高晓声与父亲的感情是否曾有"恶化",我们不得而知,但在1958年高晓声遣返回乡之后,还常年与父亲和继母生活在一起,一直到1985年乃父寿终。不过,在高晓声1990年代出版的自传体小说《青天在上》中,对主人公陈文清的父亲的描述是:他"是个坚决抗日的国民党普通党员,1944年被日本鬼子杀害"③。尽管小说自有其虚构的权力,但我们还是可以从这一耐人寻味的"改写"中,读出某种隐秘的"欲望"。

---

① 高晓声:《自传》,李怀中主编《高晓声自述》,江苏凤凰文艺出版社2016年版,第45页。
② 高晓声:《自传》,李怀中主编《高晓声自述》,江苏凤凰文艺出版社2016年版,第51页。
③ 高晓声:《青天在上》,上海文艺出版社1991年版,第50页。这部小说的情节主线,是以高晓声与第一任妻子邹主平的患难之情为蓝本,大量桥段基于作者的亲身经历,可以作为观察高晓声这一段生活的参照。

二 高晓声进城：在上海、无锡、南京

某种意义上说，高晓声青年时期的轨迹，也像民国时期的许多乡绅后代一样，通过接受西化的新式教育，成为新式知识分子。[①] 高晓声高中毕业后，报考南京的中央大学，未被录取，只好在 1948 年 2 月自费进入私立上海法学院，并遵从父意选择了经济学专业。这个此前辗转于农村和乡镇的农家子，由此开始了他自己的"上城"故事。1949 年 4 月，由于上海的大学解散，高晓声决定报考位于无锡惠山的苏南新闻专科学校（简称"苏南新专"），并顺利获录。据当时同在这所学校学习的陈椿年介绍，"苏南新专的前身是范长江等人在苏北解放区创办的华中新专，渡江后招收一批学员，随即下乡投入剿匪反霸、建立政权、减租减息的斗争，是一所抗大型的革命学校"[②]。苏南新专的教学内容以政治学习为主，新闻业务学习只占很小的一部分。学生报到之后即集合听取校领导的报告，如注册科科长汪克之题为《革命学校的民主生活》的报告，教育长罗列所作的《群众观念与劳动观念》、副校长徐进的《革命学校青年问题》等报告。正式开学后，首先学习薛暮桥的《政治经济学》，为期两周。[③] 1950 年，因中央新闻总署统一干部训练，苏南新专不再续办，全体学生于当年 5 月举行毕业典礼。高晓声的新专同学除陈椿年外，日后知名的还有担任校学生会主席的林庆澜（即林斤澜），以及当时年仅十七岁的彭令昭（即林昭）。

虽然接受正规教育的时间不长，但高晓声"老大学生"的履历，在同辈人中已属罕见。比如"探求者"同人，大多是在高中

[①] 关于乡绅子弟在民国时期的分化，徐茂明在《江南士绅与江南社会（1368—1911 年）》中说："清末废科举、行'新政'、办学堂之后，传统士绅失去安身立命的制度保障，开始出现结构性分化，纷纷流向实业、教育、军队等领域，年轻学子则通过新式学堂获得知识更新，成为新式的知识分子。"（商务印书馆 2006 年版，第 67 页）

[②] 陈椿年：《记忆高晓声》，载高晓声文学研究会编《高晓声研究·生平卷》，江苏文艺出版社 2014 年版，第 12 页。

[③] 毛定海编著：《高晓声编年事略》，江苏凤凰文艺出版社 2015 年版，第 22—24 页。

毕业后，甚至是中学时期就投身革命：方之是和王蒙一样的"少共"，在南京第一中学就读时积极参与学生运动，随后加入共产党的地下组织；叶至诚高中肄业，1948年年底到苏北解放区参加文工团，并随团渡江到松江地委；陆文夫与叶至诚大致相似，高中毕业后到解放区参加革命，之后随军南渡回到苏州。因此叶兆言（叶至诚之子）曾说，"在'探求者'诸人中，高晓声的学历最高，字也写得最好"①。言下之意，是高晓声的知识准备和文化修养，在"探求者"乃至1950年代的文学青年中，都算出类拔萃。

在苏南新专毕业之际，高晓声因为想搞文艺工作，被分配到苏南文协筹委会，成为一名政府机关干部。当时，文协筹委会与苏南行署文艺科、苏南人民出版社合署办公，机关设在无锡市。②此后几年，高晓声先后在苏南文联编辑组、苏南文化局（后为江苏文化局）社会文化科担任组员和文化科员，行政20级干部。值得注意的是，此时的高晓声，一方面像年轻的王蒙一样，获得了干部的身份；另一方面，如果确如张鸣所说，中国农村自清末民初到新中国所发生的天翻地覆的变化，最主要的表现就是"政治的格局从乡绅主导的乡村自治变为国家政权支撑的'干部统制'"③，那么从家世的延长线上看，高晓声也顺利完成了结构性的转轨，重新汇入社会主流。

1953年，苏南、苏北、南京三地合并成立江苏省，高晓声随机关到南京工作。在行政工作之余，高晓声开始了文艺创作，据其自述，最初只是因为"看见人家写文章，都是写农村的事情，自己觉得不难，也就写起来，居然也就在报纸上登出来了，就爱上了这个工作"，"但对文艺创作还是十足的门外汉……只知道要作品起宣传作用，而创作的人可以成名"。④ 1950年，高晓声短篇小说

---

① 叶兆言：《郴江幸自绕郴山》，载高晓声文学研究会编《高晓声研究·生平卷》，江苏文艺出版社2014年版，第94页。
② 朱净之：《高晓声的文学世界》，江苏凤凰文艺出版社2015年版，第12页。
③ 张鸣：《乡村社会权力与文化结构的变迁·写在前面的话》，转引自张均《中国当代文学制度研究（1949—1976）》，北京大学出版社2011年版，第281页。
④ 高晓声：《自传》，李怀中主编《高晓声自述》，江苏凤凰文艺出版社2016年版，第50页。

处女作《收田财》发表于《文汇报》；1951年，以农民翻身为题材的诗集《"王善人"》由华东新华书店出版；1954年，高晓声以新婚姻法为背景的短篇小说《解约》在《文艺月报》发表，获江苏文学评比一等奖。同年，高晓声与叶至诚合作的现代锡剧《走上新路》在上海公演并获多项大奖，剧本于次年发表并出版单行本。高晓声名声渐起。1956年3月，经江苏文联推荐，高晓声加入中国作协华东分会。尽管他没有去北京参加当年的"青创会"，但他的小说《解约》入选了"青创会"前编辑的"青年文学创作选集"。入选选集的"188位"作者，当时被视为青年创作者队伍的核心阵容。① 次年5月，高晓声调入新成立的江苏文联创作组，专业从事文学创作。叶至诚任创作组副组长，此外成员还有方之、陆文夫、顾尔镡、滕凤章等。这个创作组也就构成了后来"探求者"的班底。

值得注意的是，虽然高晓声当时的创作就是以农村题材为主，但与陈登科、鲁彦周等"党培养起来的农民作家"不同，这个时期的他，似乎不愿标榜自己的农民身份，也不被视为一个农民作家。在1957年，进步学生、机关干部和专业作家，似乎是高晓声更愿认同的身份标记。在上海、无锡、南京等地求学、工作、写作的过程，也是一个城市化、去农民化的过程。在日常的生活交际中，他和"朋友圈"里的方之（长于南京）、叶至诚（生于上海）、姚澄（叶至诚之妻，"锡剧皇后"）等人，在生活方式、习惯、爱好上已无多少不同。这一去农民化的"生活革命"，显著地体现在穿着的改变上。如研究者描述的，"当年在南京的时候，高晓声作为一名国家文艺干部，已是一副摆脱掉农民土气的城市知识分子打扮，上身是做工精致的蓝布棉制服，下穿麦尔登呢料的西装裤，头戴鸭舌帽，可算是20世纪50年代青年文艺干部时髦的装束"②。

---

① 详见本书绪论第一节中的讨论。高晓声小说《解约》收入中国作家协会编《一年》（青年文学创作选集·小说选辑），中国青年出版社1956年版。
② 朱净之：《高晓声的文学世界》，江苏凤凰文艺出版社2015年版，第37页。

三 重返"陈家村":"探求者"及其后

1957年的"探求者"事件,无疑是高晓声的人生转折点。关于这一事件的始末,已有多位学者作了客观详尽的梳理,① 这里不再一一重复,仅大略提挈要领,并以高晓声为中心铺展叙述。

如上所言,"探求者"的班底是江苏文联创作组,这一点需要特别强调。这意味着,"探求者"的骨干力量虽然年轻,但多兼有干部和作家的双重身份,也与江苏省委、宣传部、文联等文艺领导机构关联紧密。后来被视为"探求者"同人的八人之中,艾煊是省委宣传部文艺处处长,方之是团市委宣传部部长,叶至诚是文联党组成员,陆文夫、陈椿年、高晓声等也都是有行政级别的文化干部。因此,即使"探求者"真正成形,也绝不会是自由高蹈的反体制组织。反而是,这一事件从动议到实践的每一步,都是对于"百花"时期"同人刊物也可以办"的中央文艺方针的响应。②

因此,在1957年夏季形势急转之后,据说江苏省文联(副主席钱静人等)、江苏省委常委(包括省长惠浴宇、省委第一书记江渭清)都有意保护,但由于中央具体指导江苏"反右"工作的专员点名提到"探求者"问题,才不得不公开审查、批判。③ 1957年年底,"探求者"被定性为反党小集团,八位成员受到程度不同的处理。陈椿年的处分最重,但是他的"罪状"首先是"在北京

---

① 可参见段晓琳《百花时期的同人刊物:以〈探求者〉为例》,《文艺争鸣》2017年第11期;毛定海编著《高晓声编年事略》,江苏凤凰文艺出版社2015年版,第44—53页;黄文倩《在巨流中摆渡:"探求者"的文学道路与创作困境——一个台湾研究者的视野、思考与再解读》,武汉出版社2011年版,第65—77页。

② 在1956年11月21日至12月1日中宣部召开的第一届全国文学期刊编辑工作会议上,周扬提出办刊物要坚决贯彻"双百"方针,鼓励不同流派、不同倾向、不同风格,同人刊物也可以办。参见《办好文学期刊,促进"百花齐放,百家争鸣"——记"文学期刊编辑工作会议"》,《文艺报》1956年第23期;陈椿年《关于"探求者"、林希翎及其他——兼评梅汝恺的〈忆方之〉》,《书屋》2002年第11期;以及王秀涛在《"百花时代"文学期刊改革的历史考察》(《扬子江评论》2011年第4期)中的补充讨论。

③ 参见毛定海编著《高晓声编年事略》,江苏凤凰文艺出版社2015年版,第49—52页;朱净之《高晓声的文学世界》,江苏凤凰文艺出版社2015年版,第30页。

第四章 高晓声:"陈家村"里的小说家

与林希翎共谋反党",其次才是"在南京主谋组织反党集团探求者"。对于其他涉事者的处理,则牵扯到错综复杂的人事关系,最后高晓声成了顶罪的"首犯"。① 具体的处分结果,本书绪论中已有交代,此处不再赘述。

从表面上看,对高晓声的处分相当严重。根据官方文件对于国家薪给人员中的右派分子的六类处理办法,高晓声属于其中的第二类,即"情节严重,但是表示愿意悔改,或者态度恶劣,但是情节不十分严重的,撤销原有职务,送农村或其他劳动场所监督劳动。对于监督劳动的人,在生活上可以按具体情况酌予补助"②。但在实际执行的过程中,有关部门的领导暗中给予了高晓声相当程度的保护。事实上,高晓声能够回到老家"劳改",本身就已是一种变相的照顾:"当了'右派'要发配去劳动改造,我身患肺结核,劳动这一关很像鬼门关,幸亏本单位的领导还能体恤我,让我回家乡劳动,如果病倒了,可以有家人照应,免得无人理睬。这真算是放我一条生路。"③ 而在高晓声动身返乡之前,据说江苏省委副书记刘顺元给武进县委书记杜文白打了电话,嘱他关照高晓声;高晓声的老领导,时任省教育厅厅长的吴天石也打了招呼。④

高晓声返乡之后,因这种"关照"而来的某些"特权",一直伴随着他。此后多年的种种迹象表明,高晓声虽是"右派",

---

① 据陆文夫回忆,"审查开始时首先要查清《探求者》发起的始末,谁是发起人?起初我们是好汉做事一人当,都把责任拉到自己的身上,不讲谁先谁后。不行,一定要把首犯找出来,以便于分清主次。为了此事大概追挖了十多天,最后不得不把高晓声供出来了,是他首先想起要办一份同人性质的报纸或刊物,来形成一种文学的流派,再加上那份被称为是反党宣言的《探求者》'启事'又是高晓声起草的。这一下高晓声就成了罪魁祸首、众矢之的,批判的火力都集中到他的身上。高晓声也理解这一点,不反驳,不吭气。他知道凶多吉少了,索性放下《探求者》的事,开始思考自己的路"。参见陆文夫《又送高晓声》,载高晓声文学研究会编《高晓声研究·生平卷》,江苏文艺出版社2014年版,第64页。
② 参见本书绪论第一节的讨论。
③ 高晓声:《我的简史》,李怀中主编《高晓声自述》,江苏凤凰文艺出版社2016年版,第64页。
④ 参见毛定海编著《高晓声编年事略》,江苏凤凰文艺出版社2015年版,第50页。

但较少受到大队和公社的管束，在干部和村民眼里也是一个身份特殊的人物。其中一个例子是，高晓声所在公社的治安部，每月都要召集五类分子训话，但是只给高晓声发了一回通知，高晓声也只去了一次。① 此外，在后来的《青天在上》里，主人公陈文清转述过大队开会宣布其为"右派分子"时的情形，虽是小说之言，但也可作为参考。陈文清对妻子周珠平说："大队开社员大会宣布我的事，也没有叫我到场，事前事后都没有对我讲过，足见他们也有让我少出丑的意思在里边。这又是回到家乡才能沾到的光，总是有情的。那大会宣布自然也是执行上级的布置，并非主动和我过不去。所以执行的时候，方式就变了，应该面对面的，改成背对背了！"②

在1980年代，高晓声本人及其研究者，有时笼统地说他回乡务农二十一年，或者说他像农民一样生活和劳动，实际上极不确切。王彬彬曾将高晓声的受难生涯分为五个时期，其中第一时期是1958年至1962年，说"这四年左右的时间，高晓声是真正的务农者，与其他的人民公社社员一起在田间地头从事体力劳动"③。但即使是所谓的"务农"时期，也有三点需要特别指出：首先，根据处分的结果，高晓声应该是"监督劳动"，即在被强制监督的情况下，通过劳动的形式进行思想改造，但以高晓声的实际情形看，他的"劳动"处于相对自由的状态，或者说基本作为"自食其力的劳动者"进行。其次，高晓声患有严重的肺病，因此不能干重活，而且在这四年中经常去常州市人民医院治疗。最后，也是最重要的一点，当时高晓声每月领取的是原单位发放的生活费和粮票（并且享有公费医疗），因此他在"陈家村"的劳动，属于"带薪劳动"的性质。根据高明声的回忆，高晓声"是带薪劳动的，不拿生产队劳动的工分报酬，所以生产队里还满足他要搞样板试验田的请求，给了他一亩地，作为小麦样板高产试验田。队里还专门给他两

---

① 参见毛定海编著《高晓声编年事略》，江苏凤凰文艺出版社2015年版，第50页。
② 高晓声：《青天在上》，上海文艺出版社1991年版，第57页。
③ 王彬彬：《高晓声受难生涯的五个时期》，《扬子江评论》2018年第3期。

个小青年劳动力协助他"①。也就是说,高晓声虽然参加农业生产,但是实际的劳动性质、内容、工作量,都与当地农民截然不同。

在一些自述文章里,高晓声倾心于将自己塑造成"乡村能人"式的形象:"对于农业劳动,我其实也是从小就做惯的,熟门熟路,一向拿得出手,不管是哪一路好汉也不能说我活儿干得差。……虽然想不通,但是劳动我一贯很积极(除了病倒)。除了种田,我几乎把农村里日常生活中一切需要的工种如瓦、木、竹工,各种蔬菜的栽培方法,孵鸡、放鸭、养鱼、培养农用微生物……都学会了。"② 可能正是因此,在《青天在上》等小说中,1960年代的陈家村,不太寻常地呈现出一派水乡田园的诗情画意。③ 高晓声可能的确是各项农活的行家里手,武进也的确位于日后大力发展乡镇企业的苏南地区,但是不做重体力劳动、只搞各种副业的农民,在小说表现的年代是不存在的。

1962年2月,武进县教育局下达调令,高晓声调到武进三河口中学,任高中语文教师,同年秋天"摘帽",这标志着他的"监督劳动"告一段落。综观高晓声返乡的二十一年,这"短暂的"四年可以视作他受难生涯的缩影,这一阶段确定的命运基调,在后来的历史风云中也未发生太大改变。如研究者所总结的,对于返乡后的高晓声而言,"政治性的惩戒,竟变得有些精神避难的况味了"④。

从1962年算起,高晓声总共在三河口中学度过了十七年,大致可以分为两个阶段。前期教书为主,但实际授课的时间不多,据

---

① 高明声口述,吕芹龙整理:《二十二年的艰难岁月》,载高晓声文学研究会编《高晓声研究·生平卷》,江苏文艺出版社2014年版,第58页。关于作者高明声的身份,见本章第三节的分析。

② 高晓声:《我的简史》,李怀中主编《高晓声自述》,江苏凤凰文艺出版社2016年版,第64页。

③ 王彬彬在评论《青天在上》时说,"一部叙述'右派'受难的小说,一部以'三年困难时期'为背景的小说,却以大量篇幅写晨雾夕照、芦苇翠鸟之美,是有些让人难以思议的"。参见王彬彬《高晓声与高晓声研究》,《扬子江评论》2015年第2期。

④ 杨联芬:《不一样的乡土情怀——兼论高晓声小说的"国民性"问题》,《文学评论》2019年第1期。

学生们的回忆，他教过63、65、66三届高中生的语文课。① 另外，部分因为肺结核病，学校给他安排的教学任务不重，这也让他有了大量可自由支配的时间。在政治形势相对松动的1962年至1964年间，高晓声写作了一部名为《恼人的嘤嘤》的长篇小说和四个短篇小说，分别投寄给吴天石和老同事章品镇（时任《雨花》主编），但终未能发表和出版。② 但无论如何，中学教师是高晓声下放二十一年中的主要身份，教师的工资和学校提供的补助是他主要的经济来源。③ 在复出之后，高晓声也写有《我的两位邻居》《特别标记》《定风珠》《宁静的早晨》《心狱》等不少篇以中小学教师为主人公或叙事者的小说，只是没有如他的农村题材小说那样引起广泛的关注。

　　运动浪潮中，高晓声先是靠"病假"躲到1968年。后来虽然受到一定冲击，但还是在公社领导的关照下避乱于乡。④ 1970年，高晓声回到三河口中学，做勤杂工，不上课。1972年，高晓声进公社细菌肥料厂当技术员，负责培养合称"三菌"的九二〇激素、五四〇六菌肥、七〇三发酵粉。菌肥厂厂址就设在三河口中学的老校舍，厂长吴乃文与高晓声关系极好。高晓声从此时到1977年，

---

① 参见毛定海编著《高晓声编年事略》，江苏凤凰文艺出版社2015年版，第62页。
② 参见章品镇《关于高晓声》，高晓声文学研究会编《高晓声研究·生平卷》，江苏文艺出版社2014年版，第29页。
③ 这一时期，高晓声的生活境遇大为改善。刚回乡时，高晓声的生活费按照原工资的六折领取，每月36元4角。1962年转为中学教师后，涨到每月44元5角。因为他任教之初仍属监督劳动的性质，因此每月的工资仍是作为生活费发给，"摘帽"后才以工资的名目发放。参见王彬彬《高晓声评传》（江苏凤凰文艺出版社2019年版，第91页）的分析，及毛定海编著《高晓声编年事略》，江苏凤凰文艺出版社2015年版，第54页。高晓声在《青天在上》中也曾写道，陈文清夫妇有工资和粮票，所以比起当地乡亲，日子好过不少。
④ 据高晓声《我的简史》（李怀中主编《高晓声自述》，江苏凤凰文艺出版社2016年版，第64页）、毛定海编著《高晓声编年事略》（江苏凤凰文艺出版社2015年版，第73页）、朱净之《高晓声的文学世界》（江苏凤凰文艺出版社2015年版，第49页）等资料，1968年秋天，学校把有历史问题的教师全部打发下乡劳改，但由于公社党委副书记冯顺政的特别关照，高晓声等人被安排到梧岗大队姚家头第五生产队。高晓声在那里一直待到1970年元旦，其间一直受到生产队老队长姚培大的照顾，只做一些"力所能及"的农活。

第四章 高晓声:"陈家村"里的小说家

就一直留在菌肥厂工作,虽然人事关系留在学校,但是只短暂承担过农机课,还经常请人代上。除了培养日后被视为伪科学的菌肥,高晓声还尝试了多种副业:1966年学会竹编,能编竹篮、箩筐、扫帚、筛子等各种农家用具;1967年尝试编蒲包;1972年响应号召自挖沼气池,同时在家里养猪、培植灵芝和银耳。① 这些经历,几乎全部被高晓声写入1979年到1984年的小说之中。②

同时期陆文夫的情况,可以提供另一种参照。在"探求者"中,陆文夫据说是因在事前给南京文联写过退出探求者社的信,处分较轻,被划为"中右",行政降两级,下放到苏州机床厂当学徒工。如前所述,"中右"(不戴帽)与"右派"(戴帽)有性质的区别,因此陆文夫其后的劳动,是以"下放干部"的身份进行的,是中央于1957年发出的,后来一般称为"百万干部下放基层"的决策的结果。陆文夫在1960年代初还有多篇小说发表,当时被茅盾誉为"知识分子参加劳动而取得工人称号的作家"③的典型。1969年,陆文夫全家下放江苏射阳劳动,一待九年。虽然境况与之前有所不同,但仍是"干部下放"的性质。与其有交往的当地人,后来这样记叙陆文夫的生活状态:

> 陆先生一家四口,有两个女儿,住在距离学校以西一里多地、靠近小洋河边南份三队的农庄上,新建的三间砖根草盖房屋,外带一间土坯草顶的锅屋,是当时普通下放干部的标准配置。屋址周围有他亲手开辟的一亩多菜地,平常多见陆先生和陆夫人躬身屈膝,在菜地里忙碌。青菜、韭菜、茄子、花生和

---

① 参见毛定海编著《高晓声编年事略》,江苏凤凰文艺出版社2015年版,第71—84页。
② 竹编事见《陈家村趣事》(1980),蒲包事见《崔全成》(1981)、《水东流》(1981),养猪事见《柳塘镇猪市》(1979),挖沼气池事见《极其简单的故事》(1980),栽培银耳事见《大好人江坤大》(1981)、《崔全成》(1981)。
③ 茅盾:《读陆文夫的作品》,《文艺报》1964年第7期。陆文夫对相关情况的自述,参见刊于同期的《给〈文艺报〉编辑部的一封信——谈在工厂参加劳动的情况和体会》。

芝麻、香瓜之类蔬果品种不少，一年四季绿油油的，长势旺盛。

陆先生还擅长挥斧弄锯，打造些小桌子、小凳子之类的木器用具，出手的东西有棱有角，像模像样，周边的人无不惊讶，都夸他是个正宗的木匠师傅。实际上，陆先生并非木匠出身，他只是一个自学成材的木工爱好者而已。

陆先生并不参加当地的农业生产劳动，看上去日子过得风平浪静，十分安闲。天长日久，他也从不自我张扬和标榜，而是安于平常，甘于沉寂，淡泊地过着晋朝诗人陶潜笔下"采菊东篱下、悠然见南山"的乡居生活。在乡村群众的眼里，他既不是一个已有成就的作家，也不是农村从事农耕劳作的普通一员。大家甚至压根就不知道他是个作家，更不清楚他就是曾以一篇《小巷深处》而活跃于省内文坛的一个分量不轻的人物。①

尽管冒着"失实"的风险，但笔者还是想要指出，高晓声返乡后的生存状态，与"下放干部"陆文夫有着诸多相似之处。前引高燮初的文章，认为高晓声受到的"恩惠"源于"宗族的庇护"；杨联芬也根据《青天在上》的叙述，将小环境的宽松归因于乡土社会未被完全破坏的、基于亲族和地缘的基本伦常，以及"攀关系，讲交情"的人际交往特点。② 这或许确是原因之一。不过，出于乡情的宽待，在柴米油盐的来往中确有可能，但是政治层面的保护——例如可以缺席"五类分子"会议、派两个青壮劳力协助其耕种试验田，以及在"摘帽"前调到中学教书，就远远超出了邻里乡亲所能掌控的范围。可以这样说，在高晓声重返"陈家村"的漫长时光中，精神上的苦闷和经济上阶段性的窘困，或许是不可避免的。但是在基本生存和人身自由的层面，高晓声受到了持续性的关照。如果考虑到同时代的受难者，例如张贤亮、从维熙的境

---

① 魏列伟：《陆文夫先生的苏北九年》，《文学报》2019年12月5日。
② 杨联芬：《不一样的乡土情怀——兼论高晓声小说的"国民性"问题》，《文学评论》2019年第1期。

况,高晓声所受关照的程度,怎么估量也不过分。但就高晓声个人而言,因此而来的所谓"特权",至多不过是能像普通人一样生活。情况也确实如此,高晓声在重回武进的二十年里,痛苦和欢乐大多集于婚丧嫁娶、生老病死的日常生活领域。他像陈家村的其他人一样,操心着衣食住行的生活本身,而不是生活的意义问题。

四 "非农业"户口与"农民化"家庭

某种程度上,研究者对于高晓声身份的误解,来源于高晓声自己的摇摆不定。在 1980 年代以后的自述文章(演讲、发言、创作谈等)中,他一会儿是,一会儿不是农民;一会儿要教育农民,一会儿要接受贫下中农的再教育。自认是高晓声忘年交的叶兆言,把这种摇摆归结为苏南人的精明,并略显刻薄地写道:"他自己做报告的时候,农民的苦难是重要话题。也许是从近处观察的缘故,我在一开始就注意到,高晓声反复提到农民的时候,并不愿意别人把他当作农民。他可能会自称农民作家,但是,我可以肯定,他并不真心喜欢别人称他为农民作家。"[①] 不过,对于高晓声的游移,也不是没有另外的理解角度。高晓声在《曲折的路》中说:"我但愿公认我是一个农民,便感到无上光荣,于愿足矣。我达到了目的,不仅使自己成为农民,而且组建了一个地地道道的农民化家庭。这和所有的农民家庭一样,是公社、大队、生产队的一个细胞。我的家庭成员一样参加生产队劳动,一样投工、投资、投肥,一样分粮、分草、分杂物。家里的陈设和农民一样,有必备的劳动工具,有饲养的家禽家畜,有一份自留地需要经营。"[②] 这段看似有些前后矛盾的文字,如果参照高晓声的档案性资料,便可以发现其中的玄机。

[①] 叶兆言:《郴江幸自绕郴山》,载高晓声文学研究会编《高晓声研究·生平卷》,江苏文艺出版社 2014 年版,第 90 页。
[②] 高晓声:《曲折的路》,李怀中主编《高晓声自述》,江苏凤凰文艺出版社 2016 年版,第 61 页。

重构"昨日之我"

关于高晓声返乡后心理状态的起落变化，家庭生活（包括恋爱、婚姻、家庭在内）是重要的观察角度。早在1950年，高晓声刚分配到文协工作时，就查出肺病（可能是家族遗传病），住进无锡梅园疗养。其间结识了病友邹主平。邹主平是一位小学教师，据说才貌俱佳。二人相恋多年，但直到高晓声因"探求者"案受到批判时方才成为眷属。患难与共的生死情谊，曾让高晓声备受倾羡。陈椿年后来回忆说，"高晓声当了'右派'发配回乡务农，她（指邹主平——引者注）竟抛弃教师工作跟他去农村成了家。当年'堕落为"右派"'的作家当中，有这样的红粉知己的人，据我所知除了高晓声，只有一位四川的流沙河"①。然而，成婚不到一年，邹主平就因肺病过世，也未来得及与高晓声生儿育女。

在个人生活的层面，高晓声回乡后期的最大事件，就是1972年的再婚。主要出于传宗接代的考虑，高晓声在过了十几年独身生活之后，在44岁时与武进魏村的寡妇钱素贞结合，并且当年就如愿得子。从家庭结构上来说，高晓声此前与祖母、父亲和继母生活在一起，再婚后钱素贞还带来了自己的两个女儿。也就是说，在一年之内，高家添丁进口，迅速扩大为一个四世同堂的八口之家。②钱素贞是普通的农村妇女，高晓声与她结合而成的"重组家庭"，也就是所谓"地地道道的农民化家庭"。

高晓声所说的"地道"，可能不只是从生活、劳动的角度，也是在户口的意义上说的。高晓声的生平研究中，有一个并不算新，但较少受到重视的档案性材料：在遣返回乡的二十余年里，高晓声一直保持着国家户口（非农业户口），而并未在董墅村落户。实际上，高晓声本人的返乡，与城乡二元户籍制度的确立基本同时。一

---

① 陈椿年：《记忆高晓声》，载高晓声文学研究会编《高晓声研究·生平卷》，江苏文艺出版社2014年版，第14页。

② 参见毛定海编著《高晓声编年事略》，江苏凤凰文艺出版社2015年版，第83页。此后高晓声家的成员数量时有变化，钱素贞的二女儿本来送了人，后来也到高家一起生活；高晓声的祖母可能在70年代过世。但结合各种材料看，高晓声家的人口数一直是七个或八个。可以确知的是，1979年高晓声平反时是一户七口，与下述《宁静的早晨》中朱谷的情况完全一致。

般认为,1958年1月全国人大常委会通过的《中华人民共和国户口登记条例》,是以法律的形式将新中国成立后日渐形成的户口登记与限制迁移制度固定下来,标志着城乡有别的二元户籍制度正式建立,"户口从此有了城市户口、农村户口的区别,农民从此不再能够随心所欲地进城定居"①。城市(镇)户口的标准说法是非农业户口,当时也被称为国家户口。在1958年回乡的高晓声,为何保留着国家户口,是由于政策、特殊照顾,还是缘自"苏南人的精明",现在无从查考。但可以确定的是,对于自己"城里人"的身份,对于自己和家人、乡亲的户籍差别,以及这种差别造成的种种影响,高晓声本人有着相当清楚的认识,这在他的小说中得到了印证。

在《陈奂生上城》发表的同一年(1980),高晓声还写了一个名为《宁静的早晨》②的短篇小说,论者普遍认为,这是一篇反映当时农村燃料短缺的"问题小说"。不过,小说中的大量情节都有高晓声过去生活的影子,如果从自叙传的角度,也可以说它以游戏和反讽的形式,侧面呈现了高晓声"归来"前夕的境遇。

《宁静的早晨》以第一人称叙述展开,借用"我"的眼光,打量二十二年后重逢的朱谷——高晓声在小说里的替身。小说开篇简单介绍了朱谷的基本情况:"他是戴着右派帽子离开我的,之后就在农村里劳动改造。六一年摘掉帽子,分配在他家乡一个小学里当教师。前天得到确讯,经过复查,纯属错案,已经改正,恢复了他的党籍和工资级别。"小说的叙事者"我",原本计划当天去农村看望朱谷,不料早晨还没出家门,就和来城里"黑市"买煤球的

---

① 俞德鹏:《城乡社会:从隔离走向开放——中国户籍制度与户籍法研究》,山东人民出版社2002年版,第18页。俞德鹏认为,二元户籍制度与粮油供应、劳动就业、福利保障、义务教育等具体社会制度紧密结合在一起,是计划经济体制的产物,也是造成城乡不平等的核心原因。2014年7月31日,国务院公布《关于进一步推进户籍制度改革的意见》,规定建立城乡统一的户口登记制度,取消农业户口与非农业户口性质区分和由此衍生的户口类型,统一登记为居民户口。

② 该篇收《高晓声一九八〇年小说集》,人民文学出版社1981年版。以下小说引文均据此版本,不再出注。

朱谷不期而遇。在重逢的激动平息之后，朱谷向"我"分析了农村燃料问题的来由，也透露了自己养家糊口的难处：

> "……我现在一家七口，老的老，小的小，没有劳动力，做不到工分，靠养猪积些肥料投资，柴就更缺了，每年起码要添半吨煤，才能过去。一年五十二个星期天，我大概有十五天要化装上城做这一行买卖，出高价也肉痛，行为又不'清高'，但不这样日子不得连续过下去，又没法把它储蓄起来整当过。"
>
> "你不是国家户口吗？"
>
> "我是国家户口，一月二十斤煤球要放在学校里烧，家里六口是农业户。"
>
> "农业户都是这样吗？"
>
> "我们那里，"他加重语气说出下面的四个字，"都差不多，不过也有少数有办法的人，那大都是干部。"

一家七口，六口是农业户，只有本人是国家户口，老的老，小的小，没有劳动力，这就是高晓声现实中的家庭负担。不过置于大环境中看，这样的困难倒也不必过分夸大。从以上这段对话也可看出，生活艰苦的根本性原因，还是源于集体性的短缺，农村里面"都差不多"，不是一家一户的特殊现象。况且，在短时间内增添三四口人，对于 1970 年代绝大多数的家庭来说，恐怕都是不小的压力。①

由此我们再回头来看本节开头所引的《曲折的路》。当高晓声

---

① 有评论者认为，1972 年后的一段日子里，高晓声成了收不抵支的困难户，经常要为借钱借粮而发愁，正是其笔下"漏斗户"主的原型。(参见毛定海编著《高晓声编年事略》，江苏凤凰文艺出版社 2015 年版，第 81 页) 事实上，高晓声四十多元的薪水养活八口人的确是个难题，却也绝不至于到"漏斗户"的程度；如果不是在经济可承受的范围内，这桩婚事也不可能完成。高晓声曾在小说《刘宇写书》(1981) 中，借主人公的酒杯自浇块垒："刘宇是每月有四十多元工资的，如果不是她带来三个女孩，她们夫妻俩一工一农，生一个孩子，一家三口，生活可以过得蛮宽裕。"

说他"组建了一个地地道道的农民化家庭",说"我的家庭成员一样参加生产队劳动,一样投工、投资、投肥,一样分粮、分草、分杂物",实际上已经隐含了高晓声和家庭成员的区别。可以这样阐述这段话的意思:高晓声的家庭成员都是地地道道的农民,与其他村民一样参加生产队劳动,高晓声自己在这样的家庭中也被"农民化"了——也就是他在此段后面所写的:"我是农民这根弦上的一个分子,每一触动都会响起同一音调。我无须去了解他们在想什么,我知道自己想的同他们不会两样。二十多年来我从未有意识去体验他们的生活,倒是无意识地使他们的生活变成了我的生活。"在这个意义上,高晓声的家庭就是一个微型的城乡交叉带。① 这种交叉在作家姿态及小说形态上造成的复杂意味,此处姑且不论。在现实生计层面,面对生活向他提出的种种难题,高晓声绝不会因为不充分的"农民化"而困扰,如何实现"城市化"才是他的忧虑所在。不过,从后续的情形看,高晓声比小说中的朱谷更为幸运,事情最终有了"大团圆"的结局。

五 1979 年:"返城"与"系心带"

1979 年 3 月 26 日至 4 月 6 日,江苏省文学创作会议在南京召开。会上宣读了省委宣传部同意省文联《关于〈探求者〉问题的复查结论》的批复,并宣布对"探求者"成员的"改正"结论。随后,省文联党组决定,除艾煊、叶至诚原已调回省文联工作外,将梅汝恺、高晓声、陈椿年调回省文联;建议南京市将方之调回南京市文联;建议苏州市将陆文夫调回苏州市文联;已去世的曾华,则在原单位平反昭雪。②

---

① 1980 年代以后,高晓声与钱素贞的夫妻感情迅速恶化。高晓声从 1983 年夏天就单方面提出离婚请求,最终高、钱二人在 1992 年 8 月由法院判决离婚。高晓声提出离婚的理由是,两人的婚姻没有建立在彼此相爱的基础上,缺乏共同语言,感情和思想无法交流。参见《高晓声致钱素贞》《我的诉状(附家庭经济情况)》,李怀中主编《高晓声自述》,江苏凤凰文艺出版社 2016 年版,第 221—225 页。

② 参见毛定海编著《高晓声编年事略》,江苏凤凰文艺出版社 2015 年版,第 95 页。

如本书绪论中引用的方之书信所示，江苏省委改正决定的下达，已在三中全会闭幕数月以后，着实让"探求者"诸人焦虑了一阵。这也难怪，王蒙的《组织部新来的青年人》已在 1978 年 12 月北京的落实政策座谈会上予以平反，从维熙也在 1978 年年底接到了改正通知，即使是身在宁夏农场的张贤亮，都已于 1979 年 1 月发表了小说。不过，在结论宣布之前，"探求者"诸人已经纷纷重新拾笔，各自作着积极的尝试。陆文夫的《献身》已经发表在《人民文学》1978 年第 4 期，方之的《内奸》也在 1978 年年底交到了《北京文艺》编辑章德宁的手上。① 高晓声也从 1978 年夏天开始恢复创作，《79 小说集》中近一半的小说（如《"漏斗户"主》《李顺大造屋》《拣珍珠》《流水汩汩》《雪地花》），都在 1978 年就已写成。

1979 年 3 月 23 日，高晓声从郑陆镇赶到南京，准备参加几天后召开的文学创作会议。这一天距他离开南京回乡之日，已经过去了二十一年。② 时过境迁，高晓声的形象改变得相当彻底，就如他在《刘宇写书》中描绘的自画像："二十年过去了，青春已成了早就消逝的梦，壮年也正在结束。刘宇几乎变成了一个瘦弱的小老头，他早就不是他原来的自己，青年作家早已矣，一个老农活忒忒；雄心壮志尘与土，二尺田埂云和月。"1979 年年底，高晓声一家迁往常州，"陈家村"从此真正成为高晓声的故乡。有意思的是，在高晓声的小说序列里，他格外看重《系心带》。尽管《李顺大造屋》《"漏斗户"主》名声更响，他还是将《系心带》选为《79 小说集》的首篇，后来又选作《高晓声小说选》（人民文学出版社 1983 年版）的首篇。《高晓声小说选》的自序中写道："我的小说，其实并不都写农村，格调也不一样。这里选的，都属农村题材，风格上也大体相似。只有《系心带》不同，所以会选它，

---

① 《内奸》后来发表于《北京文艺》1979 年第 3 期，参见张弘采写《章德宁：我所经历的〈北京文学〉》，《新京报》2006 年 7 月 5 日。
② 高晓声：《三上南京》，李怀中主编《高晓声自述》，江苏凤凰文艺出版社 2016 年版，第 67 页。

第四章 高晓声:"陈家村"里的小说家

是因为它有资格作这本选集的序。有了它,我的卷头语只须说一些事务性的话了。"①

《系心带》被视为高晓声的自况之作,但是主人公的身份和经历,其实与作者本人的情况并不完全吻合,留下了值得分析的缝隙。小说主人公李稼夫原是从事尖端科学研究的知识分子,运动中被下放到农村劳改,但他和当地村民打成一片,学会了劳动和生活。主人公名为"稼夫",即指他从一个"白专"知识分子,经过彻底的"改造",成为一个地道的庄稼汉(所谓"一个老农活式式")。小说开篇的场景设定在乡村汽车站,接到调令的李稼夫正在等待回城的末班车,在与乡村告别的时刻,李稼夫回首往事,思绪万千:"无论他在什么地方,这条线再也不可能断掉,即使他这次走了再也没有机会回来,他也不会忘记这个地方永远是他的起点。他和人民的关系将始终千里姻缘一线牵,这一条红绸丝带将随时传递双方脉搏的跳动。"② 高晓声后来不止一次援引这个近乎宣言的句子,可以说,它既是这篇小说的题眼,也是高晓声农村题材小说的序言和卷首语。

但值得玩味的是,李稼夫是乡村的外来者,"系心带"则是一个官民鱼水情式的比喻修辞。只有彼此分立的两个主体,才需要一根"系心带"予以联结和维系。以至于在小说发表之后,夏衍甚至在《也谈"深入生活"》一文中将它作为典故来引用:"只有和他们同命运共甘苦,成为他们的知心朋友,达到高晓声在《系心带》中所描述的那种境界,他们才肯向你说出心底的痛苦和希望。"③ 也就是说,系心带的两端,是"你"(作家)和"他们"(农民)两个截然相异的主体。在这个意义上,高晓声之于"陈家村",或许始终是一种"在场"而又"不属于"的暧昧关系。

这种"在而不属于"最扎实的显示,还是在前面讨论的户籍层面。其实,如果我们没有忘记高晓声是"归来者",没有忘记

---

① 《高晓声小说选》序,人民文学出版社1983年版。
② 高晓声:《系心带》,《79小说集》,江苏人民出版社1980年版,第4页。
③ 夏衍:《也谈"深入生活"》,《上海文学》1980年第9期。着重号为引者所加。

1979 年的结论是将其"调回",本来就应该清楚,对于高晓声个人来说,这一年中所发生的一切,是一个(城市人)"返城"的故事,而不是一个(农村人)"上城"的故事。如果一定要将"上城"和他的经历关联起来,那也只能是在"农民化家庭"、在其"家庭成员"的层面。就在国务院批转公安部、粮食部《关于严格控制农业人口转为非农业人口的意见的报告》的 1979 年,不仅高晓声本人如愿"改正",常州市委也于该年年底解决了高晓声全家的"农转非"问题,并破例拨给了他两套新公寓房,高晓声举家迁入常州市。① 高晓声一家柳暗花明的"上城"故事,并不像《人生》里的高加林所经历的那样惨烈,但也同样凝缩了一个时代的悲欢。

在作家户籍问题的延长线上,我们会比较自然地联想到柳青。柳青 1953 年举家落户陕西长安县皇甫村,而且一待就是十四年,这是为人熟知的文学史故事,也是在今天谈论作家的身份、职责与存在方式时,依然不能绕开的重要事例。柳青在 1950 年代的地位、处境,与返乡后的高晓声有根本性的不同,并不适宜放在一起比较。但是人在身份转换、变动之时的状态和心理,却可以作一个参差的对照。柳青曾对来皇甫村看望他的王维玲说:"我这一生再不想有什么变动,只想在皇甫村生活下去。我在这里,只想做好三件事:一是同基层干部和群众搞好关系,二是写好《创业史》,三是教育好子女。"② 如果说柳青的"落户",表示的正是这样一种扎根

---

① 关于 1970 年代末的"农转非"政策问题,参见俞德鹏《城乡社会:从隔离走向开放——中国户籍制度与户籍法研究》(山东人民出版社 2002 年版)的讨论。该书认为,由于知青大规模返城造成的压力,国家强化了对户口迁移工作的严格管理,从此确立起对"农转非"实行政策控制加指标控制的双重控制管理体制。李业文《真心实意享读者——记高晓声先生》(载高晓声文学研究会编《高晓声研究·生平卷》,江苏文艺出版社 2014 年版)、毛定海《高晓声编年事略》(江苏凤凰文艺出版社 2015 年版)等资料,记述了 1979 年秋高晓声经人牵线,与时任常州市委宣传部副部长李文瑞一起吃饭,表达在常州安家的意愿的事情。王彬彬《高晓声评传》(江苏凤凰文艺出版社 2019 年版,第 189 页)就此评论说:"在 1979 年的时候,要一下子为一个连工作单位都不在本市的作家解决两套住房,应该是有相当难度的。看来李文瑞副部长是费了很多心力的。"

② 王维玲:《回忆柳青同志——纪念柳青逝世两周年》,原载《收获》1980 年第 4 期,转引自程光炜《柳青、皇甫村与 20 世纪 80 年代》,《文学评论》2018 年第 2 期。

的决心，那么，高晓声的"不落户"，恰恰透露出回到城市的渴望：由于历史的原因，这种欲望持久地处于被压抑的状态，但在内心深处的认同上，高晓声或许始终是陈家村的"城里人"。当这种身份意识落实到写作的层面，就会通过隐含在小说中的视点呈现出来。因此，相较于隔岸观火的道德裁判，首先把"归来"之前的高晓声如实地视为普通人，然后再在历史的潮汐中捕捉、体味他的心理状态，对于理解高晓声与陈家村，理解"陈奂生系列"的复杂性，应当会有更多裨益。

第二节 在"陈奂生"身后：高晓声的隐身术

在1980年代以后的创作谈中，高晓声从不讳言笔下人物有他自己的影子。的确，在他1979年至1985年结集的年度小说集中，具有自传性的作品不仅数量颇多，而且几乎囊括了这一时期的代表作（详见绪论中的创作年表）。然而，正如前文所分析的，高晓声的自我阐释和他的小说本身，经常有着明显的龃龉。他在创作谈中言之凿凿"供认"的"我"，未必是小说里实际存在的那一个。

在《也算"经验"》中，高晓声写道："眼睛一眨，我在农村里不知不觉过了二十二年，别无所得，交了几个患难朋友。我同造屋的李顺大，'漏斗户'陈奂生，命运相同，呼吸与共；我写他们，是写我心。与其说我为他俩讲话，倒不如说我在表现自己。"①高晓声反复强调对于陈奂生、李顺大的认同，并非没有道理，因为高晓声通过亲身经历所收获的生活和历史体验，只能通过笔下的人物予以表现。但是人物所能承载的，也仅止于作家的情感体验。在更深的思想层面，高晓声如何反思历史、反思历史情境中的农民性与国民性，怎样认识农民生活与农村政策的关系，又怎样看待正在进行中的农村改革，则不是陈奂生、李顺大所能承担的。在高晓声看来，他们缺乏国家主人翁的主体意识，更没有能力理解和讲述自

---

① 高晓声：《也算"经验"》，《青春》1979年第11期。

身的历史命运,因而需要代为其言。高晓声的叙事姿态,实际是在陈家村土著村民的身旁,分离出另外一个观察视点。在一部分小说中,他纯粹通过叙事者这一中介,间接地发出自己的声音。但在另一些时候,高晓声则忍不住要作直接的议论。在以陈家村为背景的小说中,出现过若干以高晓声本人为原型的人物,《"漏斗户"主》(1979)、《陈奂生转业》(1981)中的陈正清,《极其简单的故事》(1980)中的陈文良,《宁静的早晨》(1980)中的朱谷,都置身于这一人物序列之中。他们和《系心带》中的李稼夫一样,是终将离开陈家村的外来者,或者说是和高晓声一样的"准当地人"。他们经常作为男配角,就像足球场上游弋在中锋身后的影子前锋,隐蔽在主人公(陈奂生、陈产丙)的阴影里,伺机而动。有趣的是,高晓声不仅会让陈正清、陈文良在故事里评论主人公的行为,还通过叙事者的声音同时评论着他们,这就在小说内部形成了巴赫金所说的复调结构。多层言说的混杂,不仅满足了高晓声自我书写的欲望,也为主体意识的伸展预留了足够的空间。而将上述小说放在一起,连续性地观察高晓声如何讲述和评论自己,既能让我们重新理解高晓声的自我认识,即他如何看待自己在陈家村的位置;也能够从形式批评的角度,充分释放其作品中长期被忽略的(或说难以纳入研究框架的)游戏和反讽意味。①

《极其简单的故事》② 中的陈文良与陈产丙,和《"漏斗户"主》中的陈正清与陈奂生,是具有同构关系的两组人物,后者将在下节详细讨论。《极其简单的故事》处理1970年代后期的沼气化运动——在小说中被称为"'四人帮'粉碎后的第一个运动",它因为基层领导的干预而最终失败。故事表面上的主要矛盾,集中在第三

---

① 与普遍的印象相反,高晓声对具有"(后)现代"意义的形式实验极为热衷。除了下文提到的《书外春秋》《陌生人》《一诺万里》之外,还有《陈奂生转业》,以及后来的《陈奂生出国》。在《陈奂生转业》的开篇,厂长鼓动陈奂生再次出马采购,对他说道:"你们(指陈奂生和吴书记——引者按)的交情不是写在小说里了吗,外面议论得热闹透了。吴书记升官,还沾着点光呢,他会亏待你吗!"

② 该篇收《高晓声一九八〇年小说集》,人民文学出版社1981年版。以下小说引文均出自该版本。

第四章 高晓声:"陈家村"里的小说家

生产队的"能人"陈产丙与基层领导者(思想守旧的公社书记周炳焕,沿袭阶级斗争作风的大队书记陈宝宝和生产队队长李平星)之间。但是推广沼气的关键人物,却是藏在陈产丙身后的陈文良。按照小说的描述,陈文良是 1959 年遣返回来的电台编辑,是个不戴帽子的"特嫌"分子。他比陈产丙大五岁,按辈分却是他的族叔,陈产丙从小就很崇拜他。在回乡之后,他俨然成为陈产丙的军师,总在紧要时出山指点迷津。在第三生产队里,陈文良处处体现出高于环境的"知识和才能"。他是生产队第一个开沼气池的人,却不是为了响应号召,而是因为做过实验,发现沼气是个好东西,如同现实中的高晓声一样。在他说服陈产丙之后,生产队里掀起了建池的高潮。陈文良奔走各家义务指导,一时成了队里的"大红人",他的"知识"第一次有了用武之地。① 小说写到这里忽然宕开,以叙事者的声音作了一番动情的夫子自道:

> 十八年来,陈文良从来没有同社员们有如此频繁的交往。他从小在这里长大,同辈人对他相当熟悉;但是他在外面工作的情形却不了解。一旦被清洗回来,人们惊讶之余,少不得私底下也要问一问什么原因。遗憾的是他搜肚刮肠都说不出来。谁能相信他连自己都不知道呢,总以为是做了丑事说不出口;于是也就隔膜了。时间一长,大家又觉得这个人正直、善良,苦也苦得,累也累得,亏也亏得,罪也受得,一贯稳稳重重,绝不是个坏人。看着他一身病弱,一家困难,不免寄予同情,为他惋惜。
>
> "唉,一个人可惜掉了!"
>
> "要不犯错误多好!"
>
> "人非圣贤,谁能一点不出毛病。受苦这么多年了,总也不能叫他一直这样。……"

---

① 高晓声本人也有类似的"红人"经历。据其自述,在 1969 年下放姚家头第五生产队时,曾因义务为各家改装煤气灶,受到乡亲们的欢迎和热情款待。

> "不晓得可还能上去!"
> ……
> 虽然这都是背后的议论,陈文良也是知道了。他很温暖,也很感激;但是他无法答谢大家,他一直是个弱者,这里需要的是力量和物资,不是知识和才能。……十八年来他的最大痛苦就是想为人民做点事情却不能够,看来这种情况已经过去。不是么,他现在已经是大家需要的人了。

这里所显示的姿态和自我意识,又一次驶入了《系心带》的轨道。小说也留下了一个《系心带》式的尾巴:不久之后,陈文良冤案平反,离开了陈家村,但是他的心还留在那里,常常想起那里的人和事。

与《极其简单的故事》相比,前引《宁静的早晨》的多层言说更具形式趣味。小说如何以第一人称叙述展开,如何借用"我"的眼光打量主人公朱谷,以及朱谷与高晓声境况的互文性,俱已如上述。小说的结尾耐人寻味,在朱谷告辞之后,"我"把重逢的印象与记忆互相折叠,得出了这样的结论:"我伫立着,久久望着他的背影,搜索着他究竟还有哪些过去的影子,竟很难找出来。我看他非常坚实,不再像过去那样高谈阔论了,每句话都实实在在,就像吐出来的是一块块的黄石。我感觉到了他的分量。"

在以上小说之外,高晓声还有另外一种特殊类型的自叙传小说,它们具有程度不同的"元小说"意味,主题与历史创伤的关联不大,而是聚焦于进行时态的"书外春秋",也即由故事引发的故事。这些小说包括《糊涂》(1983)、《书外春秋》(1982)、《陌生人》(1982)、《一诺万里》(1983)等。因为主题的转变,高晓声小说中的自我评论,也就指向小说所造成的社会影响和后续反应。其中《糊涂》[①] 一篇值得特别重视,因为其中的"自我辩解",

---

[①] 该篇收《高晓声1983年小说集》,中国文联出版公司1984年版。以下小说原文均引自该版本。

涉及高晓声的创作动机、小说伦理和使用自传材料的一贯方式。《糊涂》的主人公是"右派"作家呼延平，他在复出后写了大量以老家农村为背景的小说，但因其中写到的"阴暗事实"，牵涉了不少依然健在的当事人，特别是仍在位上的掌权者，难免招惹是非，也让他在家乡成为不受欢迎的客人。呼延平自然对此感到委屈，于是借叙事者之口申辩说："如今他忽然变成了历史的见证人。他用自己的切身经历，亲见亲闻，来让大家认识这个时代。……就像瓦匠搬砖石砌墙屋，呼延平则是搬生活砌文章，图个实在而已。要说有所褒贬，那也是顺应时代之潮流，并非独创。而所褒所贬，都着眼于为人民服务，不是舒个人的恩怨。"

在大是大非面前，高晓声的确不是器量狭小、纠结于一己之屈而睚眦必报的历史受害者。昔日"探求者"大难临头，同人之间不可能毫无恩怨，高晓声返乡之后，也与所有难友断绝往来，以至于叶至诚、陆文夫等人一度以为高晓声已不在人世。但在"复出"之后，高晓声既未撰文细述往事，也不以小说曲折影射，令人佩服。呼延平的委屈，超越了个人恩怨的层面，关系到高晓声小说历来颇受争议的作家主体性问题，而他富有张力的辩解，一方面令人信服地证明了批判力量的存在，另一方面也如实揭示了批判的限度。高晓声的批判意识，都从具体的对象中生发，出之以嬉笑怒骂的戏谑，而且就像砌入墙屋的砖石，不能脱离环境而评论其功能。① 而在叙述的形式层面，高晓声的主体性和距离感，乃是通过多重声音的混杂，在看与被看、听与被听中生成。小说中作者的声音，同时隐含于主要人物、次要人物和叙事者之中，形成多层话语的复调结构。从不加深思的阅读直感上，读者的注意力往往被陈奂生、李顺大等中心人物吸引，不免将他们认作小说作者的投射。实际上，小说中情节的推动、难题的解决、高级活动（诸如解读政策、批判思考、发表宏论）的完成，都是由中心人物背后的手一

---

① 在另一方面，砖石的譬喻，也自然让人想起据说出自艾思奇的名言：一块砖头砌在墙里，就推不动了；落在墙边不砌进去，就要被踢开。

锤定音。在更具历史长度的"陈奂生系列"中,这种"战术"有着更为充分的施展。在自叙传的意义上,这种形式的"陈奂生战术",就是高晓声作为小说家的隐身术。

第三节　陈奂生与"我"
——从自叙传角度看"陈奂生系列"①

一　"陈奂生是谁"及其相关问题

此处追问"陈奂生是谁",并不是要做索隐式的原型研究。在一方面,是接续以上关于"城里人"(包括家世、身世、户籍、家庭等方面)的讨论,进一步从文本内部,辨析作为小说家的高晓声,与其笔下"陈家村"的关系形式。更重要的是,在文学研究的意义上,高晓声之于陈奂生以及陈家村的身份意识与写作姿态,历来是争论不休的话题。特别是自1986年王晓明在名文《在俯瞰陈家村之前》中,指出高晓声完全把自己看作农民、"感受和思考的方式"与农民同化,是他写作的"严重障碍"之后,农民与作家(知识分子)的身份驳诘,始终是讨论高晓声及其"陈奂生系列"难以绕开的关节点。王晓明的观点是:"高

---

① 本节讨论的"陈奂生系列",集中于高晓声1979—1982年间发表的四篇小说:《"漏斗户"主》(《钟山》1979年第2期)、《陈奂生上城》(《人民文学》1980年第2期)、《陈奂生转业》(《雨花》1981年第3期)、《陈奂生包产》(《人民文学》1982年第2期)。这四篇小说在1983年结集为《陈奂生》,由花城出版社出版(该书还收入了《柳塘镇猪市》和《书外春秋》)。本节中的"陈奂生系列",包括具体与象征的双重意义。具体是指,就论题涉及的作家身份、写作姿态,以及观察与叙述的视角而言,高晓声同时期的多数作品,如名篇《李顺大造屋》,其所呈现的问题可由"陈奂生系列"所涵纳。而象征如杨联芬所说,"由于高晓声的文学史地位是'与陈奂生形象连在一起的',那么,当我们重新审视高晓声创作意义时,陈奂生这一贯穿其始终的形象,也就具有阐释的关键性与象征性"(《不一样的乡土情怀——兼论高晓声小说的"国民性"问题》,《文学评论》2019年第1期)。同样出于论题的原因,高晓声在1990年代以陈奂生为主人公续写的《陈奂生战术》《种田大户》《陈奂生出国》三篇,在此仅作为背景参照,而不展开探讨。

第四章 高晓声:"陈家村"里的小说家

晓声不但得和陈家村人心心相印,更要能够居高临下去俯视他们——正是在这后一方面,他和陈奂生们的混合重唱使我感到不安。……他到目前为止的小说创作,表明他似乎常常还处在俯瞰陈家村之前的状态中。"① 对此,前引叶兆言的文章,提出了截然相反的看法:"高晓声反复提到农民的时候,并不愿意别人把他当作农民。他可能会自称农民作家,但是,我可以肯定,他并不真心喜欢别人称他为农民作家。""仔细琢磨高晓声的小说,不难发现,他作品中为农民说的话,远不如说农民的坏话多。农民的代言人开始拆自己的台,从陈奂生开始,农民成了讥笑对象。"② 对于这一问题,近年来的研究者也纷纷参与讨论。王彬彬指出,"精神上与农民的相似,只是局部的和浅显的,在内心深处,高晓声始终是一个农民的审视者"③。刘大先认为,"农民与知识分子是高晓声一体两面的身份,但他无法真正安心做个农民。……高晓声在其文学生涯始终都是一个具有潜在启蒙意味的'探求者',哪怕他站在农民的立场思考问题,也始终包含着对于农民自身局限性的批判"④。闫作雷则说,"尽管如此,此时的高晓声对待农民绝不是启蒙者惯有的那种居高临下的同情和俯视,而是以一个农民的身份为农民'代言',更多的是对农民的敬佩和感激,这与民国时期那些看不到农民身上蕴含的巨大力量的乡土作家、启蒙作家决然不同"⑤。尽管意见很不一致,但是讨论跨越三十多年的持续展开,足以说明身份(合唱者、审视者、启蒙者)和目光(仰视、俯视、平视)

---

① 王晓明:《在俯瞰陈家村之前——论高晓声近年来的小说创作》,原载《文学评论》1986 年第 4 期。该文后来也成为王晓明专著《潜流与漩涡——论二十世纪中国小说家的创作心理障碍》(中国社会科学出版社 1991 年版)高晓声一章的主干部分,专著中此章题为"高晓声:陈家村的代言人"。引文中的判断本身,因为过于绝对化,已经受到不少研究者的批驳,但这一问题的有效性依然存在。

② 叶兆言:《郴江幸自绕郴山》,载高晓声文学研究会编《高晓声研究·生平卷》,江苏文艺出版社 2014 年版,第 90—91 页。

③ 王彬彬:《高晓声评传》,江苏凤凰文艺出版社 2019 年版,第 188 页。

④ 刘大先:《三农问题与"社会分析小说"的得失——公私之间的高晓声》,《中国现代文学研究丛刊》2018 年第 2 期。

⑤ 闫作雷:《从启蒙到政治经济学——高晓声"陈奂生系列"再解读》,《首都师范大学学报》(社会科学版)2016 年第 6 期。

的确认，关联着高晓声以及农村题材写作的一个重大问题——"农民观"，以及观察农民的视角问题。

概而言之，新中国成立以来的农村题材小说有三种主要的视角：干部视角、农民视角、知识分子视角。这里所谓的视角，并不限于具体作品中的叙事视角，而是指一种身份意识和价值认同，即站在谁的立场上说话。① 知识分子视角和农民视角，是自鲁迅以来的乡土文学，就已发展出的两条支脉。在后续的文化政治实践中，强调启蒙意识、国民性批判的路径，和强调在农民之中、以农民为主体的路径，分别被概括为"鲁迅传统"和"赵树理方向"②。尽管鲁迅、赵树理本人的写作，都有溢出其所代表的视角（路径、传统、方向）的部分，彼此之间亦有交叉互渗。干部视角的出现，则与延安解放区的文艺实践（包括其前史）紧密相关。所谓干部视角，即是把"政策"因素加入既有的乡土文学中，从而实现宣言、宣传、播种等既定的意识形态动员功能。自然，这三种视角不是泾渭分明的。即如赵树理的小说，视角有时就很难分辨，需要具体问题具体分析，也与研究者的立场、意图和时势有关。

高晓声的写作，与以上三种视角都有深度牵连。从批评史的视野看，作为写农民的作家，高晓声在"新时期"初期迅速崛起，

---

① 关于这一点，可以参考英国学者亨利·伯恩斯坦在《农政变迁的阶级动力》中的观点："很多关于'小农'（以及'小规模农民'和'家庭农民'）的定义与用法带有明显的规范性要素，目的性很强，即'站在农民一边'（taking the part of peasants），反对在缔造现代（资本主义）世界过程中摧毁或损害农民的一切力量。"伯恩斯坦认为这些术语"最好用于分析，而不是用于价值判断"，因而反对"站在农民一边"的倾向。李国华《农民说理的世界：赵树理小说的形式与政治》（上海书店出版社2016年版）在引述伯恩斯坦的观点时，从中国的语境出发提出了反驳。他认为，与"农民说理的世界"相关的一系列问题，"不是在资本主义或社会主义的符号体系下能够得到清晰的说明的，必须'站在农民一边'，借助'农民'提供的视角，才能实现真正的学术分析和理解"。参见该书第280—281页。

② 周扬在1946年的《论赵树理的创作》[《周扬文集（第一卷）》，人民文学出版社1984年版，第494页］中写道："（赵树理）没有站在斗争之外，而是站在斗争之中，站在斗争的一方面，农民的方面，他是他们中的一个。他没有以旁观者的态度，或高高在上的态度来观察描写农民"，而是"以农民直接的感觉，印象和判断为基础的"。该文最初发表于1946年8月26日的《解放日报》（延安），随后陈荒煤在这篇文章的基础上总结提出了"赵树理方向"。

第四章 高晓声:"陈家村"里的小说家

受到主流文艺界的高度肯定:《李顺大造屋》《陈奂生上城》连续获得1979年和1980年两届(第二、第三届)全国优秀短篇小说奖,而且获奖顺位居于前列;在1979年的颁奖大会上,高晓声还作为作家代表发言(首届大会发言的作家代表是凭《班主任》获得首奖的刘心武)。[①] 但批评界对高晓声的一致赞赏,却分流到两个不同的文学史脉络。"第一时间"的评论文章倾向于把高晓声(特别是陈奂生的形象)置入鲁迅的传统[②];而在(稍稍)后起的批评家看来,高晓声与赵树理存在更多可供"测量、观察与比较"的沟通之处[③]。双方都有充足的理据,声势可谓旗鼓相当。

干部视角之于高晓声及其写作,则更有分析的余地。一方面,如前所述,高晓声在1950年代的身份就是生于农村的国家干部。而且,自觉地以干部的身份意识书写农村,也是其时"探求者"诸人的共同特质。康濯在1956年是这样评价方之的:"方之是一个农村青年干部。他对农村有着相当亲切的理解,作品也紧密结合着现实的斗争。他写的四个短篇大多有着较好的水平,特别难得的是,他还有着自己独特的透露出某些中国气派的风格。"[④] 高晓声1950年代的小说,如代表作《解约》,本身也是响应、普及新政策的书写。另一方面,高晓声1957年以后的人生道路,在实际结果的层面,与主要以文化干部为主体的"深入生活"话语发生了微

---

① 参见《欣欣向荣又一春——记一九七九年全国优秀短篇小说评选活动》,《人民文学》1980年第4期。另据老编辑石湾回忆,在次年颁奖大会上的发言中,周扬称赞高晓声是当代最擅写农民的小说家,有望成为鲁迅那样的文学大师。参见石湾《高晓声存钱——谨以此文纪念高晓声逝世十周年》,载高晓声文学研究会编《高晓声研究·生平卷》,江苏文艺出版社2014年版,第123页。

② 代表性文章有阎纲《论陈奂生——什么是陈奂生性格?》[《北京师范学院学报》(社会科学版)1982年第4期]、范伯群《高晓声论》(《文艺报》1982年第10期)、《陈奂生论》(《当代作家评论》1984年第1期)、时汉人《高晓声和"鲁迅风"》(《文学评论》1984年第4期)等。

③ 参见栾梅健《高晓声与赵树理的比较研究》,《苏州大学学报》(哲学社会科学版)1986年第3期;季红真《同一历史主题的两个时代乐章——赵树理与高晓声小说创作基本特征的比较》,《当代文学研究丛刊》1984年第5辑等。

④ 康濯:《关于两年来反映当前农村生活的小说——在中国作家协会第二次理事会会议(扩大)上的补充报告》,《文艺报》1956年第5—6期合刊。

妙的关联。① 尽管二者的交汇，大抵是以"因祸得福"的方式建立在历史错误的基础之上。在这个意义上，陈家村之于高晓声，可以视为"被建立"的生活基地。对于高晓声"深入生活"的特殊性，范伯群在《高晓声论》中有精妙的分析："高晓声不仅与赵树理、周立波、柳青的经历不同，而且身份也极不相同：他一不像赵树理那样，是党的宣传文化干部；也不像周立波那样，是一位参加土改工作队的知名文化人和作家；更不像柳青那样，是县委副书记。""赵树理深入生活的经验是'久'：久则亲，久则全，久则通，久者约。周立波深入生活的体会是'换'：'心是需要用心换的'。柳青深入生活的结果是'化'——农民化：站在关中庄稼人堆里，是分辨不出他竟是作家。而高晓声'揿入'生活的不足为训的经验是'死'……指的是曾经'死了创作的这条心'。"范伯群最后总结说，"回头看，'久'、'换'、'化'这三个字，高晓声不仅占全了，而且还有他自己的独特性"。② 如果联系本章首节对高晓声与陆文夫的比较，范伯群所谓的这种"独特性"的获得，部分源于高晓声在"陈家村"二十一年的生活，具有某些与下放干部相似的状态，但又绝不是"干部"身份。

笔者的看法是，高晓声1980年代以"陈奂生系列"为中心的小说创作，在视角层面与上述三种都有联系，但又难以归入任何一种，因此呈现出强烈的独异性质。我将高晓声的小说视角，称为"乡绅视角"，具体内涵将在下文剖析，暂且不表。这里要说的是，如上所述的视角问题，正是我们追问"陈奂生是谁"的深层原因。而不管是高晓声自己发明的"共同生活"一词（以示对于"体验生活"的全面超越）③，还是本章前述的"在陈奂生身后"，都是对于这种由表及里、从生活而文学的视角问题的描述和剖析。也就

---

① 参见本章第一节对陆文夫的分析。
② 范伯群：《高晓声论》，《文艺报》1982年第10期。
③ 高晓声的原话是："我二十多年来与农民生活在一起，准备就这样过一辈子。我在农民中间，不是体验生活，而是共同生活，所以对农民的思想比较了解，但是根本没有想到要去写他们。"参见高晓声《创作思想随谈》，载彭华生、钱光培编《新时期作家谈创作》，人民文学出版社1983年版，第257页。

第四章 高晓声:"陈家村"里的小说家

是说,此处不仅要讨论陈奂生是谁(即其人物原型),还要讨论高晓声与陈奂生(即高晓声与农民)的关系问题。

在"陈奂生是谁"的问题上,高晓声时常玩弄障眼法。在1980年代以后的自述文章里,高晓声喜欢以陈奂生自居,也喜欢别人把陈奂生和他联系在一起。1981年与高晓声一同访美的许觉民,对于高晓声的印象就是"城市化了的陈奂生",说他像陈奂生一样"诚笃,心思灵动,又怀有好奇心",一上飞机就如陈奂生上城,每见到未见过的事物,总要细细观察一番。① 高晓声也在《访美杂谈》中提到,负责接待代表团的孙筑瑾博士,经常同他开些善意的玩笑,仿佛他本人就是陈奂生一样。② 翻阅这些零散的逸事,仿佛可以看到高晓声脸上露出的得意神色。与此相关的夫子自道,诸如"我写陈奂生,既是客观的反映,也有我自己的影子","我是自觉地和陈奂生认同的一个。我写他们,是写我心"的论调,则被高晓声在创作谈中屡屡重弹,从1980年代初一直说到1991年的《〈陈奂生上城出国记〉后记》。

可以说,是高晓声本人和接踵而来的评论家,为后人设置了一个高晓声就是陈奂生的圈套。而事实上,尽管陈奂生的个别桥段(如《陈奂生上城》里的住宾馆一节),确从高晓声自己的经验中脱胎,但是从文学史研究的角度,应该明确指出,陈奂生不是高晓声的"替身"。陈奂生具体的原型,是高晓声的隔壁邻居,同辈亲戚高焕生。高晓声甚至说过,《"漏斗户"主》可以说是关于高焕生的一篇报告文学:"小说《"漏斗户"主》里的材料,几乎是从一个人身上得来的,他的出身,他的家庭、性格、遭遇,以及他对劳动的态度,对群众、干部的态度和群众、干部对他的态度,几乎全同小说里的陈奂生一样。"③ 至于现实生活中的高焕生,只有零

---

① 许觉民:《阅读高晓声》,载高晓声文学研究会编《高晓声研究·生平卷》,江苏文艺出版社2014年版,第105页。
② 高晓声:《访美杂谈(之二)》,《钟山》1982年第3期。
③ 高晓声:《〈陈奂生〉前言》,李怀中主编《高晓声自述》,江苏凤凰文艺出版社2016年版,第307页。

217

星的几则八卦逸闻,比如高焕生曾去高晓声常州的家中找他讨要"稿费",并且发生争吵;而在高晓声逝世后,高焕生也到南京参加了追悼会。除此之外,似乎再难找到高焕生的任何资料。但是,在高晓声研究资料中,一篇署名"高明声口述,吕芹龙整理"的《二十二年的艰难岁月》,引起了笔者的兴趣。文中写道:"我是高晓声的堂弟,我叫高明声。我俩是隔壁邻居,从小生活在一起,像亲兄弟一样,情同手足。他比我智商高,读书很聪明,后来成了文学家。……记得他刚从南京遣送回家'劳动改造'的那天,是我第一个见到他。当时我感到有些意外,他脸上带伤感的样子,我帮着他打扫卫生,简单安排了一下住房。他住在我后面,我住在他家前屋内,一前一后。我俩同吃一具灶头,因为我俩都还没有成家,相互在一起生活大约有一年时间。"① 这里对于两人关系及相关细节的叙述,与高晓声在《〈陈奂生〉前言》等文章中对高焕生的描述高度契合。因此笔者推测,高明声很可能就是陈奂生的原型高焕生的化名,化名方式与钱玄同之为金心异类似。

  以"堂弟""隔壁邻居"为原型创造人物,当然不只是因为所谓的手足之情。重要的问题是,高晓声究竟如何体认他与陈奂生(高焕生)们的关系?如前文分析户籍问题时所言,高晓声将自己归为陈奂生的同类、陈家村的普通一员,甚至组建一个"农民化家庭",可能都只是权宜之计。本质上他和《系心带》中的李稼夫一样,只是在农村度过冬天的候鸟,在他的内心深处,一直有着不能更不愿消除的"差别"。"陈家村"里的高晓声,或许始终是一座被农村包围的城市。在他打量陈奂生们的目光中,虽然充满将心比心的同情,但也始终带有难以掩饰的优越感。就"陈奂生系列"而言,高晓声的这种优越感,不仅外现于创作谈等阐释言论,也直接表现在文本之中。

---

① 高明声口述,吕芹龙整理:《二十二年的艰难岁月》,载高晓声文学研究会编《高晓声研究·生平卷》,江苏文艺出版社2014年版,第58页。

二　陈正清：陈奂生身边的高晓声

在以高晓声本人为原型的人物序列里，陈正清是出现次数最多、戏份最重的一个。在《"漏斗户"主》《陈奂生包产》，以及写于90年代的"陈奂生续集"之一《种田大户》里，都可见到他的身影。和《极其简单的故事》中的陈文良一样，陈正清在《"漏斗户"主》中也是以智者的形象登场，堪称陈家村的诸葛亮。在"陈奂生系列"中，陈正清是高晓声与陈奂生的直接沟通点，屡屡在关键时刻为他排忧解难。

在《"漏斗户"主》里，陈正清一共与陈奂生进行过四次对话，分别对应着陈奂生命运在1970年代的四次危机（或转机）。第一次是在1971年，据说当年本要重新实行"三定"（定产、定购、定销），陈奂生以为迎来了摘去"漏斗户"帽子的好机会，结果到年终结算时，又回到了统购统销的办法；公社干部的高产"卫星"，更是雪上加霜，陈奂生忍不住一声长叹。陈正清就在叹息声中登场，发表了一番高论：

> 这一声长叹，偏偏被他的堂兄、小学教师陈正清听见了。
> "还叹什么气？"陈正清似恼非恼地说，"现在，'革命'已进入改造我们肚皮的阶段，你怎么还不懂？连报纸也不看，一点不自觉。"
> "改造肚皮？"陈奂生惊异了。
> "当然。"陈正清泰然道，"现在的'革命'是纯精神的，非物质的，是同肚皮绝对矛盾而和肺部绝对统一的，所以必须把肚皮改造成肺，双管齐下去呼吸新鲜空气！"
> "能改造吗？"陈奂生摇摇头。
> "不能改造就吃药。"
> "什么药？"
> "蛊药，是用毒虫口水炼成的，此药更能解除人体的病痛，你吃下去就发疯，一疯，就万事大吉！"

重构"昨日之我"

"唉,老哥,你真是……还有兴趣寻我的开心!"

"是正经话。"正清大声说,"就是我们办不到!"①

从陈正清的身份标记(堂兄、小学教师)和语言风格来看,高晓声显然是按照想象中的自己来塑造这个人物的。尽管甫一出场,陈正清已经显示出认知和表达能力的巨大优势,但他与陈奂生的这一番对话,还是如同逗哏和捧哏的联袂演出,不过是发了一通高水平的牢骚。而他们二人随后的几次对话,都以"代笔写信"作为话头,牵引出更深层次的农村政策问题:

有一天晚上,陈奂生终于忍不住了,他跑到小学里去找堂兄陈正清老师,想请他写封信给报社,反映反映他的情况。

陈正清一本正经地摇摇头说:"不能写。"

"为什么?"

"在社会主义社会里,根本就没有你说的这种事实。"

"这是我自己的事情,还会骗你吗?"

"我知道你不骗我,"陈正清忽然生气道,"可是你不懂,事实是为需要服务的,凡是事实,都要能够证明社会主义是天堂,所以你说的都不是事实,我若替你写这种信,那就是毒草,饭碗敲碎不算,还会把我打翻在地,再踏上一只脚,叫我永世不得翻身的!"

陈奂生吓了一跳,忙说:"不写就不写吧,你别恼,我不害你。"说着,拔脚要走。

陈正清一把拉住了他,原想笑着向他道歉,却忽然湿了眼,悲怆地说:"熬不下去啊,特别是我也懂一点……"

随后,叙事者跳出这场对话,直接大发议论:

---

① 引自高晓声《79 小说集》,江苏人民出版社 1980 年版,第 40—41 页。着重号为笔者所加。以下《漏斗户》主》原文均引自该版本,不另出注。

第四章　高晓声:"陈家村"里的小说家

> 艰难的岁月啊,只有那些不仅关注上层的斗争,而且也完全看清陈奂生他们生活实情的人们,才会真正认识到林彪、"四人帮"把国家害到了什么程度。
>
> 陈奂生没有这种觉悟,他也没有心思去考虑这样大的大事,但陈正清也终于努力使他懂得一点,他比以往更明白,他是不该吃这样的苦头的。他弄不清也没有能力追究责任,但听了那么多谎言以后,语言终究也对他失去了魅力。他相信的只有一样东西,就是事实。

在这里,我们已经接近了问题的核心。首先,陈正清能够对陈奂生的遭遇感同身受,但因为是"小学教师",他并不直接承受国家农村政策的后果,因此在立场上,陈正清(或者说高晓声)只能说是一个有情的旁观者。其次,陈正清明显具有高于环境的知识、才能和思辨能力。从最后一段议论来看,陈正清考虑的事情和以陈奂生为代表的普通农民差距甚大,而且他自觉认领的思考基点,位于底层与上层、农民与国家之间。陈正清"代笔写信"的行为,将在下文展开分析,但在这里已可看出,这一行为只是"话头"(陈奂生的请求),并未真正发生。因此在陈正清与陈奂生的关系中,始终存有未完成的部分。

无论如何,《"漏斗户"主》中的陈奂生,在陈正清的"教育"下获得了精神的生长,以至于在与陈正清的下一次交谈中,甚至拥有了反客为主的"还口之力",或者说获得了某种被启蒙询唤的主体性,尽管这种主体性是有限而且消极的:

> "四人帮"粉碎了,他的平板的脸上也出现过短暂的笑容,但跟着肚子里一阵叽咕就消失了。他还是当他的"漏斗户"主,最相信的还是事实。
>
> 尽管陈正清的情绪变好了,同他讲了好几次充满希望的话,也尽管陈奂生信任他,但却实笃笃地问道:"现在你能替我写信了吗?"

这就把陈正清难倒了,即使形势变得如此之好,他也还没有胆量把陈奂生的情形在社会上摊出来。因为有许多的人还不肯承认这种现实,而且似乎也和当前的大好形势不相称了。尽管中央领导同志已经明白地指出我们的国民经济已濒于垮台,但一个小人物也说这样的话却照样会被某些人指责是对社会主义的攻击,这就是当代的玄学。

看到正清如此为难,陈奂生平板的脸上自信地笑了,他说:"还是再看看吧。"

在陈奂生与陈正清的最后一次对话中,陈正清努力让陈奂生相信"三定"即将落实的喜讯,但无论陈正清如何雄辩,陈奂生也只是将信将疑。直到在分田现场,陈奂生亲眼见到分给他的一箩箩粮食,终于喜极而泣。作者也同在场的群众一起,不禁为此掬一把同情之泪。① 当然,无论是陈正清还是高晓声,都不过是站在历史高地的事后诸葛亮。但是他们与陈奂生近乎启蒙与被启蒙的关系,却在《"漏斗户"主》中奠定,并在后续的小说中进一步发展。

在1982年发表的《陈奂生包产》中,尽管包产到户的新风已经吹起,陈奂生却还在工厂做近乎闲职的采购员。这是因为在此前的《陈奂生转业》里,陈奂生凭借他与吴书记的关系,让工厂和他自己都尝到了甜头。在《陈奂生包产》的结尾,陈奂生再次受厂长之托,准备上城去找吴书记"走动走动"。但是因为本性老实,陈奂生走出家门便如芒在背。陈正清就在此时与他狭路相逢。短暂试探之后,陈正清展开了一番劝诫:"本来呢,我也早该劝劝你了。倒不是怕你不听,就怕人家以为我存心拆台。上次我问你,

---

① "我写《"漏斗户"主》,是流着眼泪写的,既流了痛苦的眼泪,也流了欢慰的眼泪。最后一段,写陈奂生看到自己果然分到了很多粮食,'他心头的冰块一下子完全消融了;泪水汪满了眼眶,溢了出来,像甘露一样,滋润了那副长久干枯的笑容,放射出光泽来。当他拭着泪水难为情地朝大家微笑时,他看到许多人的眼睛湿润了;于是他不再克制,纵情任眼泪像瀑布般直泄而出。'这里的眼泪,既是陈奂生和大家的,也有我的。这是经过了漫长的苦难之后终于得到了补偿的欢快之泪。"参见高晓声《且说陈奂生》,李怀中主编《高晓声自述》,江苏凤凰文艺出版社2016年版,第304页。

肚脐眼凸出来没有？我倒不是看你胖了不欢喜，我是说你是被别人吹胖了。要当心被吃掉！人家捧你，是要利用你，你当你真的本事就大了？你不还是原来那个样子吗！……我看你趁早醒醒吧！"①小说情节在这里发生了逆转，从而有了一个"弃恶从善"的结局：陈奂生听从了陈正清的话，走上了包产的新路。

随着农村改革的深入，陈正清也不再具有"新时期"初期那种不证自明的，因与国家政策同步而获得的道路自信。如杨晓帆所分析的，"曾经为陈奂生解惑的陈正清，如今也在《种田大户》中变得犹豫起来，当发展利益与伦理道德的冲突日益加剧时，他只能一面担心陈奂生吃亏，一面又赞扬陈奂生的平实稳当"。杨晓帆认为，陈正清的犹豫不决，体现出高晓声作为启蒙者的困境。② 但是，陈正清这一人物的存在，在在显示出高晓声的小说观念，在他自认的"为农民叹叹苦经"③ 之外，还包含着一个"劝人"的向度。陈正清的"犹豫"，他的"一面……一面"，在《"漏斗户"主》中就已见端倪。即使没有陈正清这一角色，高晓声小说的叙事者也表现出相似的态度。海外汉学研究者梅仪慈就曾注意到："高晓声的叙述者时而同情，时而讽刺，但更典型的是持一种模糊的双面立场，即同情和讽刺的混合或在两者之间持续交替。例如，在《陈奂生上城》中，叙述者与中心人物陈奂生的关系是通过使用一个公开的叙述者来实现一种温和的讽刺和同情的混合体。"④ 自下而上的"叹"与自上而下的"劝"的冲突，既是由三农问题的现实状况而发，又是农村题材乃至"五四"以降的乡土文学内部张力的延续。然而从创作者角度考虑，这两个向度极少同时出现在同一

---

① 高晓声：《陈奂生包产》，《高晓声1982小说集》，四川人民出版社1983年版，第28—29页。
② 杨晓帆：《归来者的位置："高晓声访美"与〈陈奂生出国〉》，《中国现代文学研究丛刊》2018年第2期。
③ 高晓声：《创作思想随谈》，载彭华生、钱光培编《新时期作家谈创作》，人民文学出版社1983年版，第257页。
④ 潘莉：《中国现实主义的新声或过渡——英语世界高晓声研究述评》，《世界华文文学论坛》2023年第3期。

位作家的笔下。陈正清的两面性，也即"叹"与"劝"的混合，正是笔者将高晓声小说的观察角度，称为"乡绅视角"的理由。

三　"乡绅"视角："为民请命"和"两面都骂"

如果用一个通俗的词来形容以上小说中陈正清的状态，笔者以为是"晃悠"。在他对陈奂生真的、深的同情之外，总又有种置身事外、隔岸观火的旁观者姿态，甚至带些不务正业、吊儿郎当的闲散气质。不过，换个角度看，冷眼观望的另一重原因，也是在于"无权"，即他并没有任何实际的能力去改变陈奂生们的生存现状。从历史纵深的视野看，陈正清近乎乡绅的当代版本。在传统乡土社会的权力结构中，乡绅是强大的中央政权与自治社区之间的结合点，他们通常有强弱不等的势力，但"在任何情况下，他们都没有左右政策的实际的政治权力"①。也就是说，相比起新中国成立以后的基层干部，乡绅尽管同样处在国家与乡民之间，但是他们从来没有任何领导、治理乡村实际事务的权责，只是在"县衙门到每家大门之间"②的地带活动。这也是在小说之外，高晓声和柳青、赵树理（尽管他们只是挂职性质的干部）之间一个本质性的差别。

前引史靖概括的乡绅必备条件里，第二条就是其人及其家族必须有对地方的贡献。而所谓的良绅，正是这样一些人："他们视自己家乡的福利增进和利益保护为己任。在政府官员面前，他们代表了本地的利益"③；在必要的时刻，他们甚至要挺身而出，与官府周旋抗衡，为地方人民争取权利。丁帆在比较高晓声和赵树理的异同时曾说："高晓声的小说基本上是和赵树理的小说相似，试图概括农民的历史命运和生活现状，以强烈的人文主义精神来为农民请命。"④

---

① 费孝通：《中国士绅——城乡关系论集》，赵旭东、秦志杰译，外语教学与研究出版社2011年版，第37页。
② 费孝通：《中国士绅——城乡关系论集》，赵旭东、秦志杰译，外语教学与研究出版社2011年版，第93页。
③ 张仲礼：《中国绅士研究》，上海人民出版社2019年版，第40页。
④ 丁帆：《中国乡土小说史论》，江苏文艺出版社1992年版，第180页。

第四章　高晓声："陈家村"里的小说家

如果从中央与地方的关系维度出发，这里所说的为民请命，也可以看成是从本地农民的利益出发，以小说的形式对中央的某项政策提出商榷。不过，二人在这一问题上的差别，在其小说的对照阅读中更为明显：高晓声小说中的"为民请命"，或者说对"为民请命"的想象，表现为经典的乡绅模式。

前述《"漏斗户"主》中的"代笔写信"，就是一个极具意味的模式性行为。这原本就是历史上乡绅的职责之一，"他们帮助人们读写信件和其他文书，按照当地借贷规则算账，主持结婚典礼，仲裁社会纠纷，管理公共财产"①。尽管在小说讲述的年代，并不存在"写信"维权的合法渠道，也不存在"为民请命"的所谓"绅权"，但我们可以暂且搁置这一行为的多重虚构性，而去追索在其背后隐含的思想动因。闫作雷在探讨返乡时期的高晓声时就曾指出："他还是一个有文化的知识分子，农民们有事会同他商量，这又使其类似于传统乡绅。"② 也就是说，结合自传性材料看，小说中的陈正清和小说外的高晓声，在所扮演的文化角色上具有互文性。通过这样的互文，高晓声也悄然完成了身份想象的转换，他不再是接受改造和再教育的"右派"分子，而是如同在野的乡绅一样，发挥着文化领袖的作用。

在讲述当代农民历史命运、具有"反思"框架的小说中，高晓声都像在《"漏斗户"主》中所做的那样，站在本地的立场，代表农民的利益说话。这也就是他日后所说的"叹苦经"，替农民道出他们的辛苦。这种具有代言性质的，自下而上思考、反映问题的模式，与赵树理颇为相似。但二人根本上的区别，则是在价值认同，即本章所说的视角层面。尽管赵树理的思想和创作都有超越同时代人的深刻和复杂处，但是他的绝大多数小说，都包含典型的干部视角（尽管混杂着其他视角）。如李国华所分析的，赵树理几乎

---

① 费孝通：《中国士绅——城乡关系论集》，赵旭东、秦志杰译，外语教学与研究出版社2011年版，第195页。
② 闫作雷：《从启蒙到政治经济学——高晓声"陈奂生系列"再解读》，《首都师范大学学报》（社会科学版）2016年第6期。

所有的小说都可析为"村里出问题——农村工作者来调查——村干部和村民积极配合——解决问题——外来的农村工作者发表意识形态训诫——群众欢欣鼓舞（出问题的人反省）"的叙事框架，叙事者的认同对象一般是"具有共产党员身份或共产党政府工作人员身份的区长、书记、支书、农会主席等"，"由此可见，赵树理小说的叙述主题最核心的价值认同是中国共产党在农村的意识形态主张和政治政策"。① 而由于时代语境的转换，赵树理小说中的干部视角，正是高晓声所要拆解和反转的。这不是作家主观意愿上的对立，而是历史造成的戏剧性错位。不过，必须指出的是，高晓声的独特意义，并不体现在具体文本中的"去干部化"，因为新时期绝大多数的农村题材小说都是以类似的方式，配合意识形态层面的"拨乱反正"的。高晓声的独异性，体现在建设性的"立"的方面，即他提供了不同的替代性视角。

在上引《"漏斗户"主》第一次代笔写信之后的两段叙事者议论中，密集地出现了大量与思想能力相关的词汇——认识、觉悟、心思、考虑、懂得、明白、追究、相信、看清/弄不清。这一方面点明了陈正清的文化领导权的根源所在——尽管这种权力相当可疑，且只能在消极的意义上（看破实情、认清形势）发生作用。另一方面，高晓声对陈奂生们的认识也由此可见。在高晓声的观念中，陈奂生之所以来求陈正清代笔写信，表面上是缺乏识字能力，本质上还是因为他"没有能力"理解自己的处境，和造成这种处境的政治经济原因。这也就是高晓声在《且说陈奂生》中所总结的："他们是一些善于动手不善动口的人，勇于劳动不善思索的人；他们老实得受了损失不知道查究，单纯得受到欺骗会无所察觉。"②

吴晗曾以戏谑的笔调，犀利地指出乡绅士大夫的中间和两面性："士大夫是站在人民普遍愤怒与专制恐怖统治之间，也站在要

---

① 李国华：《农民说理的世界：赵树理小说的形式与政治》，上海书店出版社2016年版，第229页。

② 高晓声：《且说陈奂生》，李怀中主编《高晓声自述》，江苏凤凰文艺出版社2016年版，第303页。

求改革要求进步与保守反动之间。用新名词来说是走中间路线，两面都骂，对上说不要剥削得太狠心，通通都刮光了我们吃什么。对下则说：你们太顽强，太自私，太贪心，又没有知识，又肮脏，专门破坏，专门捣乱，简直成什么东西。"① 尽管此言略带夸张，也不尽符合事实，但对我们理解高晓声的乡绅视角，却有启发意义。高晓声的"两面都骂"，特别是对于农民弱点的直言不讳，让他自1980年代以来饱受诟病。前引叶兆言的种种挖苦，就是由此而来。在1988年于斯坦福大学的讲演中，高晓声历数自己笔下农民人物的局限性，如陈奂生、李顺大、黄顺泉（《钱包》）、江坤大（《大好人江坤大》）、周汉生（《老友相会》）表现各异的逆来顺受，刘兴大（《水东流》）、朱坤荣（《泥脚》）、崔老二（《崔全成》）程度不同的因循守旧。② 而在另外的场合，当谈到1980年代苏南的新型农民时，高晓声甚至说："农民家庭已不仅是农民组成，而是有工人，有知识分子。这种变化带来了家庭结构的复杂性，拉开了性格上的距离、思想上的距离和爱好上的距离。这种距离会促进社会进步。家庭中有了一个干部可以减少不少麻烦，有了一个知识分子可以少犯许多错误。确实是这样，如果光有农民，很多问题都要请教别人，他自己不懂，现在则就可以在家庭内部解决。"③ 这些相当"不正确"言论，自然会让站在农民立场的论者恼怒。但高晓声的这种认识，其实和《"漏斗户"主》"陈正清＋陈奂生"的人物结构，以及高晓声自身"1＋6"（一个国家户口、六个农业户口）的家庭结构互为表里，有其个人经验作为支撑。

笔者认为，尽管"两面都骂"，但高晓声之于农民，仍不失为一个有情的旁观者。即使在上面提及的斯坦福演讲中，高晓声对于笔下人物，也不仅指出弱点，同时也有爱、理解和温情，如说陈奂生

---

① 吴晗：《论士大夫》，费孝通、吴晗等《皇权与绅权（增补本）》，华东师范大学出版社2015年版，第54页。
② 高晓声：《关于写农民的小说——在斯坦福大学的讲演》，栾梅健整理，《当代作家评论》2006年第2期。
③ 高晓声：《生活·思考·创作——在江苏部分青年作家作品讨论会上的发言》，《高晓声1984年小说集》，中国文联出版公司1986年版，第225页。

"莫看他一无所有,一颗心珍贵无比"。人们对高晓声的农民认识所产生的不适感,一定程度上是混淆了话语和实存的区别。关键点在于,高晓声对于陈奂生们的感情,不是抽象的阶级情感,也不是人道主义同情,而是对于具体个人的情感,因此没有虚美、隐恶,并且包含着人性的全部复杂性。总的来说,高晓声谈论农民的思维逻辑,是从具体再到抽象,而这不合于人们既有的认识装置,因而容易发生排异反应。在当时,人们习惯的是"手是黑的,脚上有牛屎,还是比资产阶级和小资产阶级知识分子都干净"的"农民",带有提升为阶级概念之后的高度纯净。然而高晓声谈论的是作为个体的农民,以及他们聚合而成的"理想类型",因此仍然保留了他们身上原有的杂质。当然,高晓声对于三农问题的认识,无论是在小说还是创作谈里,都不是无可指摘的。但正如雷蒙·威廉斯在谈论 19 世纪英国知识分子笔下的"旧英格兰"时所说的:"这些见证中至少有一些是根据作家自身的直接体验而写的。对于这些叙述,我们需要深究的不是史实错误,而是历史视角。"①

总括而言,纵观高晓声以"陈奂生系列"为中心的小说,可以发现其间兼有自下而上的"叹苦经"和自上而下的"劝人"的双重向度。这种上下之间的身份定位,与传统社会中的乡绅角色,存在若干值得分析的关联。有情的旁观者,是乡绅视角背后的角色定位。因为有情的介入,所以区别于知识分子视角;因为冷静的旁观,所以区别于农民视角;因为权责的缺失,所以区别于干部视角。在时间的维度上,乡绅视角又与社会主义语境下三农问题的历史(以"土改"与"合作化"为中心的社会主义实践)、现实(以"包产到户"和"乡镇企业"为中心的农村改革)、未来(农村社会变迁的性质和远景问题),都有深刻且复杂的联系。不过,这种视角的最初形成,却并非源于对社会问题的深刻思考,而是来自高晓声重返"陈家村"二十余年的生活实感。

---

① [英]雷蒙·威廉斯:《乡村与城市》,韩子满、刘戈、徐珊珊译,商务印书馆 2013 年版,第 13 页。

第五章　张弦、鲁彦周：身份认同与历史记忆

第一节　遗忘，或赦免的权利
——重读张弦《记忆》

记忆说：
我是盐。
别怨我
撒在你的伤口上，
让你痛苦。

把我和痛苦一起咽下去——
我要化入你的血，
我要化入你的汗，
我要让你
比一切痛苦更有力。
　　　　　　　　——邵燕祥《记忆》[1]

---

[1] 引自邵燕祥诗集《含笑向七十年代告别》，江苏人民出版社1981年版。"右派"诗人吕剑在1981年7月4日致邵燕祥的信中曾经提到此诗："《记忆》一首，就令我激动。你写的那种'痛苦'，'比一切痛苦更有力'，我相信，这也正是一种力量。"参见邵燕祥编《旧信重温》，武汉出版社1999年版，第161页。

一　鼓吹忘却？——从一篇批评文章谈起

本章将张弦、鲁彦周合而论之，是因为他们的代表性作品都在个人经历与文学表现的交叉地带，牵涉到讲述创伤记忆的资格及方式问题。《天云山传奇》背后隐含的伦理问题，是间接的受害者是否有权处理直接的历史创伤；《记忆》的问题则恰好相反，它涉及亲历者是否有权对过去保持沉默。换句话说，前者的问题是"言"的资格与责任，后者则是"不言"的权利和自由。

关于《记忆》，让我们从一篇 2001 年的评论文章谈起。何言宏的《为什么要鼓吹忘却？——重读〈记忆〉兼及知识分子的历史记忆问题》一文，在"右派作家"的道德责任层面，对《记忆》及其作者提出了相当尖锐的质疑。它的核心问题是："为什么这样一篇以强调'记忆'作为叙事目的的作品却要刻意地'鼓吹忘却'？作为一个同样曾经深受迫害的知识分子作家，为什么要提出这样一个明显矛盾的命题？"①

《记忆》的情节梗概大致如下：1960 年代的"四清运动"中，农村放映员方丽茹不慎将一部纪录片倒装，银幕上出现了颠倒的领袖像。宣传部部长秦慕平未作仔细核查，便同意按照"严重政治事故"处理，将方丽茹开除团籍、公职，打为现行反革命，送农村监督劳动。一年后，秦慕平也在运动中受到迫害，方才醒悟到自己曾给方丽茹造成的巨大伤害。到了"新时期"，秦慕平官复原职。而当他亲自登门，想要向方丽茹表达歉疚之时，却发现对方早已原谅了他，旧日恩怨已无须重新提起。

何言宏的火力点，就集中在张弦用"自由间接引语"的方式，描写方丽茹在与"仇人"重逢时的心理活动的段落：

---

① 何言宏：《为什么要鼓吹忘却？——重读〈记忆〉兼及知识分子的历史记忆问题》，《当代作家评论》2001 年第 5 期。不过，说《记忆》是"鼓吹忘却"的观点，最初来源于许子东，参见许子东《重读"文革"》，人民文学出版社 2011 年版，第 124—125 页。

第五章 张弦、鲁彦周：身份认同与历史记忆

> 然而，她没有悲伤，没有怨恨，没有愤慨。她的文化有限，但胸襟开阔。她懂得她的遭遇并非由某一个人，某一种偶然的原因所造成，也并非她一个人所独有。她没有能力对摧残她的那些岁月作出科学的评价，但她确信历史的长河不会倒流。当明丽的阳光已照在窗前的时候，人们不总是带着宽慰的微笑，去回忆昨夜的噩梦，并随即挥一挥手，力图把它忘却得越干净越好吗？①

何言宏认为，从叙事者的叙事立场看，小说对秦慕平和方丽茹都极为肯定。他进一步解释说，这是因为方丽茹们带有个人色彩的历史记忆，在"新时期"之初的历史语境下绝难被允许，因此只有"老部长"们的历史记忆，才有充分的合法性；而且正是在这种权威性的记忆基础之上，才能建立起新的、正当而稳定的社会秩序。何言宏最终的结论是："作为一个沉沦于底层的'右派作家'，其所伸张与维护的，却是秦慕平们的记忆权利，而与其具有同样命运的方丽茹们的记忆权利，却未得到他的应有关怀，这与'新时期'之初的'右派作家'群体对于'革命'与'人民'的身份认同以及知识分子意识的不甚自觉，有着极大的内在关联。"

何言宏的立论虽嫌峻急，但有细致的文本分析作为支撑，不是信口言之。笔者也理解他看待问题的立场，其实就像索尔仁尼琴在《古拉格群岛》中所写的："我国历史的意外转折使得关于这个群岛的一点微不足道的情况公之于世。但就是那些拧紧过我们手铐的手，现在却有意和解地摊开手掌说：'别这样嘛！……不要翻旧账了吧！……提旧事者各失一目！'然而这条谚语的下句却是：'忘旧事者失双目！'"② 何言宏在文章标题使用了鲁迅式的词语"忘却"，质疑的焦点正是这个谚语的下半句。但问题在于，张弦主观或客观的创作"意图"，是否确如何言宏所描述的那样？即使确实

---

① 本章中《记忆》的小说文本，均引自张弦小说集《挣不断的红丝线》（人民文学出版社1983年版），下不出注。

② ［俄］亚历山大·索尔仁尼琴：《古拉格群岛》（上），田大畏、陈汉章译，田大畏校，群众出版社2006年版，第2页。

如此,那么问题究竟在于所谓"右派作家"群体,还是在于"右派作家"所置身的历史情境?笔者的意思是,对待局势之中的"前辈"作家,或许投以更为复杂的目光,更能获得深刻的历史理解。与此同时,历史认知的构建、历史记忆与遗忘机制的运作,也都是极为庞杂的系统工程,在何言宏所援引的记忆理论之外,也有其他的阐释角度。如果有人要为张弦一辩,由外而内的历史语境因素,自然是首先能够想到的理由,正如岩佐昌暲所说:"对好不容易刚刚平反的张弦来说,《记忆》能否受文坛欢迎,是决定他今后文学生命的大事,他不能不考虑……批评被允许到什么程度……也就是说,我认为1978—1979年创作《记忆》时的张弦,是要谨慎到避开哪怕是万分之一的可能从政治方面找碴儿的事的。"① 但是除此之外,作家本人刻骨铭心的经历与小说情节之间的复杂关联,可能是另外一条隐秘的通道。也许我们可以变换一种提问的方式,如果摊开和解的手掌的,是那曾经戴过手铐的手,那么这样的"不翻旧账"应当如何理解?或者说,假如张弦就是方丽茹,那么他(她)是否有资格为过去的"创伤记忆"打上封条?

二 作家身世与人物命运的多重缠绕

张弦的生平资料不多,关于其从"戴帽"到"复出"二十余年经历的记述,目前仅见朱家信、张先云的《跋涉者的足迹——张弦记略》②,和三千字左右篇幅的《张弦自传》(作于1984年)③等文章。但是他的人生轨迹,也基本能够看得清楚。张弦1934年

---

① [日]岩佐昌暲:《关于张弦的短篇小说〈记忆〉》,载刘柏青、张连第、王鸿珠主编《日本学者中国文学研究译丛》(第六辑——新时期文学专辑),吉林教育出版社1993年版,第75页。

② 朱家信、张先云:《跋涉者的足迹——张弦记略》,《阜阳师范学院学报》(社会科学版)1984年第4期。该文是两位作者编辑《中国当代文学研究资料丛书·张弦研究专集》的副产品,但该书后来不知何故未能面世。

③ 该文原载《作家》1989年5月号,收入《张弦文集:小说卷》,解放军文艺出版社1999年版。本章中所引《张弦自传》,均依据该版本,下不出注。

农历五月十一生于上海,父亲是上海一家银行的营业主任,幼时家境虽不能和张贤亮相比,但也足够丰裕。张弦九岁丧父,此后长年与母亲①、姐姐、祖母一起生活在南京。②辗转读完中学之后,张弦于1951年考入华北工学院冶金专修科(后并入清华大学),两年后毕业分配到鞍钢当技术员。③这样一位"一五计划"三大工程的光荣的建设者,却难忘少年时的文学梦,在1955年秋天利用业余时间写出了电影剧本《大学毕业生》,投寄给北京的电影评论家钟惦棐,受到后者赏识。张弦此时恰好调到北京黑色冶金设计总院④工作,得以在钟惦棐的亲自指导下修改剧本,并根据钟的建议把原剧改题《锦绣年华》,发表在刚刚创刊的《中国电影》1956年11月号上。⑤处女作打响之后,张弦又在一年之内陆续发表三篇小说——《甲方代表》(《上海姑娘》)、《最后的杂志》、《羞怯的徒弟》。其中前两篇载《人民文学》,另一篇刊于《新观察》,都是"中央级"的刊物。⑥张弦是在1956年青年文学创作者会议结

---

① 据张弦自述,"母亲是浙江湖州南浔人,自幼丧父,在开丝行的伯父家长大,上过洋学堂。由她伯父作主嫁给了比她大三十岁、有三个子女的父亲续弦,但她对此似乎颇为满意,从无怨言"。参见《张弦自传》,《张弦文集:小说卷》,解放军文艺出版社1999年版,第417页。

② 据张弦后来的自述,"在这样的环境中长大的我,自然会更加懂得女性,理解她们的痛苦和愿望,这大概是我偏爱女性题材的重要原因"。参见张弦《与意大利学生的通信》,《张弦文集:小说卷》,解放军文艺出版社1999年版,第389页。

③ 技术员的形象多次出现在张弦的小说中,如剧本《锦绣年华》(《中国电影》1956年第2期)、《上海姑娘》(《人民文学》1956年第11期,发表时题为《甲方代表》)、《姐妹》(《雨花》1984年第8期)。

④ 北京黑色冶金设计总院现为中冶京诚工程技术有限公司。它的前身,是1951年7月16日成立的鞍山钢铁公司设计处,当时隶属鞍山钢铁公司。1953年7月改名鞍山钢铁公司黑色冶金设计公司,1955年1月改称冶金工业部黑色冶金设计院,归重工业部管,1956年6月迁往北京,改名冶金工业部黑色冶金设计总院,隶属于冶金工业部。

⑤ 张弦原名张新华,张弦的笔名也是钟惦棐起的。据前引《张弦自传》:"剧本付排前,他(指钟惦棐——引者注)问我用什么笔名。我原名张新华,我希望保留张姓,另取个单名。他说,'你从南京来,南京有个玄武湖,就用玄字,再加个弓旁,这样含义也深些。怎么样?'从此,张弦就成了我的笔名。"

⑥ 因此,在张弦1979年1月将《记忆》投寄给《人民文学》时,时任《人民文学》小说组组长的涂光群,特意在审稿意见中写道:"作者张弦,有些才华,为本刊的老作者。"参见黄发有《告别伤痕的仪式——对照审稿意见重读〈记忆〉》,《文艺争鸣》2016年第4期。

束之后冒出的新人，能够迅速占据如此之高的起点，可以说是一个不大不小的文坛"奇迹"。或许从"题材"的角度可以理解张弦的迅速崛起，他的教育背景和工作经验，恰好对应着当时极其稀缺的工业题材；他在 1950 年代写作的剧本、小说，表现的也都是工厂（或基建公司）的基层领导、技术人员和产业工人的生活。处女作《锦绣年华》，几乎可以说是工科大学生的《青春万岁》。[①]

值得注意的是，张弦在 1956 年春调到北京，他是和《组织部新来的青年人》《在桥梁工地上》《本报内部消息》《在悬崖上》的青年作者们，一同置身于"百花文学"的中心。虽然张弦的人事关系 1960 年代调至马鞍山市文化局，1980 年代又调回江苏作协，因而一般被视为江苏或安徽作家，但在"百花—反右"的时间节点上，他其实和王蒙、刘宾雁、刘绍棠、从维熙、邓友梅一样，应该被看作广泛意义上的"北京作家"。他当时创作的小说，也有着鲜明的"百花"和"北京"特色。《上海姑娘》的结构和情节设置，几乎是《拖拉机站站长和总农艺师》的翻版，女主人公白玫可以说是中国版的娜斯嘉、女性版的林震。张弦之所以被打成"右派"，也主要是因为创作了"干预生活"的"反党小说"《青春锈》（1980 年重新发表时改题《苦恼的青春》）。

据张弦自述，1957 年，他主动向单位党组织交出小说手稿《青春锈》，说其中反映了自己的小资产阶级思想，请求组织帮助提高认识，按当时流行的说法就是"向党交心"。[②] 几个月后，张弦被停职审查，戴上"右派"帽子，先在工厂监督劳动；1959 年春，随干部劳动锻炼队伍到湖南岳阳荣家湾公社劳动；一年后回京，在安定门

[①] 钟惦棐在与剧本配发的评论（署名蒲若是）中写道："《锦绣年华》接触到几种工作性质不同的青年人，同样他们都是学工业的，但毕业后有的做了设计员（唐文化和张雪），有的做了中等技术学校的教师（徐燕来），有的做了指挥现场的技术员（李昆），有的却在上层机关办公室（马娟娟）。"参见蒲若是《写青年人的和青年人写的——兼评〈锦绣年华〉》，《中国电影》1956 年第 S2 期。

[②] 这一点与王蒙的情况有相似处，可参照王蒙一章的讨论。张弦因《青春锈》手稿而被处分的详细情况，参见《小说以外的苦恼——写在〈苦恼的青春〉的前面》，原载《钟山》1980 年第 2 期，收入刘志权编《张弦研究资料》，人民文学出版社 2016 年版。

外的设计院附设农场,像《天云山传奇》中的罗群一样做起了赶马车的车把式;1961年10月"摘帽"后,他主动请求调到安徽马鞍山设计分院;1963年又调入马鞍山文化局做专业编剧。运动中他二度遭难,1968年进干校"接受斗批改",又"重新戴上右派帽子"。1972年干校解散后,被送到市郊慈湖公社林里大队交社员监督。如他日后总结的,"十年动乱的大部分日子我在安徽农村"①,农村成为张弦的"生活基地",《被爱情遗忘的角落》就来自他的亲身感受。② 1974年,张弦被召回原单位"落实政策",分配到电影院做收门票、"领座儿"、打扫卫生等杂务,一直到1978年4月。③ 县城电影院成了张弦另一块"生活基地",一些研究者认为,张弦由此深入基层和群众文艺的根柢,并从中获取了独特的观察视点。许子东曾将张弦与古华、叶蔚林相提并论,认为曾在"文化馆或地方剧团工作过"的他们,"比较擅长满足民众对'文革'的想象与趣味"。④ 石岸书则从群文系统的角度指出,张弦小说"对现实变动的敏感、现实主义叙事的扎实,都可以从作者的群文工作者的身份重新理解"⑤。

---

① 张弦:《感受和探索——〈被爱情遗忘的角落〉创作回顾》,载刘志权编《张弦研究资料》,人民文学出版社2016年版,第299页。

② 张弦在《惨淡经营——谈我的两个短篇的创作》中说:"至于恋爱的事,在我所在的农村,还没有听说过。"(刘志权编《张弦研究资料》,人民文学出版社2016年版,第284页)在这篇文章中,还有一些类乎高晓声《系心带》的叙述,如"渐渐地老乡们了解我,把我当作自己人了。从写信、打借条以至入党申请书都来找我"。

③ 1977年秋,张弦就写出电影剧本《心在跳动》(拍成电影后改题《苦难的心》)。1978年6月,长春电影制片厂来信邀请张弦去修改剧本,这是张弦恢复创作的标志。1979年1月,张弦正式平反。请受政治运动波及的作家去修改剧本,是当时的普遍现象,也成为作家归来的踏板。如王蒙在《自传(第二部)》中所写:"那时候的各电影厂都在拉着一批作家改本子,作家们藉此也探亲访友一番,算是文艺复活、作家复生的一景。"除张弦外,还有陆文夫(北影厂)、鲁彦周(北影厂)、从维熙(西影厂)等。详见鲁彦周一节的分析。

④ 许子东:《重读"文革"》,人民文学出版社2011年版,导论第6页。除了《记忆》中胶片翻倒的情节,《污点》《被爱情遗忘的角落》中也有与电影院工作经验直接相关的桥段。在《污点》中,女主人季桂贞因为无法忍受关于其私生活的流言,只好带着私生子从省城迁到三百里外的H县定居。小说写道:"不久,(她)就被介绍到县剧场工作。当她第一次拿起扫帚在观众厅打扫时,她的心情轻松起来。……新的生活从此开始了。"

⑤ 石岸书:《重返开端:新时期文学的"群众性"(1977—1984)》,台北:人间出版社2023年版,第231页。

不过，具体到拥有丰富人生阅历和"北京作家"前史的张弦来说，这段地方文化馆时期，究竟在多大程度上改变或拓展了他的精神结构，还需要开掘更多生活史材料作为佐证。

从表面上看，《记忆》中的方丽茹与张弦本人的身世经历关系不大。张弦也在一篇创作谈中介绍过方丽茹的原型：

> 《记忆》是我辍笔二十一年后的第一篇小说。故事是虚构的。方丽茹这个人物生活里有个原型，是个放映员。年轻时挺漂亮，队长追求她，她不干，找领导吵着要调动。不料领导反批评她不安心工作，她一气之下喝汽油自杀未遂。结果被开除回了原籍。"四人帮"粉碎后，她回原单位要求复查。正好我也在为自己落实政策的事奔忙，在公共汽车上相遇了。她变得我认不出了，穿着破棉袄，完全像个农村大嫂。思想感情也朴实多了。见了我，并没诉自己的苦，而是关切地问我的处境，又问到其他几个受迫害的同志和领导，感慨地说我们的遭遇比她更不公平，更应该尽早解决。其实她带着两个孩子在农村，靠工分度日，生活的困难是可想而知的。这次见面我印象很深，我想到生活中有两种人：一种人把自己看得很卑微，把自己的苦难看得平常；而对别人的遭遇却有深切的同情，对别人的过错也很容易谅解。这是我们人民的淳朴善良的品质。……①

或许是受这篇创作谈的影响，以往对于《记忆》的研究，都在方丽茹与张弦之间画出了一道明确的分界线。又因为《记忆》是从"老部长"秦慕平的视点展开，方丽茹的形象是由秦慕平的观察和回忆拼接而成，小说最终又在秦的"观后感"中收场，因此研究者倾向于将张弦与秦慕平联系起来，认为秦慕平表达的姿态，就是张弦在方丽茹们牵连出的历史问题上的立场。而实际的情况可能要

---

① 张弦：《惨淡经营——谈我的两个短篇的创作》，载刘志权编《张弦研究资料》，人民文学出版社2016年版，第282—283页。

第五章　张弦、鲁彦周：身份认同与历史记忆

复杂很多，张弦从1950年代开始，就习惯于采取"女性化自我"的视点，与笔下的女主人公认同，也可以说是"通过女主人公实现自我的客体化"①。方丽茹的情况正是这个意义上的女主人公。在她的身上，如线团一般一圈圈地缠绕着张弦的"个人记忆"。

第一，张弦在"反右"中闯下的"笔祸"与方丽茹在"四清"中的"过失"有着某种相似性。尽管我们无从了解当时批判《青春锈》的具体细节（据说将张弦打成"右派"的四宗罪都是从这部小说中生发出来的）②，但是以笔者的阅读感觉，给张弦造成最大麻烦的，应该是下面的这个片段：

> 联欢晚会开始了。小许前几天去矿山了，今天才赶到，晚会的筹备工作，大部分是郭进春搞的。现在进春略略松了一口气，站在大门口，向台上远远望去，觉得合唱队还令人满意。但看看天幕上挂着大幅领袖像，又有点抱怨起李兰来。为什么她偏坚持这个主张呢？
>
> 供应处和设计处在业务上联系很多，工作中就不免有些扯皮现象。所以当团支部提出想搞一个联欢会时，双方领导都很支持，都希望通过这些活动，关系能融洽一些。郭进春本以为，联欢会是很简单的，找几个活跃的人一商量，组织几个文艺节目就可以开起来。但李兰却要他做计划，向党支部汇报。他觉得联欢会应该以节目、舞会为主，主要是让大家愉快地在一起玩玩。但李兰却认为应该以讲话为主，节目、跳舞不过是余兴而已。所以她坚持要挂领袖像。现在这倒好，双方的领导讲话的时间加起来也不到半小时，整个晚会还是跳跳唱唱，领袖像就与这种气氛不太协调了。

---

① ［俄］M·巴赫金：《审美活动中的作者和主人公》，《巴赫金文论选》，佟景韩译，中国社会科学出版社1996年版，第372页。关于张弦小说中"女性化自我"的探讨，参见拙作《缘何男子作闺音——张弦小说的位置与意义》，《文艺争鸣》2021年第10期。

② 参见朱家信、张先云《跋涉者的足迹——张弦记略》，《阜阳师范学院学报》（社会科学版）1984年第4期。

"李兰，你看！"他在和李兰跳舞的时候说，"还是我说的对吧！"

　　"那又有什么不好？"李兰仍不以为然地，"领袖像挂着还不是一样唱歌跳舞。我们的领袖是慈爱的，他看着我们玩，不也很高兴吗？而我们在领袖下边跳舞，不是更加感到生活的幸福吗？"

　　音乐停了，他看见小顾不管小许怎么留，也不愿意耽下去，最后，小许只得放下手风琴陪他一起走了。……

　　舞会结束得并不满意，最后几场就剩下冯蓓蓓他们几个了。……进春一直不大高兴，他弄不懂，李兰的主张听来总没有什么不对的地方，她的理由总只有比他更充分，但为什么按她的主张办起事来，却不成功，不受大家的欢迎呢？①

　　李兰后来被批评家称为"五十年代的谢惠敏"，她和郭进春本是一对恋人，但因思想观念的差别经常发生矛盾。小说最后以郭进春的胜利、李兰的改过自新而告终。上引段落中年轻人的讨论，和《记忆》中方丽茹、秦慕平所犯的"错误"，其实是一组"相似形"，在批判运动中也属于同等性质的行为。

　　第二，《记忆》相当反常地，将故事发生的年代设定为"四清运动"。这个有违常规的处理，曾经在《人民文学》编辑部内部引起激烈的争论，一度关系到小说是否需要修改，甚至能否录用的问题。②《人民文学》编辑部如此纠结于这一细节，的确不是小题大做，因为故事的时代背景，实际上关系到对于历史问题的不同认

---

　　① 《青春锈》创作于1957年，但在1950年代没有发表，只是作为内部批判材料。这篇小说后来改题《苦恼的青春》，发表于《钟山》1980年第2期，本节所引也是根据这个版本。但是，创作与发表的时间差，其实让这篇小说和白洋淀诗歌一样具有某种"地下"的性质，在1980年代发表时是否经过了编辑和作者本人的修改，如今已很难查考。因此文本内容的"真实性"，并不完全可靠，这里只能根据发表版本，姑妄言之。

　　② 详情参见黄发有《告别伤痕的仪式——对照审稿意见重读〈记忆〉》，《文艺争鸣》2016年第4期。黄发有同时指出，"通过对刊发出来的作品和审稿意见的对照，我们不难发现，张弦基本没有按照编辑的意见进行修改，总体上保持了稿件的原貌"。张弦未作修改、《人民文学》并未深究的原因，现在不得而知。

知。从小说内部的人物设置和情节逻辑上说,张弦坚持以"四清运动"作为背景,是为了将"好干部"和"坏干部"区别开来。小说中有一个与老部长秦慕平对位的反面人物,就是在"整"方丽茹的问题上同样负有直接责任的副局长黄喜强。但他到了"新时期",还一直反对为方丽茹平反,理由是该案"不是'四人帮'搞的""要保卫四清运动成果"。如果跳出文本来看,张弦与仅在"文化大革命"中受到冲击的作家不同,他在心理上很难将自己的遭遇完全归结于"四人帮"。而且,张弦写作《记忆》之时还未获"改正","反右运动"也还没有被官方的决议所否定;要保卫"反右运动"成果的声音,在当时也为一部分人所坚持。因此,张弦在小说时代背景上的处理,应该也有以"四清"喻指"反右"之意,寄寓了自己的身世之感。

第三,张弦对于秦慕平的认同,可能不只在于"千万不要忘记"的堂皇叙事,也有另外一种类型的私人记忆。秦慕平对方丽茹难以出口的歉疚,张弦感同身受。《张弦自传》中记叙了这样一段往事:

> (1957年——引者注)反右斗争轰轰烈烈地开展起来。九月间,《人民日报》突然披露了"电影界大右派"钟惦棐的"罪行"。我大惊失色,不知所措。接着,文化部"整风领导小组"找我谈话,要我揭发,并确定我在批判大会上公开发言。我这个从未经历过政治风浪的23岁的青年,顿时陷入了极大的矛盾和痛苦之中。在我的面前,一边是党,一边是钟惦棐;党当然是正确的,可是钟惦棐又错在哪里呢?我怎么能揭发他,又揭发他什么呢?那几天,我第一次懂得了什么叫痛苦的煎熬。终于,我按照"领导小组"的意见写了批判稿,在批判钟惦棐的大会上念了。这件事,我一直深深感到歉疚。二十一年后我与惦棐同志重逢,他热情、坦荡如故,谈笑风生,绝口不提这段往事。也许他完全忘了,我也至今没有对他说过一句道歉的话。说什么呢?即便说上千万句,又能消除我心中

长久而深重的负疚之情么?

引文至此,已不需要作出更多解释。历史暴力的受害者,可能也曾是暴力的同谋,是某种程度的加害者,这其实是张弦带有个人色彩的历史反思,或许也是他的"检讨"。前文在讨论王蒙的《布礼》、张贤亮的《霜重色愈浓》,以及高晓声对"探求者"同人的态度时,都已涉及与"归来者"相关的伦理难题,即如何看待历史运动中具体的"加害者"?时过境迁之后,受害者又该如何对待那些加害者?王蒙、张贤亮的小说虽然都牵涉和解的话题,但是只有张弦的《记忆》,直接、明确地提出了谅解——一种"忘却式"的和解方式,并也因此受到种种批评。但正如以上所分析的,在"归来者"中,张弦是罕有的(甚至是仅有的),在自述文章中坦承自己不只是受害者,同时也曾是加害者的写作者,《记忆》与自述恰好形成了某种同构性关系,可以互文见义。这样来看,《记忆》实际是从"加害者"与"受害者"的双重角度,触及了具体人事层面的历史和解问题。它也让我们意识到,和解的难题,不仅有"受害者→加害者"的向度,也应包括"加害者→受害者"的层面:时过境迁之后,加害者又应如何对待受害者,如何处理内心的不安?如果这位加害者,如秦慕平和《张弦自传》中的作家自己那样,仍然带有真诚的歉意,他又可以做些什么呢?道歉吗?道歉能够消除受害者的苦难吗,能够消除加害者的愧疚吗?如果愧疚能够消除,这种歉意还是真诚、深刻的吗?在这个层面,《记忆》与张弦同时期的《挣不断的红丝线》《银杏树》《回黄转绿》《污点》等触及社会议题的小说一样,提出了问题,却没有按照当时的写作成规,给出斩钉截铁的回答,提供封闭、圆满的结局。

以上,我们从张弦个人经历的内部,清理出了三条可以称为"创作动机"的因素,但在写作《记忆》之时的作家那里,它们或许只是一团纠缠不清的情绪。或许确如洪子诚所言,"'历史'是可以被处理为条分缕析、一目了然的。但是,实际的情形,特别是在不同的人那里留下的情感上、心理上的那一切,却是怎么也说不清楚的；对一代人和一个相当长时期的社会心理状况产生的影响，也是难以估量的"①。我将《记忆》与张弦的个人经历相互比照，不是要证明《记忆》是一篇自叙传小说，它也确实不是严格意义的自叙传小说；但是，《记忆》中的人物命运，与作家身世之间多线索的缠绕，却可以构成我们重读《记忆》，重新理解它所提出的问题的提示。《记忆》的例子再一次证明，作家的传记性材料可以帮助我们理解作品，帮助我们把握作家隐秘的动机和内心的冲突。以上的解读方式也许未必更好，或更符合作者本意，但至少在既往对《记忆》及其作者的认识之外，提供了另一种理解的角度。

三 "绝不说起，永不忘记！"

方丽茹处理创伤记忆的方式，1990年代以后的中国研究者一般都持否定的态度。在何言宏之外，许子东、黄发有都曾质疑过方丽茹的"忘却"。黄发有认为，方丽茹的策略是豁达和乐观，甚至是一种逃避。这种态度被作者赋予了一种特殊的伦理内涵，从而转化为忍辱负重、以德报怨的崇高品格。但就关注忘却、责任、忏悔和宽恕的"记忆的伦理"而言，当事人必须发挥见证者的作用。他援引以色列学者玛格利特（Avishai Margalit）的研究，指出"每个经历过过去沉重的灾难的人都应当担负记忆的责任，而遗忘是一种不应被忽略的道德上的过失"②。

不过，对于方丽茹"带着宽慰的微笑，去回忆昨夜的噩梦，并随即挥一挥手，力图把它忘却得越干净越好"的姿态，也不是没有另外的理解方式。或许是因为可以和沉痛历史保持一定距离，

---

① 洪子诚：《1956：百花时代》，北京大学出版社2010年版，"简短的前言"第9页。

② 黄发有：《告别伤痕的仪式——对照审稿意见重读〈记忆〉》，《文艺争鸣》2016年第4期。黄发有总体的意思是，《记忆》"正好表现了理性记忆替代、覆盖感性记忆的过程。另一方面，通过对过去的仪式化总结和反省，个人记忆被删繁就简，经过抽象化的过程，被整合到群体记忆之中。在不同记忆主体求同存异的交流与对话中，在记忆的传播过程中，在意识形态的介入下，集体记忆不断地被修正"。

在日本学者岩佐昌暲看来,《记忆》提出并尝试解答的,是"体验了反常的过去、回归到平常的现在的人,应如何生活"①的问题。这样,岩佐就把一个封闭性的道德问题(答案只能是对或错),转化为敞开的人生问题。

在笔者看来,在对方丽茹这一形象作出道德判断之前,有必要对她的"遗忘"行为作更细致的界定。阿莱达·阿斯曼在《回忆空间》中提出,应该把"失忆"(即无形的遗忘)和"赦免"(即自愿的遗忘)严格地区分开来:"失忆是一种无形的、无意识和没有了结的遗忘;赦免与之相反,是一种自愿的遗忘,一种自我确定和话语限制的形式,把某些内容从社会的循环中驱逐出去。通过赦免,罪责和报复之间毁坏性的联系被打断了;赦免是一个新的和平时期最重要的前提条件。"②她还提到,尼科尔·劳洛在《城邦中的遗忘》中描述了雅典城邦中的一项法律,按照这项法律,一个人如果在一个有法律效力的和解之后仍然旧事重提,就会受到惩罚。但是有一个前提,将"遗忘"视为"赦免"的共识,必须,也只能限定在他的"城邦"——颁布法律并保证效力的想象的共同体中。③

方丽茹的行为本身,包含着从正反两面进行阐释的潜力。徐贲在《五十年后的"反右"记忆》中提出,"历史事件是一种本身没有本质意义的过去发生,灾难的'邪恶'是一种由阐释者共同体

---

① [日]岩佐昌暲:《关于张弦的短篇小说〈记忆〉》,载刘柏青、张边第、王鸿珠主编《日本学者中国文学研究译丛》(第六辑——新时期文学专辑),吉林教育出版社1993年版,第75—76页。经过岩佐的解读,我们似乎可以由《记忆》联想到《晚霞消失的时候》(后简称《晚霞》)的结尾,尽管《记忆》完全没有《晚霞》的宗教感与哲学意味。在《晚霞》的最后,在获得南珊的原谅后,李淮平方才恍然大悟:原来"她并不需要任何抱歉和悔恨的表示";他继而决定听从南珊的劝告:"把一切都忘掉吧……往事已经过去,从今天开始,我们的视野应该转向更广阔的未来。"

② [德]阿莱达·阿斯曼:《回忆空间:文化记忆的形式和变迁》,潘璐译,北京大学出版社2016年版,第72页。

③ 在此也可以对秦慕平的姓名作一个"训诂学"分析。慕,即企慕;平,即承平;秦,可以视为中国的提喻。秦慕平,字面意思连起来即是对国泰民安的盼望。而方丽茹的"遗忘",最终与秦慕平的愿望汇合。从张弦的创作谈来看,无论方丽茹(或其具体的原型)是"失忆"还是"赦免",作者都愿意从她身上读出"自愿的遗忘"的一面,并且相信这是一种美好的品质。

第五章 张弦、鲁彦周：身份认同与历史记忆

所构建的意义。不同的阐释者群体出于不同的动机和需要，可能对同一历史事件作出不同的阐释，构建出不同的事件意义"①。其实不单是历史事件，具体的人物、行为的意义，也必须经由阐释群体的构建才能产生。毫无疑问，1979年的张弦是将方丽茹作为绝对的正面人物来塑造，方丽茹的"善良"②，在当时并未引起任何异议；《记忆》发表后受到一致赞扬，并获得1979年全国优秀短篇小说奖。也许可以这样提问，方丽茹这个人物形象，是如何从一个道德模范，转化成"道德过失"的承担者的？显然，这样的转变不是发生在文本内部，而只能在它被构建的意义，也就是发生在包括接受者和阐释者在内的社会语境之中。

或许可以把《记忆》中的记忆问题划分为三个不同的层面，分别对应于政策导向（秦慕平）、普通民众（方丽茹）和"归来作家"（张弦）三种文化身份。第一个层面可以称作"记忆的政治"，它在"新时期"初期的历史语境下，表现为以政令形式规定和引导的"大和解"。"不争论""团结一致向前看"等表述的核心，是将党和国家的工作重心转移到经济建设上来，集体记忆的构建自然也要配合"现代化"的总任务。第二个层面的普通民众，这里主要指政治运动的直接受害者（也是幸存者）。他们在当时社会生活中所面临的，是在新的历史时期如何生活的现实问题，而告别过去的创伤则是题中应有之义，并最终汇入1980年代初期人生观讨论的时代洪流。他们在个人层面如何处置创伤性记忆，相对而言并不重要。也就是说，即使在今天，受到质疑的也不是现实生活中的方丽茹（假如确有其人的话），而是经过作家塑造而被投放到"小说"这一公共空间中的方丽茹。因此，最终的核心问题，还是指向作家主体的层面。

---

① 徐贲：《五十年后的"反右"创伤记忆》，《当代中国研究》2007年第3期。
② 王蒙在1982年就以"善良者的命运"为题，为张弦的小说集《挣不断的红丝线》作序，并在文中特意称赞了张弦描写的方丽茹："多么好的人民，多么好的心灵，多么好的善良者之歌！"参见张弦《挣不断的红丝线》，人民文学出版社1983年版，序言第3页。

问题的复杂性在于,"归来作家"既是受害者和幸存者,也是官方主导的记忆构建的主要承担者,或许还如张弦承认的那样,也曾是某种程度的加害者。笔者同意黄平的观点,"新时期"文学在展示伤痕的同时,也承担着愈合伤痕、谋求和解的文化政治功能。在这个意义上,《记忆》与卢新华的《伤痕》(母女之间)、张贤亮的《灵与肉》(父子之间)、陆文夫的《献身》(夫妻之间)、蒋子龙的《乔厂长上任记》(同事之间)、王润滋的《内当家》(阶级之间)等小说处于同一谱系,它们从不同角度触及了"大和解"的主题。① 而作为受害者,张弦通过他笔下的方丽茹选择了"赦免"。但如果说《记忆》的主旨是提倡"遗忘",张弦应该不会同意。法国复仇主义者在1871年德国强占阿尔萨斯—洛林之后提出的口号——"绝不说起,永不忘记!"② 应该更接近张弦所提倡并躬行的原则,而且这一原则也被多数(不是全部)"归来作家"共享。例如,在王蒙和雷达的著名访问记《春光唱彻方无憾》里,当被问起如何看待二十年前的《组织部》公案时,王蒙"爽朗地笑了,随即满怀感慨地说:'我不想翻历史老账了……'"③ 又如本章开头所引的邵燕祥同题诗歌《记忆》表达的,记忆不一定可见,但是并没有消失,而是像融入血和汗里的盐一样,转化为催人奋进的力量。而这种姿态本身的历史正当性(也许不只是"历史"的正当性)——"通过赦免,罪责和报复之间毁坏性的联系被打断了;赦免是一个新的和平时期最重要的前提条件",也不能仅仅因为符合主流意识形态的需要而简单否定。

对于作家而言,"绝不说起,永不忘记"还可以指向另外一个创作的维度,即走出伤痕的自觉意识。更具体地说,是作为亲历者的作家,以一种较有距离的方式处理负载创伤记忆的自传性材料。

---

① 黄平:《"共同美"、大和解与新差别——再论新时期文学的起源》,《文艺研究》2016年第12期。

② 参见〔德〕阿莱达·阿斯曼《回忆空间:文化记忆的形式和变迁》,潘璐译,北京大学出版社2016年版,第72页。

③ 雷达:《"春光唱彻方无憾"——访作家王蒙》,《文艺报》1979年第4期。

在《记忆》之后,张弦集中创作以"恋爱—婚姻—家庭"为圆心的社会问题小说,写出了《被爱情遗忘的角落》《挣不断的红丝线》《未亡人》等社会化程度很高,而与个人经历关系疏离的作品。① 因此文学史家在评价张弦时说:"他力避80年代文学'自叙传'的写作陈套和浪漫情绪的无限扩张,采用了平实、节制和冷静的叙述方式,使作品在含蓄中见出深厚。"② 而这种超越"自叙传"的写作范式,其实也是幸存者文学的组成部分。因为归根结底,作为话语限制和自我约束的"赦免",其实同"讲述"行为一样,是幸存者才有资格选择的言说形式。

第二节 "叔叔"们的故事
——鲁彦周《天云山传奇》本事考论

> 献给一个人,
> 献给一群人,
> 献给支撑着的,
> 献给倒下了的;
> 我们歌,
> 我们哭,
> 我们"春秋"我们的贤者。
> 天快亮,
> 我们颂赞我们的英雄。
> 已经走了一大段路了,
> 疲惫了的圣·克里斯托夫
> 回头来望了一眼背上的孩子,

---

① 张弦本人的感情经历,参见徐兆淮《才情相济正当时 情海沉浮已茫然——忆才子型作家张弦》,《编余琐忆:我的编辑之路》,中国书籍出版社2016年版;张守仁《一个遗憾的弥补——〈张弦文集〉编后记》,载《张弦文集:小说卷》,解放军文艺出版社1999年版。

② 孟繁华、程光炜:《中国当代文学发展史(第二版)》,中国人民大学出版社2009年版,第207页。

> 啊，你这累人的
> 快要到来的明天！
>
> ——夏衍《〈戏剧春秋〉献词》

《天云山传奇》完稿于1979年4月，初刊《清明》创刊号（1979年第1期，7月出版）。这篇小说发表后颇受好评，荣获1981年中国作协举办的首届中篇小说奖一等奖。1980年，由鲁彦周亲自编剧，谢晋担任导演的同名电影在全国公映，引起更为强烈的社会反响，并获得首届中国电影金鸡奖最佳故事片、最佳导演两项大奖。但在作品的"政治倾向"上，也招致不少非议。《文艺报》为此特辟专栏，从1982年第4期至第8期连续5期组织集中讨论，其间共收到来稿180多件。不过，在中宣部及文艺界领导的支持下，讨论最终以"贯彻三中全会精神，是一部好影片"的结论收场。

2007年11月，在鲁彦周逝世一周年之际，《安徽文学》刊发王安忆的纪念文章《我们和"叔叔"之间》①。在文学世代的层面，王安忆用两个小说中的人物，为她与鲁彦周之间的代际关系作了形象定位："我曾经写过一个中篇小说，叫作《叔叔的故事》，

---

① 该文原载《安徽文学》2007年第11期，收入鲁彦周研究会编《怀念鲁彦周》，上海文艺出版社2008年版。王安忆所说的"叔叔"一代，在年龄上相当于她的"父兄"一辈，"年长的可做我们的父亲，年幼的可做我们的兄长"（《叔叔的故事》）。在文学代际上，"叔叔"对应的是文学史中的"归来"或称"复出"作家。在这篇纪念鲁彦周的文章中，被王安忆提及的"叔叔"，还有陆文夫和高晓声。"就是这一日，酒酣饭饱之际，老师（指陆文夫——引者注）忽以商量的神情对了我，他说：'这样好不好？你们写你们的，我们写我们的，各人写各人的。'这句话大有意思，很像鏖战时的停火协议，可见我们的张牙舞爪，'叔叔'们于无声处尽收眼底。这就好比武侠之间的过招，高手总是以静待动，以不变应万变，以玉帛对干戈。'叔叔'们是不可小视的。""在我母亲去世的时候，高晓声老师给我写了一封信，短短数行，吩咐我在母亲灵前替他点三炷香，有一股哀绝从字里行间冉冉升起。我们这些人，我是说'叔叔'们，在欢颜之后总是藏着一层哀惋之色。在这个清明的年代里，生活宽裕很多，医学进步，人均寿命大大延长，他们本可以更加健康，然而他们的寿都不顶长。"王安忆的中篇小说《叔叔的故事》在《收获》1990年第6期发表后，有许多圈内人士指出，主人公的形象是以张贤亮为蓝本的。据王安忆在《自强悍的前辈而下》中回忆，张贤亮本人曾就此事，在一次评奖活动中当面诘问过她：他"走到我们这堆人里，对我说：据说你的《叔叔的故事》里的'叔叔'是我，那么我就告诉你，我可不像'叔叔'那么软弱，你还不知道我的厉害！"对于这一事件的引述及相关讨论，参见洪子诚《〈绿化树〉：前辈，强悍然而孱弱》，《文艺争鸣》2016年第7期。

鲁彦周老师,大约可算作'叔叔'这一代人";"在这缅怀鲁彦周老师的时候,我又一次打开他的小说《天云山传奇》,我特别注意到'周瑜贞'这个人物。……她正是我们这一代人"。当代文学中的王安忆们,也确实曾如小说里的"周瑜贞"一样尖刻,"在我们,思想解放背景下成长起来的写作者,难免会苛刻地看待他们,认为他们扛着旧时代的枷锁,觉醒和批判的力度不够。于是,他们又面临着我们的逼迫。……总之是,我们还来不及继承他们,就来不及地背叛他们了"。

二十多年以后,早已不再"年轻气盛"的王安忆,开始反思曾经的"苛刻",以及这种集体性"苛刻"所付出的代价:"这就是'叔叔'们的处境。急骤变化的政治生活,不断挑战着他们有关正义的观念,他们付出的思想劳动,我们其实所知甚少",在他们"平静和煦的表面之下,究竟是什么样激荡的内心?我们太少注意'叔叔'们的内心了","在变化的当口,时间总是紧迫的,事物的运动不得不缩短了周期,表面看起来是飞速地进步,内里却付出了不成熟的代价"。如今看来,"我们却是踩在他们趟平的路径上",而没能如他们所愿完成"开启下一个时代的历史使命",因为"这时代又呈现出另外一种复杂性,这种复杂性也是从他们时代的复杂性里衍生和演变出来"。王安忆的意思是,在1980年代充满幻觉与躁动的社会氛围里,历史反思的工作还没真正展开便已草草收兵。与此相关的精神劳动,也没有得到应有的重视。如果脱开语境,从"叔叔"们的作品中挑出毛病绝非难事,但我们往往忽略了他们在反思与书写"这一代"故事之时的难度与复杂性,也因此过于简单地理解了他们。

鲁彦周不是"反右"运动的受难者,却是率先在作品中触及"反右"的作家之一。① 从原型本事的角度来说,鲁彦周只能算是《天云山传奇》的"间接当事人"。小说的故事情节来源于鲁彦周身边"朋友"们的遭遇,但又真实地寄寓了作者自己的身世之感。

---

① 本书的"归来作家"概念,采取的是以张光年1984年作协四代会报告为基础的、较为宽泛的定义,原因已在绪论中述及。而在洪子诚的《中国当代文学史(转下页)

其中的关节，诚如王安忆所言，鲁彦周"是'叔叔'一代里没有打成右派的那一类作家，但这并不意味他就可以幸运到豁免于那时代里所有的严厉性"。由此引出的问题是：在政治运动中处于风暴边缘的当事者，如何讲述历史的创伤记忆？他们的叙事冲动和历史认识又是从何而来？

一 一个"传奇"的本事

《天云山传奇》在结构设计上别具一格，它通过"三女性"的视角——宋薇的个人回忆、冯晴岚的申诉材料、周瑜贞的实地探访，引出主要人物罗群的遭遇。主要情节是：1957年，年轻有为的天云山区考察队政委罗群，因为坚持己见而被打成右派分子。恋人宋薇与罗群断绝关系，后经撮合嫁给了青云直上的地委书记吴遥。宋薇的同学冯晴岚，却在罗群危难之时嫁给了他，并因此屈就，留在天云山区做小学老师。罗群则当起了车把式，白日靠赶马车为生，业余时间坚持大量阅读和哲学思考，并写下了总题为《过去、现在和未来》的多部著述。粉碎"四人帮"后，也在"文化大革命"中受到冲击的吴遥官复原职，宋薇也担任了地委组织部副部长，与吴遥一起负责清查冤假错案。在处理罗群的案件时，二人发生激烈冲突而最终决裂。最后，罗群冤案平反，冯晴岚却因操劳过度含笑去世。

《天云山传奇》的故事情节，有许多真实可考的"本事"作为根据，其中的主要人物也多有原型。小说发表后，更有许多读者积

（接上页）（修订版）》中，"归来作家"被严格地限定为50年代罹难的"右派作家"："一个容易产生的错觉是，'文革'中大多数作家都是激进文化路线的受害者，因而也都存在'复出'与'归来'的事实。其实差别不难觉察。与仅在'文革'中受到冲击，认为自己是'非正常'历史境遇的蒙冤者不同，50年代起就被'放逐'的作家，在相当时间里有一种'弃民'的身份意识。"〔洪子诚：《中国当代文学史（修订版）》，北京大学出版社2007年版，第193—194页〕如果根据这一定义，鲁彦周就被排除在外。而鲁彦周之于"归来作家"若即若离的关系，正是笔者对其进行专节讨论的一个重要原因。

极地给每个人物"对号入座",甚至来信说罗群的事迹就是自己的经历。

比如,关于吴遥这一形象,鲁彦周解释说,"这种人不仅有,而且在我们的报刊上屡有报道"①。北京读者黄一宁甚至在来信中进一步点明,"七九年二月十七日《安徽日报》刊登的一条消息,是吴遥夺宋的原型"②。

对于冯晴岚,作者介绍说:

> 冯晴岚绝不是我凭空杜撰的人物,也不是我理想化的人物,她是深深扎根于我们祖国的生活土壤里的。我的不少朋友的爱人,她们身上就都具有冯晴岚的美德。我想到一个同志的妻子,她供养了失去公职被戴了右派帽子的丈夫,她负起沉重的生活担子,抗住了政治的、舆论的压力,终于使她的爱人获得了精神力量的支持,由一个一般干部变成一个学者。他们的情操是可贵的。我又想到我在大别山区里生活时碰到过的一位乡村女教师,她也同样以自己的力量支撑着她的爱人,她在一个大山脚下的茅草房里辛勤地教育着孩子。而她,本来也是可以而且完全有条件享受所谓物质文明的,可她完全自愿地放弃了那一切。③

罗群的形象同样来自现实:"当我思考我的罗群时,类似罗群的人,很自然地向我走来,他坚定地站在我的面前,似乎在说:'我就是你要描写的对象。'是的,这就是我要表现的人物。而这样的人物,有的是我的朋友,有的是和我有过交往,有的和我有过很亲密的关系,他们都是活生生的现实中的人物,他们有着和罗群同样的遭遇,也有着和罗群一样的坚强的精神。"④

---

① 鲁彦周:《〈天云山传奇〉写作的前前后后》,《江南》1981年第3期。
② 《关于影片〈天云山传奇〉的讨论来稿综述》,《文艺报》1982年第8期。
③ 鲁彦周:《〈天云山传奇〉写作的前前后后》,《江南》1981年第3期。
④ 鲁彦周:《〈天云山传奇〉写作的前前后后》,《江南》1981年第3期。

根据一份当时的采访资料,可以明确指出,安徽籍美学家郭因就是罗群的原型之一:

> 他首先想到的是曾和自己一起工作过的一个十分要好的朋友。一九五七年,把他错划成右派开除了公职,然而坎坷的生活道路并没有使他屈服。在逆境中,他搏击着、奋斗着;没有工作干,他就究研美学。在漫长的二十年时间中,他起早贪黑地阅读了大量古今中外的美学著作,并顽强地写了好几本美学著作,最后成为一个美学专家,现在是全国美学会的常务理事。①

但是,鲁彦周曾多次强调,《天云山传奇》不是局限于某一个具体原型的命运,而是根据许多人的经历综合而成:"我有许多朋友只是讲了些实话就被打成'右派',他们的经历和故事大大丰富了我的创作。"② 显然,鲁彦周是把罗群作为复数的"叔叔"来塑造,而在动态的创作过程之中,作者本人也逐渐与这个本来外在于他的群体融合。因此,与考辨人物原型是谁相比,更为重要的是理解作家与人物、作家与原型之间的关系。也就是说,是怎样的个人经历,使鲁彦周能够接触到现实中的罗群、冯晴岚们?又是怎样的命运关联,让鲁彦周可以将"他们的故事",转化为"我们的故事"?

---

① 荟苕:《他们产生在大别山的土壤上——鲁彦周谈〈天云山传奇〉的人物塑造》,《电影评介》1981 年第 6 期。按,中华全国美学学会成立于 1980 年,属国家一级学会,首任名誉会长为周扬,朱光潜任会长,王朝闻、蔡仪、李泽厚任副会长。首届常务理事会共有九人:朱光潜、王朝闻、蔡仪、李泽厚、齐一、马奇、杨辛、蒋孔阳、郭因。参见《中华全国美学学会常务理事会第二次会议纪要》,《国内哲学动态》1981 年第 1 期。郭因,1926 年生,安徽绩溪人,八十年代后出版有《艺廊思絮》《中国绘画美学史稿》等多部美学著作。郭因生于一个普通的农民家庭,自学成才。1957 年被划为右派分子,送农场劳动改造。在逆境中,妻子胡迪芸一直支撑着他的生命和事业。

② 许水涛:《鲁彦周与〈天云山传奇〉》,《江淮文史》2005 年第 5 期。

第五章　张弦、鲁彦周：身份认同与历史记忆

　　1928年，鲁彦周生于安徽巢县鲁集村一个普通的农民家庭。①鲁彦周与高晓声同岁，求学、阅读经历，以及早期的工作履历，甚至走上文学道路的方式，都和高晓声有颇多相似之处。鲁彦周八岁起在村里的祠堂读私塾，少年时期的阅读以史部和说部的杂书为主。抗战胜利后，鲁彦周又在采石矶刚直中学、贵池昭明国专断续学习了一年多。1948年在老家投身革命队伍，1949年在合肥皖北行署文教处工作，1952年，安徽省文联筹备委员会成立，鲁彦周调到文联机关刊物《安徽文艺》当编辑，并开始发表作品。1956年是鲁彦周的命运拐点。这一年春天，文化部举行全国话剧观摩会演，要求每个省至少排演一部剧目。鲁彦周编剧的独幕话剧《归来》代表安徽省参加，据说毛泽东和周恩来都观看了演出，并给予高度评价。在最后的评选中，《归来》与陈其通的《万水千山》和曹禺的《明朗的天》同获剧本创作一等奖，并获演出一等奖，鲁彦周一夜成名。同年，他与陈登科、严阵当选为华东作家协会理事。三人一时成为安徽文艺界的新星，风光无限。②

　　1957年，安徽省文联成为"反右"重灾区，"我们文联一共30多个人，有14个人被打成'右派'，其中有不少人是从小就参加革命的"③。鲁彦周、陈登科和严阵，此时都是省里的保护对象。据说周扬曾以"他是党培养起来的工农作家"④为由，替鲁彦周说

---

①　1949年后，鲁彦周的家庭成分先是贫农，后变为中农。鲁彦周父亲鲁邦裕是"高级文盲"，后来也识得一些字，到了勉强能读《三国演义》的程度。但他是村上的一个头面人物，有一定威信。母亲钱乃珍精明强干，鲁家日常生活都由她做主，"在很长时间内，我的母亲一直是我家的中心，我家能由贫农上升为中农，我的母亲起了很大的甚至可以说是决定性的作用"。参见鲁彦周《我的家世》《我的生活和创作》，《鲁彦周文集》第6卷，安徽文艺出版社2002年版；唐先田、温跃渊《鲁彦周评传》，安徽文艺出版社2016年版。

②　三人之中，同为农民出身的陈登科年纪最长（1919年生），成名也最早。1950年他将以涟水保卫战为背景的小说《活人塘》投稿到《说说唱唱》，受到编辑汪曾祺和主编赵树理的欣赏。小说发表后，《人民日报》头版头条报道了他的经历。严阵1952年与鲁彦周一起到淮北体验生活，后根据这段经历写下长诗《老张的手》，发表在《人民文学》1954年第1期上，受到文艺界关注。

③　许水涛：《鲁彦周与〈天云山传奇〉》，《江淮文史》2005年第5期。

④　参见唐先田、温跃渊《鲁彦周评传》，安徽文艺出版社2016年版，第63页。《鲁彦周评传》还介绍说，在"反右"运动中，"鲁彦周属于保护对象，陈登科在两可之间"。

了话。省委书记曾希圣也一直给予他们重点保护。在三年困难时期，"曾希圣特批文联的陈、鲁、严三人为'二类待遇'，每月供应两斤肉、两斤糖，还有黄豆、香烟、餐券，是很高规格的关照，比正厅级还高"①。三十多人中就有十四个"右派"，1957年的鲁彦周虽然从个人的灾祸中逃脱，却无法免除"知交半零落"的伤感和忧惧。据说，当时进驻省文联主持"反右"工作的省委书记处书记曾庆梅，甚至严厉警告鲁彦周，让他与旧友划清界限："谢竟成、耿龙祥马上就要划为右派了，是阶级敌人了，你怎么这样鼻子不通，划不清阶级界线？省里是保你的，你要自觉自爱！"②

1960年年底，为了响应作家"深入生活"的号召，鲁彦周到岳西大别山区挂职，在响肠公社当副书记。从1961年到1964年秋，他和家人都生活在岳西。这几年的工作经历，让他有机会接触到"吴遥"和"冯晴岚"式的人物："关于吴遥，我那时是县团级的待遇，到下面去的时候能接触一些领导，观察了很多，听到看到的不少"；"那个冯晴岚，就是我在岳西县担任公社书记时的一个经历。那时身体好啊，我背着包到处跑"。③"新时期"之初的小说写作，都严格乃至机械地遵循着"艺术源于生活，又高于生活"的现实主义成规，因此格外仰赖作家的生活阅历。《天云山传奇》的故事资源，大量源自鲁彦周这一时期的生活与交际。

1960年代政治运动开始后，势头比1957年更盛数倍，鲁彦周也在劫难逃，第一批被关入牛棚④，后来被下放到新马桥五七干校搞"斗批改"。与张贤亮在厄运中对《资本论》的阅读相似，鲁彦

---

① 参见唐先田、温跃渊《鲁彦周评传》，安徽文艺出版社2016年版，第76页。
② 参见唐先田、温跃渊《鲁彦周评传》，安徽文艺出版社2016年版，第63页。另见谢竟成《1957年的鲁彦周》，载鲁彦周研究会编《怀念鲁彦周》，上海文艺出版社2008年版。
③ 许水涛：《鲁彦周与〈天云山传奇〉》，《江淮文史》2005年第5期。
④ 据鲁彦周回忆说，"文化大革命"开始时，时任安徽省副省长的李凡夫本想保他和严阵，但李凡夫很快就自身难保。陈登科则在1967年9月被江青点名为"国民党特务"，关入监狱。参见唐先田、温跃渊《鲁彦周评传》，安徽文艺出版社2016年版，第89页。

周也是通过读书获取慰藉,以及理解现实的途径。彼时鲁彦周的思想和命运,逐渐与"罗群"的身影重叠交织。《天云山传奇》中有这样一个细节,周瑜贞来到冯晴岚家中,被罗群总题为《过去、现在和未来》的系列著作所震惊。有意味的是,其中每一分册的题目也被作家一一列出:《论天云山区的改造与建设》《读史笔记》《科技与中国》《农村调查》《论"四人帮"产生的背景及其教训》《天云山下随感录》。从罗群这些虚构的著作中,可以看到的大概不是别的所谓原型,而是鲁彦周本人的思想进路。

二 "外省作家"和"北京的思想"

与1973年调回新疆文化局创研室,实际上提前恢复文艺工作的王蒙相似,鲁彦周经历的也是一场"短文革"。1972年春节,安徽省文化局局长吴平为了把省里的文艺创作搞起来,在文联机构已被取消的情况下,组建了创作研究室,自己当主任,把鲁彦周从干校调来当副主任。"创研室麻雀虽小,五脏俱全,文学组、戏剧组、评论组、美术组都有了,也就是个小文联。鲁彦周知道,在当时那种情况下,创作上想出点什么名堂,几乎不可能,但让省里文艺界的许多人出来工作,是件大好事。……不但自己'解放'了,还'解放'了来创研室和自己一起工作的一些人。"① 被组织安排工作,意味着鲁彦周的"文革"提前结束了。但他作为作家的真正"复出",还要等到1976年之后。命运的机缘巧合,又让鲁彦周的"复出"进程,可以从地域性的角度划分为"外省"和"北京"两个阶段。

在晚年的一些散文中,鲁彦周明确将自己定位为"外省人"和"外省作家"。"外省人"既是他的自况,后来也成为他有意选取的发声位置:"我是外省人,对北京胡同的认识,当然不如老北京深刻,但我对它的眷念之情,以及它引发我的某些历史思考,可

---

① 唐先田、温跃渊:《鲁彦周评传》,安徽文艺出版社2016年版,第95页。

能是我这个外省人所特有的";"我现在是七十多岁的人了,我的精神却还不错,我还有一些在现今文坛上仍然很活跃比我成就大得多的朋友,他们对我都真诚地关心,使我这个很难得上北京的外省人,得到很大的心理安慰和鼓舞"。①《天云山传奇》的写作,却与"外省人在北京"的短暂经历有着密不可分的联系。

尽管鲁彦周在20世纪五六十年代也写了不少小说,但他当时的名声,主要还是作为一名戏剧作家与电影编剧获得的。除了成名作《归来》之外,鲁彦周还有五部电影剧本(包括和别人合作)正式投拍,另有已经准备投拍又被迫停拍的三部,"那时不像现在每年国家要拍上一两百部影片,那时一年只能拍七八部最多也不过是十几部影片,我写电影有这么高的投拍成功率是很少见的"②。因此,到了"新时期",鲁彦周也首先是以"金牌编剧"的身份重新执笔。他出山后的第一部作品,是与人合写的反映治淮工程中的反特斗争的电影剧本《巨澜》。

1978年春天,重新恢复电影界领导工作的夏衍③,感到急需一部推动农村改革的影片,遂提出"应该尽快写一部反映落实农村经济政策的电影剧本"的建议。所谓"中国的改革始于农村,农村的改革始于安徽"(邓小平语)当然是后话,但安徽一直是中国的农业大省,而身为农民作家的陈登科和鲁彦周既有多年基层生活,又有丰富的编剧经验。因此,北影的领导找到二人,希望他们与肖马、江深一起合作,写一部讽刺"四人帮"在农村倒行逆施的喜剧片,这就是电影《柳暗花明》的缘起。四位编剧接到任务后,便到夏衍位于朝内北小街的家中拜访,亲聆他对于剧本的建

---

① 参见鲁彦周《胡同幽思》《偶然的独白》,《鲁彦周文集》第6卷,安徽文艺出版社2002年版。

② 鲁彦周:《我的生活和创作》,《鲁彦周文集》第6卷,安徽文艺出版社2002年版,第373页。

③ 根据陈坚、陈奇佳《夏衍传》(中国戏剧出版社2015年版,第657页)记述:"1978年2月,在新召开的全国政协第五届委员会上,夏衍当选为政协常委。4月,经廖承志、李一氓等人的奔走,他出任对外友协副会长、党组副书记。一系列的人事安排,意味着周扬、夏衍所遭受的不白之冤已开始得到纠正。"

议。鲁彦周年轻时就见过夏衍,此时重逢却让他倍感悲凉。受尽折磨的夏公,已是一个干瘦的小老头,眼睛又近乎失明,完全没有了1950年代的潇洒风姿。但在谈话过程中,夏衍"没有一句说到他的受苦,他关心的是农民,他要听的是当前的农民的命运","他主要还是详细询问我们有关当前农民的状况,因为我们毕竟是在外省,几乎无时无地不接近农民和农村的现实,所以他问得特别仔细。问农民在'文革'中的遭遇,问农民的思想情况,他的热忱和对老百姓的真诚,给了我特别难忘的印象"。①

将近一年以后,《柳暗花明》摄制组成立,四位编剧又致函夏衍,汇报创作过程,征求他的进一步指导:

> 去年四月间,我们在听了你的"应该尽快写一部反映落实农村经济政策的电影剧本"建议后,回到安徽就向省委负责同志作了汇报,省委也非常重视,并且对我们作了许多具体指示,根据省委负责同志的指示,我们立即在五月间访问了淮北淮南十多个县,几十个公社、大队和生产队。……下去以后,我们很快被一种愤怒的心情控制住了,"四人帮"对农村的破坏,简直令人发指,农民弟兄饱含热泪的控诉,更使我们受到了极其深刻的教育,我们感到"喜"不起来了。于是,我们抛弃了原来的想法,决定还是搞一部正剧……②

---

① 鲁彦周:《夏公百年诞辰随想》,《鲁彦周文集》第6卷,安徽文艺出版社2002年版,第459页。
② 《夏衍同志与〈柳暗花明〉作者的通信》,《电影创作》1979年第9期。发表这篇通信时,《电影创作》在篇前有"编者按":"《柳暗花明》电影文学剧本,内容是揭批林彪、'四人帮'破坏农业生产的罪行和广大农民群众为落实农村经济政策而斗争的故事。由陈登科等四位同志合作编剧,郭维同志担任导演,目前正由北京电影制片厂拍摄中。这个剧本曾发表在《人民电影》1978年第10—11期。这里发表的创作通信,是陈登科等同志在剧本写作过程中和夏衍同志互相探讨创作问题的一部分。他们从选取题材,深入生活,直到执笔写作,都曾得到夏衍同志的关心和指导。从通信中,我们既可以具体地感受到文艺前辈对扶植作品所付出的心血和热情,又可以感受到新老作家之间对艺术切磋研讨的民主风气,能够从中得到很好的教益。"

由于《柳暗花明》由北京电影制片厂投拍，因此在 1978 年夏秋之际，鲁彦周来到北京，在位于蓟门桥的北影厂暂住，为影片剧本写作最后定稿。在鲁彦周的一生中，这半年左右的"北京时期"，只是一个短小的片段，但对于《天云山传奇》的最终成型，却是至关重要。其间，中央工作会议和十一届三中全会相继在北京召开，鲁彦周感受到强烈的思想解放气氛。

谈到小说的创作动机，鲁彦周将"最初的触动"，归因于十一届三中全会公报的发表。在他看来，对于三中全会精神，作家"应当无条件地赞颂"，"并在它的精神指导下，认真总结过去，展望未来"。① 而从另一角度说，在历史急剧变化的当口，与鲁彦周相似的"外省"② 作家，往往因为距离太远、消息闭塞，把握不准精神而反应迟钝，因此存在本书绪论中所说的"时间差"。《天云山传奇》却是"零时差"，它的故事是"外省的"，思想却是"北京的"，正是复出之路上的北京半年，使鲁彦周的"思想"找到了相对牢靠的根据。

实际上，鲁彦周习用的"外省"一词，不是中国语境的常用词汇。这个词通常出现在译介的法国小说和历史研究中，用来描述法国特有的中央与地方的关系形态："法国不同于欧洲其他国家，她有一个独一无二的首都，聚集起了全国的能量"，"在巴黎和外省，人们感受到的时间不是同一个节奏。在巴黎，时钟时断时续，甚至对时间的使用很专横。而在外省，时间漫不经心地流逝"。③ 巴黎的地位至高无上，根本性的原因是法国的中央集权和空间秩序。因此当巴尔扎克们笔下的年轻人到首都闯荡，他们的位移轨

---

① 鲁彦周：《〈天云山传奇〉写作的前前后后》，《江南》1981 年第 3 期。
② 程光炜在 2014 年的"当代小说国际工作坊"中曾谈到"外省"作家的现象："郜元宝在天津人民出版社出的《贾平凹研究资料》里就说，贾平凹是一个比较迟钝的作家，因为他生活在外省，那时候'新时期'文学的各种思潮都发生在北京，后来波及到上海，也就是说他跟'伤痕文学'那些总是慢半拍。他说他很自卑，一直没有找到自己的优势，所以他就只能去处理乡间的这样一个东西。我的意思就是说，陕西作家的一个特点，陕西作家一定要有北京的思想才能照亮他。"参见李陀、程光炜编《放宽小说的视野——当代小说国际工作坊》之"贾平凹的小说世界（下）"，北京大学出版社 2016 年版。
③ ［法］莫娜·奥祖夫：《小说鉴史：旧制度与大革命的百年战争》，周立红、焦静姝译，商务印书馆 2017 年版，第 364—365 页。

第五章　张弦、鲁彦周：身份认同与历史记忆

迹，实际不是在"巴黎—外省"的水平方向，而是在"中央—地方"的垂直模式中。托克维尔在《旧制度与大革命》中谈道，巴黎吞噬了外省，法国的"思想动力只来自中央"，人们在行动之前，必须看看巴黎在怎么做。①历史上的北京不同于历史上的巴黎，"新时期"的北京也不同于大革命的巴黎，但在历史转折的时刻，二者在时间和空间的结构秩序上，具有高度的相似性。《天云山传奇》中的"北京思想"，也应当放在这个维度考量。

除此之外，来自安徽省委的具体的支持，也是鲁彦周的"勇气"之源。1979年，安徽作协恢复运转，陈登科担任主席，鲁彦周任副主席。新官上任，作协的第一把火就是在《安徽文艺》（后更名为《安徽文学》）之外，筹办新的文学刊物《清明》，陈登科、鲁彦周分别担任主编和副主编。《清明》创刊号定于1979年7月出版，草创阶段约稿不易，几位编委就约好每人拿出一篇分量较重的稿子，陈登科拿出了他和肖马合写的长篇小说《破壁记》的前半部分，白桦交出了诗歌《情思》，赖少其写下散文《悼念冯雪峰》。鲁彦周则曾明确讲过，《天云山传奇》就是为《清明》创刊号写的。而在《清明》创刊背后的支持力量，确如陈登科在北京举行的《清明》编辑部座谈会上所言，"《清明》这个刊物是在安徽省委的关怀与重视下筹备起来的，尤其是万里和守一同志对我们的鼓励和支持，我们才有勇气办出这样的刊物"②。座谈会上诗人

---

①　[法]托克维尔：《旧制度与大革命》，冯棠译，商务印书馆1992年版，第115页。托克维尔还写道："在每座城市，阿瑟·扬都询问居民们打算做什么。'回答到处都一样，'他说道，'我们只不过是一个外省城市；必须看看巴黎是怎么干的。'他进一步说道：'这些人甚至不敢有主见，除非他们已经知道巴黎在想些什么。'"

②　《本刊编辑部在京召开座谈会》，《清明》1979年第2期。该文前附"编者按"中写道："《清明》创刊以后，受到了各方面的注意、支持和关怀。为了办好刊物、繁荣创作，九月三日，本刊编辑部在北京召开了座谈会，邀请了文艺界部分同志举行座谈，听取他们对《清明》的意见。参加座谈会的有李陀、陈允豪、吴泰昌、何孔周、孟伟哉、孔罗荪、秦兆阳、王蒙、韩瀚、陈荒煤、屠岸、白桦、董良翚、赵水金、李曙光等同志。会议由本刊主编陈登科同志主持，省文联主席赖少其同志和本刊负责人王影同志，省作协办马同志也出席了座谈会。座谈会开得很活跃，与会者不仅对办好《清明》提出了很多宝贵的意见，而且对当前文艺运动中的一些问题也提出了很多有价值的意见。冯牧、刘心武同志因故未能出席，另为本刊写来了书面发言，现一并发表如下。"

韩瀚的发言，则颇为反讽地反证了省委支持的力度，"大家说《清明》办得比较解放，因为安徽有个万里同志支持。但是这的确也是我们社会上的一个可悲的现象。我们是社会主义国家，我们有优越的制度，为什么只能靠'清官'才能办事呢？"① 由此可见，"传奇"并不是从天而降，它的诞生与人事、地域等极其具体的时势因素息息相关。

三 "群像"与"多出来的人"：间接当事者的反思及其限度

"归来者"小说中的"叔叔"形象，还可以想到《布礼》中的钟亦成、《灵与肉》中的许灵均以及后来的章永璘。他们和罗群身份相似，可以说是罗群文学家族中的直系亲属。但他们之间的区别也显而易见，钟亦成、许灵均、章永璘都是单数的、有着强烈个人印记的自传主人公，而罗群则人如其名，是复数的、"群像"式的共名主人公。在鲁彦周后来的小说里，罗群式的人物还曾多次出现。在写于1981年的《春前草》中，鲁彦周甚至呈现过"许多个罗群联合起来"的历史景象。小说主人公徐竹卿在致友人的书信里，提到了一场劫后重逢的"阳光宴"："这一天在我们家，在我们客人身上，甚至在我们国家，确是充满阳光的。我们的党，终于有了三中全会，而我们这些劫后余生的知识分子，居然又聚首举行起什么'阳光宴'来了！不仅如此，我们中的多数人，居然没有让信念、理想、抱负，随着这场无情的大火化为轻烟，居然做了那么多的准备和积累，居然有那么多的成果！"② 可以说，罗群们正是这些"劫后余生的知识分子"的群像，忍辱负重、百折不挠的"坚强的精神"，则是鲁彦周赋予他们的核心品质。

---

① 《本刊编辑部在京召开座谈会》，《清明》1979年第2期。万里自1977年6月至1979年12月，担任安徽省革委会主任。
② 《鲁彦周文集》第3卷，安徽文艺出版社2002年版，第266—267页。

第五章　张弦、鲁彦周：身份认同与历史记忆

与通行的文学史判断不同，从"个"的感性分享到"群"的理性剖析，写作时间的先后并非造成这一转变的关键因素（《布礼》《灵与肉》《天云山传奇》三篇小说的写作时间相差无几），写作者的身份、在历史风暴中所处的位置，当是重要的理由之一。徐贲指出，在构建历史灾难时，有两种"说出那个事件的经过，而且指出那是'坏事'、'灾难'"的"承载群体"：或是"直接受害者当中的幸存者"，或是"受害者的同情者"①。以小说反思历史的鲁彦周，自然属于后者。但是对于鲁彦周而言，对直接受害者的"同情"只是最初的触动，说出经过、指出灾难的核心动力，还是在被允许的范围内，探究造成灾祸的思想根源。在晚年的回忆与访谈中，鲁彦周在"伤痕文学是反思文学的前奏，反思文学是伤痕文学的深化"的意义上，认可文学史家将《天云山传奇》归入"反思文学"的家族，并特别强调它对"伤痕文学"的超越，体现在历史反思中的"整体观"："我不光写'反右派'，还有'大跃进'直到'文化大革命'，一连串的问题都有反映。因为我要写人物命运，这些人物都要经过这些运动，回避不了的，当时这样写的没有。像小说《伤痕》等写的都是孤立的一个人，像我这样反思历史的高度的不多。"②作为历史反思的承载群体，间接当事人也是历史的亲历者和见证者。与直接受害者相比，他们更容易在反顾时保持适度的情感距离，从而将自己的经验充分客体化。这种特殊的历史位置，也被视为鲁彦周超越"伤痕"的客观条件。

不过，说鲁彦周是间接当事人，也只是就1950年代的政治运动而言。一场风浪中的幸存者，往往难以躲避下一场风浪。这样的情况，在文艺工作者中并不罕见。在一些研究者看来，他们在"新时期"复出的意义，和对"前三十年"历史问题的认识，与一开始就成为直接受害者的"归来者"，还是有着明显的、不应忽略的区别。当然，这一群体本身也非铁板一块，在本章讨论的历史反

---

① 徐贲：《五十年后的"反右"创伤记忆》，《当代中国研究》2007年第3期。
② 许水涛：《鲁彦周与〈天云山传奇〉》，《江淮文史》2005年第5期。

思的意义上，它至少包括两种应予区别的类型：一种如鲁彦周一样，是"反右"的幸免者或旁观者，一直处在运动的边缘位置；另一种则如《天云山传奇》中的吴遥、《记忆》中的秦慕平、《蝴蝶》中的张思远，他们曾经是政治运动（"反右""四清"）的发动者或干将，而后自己也遭受迫害，周扬可以归入此类。因此后者在"复出"之时，必须首先面对历史遗留问题，即如何看待自己曾经犯下的"错误"。但无论如何，两种类型中真诚的反思者，往往都是因为"文化大革命"的遭遇，思想发生了一定程度的转变；而他们对于"反右"的反思，其实都是反思"文化大革命"的延伸。① 根据吴自强的考证，周扬在他撰写的四次文代会报告提纲中，提到了"文化大革命十年，好比桥身，五七年后的十年，则是岸上与桥身相连的引桥"② 的说法。这些历史的边角料，恰恰构成了我们今天重新理解《天云山传奇》的框架。

归根结底，《天云山传奇》是一部反思当代历史的小说。一言以蔽之，小说指出的核心问题，是政治和社会生活缺乏对"人"的关注，而给一代人造成了无法弥补的伤害。在把自己这一代人对应于《天云山传奇》的"周瑜贞"时，王安忆特别提到鲁彦周在这个人物身上寄予的"慷慨的良善"："我看见，鲁彦周老师称她是'受了洗礼的一代人'，她思想自由，性格热情，对既定观念持怀疑精神，这怀疑却不妨碍她坚定地信任另一些事物，他让她担起承接上一个时代，又开启下一个时代的历史使命。"鲁彦周也曾坦言，"周瑜贞是和冯晴岚、宋薇完全不同的一个新人"，"在她的身上寄托着我的理想和希望"。③ 由此，《天云山传奇》对于昨天的反

---

① 徐贲在《五十年后的"反右"创伤记忆》（《当代中国研究》2007年第3期）中对此有精彩的分析："'文革'结束后曾有过一段否定'文革'的政治宽松时期，为'文革'的灾难记忆构建提供了有利的情境条件；但从'反右'到'文革'结束这20年之间，'反右'记忆却未能有这样宽松的构建情境。'反右'创伤记忆的构建不是'后反右'现象，而是'后文革'现象。"

② 吴自强：《"创作自由"与作协"四大"》，《海南师范大学学报》（社会科学版）2007年第3期。

③ 鲁彦周：《〈天云山传奇〉写作的前前后后》，《江南》1981年第3期。

思，实际是以未来的名义展开。罗群、吴遥这些"叔叔"们的历史，便以隔代对话的方式，交由周瑜贞式的"社会主义新人"来审判。而她展开批判的武器，其实就是人道主义话语。

周瑜贞在小说开篇的出场，即是与宋薇关于"是非标准"的论辩："我一具体，你可能又要害怕了。这十年主要危害是'四人帮'，那么再往前推，是不是就没有问题呢？反对了'四人帮'，固然是英雄。在'四人帮'出现以前，反对了不良倾向，算不算是英雄呢？再具体一点吧，他反对的不仅是一般不良倾向，而且涉及到当时错误的路线、方针、政策，你敢不敢在政治上肯定他呢？"透过周瑜贞的"新人"之眼，冯晴岚和罗群获得了彻底的昭雪。在周瑜贞眼中，冯晴岚是"受折磨的坚强的美好的人"，而罗群更是光芒万丈："按我的标准……他当然是一个值得尊敬的可爱的人"，他"博大、精深，尖锐而又实事求是，只有那些对问题进行过深刻的研究，对生活进行过细致的观察，对党和人民充满着热爱的人，才能做到这一点，这也正是我们所缺乏的"。尽管与吴遥和宋薇私交甚好，但在与二人的交谈中，周瑜贞却总以咄咄逼人的反诘相对，把一连串"历史的问号"抛掷给他们。她直截了当地质问宋薇："我们别再弯弯绕了，我问你，你在人家困难时刻，为什么要抛弃他？你们相爱时那么热烈，为什么一下子就断绝了来往？你轻率地就把自己心爱的人扔了，你扔的真是右派？右倾？反革命？我认为你是扔掉了一颗最宝贵的心！"面对吴遥的道貌岸然，她更是毫不客气："你不敢承认过去整错过好人，什么叫否定过去的运动？落实政策，纠正错误，就是否定整个运动？""你是怕落实了政策就否定了你自己！……其实，这有什么呢，你不能改吗？不能从那框框里跳出来吗？你自己不也被'四人帮'整过吗？为什么提到自己整人就咆哮如雷呢？你为什么不想想，像罗群、冯晴岚这样一些你本来很熟悉的同志，他们的命运现在如何呢？""你看看，吴遥同志，阳光灿烂，新的历史已经开始，而你还是一个套中人。"

周瑜贞这个所谓"新人"，如同叙事学意义上的机械降神，在叙事陷入难以推进的困境时，从天而降化解难题。在这个仿佛科幻小说中来自未来的人身上，体现着其时反思小说的结构性限制。在小说所处的历史情境中，周瑜贞是个"多出来的人"（不是"多余人"，且与"多余人"恰恰相反），她的人道主义是游离的、想象的，因而本质上是"非历史"的话语资源，因此很难与历史问题进行实质性的交锋，更不可能触及（抽象的、不加界定的）人道主义缺席的思想根源。在电影《天云山传奇》公映之后，即有评论文章敏锐指出"周瑜贞"的不合情理："在观众的印象中，周瑜贞的形象实际上是代表了一种游离于党的领导之外的'正义力量'。而且，在影片中也正是主要由于这种'正义力量'的作用，使罗群的'右派'问题得以改正。"①

在今天的读者看来，比科幻小说更科幻的，是"正义力量"的社会身份，被鲁彦周设定为"高干子弟"："（周瑜贞）这样的新人，也不是我凭空想出来的，而是我在同一些干部子弟交往中观察得来的。……我们干部子弟固然有一些不好的典型。但多数是好的。他们因为接触面的关系，知道的事情很多，又因为成长环境的关系，他们的性格比较开朗。他们当中不少人身上有一种可贵的因素，即不受旧的传统偏见约束，面对生活，面对现实，敢于发表自己的见解，并且能为祖国的明天去大胆探索。他们批判社会，批判别人，同时也严格要求自己。他们身上充满着朝气，对党的三中全会的伟大转折是热情拥护并且敢于为之进行斗争的。这样的青年，正是我们未来的希望。"如今，周瑜贞这样的高干子弟，拥有一个贬义性乃至污名化的集体称谓："官二代"。这也是这个人物在历史错动中显得"科幻"的原因。实际上，《天云山传奇》作为反思小说的价值，并不在于它提供了超脱局势的高质量的"反思"，而恰恰在于它呈现了局势之中"反思"的内容和方式，包括某些不易觉察的因素及细节。如果结合前引傅高义的记述（"许多大字报出自年轻人之手，他们是高干子女，能窥探到当时正在举行的中央工作的气氛变化"），历史的后来者，应能对这来自中央的"思想

---

① 蒲晓：《对影片〈天云山传奇〉的一点异议》，《文艺报》1982年第6期。

动力",有更具体、深刻的别样认知。

在《天云山传奇》的最后,罗群被任命为天云山特区党委书记,并最终与周瑜贞携手的"大和解"结局,只能视作一种乌托邦式的想象,一个类型学意义的传奇(romance)。当然我们不能忘记,十一届三中全会的"北京思想"是《天云山传奇》最重要的生产机制,指导和规定了它的历史想象方式。也许,直接或间接的当事者,最终都无法超越自身所在的历史情境,作出真正意义上的"独立"思考。而这种"无法超越"的客观事实,也是笔者一再重申的讨论前提。从积极的方面说,任何人(包括我们自己)的回忆,都"脱离不了客观给定的社会历史框架,正是这种框架,才使得我们的全部感知和回忆具有了某种形式"①。因此,我们今天对于反思的再反思,最终还是要在文本与历史的动态关系中展开。

第三节 "归来者"的态度形式

> 我的祖国摆脱了一个恶魔的束缚。我希望
> 接着会有另一次解放。
> 我能帮得上忙吗?我不知道。
> 我肯定不是大海的儿子,
> 像安东尼奥·马查多写到自己时所说的,
> 而是空气、薄荷和大提琴的儿子,
> 而高尚世界的所有道路并非
> 都与迄今属于我的生活
> 交叉而过。
> ——扎加耶夫斯基《自画像》(黄灿然译)

从社会史的视野看,"归来者"以1957年到1976年之间的过

---

① [德]哈拉尔德·韦尔策编:《社会记忆:历史、回忆、传承》,李斌、王立君、白锡堃译,北京大学出版社2007年版,代序第4页。

去生活为对象的小说,可以看作对"事件"的一种特殊回应。它们是历史重评的产物,同时也深度参与了重评的历史进程。如《记忆》和《天云山传奇》显示的,小说作为个人意义的历史重评,关键在于作者借由主人公命运所表达的"对事件的态度形式"①。在"伤痕""反思"交汇的文学史地带,岩佐昌暲提出了"平反小说"的概念,以指那些"描写平反及被平反人物的作品"。他进一步解释说,"一般被平反的作家们,都把各自品尝过的苦涩,背负着'右派'、'反革命分子'、'黑线人物'的荆棘所度过的10年甚至20多年的阅历,或隐或显地渗透在自己重返文坛后的作品中"②。"平反小说"的提法带有陌生化的效果,它不仅凸显了作者和作品的强关联性,也让我们意识到,"归来"既是文人现象,也是文学主题。因而,观察"归来者"态度形式的一种关键性尺度,其实就是他们如何处理与个体经验紧密缠绕,但又不限于个体经验的"归来"事件,以及"归来"相关的政治、社会、道德和人生议题。

从"自叙传"的角度观照,"归来者"小说中的态度形式(及其表现形式)既有同构性,也有多样性,难以简单归类。但是,绪论中提及的六种距离模式和两组关系维度,的确是区分和显示不同"归来者"创作特征的坐标系。六种距离以作者、叙述者、人物、读者的关系为观测点,包括价值的距离(指四者价值判断上的差异),理智的距离(指四者对事件理解上的差别),道德的距离(指四者道德观念上的差距),情感的距离(指四者对同一对象同情、厌恶等不同情感的区别),身体的距离(指四者形体上的悬殊),时间的距离(指作家写作、叙述者叙述、人物活动及读者阅读之间时间上的差距)。在距离模式的基础上,"今日"与"昨日"、"今我"与"昨我"又构成两组关系维度。它们一方面涉及作者怎

---

① [苏]巴赫金:《作者与主人公的关系问题》,张杰编选《巴赫金集》,上海远东出版社1998年版,第60页。
② [日]岩佐昌暲:《关于张弦的短篇小说〈记忆〉》,载刘柏青、张边第、王鸿珠主编《日本学者中国文学研究译丛》(第六辑——新时期文学专辑),吉林教育出版社1993年版,第75页。

样在小说中放置"我"、书写"昨日",同时又指向如何处理现实与过去的联结、断裂和边界的问题。

对于具有出身优势的"归来者",特别是那些1949年以前就投身革命,拥有"少布"、新四军、地下党等光荣履历的作家,如王蒙、茹志鹃、邓友梅、方之、刘真等,"自己人"的身份,是"归来"前后创作中的重要元素。一些小说如《布礼》那般,着力塑造一位与作者"身体"高度相似的人物,正面叙写其在1940年代的革命前史,并以初心不改、矢志不渝为线索,完成"昨我"与"今我"的对接。邓友梅的《我们的军长》①,当时被归入"歌颂周恩来、陈毅、贺龙等老一辈无产阶级革命家"②的题材类型。而之所以是"我们"的军长,则是因为邓友梅1945年加入新四军文工团,时年仅14岁,故被编入女兵班。小说中带领一群女兵的文工团团长杜宁,就是以作者本人为原型。因此,"我们"是具名的"我"(人物、作者)和共名的"人民"(社会、读者)修辞意义上的多重替代。③陈毅(时任新四军军长)的事迹和人格,自然是小说的主要内容,但其开篇与收束的方式,却有自传层面的典型意义。小说以新四军军歌(歌词)开始,作者随即写道:

> 初春,黎明。随着晨风,不知从何处传来了新四军军歌的旋律。
>
> 这时候,有一位头上初生白发的男人,正从中南海红墙外走过。"四人帮"粉碎后,他接到重新走上工作岗位的命令。

---

① 本节中《我们的军长》的小说文本,引自《人民文学》编辑部编《一九七八年全国优秀短篇小说评选作品集》,人民文学出版社1980年版,下不出注。本节讨论邓友梅、方之、李国文、刘绍棠、茹志鹃等人的创作时,遵照与以上各章节相同的遴选标准,论述对象尽量选择获奖作品,或是多次入选各种选本、为文学史公认的作家代表作。

② 中国社会科学院文学研究所当代文学研究室:《新时期文学六年(1976.10—1982.9)》,中国社会科学出版社1985年版,第155页。

③ 邓友梅的相关经历,参见刘跃清《难忘的烽火岁月——访新四军老战士、著名作家邓友梅》(《铁军》2023年第2期)等资料。根据刘跃清的访问记,《我们的军长》中的许多情节,都来自邓友梅的亲见亲闻。也是根源于这段文工团女兵班的经历,邓友梅后来还写了获得1977—1980年全国优秀中篇小说奖的《追赶队伍的女兵们》。

> 第一天上班,他决定步行,以便把载负着他满心崇敬、感激、希望和幸福的目光,送入那亿万人民倾心向往的红墙深处。
>
> 军歌的旋律使他停住脚步。他靠在满披新绿的树上,倾听着,倾听着,让那战斗的旋律把他带到数十年前,沂河边上的一个小城中。

当新四军军歌在篇末再次响起时:

> 初生白发的男人重新回到现实世界时,歌声仍在耳边飘荡。他明白了,这不是幻觉。战士们仍然在战斗。就像当年他们唱着军歌,为建立人民的国家而冲锋陷阵一样……

这样,通过首尾呼应的"初生白发的男人",作者成功将精心选择的"昨我"置放于小说,也置放于浴血奋战的革命历史之中,在完成公共题材写作的同时,也实现了个人历史的公共化。其实,在中国当代的语境下,"自传"一词本就具有潜在的多义性。在通常理解的叙述人格、心灵、精神的诞生和发展的文体类型之外,另有一种是放入档案材料、交代个人历史的"自传",它记录的是社会关系、政治表现中的"自我"。在拨乱反正的历史时刻,"归来作家"小说中的"自传性",很大程度上是在后者的意义上成立的。也就是说,其时书写"昨日之我"的企图和意义,本就不在精神性、私人性的层面,而是要在"新时期"的文化政治秩序之中,重建自我的社会身份和公共形象。

"自己人"身份的宣示,也有相对间接、含蓄、文学化的方式。但是这些"穿着军装走进新中国"、拥有革命经历和干部身份的写作者,组织意识与集体观念普遍更强。因此,"自己人"之于他们,既是自我正名的底气与凭据,也是文学表现的姿态与立场。在他们的小说中,无论是否在小说中置入形似的自传主人公,在价值、理智、情感的距离上,他们都努力趋近自己曾经属于、已经或正在重返的社会共同体,并以小说所表现的态度形式,自觉半自觉地呼吁一种共识的建立。

至于从维熙、张弦等受到严厉惩罚,并在其后二十年间辗转多地的"归来者",有时可以经由其笔下人物,看到他们本人的"路线图"。李国文《月食》中的主人公伊汝,时隔二十二年从柴达木盆地回到太行山附近的城市,不免生出《夜的眼》中陈杲一般的恍惚之感:"他还是当年走出这扇门时的老样子,头发乱蓬蓬的,衣衫不那么整洁,但玻璃门映出一对亲切善良的眼睛、那讨人喜欢的光芒,在柴达木,甚至语言不通的藏胞也都肯在火塘旁边给他腾个座。"① 而在小说之外,李国文1958年以后的人生轨迹,就是随着铁路新线的建设迁徙,从太行山区到柴达木盆地,其间还在湖北、黔西、东北的工地上劳动。也就是说,作家本人与人物的勾连,在《月食》中是通过相似的"路线图"(即路线、地区,及对该地区的认知)来完成。因此李国文后来说:"在漫长的流放过程中,背景场景的经常变换,人物身份也因时因地处境各异,并不总在扮演一个固定的角色,遂有机会以多种视角和不同层面,领受这个繁复的社会和多变的时代。"② 而对于更多的"归来者"而言,落难的年月主要还是在某一个地方度过,拥有相对固定的观察点和根据地。宁夏农场之于张贤亮、武进董墅村之于高晓声、通州大运河之于刘绍棠、新疆伊犁之于王蒙,都是这样。他们都是通过一扇狭仄的窗口,瞭望并努力理解外面发生的一切的。不过,感受运动的激烈程度,和空间距离(相对于"中心")的远近、漂泊路程的长短,并不构成必然的比例关系。一直没有离开北京的宗璞,也将其身所处的大学校园,变成了窥察历史的基地,并由此建立起自我、人物、读者、社会的连带关系。通过《弦上的梦》《我是谁?》等时代悲剧,宗璞完成了"没有归来的归来"(即没有物

---

① 李国文:《月食》,载《人民文学》编辑部编《1980年全国优秀短篇小说评选获奖作品集》,上海文艺出版社1981年版,第71页。本节《月食》小说文本均引自该版本,下不出注。

② 李国文:《小说人生》,转引自邵部《失踪者档案——〈改选〉与〈月食〉之间的李国文及其创作》,《北京社会科学》2018年第9期。

理意义上身体性的"归来",却是文化政治网络意义上身份性的"归来")。①

对于所有"归来者"而言,如何把握"时间的距离",即如何安排小说内部的"时间"(结构、线索、节点),都是关系到作品态度形式的关键设定。为数不少的小说,都如前述《布礼》《我们的军长》《月食》那样,选择了今昔对照的时间结构。当时批评界一个似是而非的"误读",就是将这种结构模式称为"意识流",因此使得争论焦点挪移到形式层面,而错过了形式背后处心积虑或迫不得已的创作心理。而如《我们的军长》所示,对照结构提供的一种便利,是作者可以相对自由地剪辑、拼贴,从而将个人命运的时间表,缝合到历史事件的时间表之中。在这个意义上,茹志鹃的《剪辑错了的故事》是另一个典型的例子。茹志鹃18岁参加新四军,长期在文工团任职,曾当过邓友梅所在的女兵班班长。② 发表于1979年的《剪辑错了的故事》,被批评界视为"伤痕"向"反思"演进的标志性作品。在这篇小说中,茹志鹃并置了不同历史阶段的几个节点,多条线索交替推进,从而在对照中形成某种"错乱"(所谓"剪辑错了")。有研究者指出,小说中最主要的两个时间点——1947年和1958年,同样是具有社会与个人双重意义的时间:1947年是解放战争的转折点,也是茹

---

① 实际上,大学校园及置身其中的知识分子,经常处于时代风暴的中心。因此,宗璞的经验空间和观察视点,恰恰具有合乎"新时期"主流话语的特殊意义。由于自身的禀赋,宗璞在"伤痕""反思"时期的创作,即使难于避免观念性结构的俗套,也能在其中写出唯亲历者才能发现和感受到的历史细节。例如,在《我是谁?》(《长春》1979年第12期)中,植物学教授韦弥在经受反复摧残后产生了幻觉:"韦弥看见,四面八方,爬来了不少虫子,虽然它们并没有脸,她还是一眼便认出了熟人。它们中间文科的教授、讲师居多,理科的也不少,它们大都伤痕累累,血迹斑斑,却一本正经地爬着。"关注并写出文、理科教师在特定时期的境遇差别,这在同时期作品中并不多见。关于宗璞1950年代至1970年代的经历及其特殊性,参见樊迎春《书斋内外的小气候——宗璞的家、父亲与小说》(《文艺争鸣》2018年第8期)的讨论。

② 刘跃清《难忘的烽火岁月——访新四军老战士、著名作家邓友梅》(《铁军》2023年第2期)中说:"组织上为照顾邓友梅,把他编在女兵班。他是女兵班里唯一的男兵,班长就是后来写《百合花》誉满文坛的茹志鹃。茹志鹃比邓友梅大七八岁,她身上有一种天然的母性,处处像母鸡护雏一样护着他。晚上睡觉,邓友梅被安排在靠墙的最里面,紧挨着就是茹志鹃。"该文也写到茹志鹃其后对邓友梅一以贯之的鼓励与照拂。茹

志鹃入党的年份;1958 年既是"大跃进",也是《百合花》发表的年份。① 也就是说,社会历史(显性)与个人历史(隐性)的双线写作,通过这样的设置成为可能。

今昔对照的结构内部,具体时间节点的选择,在写作时间、作者身份的层面,体现出值得辨析的群体性特征。笼统说《剪辑错了的故事》是"今昔对照"没有问题,但其中"今"与"昔"的节点,都有特殊的症候性,应予以仔细分辨。这篇小说里,作为参照物的"昔"是 1940 年代后期,这在同时期、同结构的小说中并不罕见,李国文《月食》、方之《内奸》、刘真《黑旗》、林斤澜《竹》,都作了相似的设定。通过以史(1940 年代)为鉴,点出曾经军民之间的血肉联系、鱼水情谊,特别是那种实事求是、坦诚相待的态度,悄然发生了变化:"不完全是客观,应该从主观上找原因,难道我们身上不正是丢掉了一些宝贵的东西吗?"(《月食》)"回来呀!跟咱同患难的人!回来呀!为咱受煎熬的人!回来啊!咱们党的光荣!回来啊!咱们胜利的保证!"(《剪辑错了的故事》)② 而与之相对的"今"的时点选择,则更为微妙。与"新时期"起点的多数小说不同,《剪辑错了的故事》和《黑旗》的"今"是 1958 年,《天云山传奇》是 1957 年。此类具有指示性的节点的浮现,当时被视为"反思文学"兴起的区别性标志。这些小说,也被明确视为"反思文学"(而不是"伤痕文学")的代表作品。③ 一方

---

① 对《剪辑错了的故事》时间结构的详细讨论,参见许子东《"三红"与"一创"的拼贴——重读茹志鹃的〈百合花〉与〈剪辑错了的故事〉》,《南方文坛》2021 年第 5 期。
② 茹志鹃:《剪辑错了的故事》,载《人民文学》编辑部编《1979 年全国优秀短篇小说评选获奖作品集》,上海文艺出版社 1980 年版,第 86 页。
③ 对于"伤痕"与"反思"的界限,尽管存在不同意见,但是学界已有大致相近的认识,只是表述的角度略有差别。许子东认为,"'伤痕文学'和'反思文学'确有微妙的区别。第一,除了在概念名称上,'伤痕'写病痛、症状,'反思'查病因、后遗症。第二,'伤痕文学'侧重农民、学生受害角度,'反思文学'有些官员干部的检讨忏悔成分"(《"三红"与"一创"的拼贴——重读茹志鹃的〈百合花〉与〈剪辑错了的故事〉》,《南方文坛》2021 年第 5 期)。洪子诚则指出,"暴露'文革'的创作潮流,在经过了感伤书写阶段之后,加强有关历史责任探究的成分,并将'文革'的灾难,上溯到'当代'五六十年代的某些重要的历史段落。对这种变化的描述,导致了(转下页)

面，如果从作家身份的角度打量，这些小说的作者，茹志鹃、刘真、鲁彦周，都是前面提及的，"没有打成右派"但又不能"豁免于那时代里所有的严厉性"的"间接当事者"。他们主动肩起历史探究的使命，曾被批评家称为"自觉的背负"，是作家主体良知与责任意识的表现。① 但从另一方面看，原因也可能包括，正是"间接"导致的情感距离，使得他们可以在潮流之中保留一些余裕，关注到相对冷僻的历史角落，由此生成对于历史事件及其根由的理解方式。这就是茹志鹃所说的，"在为老干部、知名人士落实政策的热闹声浪中，想为一些不被人注意的心灵讲讲话"②。

上述作品的集体性发声，也可以从"新时期"文学特有的社会政治功能，即破除禁区的层面来理解。今天及后世的研究者，往往因为不满足于当时作品突破的深度及力度，而忽略其在历史情境下的难度与复杂性。事实上，即使看起来禁区就在眼前，也不是凭借一腔孤勇就可以闯入。突破的入口、时机和分寸，都需要因应急剧变动中的时势。这固然不足为训，但是因为道德热情而罔顾实际，也不是历史研究应取的态度。除了以上分析的时间点，题材及书写对象的破禁，也是历时性观察"归来者"创作的另一视角。在这条线索上，也体现出更为精微的群体性特征。知识分子的心路历程，是"新时期"最早取得突破的题材（书写对象）之一。可

（接上页）'反思文学（小说）'概念的普遍使用。'伤痕''反思'的概念出现既有先后，各自指称的作品大致也可以分列。但是两者的界限并非很清晰。有关它们的关系，当时的一种说法是，伤痕文学是反思文学的源头，反思文学是伤痕文学的深化。'深化'指的是超越暴露、控诉的情感式宣泄，引入思考、理性分析的成分。但'深化'又可以理解为将对'伤痕'的表达和历史责任的探究，纳入权力机构已经做出清理的有关'当代史'叙述的轨道"［《中国当代文学史》（修订版），北京大学出版社 2007 年版，第 258—259 页］。

① 许子东在《陀思妥耶夫斯基与张贤亮——兼谈俄罗斯与中国近现代文学中的知识分子"忏悔"主题》（《文艺理论研究》1986 年第 1 期）中说："她（指茹志鹃——引者注）虽然在'1957 年'即幸免于难，但也自觉地背着那种负荷，《草原上的小路》悠远凄凉，从受难者子女的患难友情着笔，看似诉'文革'之苦，实际叹'反右'之冤，尽管淡墨素笔，清冷隽永，内在锋芒却也相当尖锐……"

② 茹志鹃：《〈草原上的小路〉的创作及其他——在短篇小说创作学习班上的讲话》，孙露茜、王凤伯编《茹志鹃研究资料》，浙江人民出版社 1982 年版，第 69 页。

以说，正面表现知识分子，塑造其百折不挠、被损害而依然向上的精神品格，是几乎每位"归来者"涉猎过的题目，而且往往是他们问路的石子、重新执笔的起端。这一点以上各章都有论析，此处无须赘述。而由"知识分子"出发，进一步向何处突进，就可看出共同之中的区别。方之的《内奸》获得1979年全国优秀短篇小说奖，它在题材上的新意，被认为是以商人——这个长期被视为资本主义尾巴而应该割掉的群体为表现对象。不过，如果统观当年"探求者"同人的写作，会发现在高晓声（《系心带》→《陈奂生上城》）、陆文夫（《献身》→《小贩世家》）"归来"以后的小说序列中，都有和方之（《阁楼上》→《内奸》）相似的"知识分子→商人"的演变轨迹，且在箭头两边都有高度的相似性。《系心带》中的李稼夫曾经从事"尖端的科学研究"；《献身》（获1978年全国优秀短篇小说奖）中的卢一民是土壤学专家；《阁楼上》是方之在粉碎"四人帮"后创作的第一篇小说，其主人公吴桐轩是老物理学家。① 他们不仅是知识分子，而且是当时环境下更为稳妥的理工科知识分子。在性情、遭遇和精神上，他们也与其他作家笔下的这类形象无甚区别，汇入了其时流行的人物谱系。而在箭头的另一边，诚如叶至诚所言，"《内奸》的闯禁区不只在于写了商人，还在于写了个讲良心的商人"②。《小贩世家》和《陈奂生上城》的主人公虽然都算不上商人，但是馄饨摊贩朱源达的际遇沉浮，和陈奂生上城"卖油绳"的盘算，都涉及"个体经营"的合法性问题。③ 之所以在"探求者"同人中有如此相似的"知识分子→商

---

① 对于方之各时期作品的全面评述，参见叶至诚《曲折的道路——关于〈方之作品集〉》，《文学评论》1981年第2期。
② 叶至诚：《曲折的道路——关于〈方之作品集〉》，《文学评论》1981年第2期。关于《内奸》的材源及主人公田玉堂的原型，参见该文及翟永明《方之〈内奸〉原型考》，《当代文坛》2021年第2期。
③ 在《小贩世家》中，当身为国家干部的"我"与朱源达在"新时期"久别重逢，"我"一时没有弄清朱源达已经进入工厂端起"铁饭碗"的情由，还鼓励他卖馄饨"为人民服务"："我连忙声明：'不不，不开玩笑，现在允许个体经营了，生活也有这种需要，巷子里的人都在牵记你！'"引自《人民文学》编辑部编《1980年全国优秀短篇小说评选获奖作品集》，上海文艺出版社1981年版，第440页。

人"的行进步骤,是与当时以包产到户为中心,同时鼓励乡镇企业和个体经营的农村经济体制改革,以及苏南地区的特殊条件息息相关。由此我们也能更加清晰地看到,小说题材的突破口,实际对应着社会改革的突破口,而不是一己之力或一时兴起的闯劲所致。

反过来说,如果突破的节点、角度不合时宜,就会在主流文学的视野中"消失"。在文学史著述和读者(包括专业读者和一般读者)的印象中,刘绍棠几乎没有加入历史创伤的写作潮流,他在"新时期"的写作,是以《蒲柳人家》为代表,叙写家乡大运河畔人与事的乡土文学,承续着1950年代"白洋淀派"的清新风格。而事实上,刘绍棠在1980年统共发表了六部中篇小说:《蒲柳人家》《芳年》《两草一心》《二度梅》《鹧鸪天》《渔火》。① 其中,《两草一心》《二度梅》《鹧鸪天》都是标准的"反思文学"模式,在数量上与乡土题材平分秋色。这几篇小说中的主要人物,也都以其本人("右派"身份)为原型,是标准的自传主人公。② 在1980年代,刘绍棠被视为"棍棒孝子""娘打孩子"寓言的发明者。当他在这些小说中自白心迹,确乎显出一些异于常人的观念形态。一方面,他始终坚持"五七族""五七年问题"的提法,在小说里面也一以贯之。例如,《二度梅》的开头就写道:"阳春三月,春风又绿运河岸……洛文从北京改正了五七年问题回来,一下长途汽车,就望见村口自家墙里墙外那几棵桃树,正开出一片锦绣春色。"③ 但另一方面,刘绍棠对相关问题的看法,又没有沿着当时"反思文学"探究责任的方向前进,而是强调:"要正确对待五七年问题,在文学作品中正确反映五七年问题。所以,我在《两草

---

① 这六部小说后来结集为《刘绍棠中篇小说集》(湖南人民出版社1981年版)。各篇小说的创作心路,参见该书后记。
② 例如,"发表在吉林《新苑》文学丛刊三期的《两草一心》,写一个自幼被党培养起来的青年干部,五七年被错划为右派,他的爱人——一个归国华侨对他满怀痴情,他的老上级深深理解他,他的乡亲们同情和爱惜他;因而不但在困苦的逆境中活下来,并且更加坚强和充满信心,相信终有一天会重新投入母亲——党的怀抱"。见《刘绍棠中篇小说集》后记,湖南人民出版社1981年版,第435页。
③ 刘绍棠:《二度梅》,《刘绍棠中篇小说集》,湖南人民出版社1981年版,第226页。

一心》和继而写出的《二度梅》中,都没有着重渲染苦难,而是讴歌人民给受难者以爱护、救助和激扬向上。"① 而且,在这些作品中,刘绍棠还会刻意铺陈且不断重复他的标志性寓言。② 可以看出,无论是和主流意识形态,还是与已见端倪的1980年代文化意识,刘绍棠的"反思"小说,在价值、理智和情感的尺度上都形成了微妙的错位。因此,它们以一种怪异的"异端"③ 形式,显示出历史重评的限度和边界。

综上可见,"归来者"以自传性小说呈现的态度形式,虽然可以视为个人意义的历史重评,但又绝不是个人化的,而是种种主客观条件综合形成的结果,存在大量改装、修饰、妥协的成分。如果说《忏悔录》(卢梭)式的自传,以及郁达夫式的自叙传小说,是将自我的"内面"展现给他人看,那么"归来者"此一时的小说,展现的则是自我的"外面",是将个人与社会接合的截面剖开,显露出外部化、公开化、政治化的自我。从负面意义上说,这是心灵的伪饰和萎缩;从积极意义上说,人毕竟是社会关系的总和,这一方式指明了,是不断变动的社会关系形态,形塑和修改着其中的每一个自我。

---

① 《刘绍棠中篇小说集》后记,湖南人民出版社1981年版,第436页。
② 如在《两草一心》中,主人公石在与他后来的恋人、归国华侨梅畹贞在农场谈话时说:"我仍然永远效忠我的党。……以整个的身心!""母子血肉相连,谁能割得断呢?……终有一天,我将重新投入母亲的怀抱,母亲也将重新把我紧紧地搂在怀里。""母亲以全部的心血养育自己的儿女,恩重情深;但是,有时一怒之下,也会把儿女痛打一顿,做儿女的不应对母亲心怀怨恨。"(《刘绍棠中篇小说集》,湖南人民出版社1981年版,第168—169页)类似的对话,又在《二度梅》中重复。尽管王蒙、从维熙等人,也在小说中表达过相似的意思,但都限定在文本内部,借人物之口发出,且都集中在1970年代末期。而刘绍棠多次在会议上公开谈起,而且直到1990年代仍在重申。相关记载和评述,参见王培洁《刘绍棠年谱》,文化艺术出版社2012年版,第145页;杨守森等《昨夜星辰昨夜风:中国当代著名作家的精神旅途》,河南人民出版社2003年版,第332—334页。
③ 刘绍棠在1980年代,有许多诸如此类的、体制框架内的异言异行。例如,反对文学评奖,认为是苏联模式的过时产品;在"现代派"的风潮中,高倡"土"和"中国气派",不主张向西方学习;书写农村,却不是农村题材写作,完全不涉农村改革的政策问题,而执意描绘审美化的乡土人情。或许可以这样描述"新时期"的刘绍棠形象:他在高速前进的列车里面反向而行。

结语　"昨我""今我"的交锋与和解

在以上这些小说中，一群两鬓微霜的中年人，向我们次第走来。无论他（她）的名字是陈杲、钟亦成、许灵均、章永璘、陈正清、罗群，还是葛翎、路威、陈奂生、秦慕平、冯晴岚、方丽茹，他们都拥有丰富的过去，乃至过去赐予的丰富的痛苦。历史以不同方式穿过他们的身体，他们也以不同的姿态承受其重。对于刚刚经历过的历史事件，他们时感茫然，并不总是知道应以何种方式对待：是憎恨、拒斥、忘却、切断、沉默，还是尝试去理解它？尽管如此，他们都重新站在共同的起点上，迎接历史留给他们的现实结果。莫娜·奥祖夫论及法国大革命留给一代人的心理印痕时写道："对于那些经历 10 年动荡岁月如同'消耗了 6 个世纪光阴'的人来说，大革命就是这么一个大事件，它把时间一分为二，把现在从历史中连根拔出。"①"归来者"小说中的主人公们，首先面临的即是类似的情境，时间和时间中的自我，被强行进入的历史分为两段。"昨我"与"今我"的关系，正是在这样的情境中生成，并因此在普遍的人类境况之外，获得了具体的、历史的问题性。

中年人的身份，使这些主人公连同他们的创造者，不能像年轻人那样卸下负担，一身轻松地"从我做起，从今天做起"；也不能像年老者那样超脱，有资格"面对坟墓""冷眼回顾"，"只见他曲

---

① ［法］莫娜·奥祖夫：《小说鉴史：旧制度与大革命的百年战争》，周立红、焦静姝译，商务印书馆 2017 年版，第 1 页。

折灌溉的悲喜,都消失在一片亘古的荒漠"(穆旦《冥想》)。他们必须伸开双手,同时托起昨天和明天,在"曾经生活"和"继续生活"的现实性问题中建立某种平衡。有些主人公迫不及待地投入工作,声称要追回失去的时光;有些主人公重新听到了时钟的滴答声,他们不去思考太多,只是随着时间的波浪,日出而作,日落而息,日复一日;有些主人公或执拗,或被迫,仍在处理过去遗留的麻烦;有些主人公背起行囊不辞而别,决绝地斩断十年、二十年的往事。在有的主人公那里,今日并未连根拔起,而是昨日(至少是昨日的某些段落)合乎逻辑的延续,他们也足够积极和实际,愿意握手言和,重开新局;在有的主人公那里,今日与昨日之间仍然紧张,即使不再你死我活,也有必须收拾的残局。这样看来,似乎现在与往昔,让不同主人公,甚至同一主人公表现出矛盾的态度:它们有时和平共处,有时激烈交锋。但事实上,只要历史连续性和生命连续性并未中断,无论主人公抱持何种态度,客观上都是一种广义的和解,都是关于"昨我"与"今我"的拼贴与黏合。不过反过来说,即使继续生活就意味着和解,和解也不是一劳永逸的一次性行为。由于历史事件的惯性和渗透性,和解是人们在连绵的未来日子中,在不断质疑中发出的千万次的问。

在"大和解"[①]的格局之下,"昨我"与"今我"的内部矛盾,更多体现在创造这些主人公的、作为亲历者的"归来作家"身上。这就涉及鲁迅曾经总结的,"今日之我与昨日之我战"[②]的问题。大体而言,一种立场是今是昨非,即"从前种种,譬如昨日死;从后种种,譬如今日生"(语出《了凡四训》),也就是讲求实用,随机应变。另一种立场是"想到故我今我同为一人并不使我难为情"(语出米沃什《礼物》),强调个体言行、前后的一致性及一切改变的合逻辑性、可解释性。这在"归来者"笔下,有时变异为钟亦成那样的,虽九死其犹未悔的"四

---

① 关于"新时期"的"大和解"问题,参见本书第五章的讨论,及黄平《"共同美"、大和解与新差别——再论新时期文学的起源》,《文艺研究》2016 年第 12 期。
② 鲁迅:《导师》,《鲁迅全集》第三卷,人民文学出版社 2005 年版,第 59 页。

季之人"①——纵使四季流转,"我"却始终不变。当然,这已经脱离了米沃什诗句的原意,需要细致辨析。还有一种立场是"不惜以今日之我,难昨日之我"(语出梁启超《清代学术概论》),"今我"与"昨我"构成了互相驳诘、反复辩难的关系,问与答的角色、位置亦可不断互换。在最积极的想象中,这将使主体在"正反合"的辩证中,达到矛盾的更高阶段。而在"新时期"特定的语境下,它也是在召唤关于事件的记忆话语,肯定记忆重要的、不可替代的意义。不过,无论"归来者"本人倾向于何种立场,即使在具有强自传性的小说中,他们也只能通过主人公和叙事者,曲折地表现对于"昨日之我"的态度。

自传书写的"言己性"和"后视性"②,由于小说的形式和中年人的身份,在"归来者"小说的自传性问题上,转化为言己性和异己性、后视性和前视性的互动关系。当现代汉语的词语"自我",置换为带有儒家思想背景的"己"时,我们再次意识到,"昨我"和"今我"中的"我",始终是在层叠的秩序格局中存在。写作者重构"昨日之我"的分歧,一部分就是源于"己/我"的多重身份。修齐治平意义上的"我",兼有对于己身、家庭、祖国、天下的责任。以下将要讨论的是,"我"的多重角色,在以上这些小说中,是如何分配、调和的,哪种角色被突出,哪种只能作为陪衬,在不同作家、不同时期的小说里又有怎样的变化。在此之外,如前文所言,从"归来者"的这些作品中,可以析出他们对于事件的态度形式。这也可以从另一个角度,看作他们以文学的方式和小说的修辞,提出的历史和解的"方案",包括冲突设计、时间设计等不同部分。这些方案中,又是怎样的形式设计,在"我"的故事中调解斡旋,协调意识形态与艺术形态的争锋?

---

① "四季之人"(A man for all seasons),是后人对英国大法官、《乌托邦》的作者托马斯·莫尔的尊称。这一称谓在思想史和政治学上的涵义,参见[美]史蒂芬·B. 斯密什《耶鲁大学公开课:政治哲学》(贺晴川译,北京联合出版公司2015年版)第123页译注。

② [法]菲力浦·勒热纳:《自传契约》,杨国政译,北京大学出版社2013年版,译序第8、3页。

一 自我技术：想象与构建

"自我技术"是福柯晚期著作中的重要概念，指"使个体能够通过自己的力量，或者他人的帮助，进行一系列对他们自身的身体及灵魂、思想、行为、存在方式的操控，以此达到自我的转变，以求获得某种幸福、纯洁、智慧、完美或不朽的状态"[1]。福柯探讨了不同实践领域的自我技术，也有学者借助这一概念，探讨具体文类的写作形式及其演变。

在小说自传性的层面借用"自我技术"，笔者的侧重自然有所不同。包括自叙传小说在内，所有关乎自我的书写，都要在类型学的意义上，涉及真伪之辨，也即诗与真的讨论。艾略特在《传统与个人才能》中，区分了"作者"（author）和"写者"（writer），"前者指作品背后的真人，而后者则指作品中的'那个人'"[2]。这是针对诗人、诗歌中的抒情主体而言。对于自传、日记、回忆录等"我写我"的文类，"真人"与"那个人"的距离，则关系到写作伦理和审美效果的张力，即真实性承诺及其限度的问题。小说与上述类型不同，因其正是从"伪"出发的虚构性文本。因此，对于郁达夫以真实性为尺度，推崇日记体文学和第一人称叙事的观点，鲁迅在《怎么写》中提出了商榷，称其宁看《红楼梦》，不愿看《林黛玉日记》，因为"幻灭之来，多不在假中见真，而在真中见假"[3]。反过来，在评述诸种唐传奇时，鲁迅又认为《南柯太守传》的结尾之妙，就在于"假实证幻，余韵悠然"[4]。可见，无论对于

---

[1] 引自汪民安主编《文化研究关键词》之"自我技术"词条（杜玉生撰），江苏人民出版社 2020 年版，第 581 页。

[2] 引自［英］彼得·巴里《理论入门文学与文化理论导论》，杨建国译，世界图书出版公司 2023 年版，第 30 页。

[3] 鲁迅：《怎么写》，转引自袁一丹《自我技术：近现代日记的隐含读者及分类》，《文艺争鸣》2023 年第 8 期。该文借助"自我技术"的概念，探讨了中国近现代日记文类的作者、读者、类型、真实性等一系列问题。

[4] 鲁迅：《中国小说史略》，《鲁迅全集》第九卷，人民文学出版社 2005 年版，第 87 页。李公佐《南柯太守传》即讲述"南柯一梦"故事的唐传奇，鲁迅评价（转下页）

求真还是求幻的文类，鲁迅格外留意的，都是真幻接通的特定时刻。

以上各章从自传性角度读解小说，其实就是尝试经由传记材料的辅助，逼近这个真幻接通的时刻，照亮围绕在其旁边的暗区。也就是说，我所谓的这些小说中的"自我技术"，其实就是"假中见真"的技术。福柯后期对自我技术的讨论，侧重于"对自我与他人的治理模式"，并在"直言"（parrhesia）或称"说真话"的实践领域进行探讨。① 借用福柯的语词，小说的"自我技术"就是指：作家如何在虚构修辞中，糅进"直言"的真理陈述，并在特定的情境和范围内，让真人真事真话显露出来？又是怎样的话语形构和历史规则，为这种特定的自我技术提供支撑？

在绪论中，笔者引述了王蒙的《夜的眼》开篇，以此说明自传性质与历史情境的关联，后续专章中又作了补充阐释。置于本书讨论的全部文本中，《夜的眼》也可算作自传性最强、最典型的作品之一。这篇小说里，"自我技术"以极为直接、形象化的方式呈现，于此也体现出这一时期自我书写的独特性质。绪论中说，王蒙像"自画像"② 一般，工笔描绘主人公陈杲的体貌特征："现在这一类会上他却是比较年长的了，而且显得土气，皮肤黑、粗糙。"这里出现的几个描述语——"土气""皮肤黑""粗糙"，看似是平常的身体状写，其实都聚焦于身体的变化，而且这些变化，不是源于年岁的自然增长，而是由外部环境所引发。也就是说，小说中陈杲的身体，其实是一个社会性的身体，不只具有生理结构，也有政治结构，是显示剧烈的历史变化的场所。在小说的其他部分，以及同时期的其他小说中，对于自传主人公形貌的想象和塑造，也多

（接上页）该篇结尾的全句为："篇末言命仆发穴，以究根源，乃见蚁聚，悉符前梦，则假实证幻，余韵悠然，虽未尽于物情，已非'枕中'之所及矣。"

① 汪民安主编：《文化研究关键词》，江苏人民出版社2020年版，第583页。

② 其实，绘画中的自画像，与文学自传和自传性写作，有深刻的渊源和内在关联，可参看耿幼壮《奥古斯丁的"自画像"——作为文学自传的〈忏悔录〉》，《外国文学评论》2007年第4期；姚玳玫《自我画像：女性艺术在中国（1920—2010）》，商务印书馆2019年版。

集中在"外面"——即社会和身体接触、摩擦的平面。与此同时,人的"内面",即人的精神领域,更多还是作为身体的社会性延伸,而不是具有强大主体性能量的潜意识的汇聚之地。

张贤亮写于1980年代中期的《绿化树》和《男人的一半是女人》,显示出中国当代小说自我书写的结构性转折,也显示出转折过程中的残留和缝隙。尽管读者早已不满于正襟危坐、德行无亏的英雄主人公,尽管章永璘也有用身体抵挡洪水的英雄行为,但当这个不够高尚、不够纯粹、不能脱离低级趣味的人物真正出现在面前时,人们却对他爱恨交加,而且恨远远多于爱。张贤亮让我们看到一个"内面"丰富的主人公。不过,当深潜的精神世界浮出地表,如同潘多拉的盒子骤然打开,阴鸷、猥琐、软弱、黑暗、病态的深渊景象同时跃然纸上。可以多说一句,章永璘(而不是张贤亮)通过女性、劳动、阅读而进行的自我改造,其实完美符合福柯对"自我技术"的定义,但也正因如此,更显出多重的悖谬与违和。也许,无论进行怎样的改造、改写,终归如王安忆所说,叔叔的故事是不会快乐的①。

总体而言,由于"归来者"小说中的"自我技术",多表现为自我形象和自身经历的经营,缺乏内心的开掘、灵魂的剖析,故事的落脚点又多集中于个体在社会政治结构中的复归,观念化、同质化倾向严重,因此在一般的理解中,这种"技术"的实质与成因,被归结为具有贬抑性质的"归来情结"。② 不过,这种自我形象的刻意构建,既不是没有来由,也并非没有任何正面、积极的意义。

在个人性的层面,正如前文反复提示的,在拨乱反正的历史氛围下,"小说"是一种申辩、剖白、倾诉的公共空间,甚至是某些处境恶劣的作家"上达天听"的渠道,具有为自己平反、正名、

---

① 王安忆的小说《叔叔的故事》(原载《收获》1990年第6期)与张贤亮、鲁彦周等人的关系,参见本书第二章和第五章的分析。这篇小说的最后两段是:"叔叔的故事的结尾是:叔叔再不会快乐了!/我讲完了叔叔的故事后,再不会讲快乐的故事了。"
② 洪子诚:《问题与方法——中国当代文学史研究讲稿》,北京大学出版社2010年版,第72页。洪子诚及其他研究者有关这种"情结"的批评性意见,参见本书绪论第一、第二节的论述。

进而改变命运的特殊功能。因此在个体生存的意义上，"归来者"的一部分小说（特别是在其"复出"前后写作的那些），可以视为一种实践行动，这是体制与作家缔结的契约关系。而且，我们毕竟无法真正进入作家精神结构的最深处，因而作家于写作的过程中，在自觉与不自觉、意识与潜意识之间的心理活动，实际无法为外人道，甚至自己也难以理清。

在公共性的层面，如果说"归来者"想象和建构的，是自我的社会性的身体，那么具有这种身体的作家，纵使是完全社会化的自我，也可以承担某种社会责任。仅仅将"外面"的自我摹写下来，作为典型和标本，留待时人和后人解剖，也是一种形式的履责，也不是没有任何补益。关于这一点，下面还会谈到。

二 家庭生活：日常的危机

与自我书写的建构性相关，"归来者"小说中的家庭生活也是高度虚构和抽象化的。如前文所述，在"诗史"的意义上，家庭生活本来正是区别小说与历史叙述的关键环节。与整齐化、系统化的历史记载不同，小说可以将政治融化于家庭和日常生活之中，以细琐叙事网罗那些零碎、纷乱、不和谐的言说和情绪。但是，"新时期"初始的文学成规，仍旧奉社会主义现实主义为圭臬。乍暖还寒的气候，更让作家们难越雷池一步。家庭生活的书写，在严格的题材秩序中，被置于次要、从属性的地位。

不过，如果说关于家庭的叙述，因被压抑而在其时小说中隐失的话，也是一种过于粗糙的判断。相反，"新时期"起端的小说潮流，恰恰是通过《伤痕》这种直击家庭问题的哀痛叙事而掀起的。通过感伤体验的宣泄唤起共鸣，为社会变革提供强大的情感动能，也正是其时文学参与政治、介入社会问题的特殊方式。以上章节讨论的《布礼》《绿化树》《天云山传奇》《弦上的梦》等小说，也都不同程度地牵涉到历史事件波及家庭生活的方面；当然，如果与巴尔扎克、托尔斯泰等现实主义的精确叙述相比，区别也显而易见。柴米油盐的烟火气息、衣食住行的流水细账、吃喝拉撒的世俗滋味，都难以在这些小说的"家庭"里面觅得。不过，如果在"归来者"自身的历史性框架讨论，在情境中寻找真问题的显影剂，还是要回落到自传性的层面，从内部建立细致的参照。可以发现，相较于身（自我）和国（社会）的维度，在与"家"相关的方面，作者到主人公的通道最多阻隔，最难看到作者自己的故事。

由于自传性是一种微观视角，关注创作个体生平经历与文学表现之间具体的互动关系，因此在这个问题上，区分"归来者"个人生活中的家庭，与"归来者"文学表现中的家庭，就是必要的前提。结合"归来者"的自述，可以将他们生平层面的家庭，细分为三个不同的层面，然后分别观察其间人与文、虚与实的关系。

第一个层面是血缘意义上的家庭。这主要是在作家与父母一辈关系的层面，涉及家世、出身、血统、家庭成分等问题。张贤亮的一系列小说，从早期的《灵与肉》到后来的《唯物论者的启示录》，反复叩击血缘问题，一次次揭开主人公的伤疤，可见其自身痛点所在。不过，虽然相关书写的观念化程度，在张贤亮笔下也有一个由重渐轻的过程，但是从一开始，张贤亮的主人公就完全超克了《伤痕》中王晓华的归因模式，从未把怨恨的对象，转嫁于自己的至亲。尽管如前文所述，张贤亮与父亲的关系并不亲密，也深受其历史问题的牵连，但无论是他本人，还是他的每一个人物，从来没有王晓华式的"平庸的恨"——尽管正是这种恨与痛，在"新时期"之初赚得了无数的同情和眼泪。相反，张贤亮的主人公还有爱。张贤亮的确不是一个软心肠的作家，他的人物不会在温暖的港湾停留太久，但在若干散落的碎片里，比如《绿化树》中给母亲写信"虚言报喜"的闲笔，实能体味到质感细腻的脉脉深情。张贤亮的性情中或许确有"庸俗""黑暗"的部分，但能让自己的小说兼具抽象的怨和具体的爱，这就绝不会是一个简单的作家。

第二个层面是情感意义上的家庭，这里主要指爱情、建立在感情基础上的婚姻和患难与共的夫妻关系。在这个角度上，个体日常生活的书写，在"归来者"笔下严重缺失。其中一部分原因是，作家本人在相当长度的"昨日"之中,被放逐在正常的家庭生活之外,自然无从也不愿起笔。但是对于家庭内蕴的情感力量,无论自身处境如何,作家们都有深刻的认识。那些在落难之时,真实拥有过相濡以沫的体验,感受过无言的安慰、不躲闪的目光、轻轻或紧紧握住的手的人们,如王蒙、刘绍棠,后来都在小说中直接表现过这种让人心安的力量和对这种力量的无限感激。即使是仅仅拥有片段的"准家庭生活"的张贤亮,也写出了唯有家庭关系(特别是家庭结构中的女性)才能提供的不可替代的东西。也是在张贤亮笔下,日常生活的记忆获得了有实感的表现,尽管它是以反讽的方式赢得一席之地的。在《灵与肉》中,热心的老乡把从四川流亡而来的小姑娘秀芝,不由分说带到"老右"许灵均家里,宣布二人"秒婚"之后甩手离开。初见即是过日子的开始,两人四目相对,不免手足无措。但秀芝率先调整了状态,不言不语破解了僵局:

> 她抬起头,看到他诚挚的目光,默默地把一杯水喝完,体力好像恢复了一些,就跪上炕叠起了被子,然后拉过一条裤子,把膝盖上磨烂的地方展在她的大腿上,解开自己拎来的小白包袱,拿出一小方蓝布和针线,低着头补缀了起来。她的动作有条不紊,而且有一股被压抑的生气。这股生气好像不能在她自身表现出来,而只能在经过她手整理的东西上表现出来似的。外表萎顿的她,把这间土房略加收拾,一切的一切都马上光鲜起来。她灵巧的手指触摸在被子、褥子、衣服等等上面,就像按在音阶不同的琴键上面一样,土房里会响起一连串非常和谐的音符。①

在这里,日常生活的温度,是以"非正常"的方式获得的,也恰恰来自"正常"的缺乏。

---

① 张贤亮:《灵与肉》,《张贤亮选集(一)》,百花文艺出版社1995年版,第157—158页。

第三个层面是户籍意义上的家庭，涉及家庭结构、家庭成员，以及城乡户口等制度性问题。制度上的家庭和情感上的家庭，边界本来并不清晰，但是高晓声的经历，他的自述和小说之间的缝隙，戏剧性地表现了两者的分界，以及其间隐含的结构性矛盾。高晓声1972年与邻村寡妇钱素贞重组的八口之家，是其在落难的境遇下，基于传宗接代等现实性考虑而建立的。从户籍角度看，全家唯一"非农业"户口的高晓声，在其所谓的"农民化家庭"中状如"孤岛"，或许这也是其情感形态的某种隐喻。如今来看，这种家庭的出现，既是日常性危机的结果，也潜伏着新的一重危机。当高晓声们在"归来"之后回首，过往的乡居岁月，实为生命中的特例状态。特例状态下的生活，能转化为平常状态下的生活吗？"无爱""无共同语言""无精神交流"等隐疾，共苦时或可忽略不计，同甘后还能引而不发吗？如果一份更"真诚"的感情、一种美丽新生活的可能性就在眼前，苦尽甘来的人们能够抵挡住诱惑吗？在"归来者"的个人生活史中，"昨我"与"今我"最为激烈的交锋，就是在这个战场上发生的。曾经在1949年"进城"前后爆发的"我们夫妇之间"的社会问题，又在"返城"时代大规模复现。①

自传性写作是一种经验性写作，高度依赖作家的人生履历。在"归来者"任何时期的自述中，亲身经验的重要性，都远远大于想象和虚构。但是，即使在创作成规、审美原则发生结构性转换之后，这些惯于表现"特殊生活"的写作者，也都在不同程度上，显露出对于书写家长里短、身边人事的抗拒。"归来者"群体的文学形象，也被凝定在历史的、记忆的、过去时态的书写者，而不是现实的、日常的、进行时态的书写者。这提示我们，作为写作资源

---

① 在1980年代，不止一位"归来者"的婚姻宣告破裂，或产生严重的危机，当时有作家"离婚潮"的说法。在小说创作层面，张弦写于1980年前后的《未亡人》《挣不断的红丝线》《银杏树》《回黄转绿》《污点》等一系列短篇小说，都涉到爱情、婚姻、家庭生活的矛盾点。这些小说的结局往往是开放性的，没有给出答案和出路，因此虽然可以归入"问题小说"的流行模式，提出的却是一系列难以索解的社会及伦理问题。关于这些小说及其与当时小说主潮之间若即若离的关系，参见拙作《缘何男子作闺音——张弦小说的位置与意义》（《文艺争鸣》2021年第10期）的讨论。

的自传性材料，实际不是铁板一块，而是具有细密、复杂的内部性结构。一方面，不同材料的性质、层级、分量，在作者的自我意识中有明确的秩序；另一方面，所谓文变染乎世情，这种结构不是封闭的，而是与外部性因素息息相关的，但这并不意味着，自传材料的内部系统可以随意重新排列，随时生产出符合需求的风貌和样态。对于家庭与日常书写的排斥，反而成为"归来者"自传书写稳定性（亦是局限性）的表征。

三 重大问题：题材的偏至与价值线的确立

如上所言，"归来者"的自我书写，实际具有"泛政治性"的特征。笼罩性的社会政治生活，不只是外部的历史氛围或时代精神，而且应该视为主人公自我构造的有机部分。也是在这个意义上，"归来者"的小说，如前文着重讨论的《大墙下的红玉兰》《李顺大造屋》《陈奂生上城》《布礼》《蝴蝶》《天云山传奇》《记忆》等篇，都被当时的批评界视为碰触重大题材、具有思想性和典型性的重要收获。

在1950年代到1970年代的当代文学中，题材问题一直是争论的焦点之一。但是，主要根据社会生活领域来区分题材，在此基础上形成重大/非重大、主要/次要的等级秩序，则是文学界的共识。每当形势相对松动的时期，题材多样性的问题会被提上日程，也算是一种文学制度的周期性规律。例如，刘白羽在1956年的中国作协理事会报告中指出：

> 这一次制订1956—1967年的工作规划时，各分会已经注意到丰富创作题材这个问题了。同志们！请看一看，中国人民的英勇斗争和勤劳建设，给我们创造了多少可以写之不尽的题材吧！这简直是未开发的无穷的宝山，我们有太平天国农民起义、三元里农民抗英运动、二七大罢工、大革命时代的湖南农民运动、海陆丰农民运动、井冈山根据地、党的地下斗争生

活、英勇绝伦的二万五千里长征种种到今天我们还没有或很少接触过的历史题材；我们有鞍钢、长江大桥、黄河三门峡发电站、汽车厂、拖拉机厂、铁路、勘探、森林、少数民族生活、渔民生活、青年学生生活、店员生活及海防与边防的斗争种种到现在还没很好表现的现代题材。①

尽管在任何时期，题材都不会真如报告所言是"写之不尽"的，但由这里可以看出，在我们通常所理解的，以社会生活为尺度的工农兵（工业、农业、军事）与知识分子题材之间，以时间为尺度的历史题材和现代（现实生活）题材之间，还有大量被折叠起来的中间项。刘白羽所列举的这些"题材"，实际是其时社会生活中的"重大问题"。广泛、深入地表现这些问题，把作品写在祖国大地上和生产实践中，就是由这份报告所显示的，百花时期的文学想象。在王蒙们相继归来的"新时期"，文艺方针、政策、领导方式，都伴随着文学体制的重建而发生了相应的调整，但是，文学创作的重大题材（问题），以及重大与非重大的区别依据，取决于社会政治生活的中心任务，则在很长一段时间里保持不变，纵使在作家自身的创作观念中也是如此。

对于作家皆选取重大问题进行创作的现象，在多数研究者眼中，要么看作体制对于个体的控制，要么视为个体对于体制的输诚。但就"归来者"的情况而言，问题还有另一个方面。托克维尔在《旧制度与大革命》中讨论了法国文人与德国文人的不同特质，他认为：

> 他们（指法国文人——引者注）不像大多数德国同行那样，完全不问政治，埋头研究纯哲学或美文学。他们不断关心同政府有关的各种问题；说真的，他们真正关心的正是这些。他们终日谈论社会的起源和社会的原始形式问题，谈论公民的原始

---

① 刘白羽：《为繁荣文学创作而奋斗——在中国作家协会第二次理事会会议（扩大）上的报告》，《文艺报》1956 年第 5—6 期合刊。

权利和政府的原始权利，人与人之间自然的和人为的相互关系，习俗的错误或习俗的合法性，谈论到法律的诸原则本身。这样，他们每天都在深入探索，直至他们那时代政治体制的基础，他们严格考察其结构，批判其总设计。的确，并不是所有作家都把这些重大问题作为进行特殊而深入研究的对象；大部分人只不过是蜻蜓点水，聊以自娱；但是，所有作家都遇到了这些问题。这种抽象的文学政治程度不等地散布在那个时代的所有著作中，从大部头的论著到诗歌，没有哪一个不包含一点这种因素。①

按照托克维尔的说法，中国文人显然更具有法国文人的特色，有相似（虽然也有本质性的区别）的文化心理和文学政治背景。在强政治环境下度过半生的"归来者"，自然更是如此。对于社会问题的强烈兴趣，本身就是这一代作家精神构造的一部分。在对个体与国家关系的理解上，这一代文人也与前后世代的文人有着显著的、不应忽略的差别。因此，创作题材的偏至、重大问题对于创作者的集体性吸附，除了以上章节讨论的种种原因之外，还有这样一重内在的、精神性的理解角度。

当然，如果穷根究底，"重大问题"毕竟只是关乎"写什么"，却没有限定"怎么写"。如托克维尔谈论的法国文人们，即使笔下小说涉及同一个议题，也可以具有丰富的异质性，并且经常针锋相对。雨果重视教育，把学校看作进步的工具；福楼拜却用《布瓦尔与佩库歇》表明，教育不代表什么，天性决定了一切。这就涉及对于问题的价值判断，以及判断的自由度与多元（一体）化的问题。在20世纪中国文学中，各个时期的代表性小说，经常内含一条历史性的价值线。价值线指的是，以某种尺度为依据，在小说的

---

① ［法］托克维尔：《旧制度与大革命》，冯棠译，商务印书馆1992年版，第179—180页。引文所在的章节标题是"到18世纪中叶，文人何以变为国家的首要政治家，其后果如何"。不过，在托克维尔的观念及论述中，所谓"重大问题"并不存在政治问题/非政治问题的分野。在20世纪中国的语境下，非政治问题如一般的文学、学术问题，指在一定范围内可以这样讨论，也可以那样讨论，可以有这样或那样观点的问题。政治问题则并非如此。

正面人物与反面人物之间，可以画出一条清晰的界线。例如，巴金的《家》的标尺是自然年龄，以高觉新为界，凡是比他年长的都是"坏人"，比他年幼的都是"好人"。茅盾的《子夜》以阶级属性为界，在民族资本家（吴荪甫）必然失败的历史命运下，官僚资本家（赵伯韬）、中小资本家（朱吟秋）、地主（吴老太爷）都是没落的，小说后景中的裕华丝厂工人、双桥镇农民，则预示着隐隐的希望。本节标题中的"偏至"，也在这个意义上成立。"新时期"起点的小说，要为其时的中心任务，即以揭批"四人帮"为中心的路线斗争开辟道路。1977 年 9 月的短篇小说座谈会，提出了"打好揭批'四人帮'的第三战役""提倡反映当前抓纲治国的现实斗争，特别是要提倡写并且努力写好第 11 次路线斗争这一重大题材"① 的说法。对正在"归来"的作家而言，这也标志着小说价值线的确立。

尽管在本书讨论的"归来者"创作时段（自 1970 年代末至 1980 年代中期），价值线并非一成不变，也有摆荡和反复，但总体原则始终看得清楚，即清晰的重大历史问题的是非和逐渐清晰化的若干历史问题的导向。前一章讨论的"归来者"的态度形式，以及文学主题、形态层面的问题，如突破禁区的时机、路径，今昔对照的时间结构，也可以从价值线的角度理解和把握。由于其时作家与社会的隐性契约，作家被视为集体性情感经验的承担者和代言人。在一定范围内，在小说中书写"昨日"的苦难、怨愤，乃至调动"真人真事"的自我技术，不仅毫无问题，反而成为"归来者"的特殊资本，必要时刻还会因身世背景确证写作资格，并且因此加深读者的认同感。当然，其中也有一条明确的红线，借用从维熙一篇少作的名字来说，就是必须表达"共同的仇恨"。

刘绍棠在 1980 年的一篇随笔中说："我和我的五七年同命运的

---

① 《人民文学简报》第 3 期，引自刘锡诚《在文坛边缘上——编辑手记》，河南大学出版社 2004 年版，第 29—30 页。由此我们才能理解，王蒙获得首届全国优秀短篇小说奖的《最宝贵的》结尾段落的意义："'心啊，你要听话，要好好地跳！要保证严一行这个老兵，在华主席统率下，把揭批"四人帮"的第三战役打下来！'"（《人民文学》编辑部编：《一九七八年全国优秀短篇小说评选作品集》，人民文学出版社 1980 年版，第 341 页）

战友们一样,是从顾大局和识大体,从坏事变为好事的角度,来对待这一段已成为历史的遭遇的。我们这些人,在五七年问题彻底改正以后,没有一个人纠缠历史旧账,没有一个人向党和人民伸手讨取任何补偿。"① 尽管如前所述,刘绍棠的此类言论屡遭争议,但就"归来者"的文学表现而言,此处所言没有太大问题。他们普遍将小说视为社会"公器",不在其中泄私愤、报私仇,纠结于一己的历史旧账。我在以上王蒙、张贤亮和张弦的章节中,都结合具体文本,讨论过如何对待具体的"加害者"的问题。其实,个人恩怨是无法抹除的,恨是不能忘记的——怎么可能忘?但是,作为一名真正的写作者,如何用自己的笔表现恩怨,就是另外一层问题。傅光明在评价一位海外作家时曾说:"在小说中,一个心里有恨的作者,若能心平气和地写恨,才可能会有文学的境界,否则或就是拿文学发泄了。"② 个人层面的爱恨往事,在"归来者"笔下并非全无影踪,如我论析《布礼》和《霜重色愈浓》时指出的潜在叙述。但是这些细节中的隐藏部分,从未喧宾夺主,造成对作品整体意蕴的侵夺。而且即使写到,即使今天的研究者以近乎索隐的读法,挖出藏在小说叙述后面的人与事,也会发现作者(叙事者)态度的复杂。不妨就用王蒙的措辞:这些人事,在历史与记忆中是"不成样子"的。

价值线的清晰度,与小说引起争议的可能性成反比。价值线越简单,麻烦就越小;价值线越模糊,歧义就越多。《绿化树》《男人的一半是女人》第一次在作为历史受害者的"昨我"故事中,提供了含混的、互相冲突的价值,和亦正亦邪、善恶难辨的主人公,受到批评的"围困"也是情理之中。引起争议的另一种原因是"年代错误"。也就是说,分歧并不发生在作品(作者)与同时代读者(社会)之间,而是在作品(作者)与异时代读者(社

---

① 刘绍棠:《惜别与前行》,转引自王培洁《刘绍棠年谱》,文化艺术出版社2012年版,第111页。

② 傅光明:《书信世界里的赵清阁与老舍(下篇)》,《现代中文学刊》2018年第2期。

会）之间。关于《记忆》的批评史，就是这一种争议的体现。创作时作为准绳的价值线发生了更动，或已隐匿无踪，孤立于作品湖心的观念形式，由此变得不可理喻。这些围绕价值线的争议，从另一个角度提示我们，尽管笔者不断重申，"归来者"的小说是强自传性的。但是这些自传式写作的主流，绝不是暴露隐秘的"私"小说，而是一种"公"叙事。这也正是在自叙传写作的整体视野中，这些特殊时期的小说的特殊品质。

四 "今日之我"的修辞学：议论、辩论、结论

与以上各章一致，这里所说的修辞学，是在韦恩·布斯《小说修辞学》的线索上使用的。在布斯看来，作者、叙述者、人物和读者之间的关系就是一种修辞关系，即作者通过作为技巧手段的修辞选择，构成与叙述者、人物和读者的某种特殊关系，由此达到某种特殊的效果。小说是叙述的艺术，但是以论代述的现象，大量充斥在"归来者"，特别是其"归来"前后的创作之中。夹叙夹议的形式，议论、辩论、结论的结构，作家们以论文入小说，意在强势介入——发出声音、引导阅读、点明主旨。当然，强势的本质是情境中的"虚弱"，既要发声，又要尽一切可能"高保真"，减少曲解的可能性。对于"今日之我"——兼指文本之外的作者和文本之内的替身（通常是"叙事者"），"论"的功能就是控制，既要控制"昨日之我"，还要控制读者对"昨日之我"的反应，控制意义的开放性和情节的多变性。在这里，急于显露的"今日之我"实际有两个不同层面：其一是"我"，即一般修辞学层面的作者进入作品；其二是"今"，即在特定的时代语境中，必须以今时今日的价值基点，构建对于"昨日"与"昨我"的解释模式。

在"归来者"的小说中，最常见、最典型的介入方式是直接的议论。在现代小说理论中，议论容易导致浮夸、拙劣的主观流露，追求客观性的作者唯恐避之不及。但"归来者"不仅不惮使用这一手段，而且大量引入它的"非文学"形式：说教、宣谕、

表态。笔者曾分析过《绿化树》的结尾段落，指出它已经逼近小说的文类界限，如同在戏剧中打破"第四堵墙"那般，作者越过主人公，直接向读者致辞。尽管并不都像《绿化树》这样极端，但是，作者直截了当地发表观点，乃至形成其与主人公、读者的"不正常"关系，却是"归来者"小说中的普遍现象。作家们——至少其中最聪明的作家不是意识不到问题，并非不知这会导致艺术性的损失。只是，与他们可能获得的及可能造成更大损失的结果相比，这种代价是值得且必须付出的。通过议论"塑造信念""把个别事物与既定规范相联系"①，是其时小说创作必要的乃至第一位的意义。因此，他们的小说需要画外音，需要导游和解说，指示读者应该如何看待故事、人物，特别是故事和人物有违常规的特异之处。在积极的作用上，议论可以帮助他们亮明身份、表露心迹；在消极的作用上，当人物和故事行进到危险的边缘，议论可以及时将其拉回。当然，所有这些，都只能是可靠的议论者发出的可靠议论。② 关于这些小说中的议论，以上各章已有不少散落的分析。这里再简单以前面举过的几个片段为例，略说议论的实际效果，及其在不同作家那里有限的多样性。

首先，不妨从形式层面，重读张弦《记忆》中主题性的议论段落。正是在此段之中，方丽茹在"今日"的阳光下，微笑着与"昨日"和解：

> 然而，她没有悲伤，没有怨恨，没有愤慨。她的文化有限，但胸襟开阔。她懂得她的遭遇并非由某一个人，某一种偶然的原因所造成，也并非她一个人所独有。她没有能力对摧残她的那些岁月作出科学的评价，但她确信历史的长河不会倒

---

① [美] 韦恩·布斯：《小说修辞学》，华明、胡晓苏、周宪译，北京联合出版公司2017年版，第166、171页。
② 在中国当代文学中，不可靠的叙述和叙述者，一般认为在1980年代中期出现的"先锋文学"才开始出现。张贤亮的《唯物论者的启示录》中的叙述，因为其内部的矛盾、缝隙，而带有某种"不可靠"的征象，但其成因极其复杂，详见本书第二章的分析。

流。当明丽的阳光已照在窗前的时候，人们不总是带着宽慰的微笑，去回忆昨夜的噩梦，并随即挥一挥手，力图把它忘却得越干净越好吗？①

在这里，叙事者决然跳出人物，站在比"文化有限""能力有限"的主人公更高的历史台阶上，评议主人公的做法和心理。名义上是评议，实质的功能是导读，即明确地、不遮掩地提出了对待方丽茹及方丽茹式行为的"指导性意见"。在防御性的层面，这也有效阻止了读者的接受反应，向不可控制的其他方向蔓延。

有些同样直白的议论，是通过小说中的人物之口传出的。"陈奂生系列"（尤其是《"漏斗户"主》）中陈正清对陈奂生的议论、《天云山传奇》中周瑜贞对吴遥的议论，虽然混杂了不同的语言风格，但是作者的声音都不难辨认。其中对于人物、事件、时代的"政见"，观点清晰，立场明确，同样具有"高保真"的品质。

相对隐微、间接的议论形式，仍旧是让作者隐藏在人物后面，但是二者的声音有更戏剧化的交融，不致击破阅读者的沉浸体验。《夜的眼》中，从边地来城市开会的陈杲挤上公共汽车，听到身旁的工人、青年们高谈时事，一句不乏趣味的议论在这里适时插入："但是民主与羊腿是不矛盾的。没有民主，到了嘴边的羊腿也会被人夺走。而不能帮助边远的小镇的人们得到更多、更肥美的羊腿的民主则只是奢侈的空谈。"

这个"意见"内含具体的观察视点和生活背景，也没有脱离情境中主人公的身份和本色，有内容而不逾矩，后景中又有"故国八千里，风云三十年"的宏阔视野。这种写法，正是王蒙曾经和后来的拿手戏，难怪他将这个不足万字的短篇，视为那个"有文才"的"昨我"真正归来的标志。

在单方的议论之外，"归来者"也经常运用同时期小说常见的

---

① 此处及其后引用的小说原文，都出自前文分析过的作品，引文出处参见相应章节，不再出注。

"辩论"形式，引入与主人公驳诘的另外一方。可想而知，这是一场结局预先定好的，正方一定胜利、反方必然失败的一边倒的辩论赛。不过，既然是辩论赛，就多少带有游戏性，为枯燥乏味的说理挤出了一点审美的空间。在《布礼》中，灰影子潜入钟亦成的卧室，与其发生了三次唇枪舌剑的大辩论。这个拟人化的灰影子，代表着当时已经开始抬头的怀疑主义与虚无主义情绪。面对年轻时髦的对手——"灰影子穿着特利灵短袖衬衫、快巴的确良（一种流行的化纤混纺面料）喇叭裤，头发留得很长，斜叼着过滤嘴香烟，怀抱着夏威夷电吉他"，钟亦成有过动摇，但最终重新坚定起来：

> 是的，我们傻过。……然而，毕竟我们还有爱戴、有忠诚、有信任、有追求、有热情、有崇敬也有事业……我们的生活，我们的心灵曾经是光明的而且今后会更加光明。但是你呢？灰色的朋友，你有什么呢？你做过什么呢？你能做什么呢？除了零，你又能算是什么呢？①

三次辩论都以钟亦成完全的胜利为结果，并最终收束于对灰影子的大声诅咒。"灰影子"是假想敌，也是心魔。在小说中，钟亦成（王蒙）重新激活了"少共"的精神资源，既使《布礼》顺利汇入了革命现实主义文学的正统之中，也以胜利者的姿态展现了个人思想的纯洁与再纯洁化的努力。②

另一种形式的辩论，出现在章永璘（《男人的一半是女人》）的幻觉里。穷途末路之际，宋江、奥赛罗、孟子、庄子都无法拯救章永璘，直到慈祥的马克思从月亮中走出。此时此刻，章永璘把自己变成了辩论场，把自己的困境变成了辩论题，以供鬼雄先贤一较

---

① 王蒙：《布礼》，《王蒙文集·中篇小说（上）》，人民文学出版社2014年版，第64页。

② 关于"灰影子"与王蒙的延伸讨论，参见拙作《当"钟亦成"再遇"灰影子"——王蒙与〈你别无选择〉〈无主题变奏〉的发表》，《文艺争鸣》2019年第2期；金理《灰影子考论——理解王蒙作品的一条线索》，《文艺研究》2023年第10期。

高下。《男人的一半是女人》无疑糅入了超现实的元素,除了群星下凡,还有突然开口说话的大黑马。但在这些看似有趣的设计中,笔者却看到了张贤亮的疲劳和厌倦,以及《启示录》难以为继的衰败之象。在《启示录》的逻辑中,马克思就是终极的答案,他的出现意味着辩论的终结。在此之后,章永璘已不可能从另外的遭遇中,获得任何崭新的启示了。

事实上,无论辩论引入了"敌人"还是"导师",都不会通往含混和复杂。最终的结果,反而是使作者的观念和态度更为清晰,进一步证明正确一方的正确性。因此,辩论的结束,就意味着结论的产生。"归来者"的小说,特别是写于"复出"前后的问题小说,大致都有不同形式的结论。但是在这之中,有的作者还会担心结论不够显豁,而在作品的结尾再奏强音。《弦上的梦》的尾段是:"人的梦,一定会实现;妖的梦,一定会破灭。这是历史的必然。"这种斩钉截铁的点题之笔,有时出现在小说的开篇。《大墙下的红玉兰》就起始于这样的引子:"民间传说,日蚀是天狗想吞噬太阳的时刻。在这个时刻里,天地混沌,人妖颠倒,鬼魅横行……中国历史上出现'日蚀'的年代,在大墙下面,发生了这样一个悲怆的故事……"这样的结构,让小说的其余部分,都在某种程度上成为结论的推演和附丽。

归总而言,在修辞学的意义上,"归来者"小说的方法就是以论代述,或者说是"作小说如作论文"。也许可以这样解说,在特定的历史时刻,小说这种文类本身具有"不纯性",它突破了常规的文体界限,兼有文学性文本与解释性文本的双重功能。但在自传性的意义上,这势必造成"今我"与"昨我"的非正常关系。健康的关系本应该是,"今我"在重新组织"昨我"的过程中,经历交锋与和解的反复纠缠,最终实现自我的清理、反思和新的生长,小说由此成为"认识、观察和陈述自己生活的形式"[①]。但在上引

[①] [俄]M·巴赫金:《审美活动中的作者和主人公》,《巴赫金文论选》,佟景韩译,中国社会科学出版社1996年版,第487页。

绝大多数的小说中,最后完成的皆是没有交锋的和解,大抵经由"昨我"的苦尽,直通"今我"的甘来,成了忆苦思甜的变奏。不过,也无须为其中显示的"非历史"倾向而太过忧心。和解不会真正完成,正如交锋不会凭空消失,它们依然会在小说之外的其他场域发生。只是,在小说的世界里,我们见证的是"今我"的僭政。

　　这或许是可笑和不近情理的,如笔者在绪论部分引述的胡适之言:"《醒世姻缘》真是一部最有价值的史料。他的最不近情理处,他的最没有办法处,他的最可笑处,也正是最可注意的社会史实。"胡适认为《醒世姻缘传》出自蒲松龄之手,因此他紧接着说:"蒲松龄相信狐仙,那是真相信;他相信鬼,也是真相信;他相信前生业报,那也是真相信;他相信'妻是休不得的',那也是真相信;他相信家庭的苦痛除了忍受和念佛以外是没有救济方法的,那也是真相信。这些都是那个时代的最普遍的信仰,都是最可信的历史。"[1] 那么,"归来者"真正相信他们在小说中强势表达的论断吗?也许相信,也许并不,最准确的说法或许是:"归来者"在小说中声称相信。"真正相信"和"声称相信"之间,或许才是这一代作家"今我"与"昨我"或交战,或协商,或拥抱的真实地带。因此,对于"归来者"小说自传性的考察,不仅需要精神的考古学,还需要社会的心理学和辨伪的文献学。

　　"新时期"起端的历史空间,是"归来作家"小说中的自传性得以生成的根据。故而,自传契约的有效期,也即真正属于"归来者"的文学史时间,注定只能停留在"新时期"的第一乐章。"摆渡人"(高晓声语)、"泅渡者"(从维熙语)等具有牺牲色彩的形象,最终成为"归来者"自身命运的隐喻。在艺术的长河中,他们的小说和他们的主人公,或许都是必将消逝的历史中间物。但笔者相信,这些作品和主人公,也是历史的纪念物。纪念物如

---

[1] 胡适:《〈醒世姻缘传〉考证》,《胡适文存》第4集,首都经济贸易大学出版社2013年版,第255页。

同指示牌，它"所起的作用就像是个索引：它要求我们看一个特定的方向，但并不具体告诉我们在这个方向上最终能看到什么"①。一方面，对于历史的纪念只有通过纪念物才能实现，但另一方面，人们通过纪念物所看到的，从不只是纪念物的创造者希望人们看到的东西。闪烁的路标不断提示着后来者：在那里，有些事情曾经发生；在那里，有些事情永远不该忘记；就在那里，你自己走过去看吧。

---

① ［荷］F. R. 安克斯密特：《历史表现》，周建漳译，北京大学出版社2011年版，第185页。

附录　张贤亮的"复出"
——冯剑华访谈录*

冯剑华，1950年生，原籍安徽太和，张贤亮夫人。1977年毕业于复旦大学中文系，历任《朔方》（《宁夏文艺》）编辑、副主编、主编，宁夏作协副主席，宁夏文联副主席等职。1980年与张贤亮结婚，次年生子张公辅。

访谈时间：2017年11月1日

访谈地点：宁夏银川镇北堡西部影视城百花堂

赵天成：冯剑华老师您好，今天我想向您了解一下张贤亮老师"复出"前后的生活史情况。我们先从您的经历开始谈起吧，我从资料看到您是安徽太和人，您是什么时候到宁夏来的？

冯剑华：我是在1960年或者1961年，10岁的时候，因为父母支边，我就随着一起过来的。我的小学的一部分、初中，都是在宁夏读的。我是66届初中生，刚考完毕业考试，升学考试还没考，"文化大革命"就开始了，1966年到1968年这两年期间，在学校，但是不上课，每天就写写大字报呀，出出大批判专栏呀，搞搞军训呀。到了1968年，毛主席"山上下乡"的指令就下来了，我倒是没有下乡，因为当时我们的学校是在矿上，宁夏石炭井矿务局，就是矿工子弟学校，学生都是煤矿的工人子弟。

赵天成：您父亲是支边就到了煤矿吗？

---

* 该篇访谈文字已取得冯剑华授权。

冯剑华：对，就在煤矿。

赵天成：是干部还是工人？

冯剑华：就是煤矿工人。开始的时候挖煤，后来年龄大了，就让他开开水泵什么的。到了 1968 年，66、67、68 三届放到一起一共 150 多个学生，在矿上留了 20 多个，其他的就都下到农村去了。我就留到矿上当工人，搞基建，盖房子。当时矿务局有一个土建队，我们干的都是最苦的活儿。（笑）当了一年工人，后来就到广播室当广播员，然后 71 年就从矿上去当兵了，还是在贺兰山里，兰州军区第二骑兵师，就是刚解放时候甘南草原叛乱的平叛部队。到了 1968、1969 年的时候，这支部队就从甘南调到贺兰山，构筑国防工事。那时候不是反苏嘛，贺兰山往北都是戈壁滩，所以贺兰山就算是一个重要的屏障，我们这个部队就连施工带训练。我在宣传队当过，也在师部的广播室当过广播员。当了三年兵，1974 年就从部队回来了，因为在部队的时候发表过几篇小文章，就到现在的《朔方》，当时叫《宁夏文艺》编辑部当编辑去了。我很想上学，所以到那年秋天，我就跟领导讲，当时领导不想放，我就直接找到来宁夏招生的上海师范大学生物系的翟老师，这样就到复旦上学去了。

赵天成：工农兵大学生？

冯剑华：对，工农兵大学生，74 级。到了 1977 年毕业的时候，当时的分配原则是哪里来回哪里去。当时我们班一共 16 个同学，只有两个从黑龙江兵团定向招生的同学留北京了，他们来之前就定下毕业后要到文化部，一个是梁晓声，一个后来去了中国戏剧学院学生处。其他的 14 个同学都是哪来的回哪去，我就又回到《宁夏文艺》当编辑了，一直干到 2011 年 4 月份退休（笑）。也是一步一个脚印地干到现在，编辑、编辑组长、副主编、常务副主编、主编，然后是作协副主席、文联副主席，中国作协全委会委员，临退的那一年是自治区政府参事，所以现在我实际上是不在岗，但是还算是在职。其实我的经历很简单，没有走过那么多单位。

赵天成：好的，您是 1977 年回到《宁夏文艺》当编辑。《宁夏文艺》1979 年第 1 期、第 2 期、第 3 期、第 5 期，连续发了张贤亮老师最早的四篇小说，《四封信》《四十三次快车》《霜重色愈浓》《吉普赛人》，关于这几篇稿子的情况，包括具体的编辑、发表过程，以及发表之后的影响，您能不能介绍一下？

冯剑华：嗯，这几篇稿子是自然来稿。当时我们是一个大办公室，分两个组，一个小说组，一个散文组。当时我和一位老同志两个人是散文组的，其他几个都是小说组的，有杨仁山、郑柯、李唯等同志。张贤亮这些稿子拿来以后，就是小说组的几个同志看。我们编辑部有个老同志路展（路福增），他原来是《人民文学》的编辑，儿童文学作家，后来下放到宁夏来了，他知道张贤亮的情况，说他是在《延河》发表过《大风歌》的。当时大家看了稿子以后，感觉眼前一亮，特别是和其他作品比起来非常突出。因为宁夏的文学力量比较薄弱，所以不管是文字也罢，文章的立意也罢，他的小说都比其他作品高出一截子，有种鹤立鸡群的感觉，就立刻引起了编辑部的重视。当时我们的主编是哈宽贵，原来是上海《萌芽》的，参加过学生运动，也是支边来宁夏的。他当时的态度就是大力支持，说这几篇连续发，而且是在重要位置发。因为按常规来说，一般不会这样做，同一个作者的稿子，一般要隔一期两期再发，但当时哈主编就决定打破常规，连续发，发出以后就引起很大的反响。当时的文联领导就说，这个同志是个人才，就准备把他调到文联来。

赵天成：当时的文联主席是谁？

冯剑华：文联主席是石天，我们叫石老，他是老"鲁艺"的，他后来对张贤亮各方面都是大力支持。记得当时文联只有唯一的一辆吉普车，是专门给领导坐的，接送石老上下班的。当时是开着这辆吉普车，专门到南梁农场把张贤亮接来的。接来以后给他的待遇也比较高。那时候房子不都是单位分嘛，当时文联有一套闲的房子，就是一间屋子，带一个厨房，和一个一米宽的小阳台。当时编辑部除了我，还有三个年轻的男编辑，都是我的同学，一个杨仁山，是浙江下乡知青，后来当了浙江文艺出版社社长；一个潘自强，后来到了珠海，好像也是当了一个出版社的领导；还有一个李唯，他离开得比较晚，后来去天津了，他是专业编剧，编过《美丽的大脚》和很多电视剧，在全国也算是小有名气。我们四个都是从复旦中文系回来的，杨仁山、李唯和我是创作专业，潘自强是评论专业的。我们当时都没地方住，但是房子最后就给张贤亮了，我们几个都在编辑部住着，一人一间办公室。其实我们都来得比他早，1977年就到了编辑部。（笑）

赵天成：张贤亮在写《四封信》那些小说之前，是不是也写过一些诗？

冯剑华：写过！写过一些诗，没有发表。应该是投过稿，人家没用。

赵天成：您看过他写的那些诗吗？

冯剑华：我看过。好像写过在生产队之类的题材。但是这些诗都没发表，后来到哪里去了都不知道。到"复出"之后他就是写小说了，因为他当时发表作品，出发点还是想改变境遇，想从南梁农场那个环境里脱离出来。像他这种经历过运动和人生的大起大伏的人，他的政治嗅觉是非常敏感的。十一届三中全会以后，他也看到当时整个国家的走向，要想办法改变自己的处境，直接找领导肯定是没用的，他身有所长的，也就只有用手中的笔。他当时写小说投稿，也是抱着试试看的态度，没想到稿子一到编辑部立刻就给发表了。

赵天成：您说的这点特别重要。张贤亮这代作家"复出"前后写的小说，往往首先都是为了改变命运，所以在研究的时候不能一上来就从审美性和文学性的角度来评价，中间还是隔着一层。

冯剑华：对！那样研究的话还是隔着一层，实际上就把张贤亮的生存环境给忽略了。因为你想他当时在南梁农场，人的生存肯定是第一位的。在他那种情况下，虽然当了中学老师，虽然摘了"右派"帽子，但你还是要低人一等，在政治上别人还是把你看成另类。所以要想翻身，只有这一条路可走，书生嘛，只有靠手中的一支笔。他当时投稿所抱的目的，就是如果发表了，领导肯定就会重视，他的地位和处境就会相应地有所改善。当然他当时不会想到可以调到《朔方》来，但是起码在学校，在南梁农场，他的政治待遇会好一些。人嘛，首先是生存问题，没有生存哪来的文学，哪来的美学呢？

赵天成：写小说就是争取一个改变命运的机会。

冯剑华：对，"右派"摘帽就是一个信号，以前的一些东西会得到重新评价。像他们这一代，尤其是经过政治风浪的人，政治嗅觉肯定比常人高很多。

赵天成：而且总的来说，在他们那一代作家里，张贤亮老师的"复出"算是最晚的了。像王蒙、从维熙，都比张贤亮复出要早。

冯剑华：对，王蒙早就出来了，宁夏还是闭塞一些，而且他又在一个农场，究竟和王蒙这些人所处的地理位置和环境都很不一样。本来宁夏就很偏僻，一个农场就更偏僻，很多东西他知道得肯定比别人要晚一些。《四封信》那些小说出来以后只是宁夏认识他了，外面还没有认识他。张贤亮出名主要是1980年写了《灵与肉》，尤其是改编成《牧马人》以后，《牧马人》一放，立刻全国就都知道他了。《灵与肉》小说出来以后，立刻就在全国引起了反响，紧跟着1981年李准和谢晋就把这个改编成电影，冬天剧组就来了，朱时茂、丛珊都来了，张贤亮就陪着剧组到南梁农场，到他生活的地方去看。

《灵与肉》实际上就是半自传的，有一些写的就是他家里的情况，包括资本家的这种家庭出身。他的童年，最早是在南京梅溪山庄，那是他的祖父和戴笠两个人打麻将赢来的。抗战爆发以后去了重庆，陪都嘛，回来以后到了上海，住在上海高安小区，在静安区淮海路那一带，那是一个别墅区，到现在还是别墅区。原来中国作协的金炳华书记，现在就在那一带住着。1949年以后他就随母亲去了北京。五几年成分不好的都从北京迁赶出来，他和他母亲、她妹妹就到了贺兰县的京星农场，后来他就到甘肃省文化干校当教员，他妹妹张贤玲上了戏校学京剧，但是后来没唱京剧，到甘肃定西文工团搞舞蹈去了。张贤亮"复出"以后，他妹妹也调回来了，到银川群众艺术馆搞群众文化，一直到现在还在银川。

赵天成：他妹妹比他小多少岁？

冯剑华：刚好小一轮。张贤亮是1936年的，他妹妹是1948年的。

赵天成：好的。刚才咱们谈的主要是文学上的"复出"，您能否再回忆一下张贤亮老师政治上的"复出"过程，特别是其中一些具体的个人的作用，比如刚才您提到的文联主席石天，宁夏回族自治区的领导，给予他的一些具体的帮助？

冯剑华：他在政治上的"复出"，应该是在调上来之前，"右派"已经摘帽了。然后到了1984年就入了党，这在以前想都不敢想的，一个"右派分子""反革命分子"入党，不可能的。当时文联领导一个是石天，还有一个朱红兵，也是一个诗人，他们两个都是老延安，在方方面面都支持张贤亮。后来入党的时候也有一些不同的声音，但是石老和朱红兵就很坚定地发展他入党。然后他很快就当上文联的副主席、主席。自治区的领导在政治上、生活上、创作上，都给了张贤亮很大的支持。张贤亮"复出"的时候，自治区的党委副书记陈冰，浙江人，对他特别支持，专门到家里来看过张贤亮，一直到调走以后还给张贤亮写过信。他就是把张贤亮看成一个人才来爱护。共产党高级干部里面这么爱惜人才的，陈冰是我见过的最典型的一个，我们对他也一直非常感激。婚后我们住在新市区，离单位所在的老城非常远，我每天又要上班，又要带孩子，非常辛苦。当时老城自治区政府后面有一个家属院，有一些两层小楼，是给厅级干部住的，我们就在陈冰的亲自过问下破格分到了一套，那时候张贤亮还什么都不是呢。后来历届的自治区政府和党委的领导，都对张贤亮非常关心，包括刚刚调走的上一任党委书记李建华，张贤亮刚去世就到影视城来看我。

赵天成：您第一次见张贤亮老师是什么时候，第一印象怎样？你们结婚是哪一年？

冯剑华：第一次见他就是在编辑部，是他正式调过来之前，好像是他来编辑部办手续。当时感觉他整个气质有点沉郁，不是太爱说话，毕竟和我们几个还是有十几岁的年龄差距，经历完全不一样的，我可以算是一帆风顺的，虽然吃过一些苦，但是政治上没有受过任何冲击。他刚来的时候，我们几个都住办公室嘛，当时还专门请了一个工作人员的老婆来给我们几个人做饭，我那个同学潘自强当伙食委员，一到吃饭的时候他就在走廊上敲饭盆，喊"开饭啦！开饭啦！"，我们就一块儿下去打饭，打完饭都回到自己的办公桌上吃。张贤亮刚来的时候也跟我们一块儿吃，我们聊天什么的他好像不太参与。都在一间大办公室里嘛，后来大家慢慢开始说一些话，有时候也聊起他过去的一些经历。我还是很同情他，虽然"反右"的时候我还很小，但是也已经有记忆了。

他是 1979 年年底调来的，我们是 1980 年 4 月份结婚的。之前是《宁夏日报》发了一篇消息，说灵武农场有一对从巴西归国的华侨夫妇，编辑部就派我们俩采访去了，估计领导也是有撮合的意思，大男大女嘛。《灵与肉》这篇小说实际上就是受这次采访的触动，他就是把他自己的身世和这两个人的经历结合起来了。那次采访本来是要我们两个人合作写一篇报告文学，采访后他就说这是一个很好的小说题材，就开始写《灵与肉》了。就在他写这篇小说的期间吧，我们结婚了。结婚的时候还是用单位那辆吉普车，把我接到文联的会议室，我们买了些瓜子啊，糖啊，大家在一块儿吃一吃，那时候都是这个样子。分给他的那间房子，就算是我们的新房了。那时候他刚从南梁农场上来，状况是非常可怜的。只带上来两只自己用汽车轮胎做的沙发，我们叫"土沙发"，还有一只木箱子，就带了这些东西。那时候我的工资也很低啊，大概是 40 多块钱……

赵天成：张贤亮那时候工资多少钱？

冯剑华：他比我多一点，好像是 50 多块钱，因为他工龄长啊，虽然打成"右派"了，但是工龄要从他参加工作的时候算起。那时候我们单位有"摇会"，你们可能都不知道了，因为那时候大家工资都很低，所以如果你想要买什么东西了，靠你一个人的力量一下子拿不出这么多钱，所以就有"摇会"。就比如说，每个月大家都拿出 5 块钱,有一个人负责管着这些钱,这样有什么事就可以凑一点钱,完事以后再把你的工资补进去就行了。那时候我们就用"摇会"的钱,买了一张双人床、一个大衣柜、两床缎子被面,被面还是我在农村的供销社里买的,城里还买不着,因为买这些东西是要靠票儿的。后来经济状况慢慢好了一些,我现在记忆比较深的,是张贤亮的作品当时卖得非常好。那一年《朔方》卖得很火,我们把《朔方》推到街上去卖,编辑部全体人员都上大街上去卖刊物。有他这几篇小说的刊物就卖得特别好,很快就卖完了。

赵天成: 我注意到张贤亮的前七篇小说都是《朔方》发的。

冯剑华: 对,因为那时候外面还不知道他。他第一次出去大概是 1980 年 10 月份,编辑部派他出去组稿。第一站走的西安,这是他"复出"以后第一次外出。然后是 1981 年参加庐山笔会,当时还有李国文、从维熙、铁凝等等,那两年是张贤亮飞速发展的时期。他的重要的小说也基本上都是在那几年写的,爆发式的,从《灵与肉》到 1984 年的《绿化树》,那几年的创作处于非常好的状态。而且宁夏文联也非常支持他。到了 1980 年年底,他就要求搞专业创作。当时我还有些顾虑,我说创作这个东西说不好的,要是到时候你的创作跟不上怎么办啊?但是他还是坚持。到了 1981 年上半年他就搞专业创作了,就不上班了。但是文联的领导,包括自治区的领导都非常支持。本来我们不是住那一间小房子嘛,后来文联在新市区分了几套房子,就让我们搬到新市区这个房子,就有三间房子了。那时候没有暖气嘛,当时暖气管子装上了,但是没烧。我们三间屋子,就一个小北京铁炉子放在一进门的地方,你就可想屋里有多冷。张贤亮又不太会弄那个炉子,炉子一天到晚处于半死不活的状态,做饭的时候面条下到锅里半天开不了。所以当时我坐月子的时候,窗户里面的冰都结那么厚。

赵天成: 你们的儿子是什么时候出生的?

冯剑华: 1981 年元月份我孩子出生,我直到 1980 年 12 月份还在上班呢,那时候不像现在,早早地就可以休产假了。那时候我们家在新市区,每天上班是在老城,每天早上我们两个要挤公共汽车去上班。那时候还是那种很老旧很小的公共汽车,那个车是半个小时一趟,车程要走差不多一个小时,我们要 8 点一刻赶到老城,很早就要出来。当时我胆子也大,那时候到底是年轻,不知道害怕。有时候快到车站时候看到车来了还跑,现在孕妇谁敢这样啊?车上挤得不行,张贤亮就用手围着,说:"这有孕妇,你们不要挤!"

赵天成:我看《南方周末》的朱又可写过这么一件事,您第一次带张贤亮回家,张贤亮见到您父亲就鞠了一个躬,您父亲说此子面相不凡,毕竟大家庭出身,日后必成大器,是有这么个事儿吗?

冯剑华:(大笑)是,是,我们那次采访回来,关系确定了以后,我就带他回矿上去了,当时张贤亮见我父亲先鞠了一躬。我父亲没有当着他的面儿说,是后来跟我妈妈说,这孩子肯定是大户人家出来的,将来肯定有出息。我父亲在旧社会也是读过书的,也经过商,见过一些人的。

赵天成:您见过张贤亮的哪些家人?

冯剑华:他的直系亲属就一个妹妹了,其他都是表兄弟姐妹,还有他的六姑、七姑,都是表亲了。六姑在台湾,是解放以前去台湾的,六姑父是台湾的议员。

赵天成:张贤亮和俞平伯是什么关系?

冯剑华:他们算是世交,从他父母那一辈算起来的,张贤亮的妈妈和俞平伯的女儿俞成又是大学同学。他喊俞平伯外祖父,喊俞成大姨,我们都喊她大姨。1984 年我带着孩子到北京组稿,就住在俞平伯他们家。当时俞平伯还在,老伴过世了,每天从早到晚就在他的屋里躺着,到吃饭的时候再喊他,他扶着墙出来吃饭。

赵天成:张贤亮对他母亲的感情是不是很深?有人说他有"恋母情结",您怎么看?

冯剑华:(笑)他跟他母亲的感情非常深,不过说"恋母情结",我觉得谈不上。但是他母亲要是活着,他一定会是个孝子,这个是肯定的。后来我们家里面一直挂着他母亲的像,挂像两边还写了一副对联。

赵天成:他母亲长得非常漂亮。

冯剑华：他母亲长得太漂亮了，比一般的电影演员要漂亮多了。你就看她母亲的照片，不管是年轻时候的还是老了以后的，一看就是大家闺秀，骨子里透出来的那股贵气，现在见不到了。现在的演员，哪怕是那些贵妇人，都没有那种气质。他母亲先是带着他和他妹妹到银川来，后来又回北京了，就靠糊火柴盒为生。张贤亮1968年还从农场逃出来，到北京看他的母亲。后来老太太去世的时候，他和他妹妹都没有见到，后事就是街道给处理的，说起来也是很惨的，老景凄凉。

赵天成：他谈起父亲和祖父的时候，是什么样的态度？我看过他写的一些散文里，写到他和父亲的疏离感，对父亲和祖父也有一些负面的评价。

冯剑华：（笑）是有一些，意思好像是说他父亲对孩子不是很负责。他谈到他母亲充满了温情和怀念，谈他父亲、祖父主要都是谈事业方面，讲他们年轻时的经历比较多。他在小说当中也写了他爷爷嘛，说他在最困难的时候给他爷爷去信求助，他爷爷就给他寄了10块钱。他爷爷是老同盟会会员，"文化大革命"受迫害时直接给毛主席写信。那时候还是上海文史馆的馆员，一个月工资300多块钱，张贤亮就感到有点屈辱，说从此以后再不跟他爷爷要钱了。

赵天成：在婚后的家庭生活中，张贤亮是什么样子，平时说话多吗？创作的时候是什么状态？

冯剑华：我们共同语言还是比较多的，在家有时候聊聊天，有时候说说文学，多数时候是他说，我听得比较多，因为他的表达能力比较强，知道的东西比较多，而且他在文学上、社会上和政治上都有很多见解，我认为都是比较深刻的。他创作的爆发期就是从1980年到1988年，《习惯死亡》是1988年写的。多数时间他是晚上和夜里写作。白天我去上班的时候，他还在睡觉。我中午下班回来，他就起来了。因为怕孩子影响他嘛，他在楼上住，我和孩子在楼下住。基本上他要写作的时候，不让孩子上去。就有一次，儿子才一岁的时候，刚刚会走，到楼上去翻他爸爸的书，把书给翻乱了，他爸爸好像就训了他一句，他出来头顶着墙哭，我怎么哄都哄不好。他创作一投入的时候，晚上基本上就不下来了，就是写累了从楼上下来上个厕所，有时候逗逗孩子，就又上去了。

赵天成：他会经常跟您谈起过去的事，比如他在农场的经历吗？

冯剑华：谈，特别是刚开始几年说得比较多。因为他所经历的这些事我没有经历过，很多事情我一听就觉得太惨了。比如他讲他怎么在饿昏了以后，被人拖到太平间，后来怎么爬出来；还有逃出农场去讨饭，讨不到饭吃只好又回到农场去，我就觉得他太不容易了，本来是少爷胚子嘛，从小不说锦衣玉食吧，也是大户人家出身，过的是大少爷的日子，后来二十多年一下子过的是地狱般的日子，我都不可想象的。生活上的苦其实是可以忍受的，无非是饿肚子嘛，我们小时候都饿过，但是政治上、人格上的这种侮辱，我就觉得太难以忍受了。所以我一直对他又同情，又佩服。

赵天成：他和您结婚以后，每天读书的时间多吗？

冯剑华：多！他又不做家务，一点儿家务也不做的，孩子小的时候我非常辛苦的。我当编辑每天要坐班，中午回来就要做饭，晚上下班先到菜市场买菜，回家基本上是围裙一扎就进厨房。那时候不是两层楼嘛，他的书房在楼上，他基本上就待在书房里，做好了饭再喊他下来。我就记得有一次，饭端到饭厅了，我说你到厨房拿一下筷子去，他都不知道筷子在哪儿放着。但是书什么的都是他自己整理，这方面他是井井有条的。

赵天成：您印象中后来他读的哪些书对他影响比较大？

冯剑华：托尔斯泰。他特别喜欢托尔斯泰，尤其是《安娜·卡列尼娜》。我不知道你们搞评论的是不是这样，搞创作的一般都有这样一个人，就是他特别喜欢读，而且在创作上对他特别有启发，特别能引起他的写作冲动的一个作家。《安娜·卡列尼娜》就是张贤亮一直在读的。平常他看政治的和哲学的书比较多。从南梁农场调上来的时候，他带回来一本《资本论》，一本列宁的《哲学笔记》，还有一本《恩格斯选集》，还有一个布面的深紫色的读书笔记，写了满满一本，我看过一些，没有全看。后来这个笔记本，包括他作了很多批注的《资本论》，影视城搞展览的时候都给搞丢了，非常可惜，当时我们没有保管这些资料的意识。他读作品以外国文学为主，尤其是俄国的，像托尔斯泰、契诃夫，后来还看了《古拉格群岛》《日瓦戈医生》；还有英美文学，比如茨威格的小说；还有后来南美的像《百年孤独》啊，对他后来写《习惯死亡》都是有所影响的。再一个，杂志他看得比较多的是《读书》，80年代初期的《读书》，那时候思想比较活跃，后来就不看了。

赵天成：看《读书》看得比较多？这个我真没想到。

冯剑华：对，他把1980年代初的《读书》保存了很长时间。在作家里面，张贤亮的政治情结很重，他当年和1980年代初思想特别活跃的那一批人，比如温元凯、刘宾雁，都很熟的。1987年那次"反资产阶级自由化"，传说他是排在第七位的。我那时候很为他担心的。虽然政治气候不一样了，但是你毕竟还是不能在政治上乱说，但是他好像思想上一直很活跃，一直很关注中国的政治走向。

赵天成：《绿化树》和《男人的一半是女人》都被认为是具有很强自传性的小说，那么从您的角度看，它们的自传性主要体现在哪些方面？

冯剑华：他的小说基本上都有他自己的影子。从《灵与肉》开始，到《绿化树》和《男人的一半是女人》，到《习惯死亡》，从里面都能找到他的影子。你们可能看不出来，但我一看我就知道，哪一段是他自己的经历。刚才说的那几篇小说，还有《土牢情话》，基本上都是以他在农场的切身经历，再加上他看到的周围的人和事，他的所见所闻。我觉得他的这些小说，一方面带着自传、半自传的性质，另一方面他也给农场的那些农工画了像，像"半个鬼"、魏天贵，包括一些"右派"、劳改犯、国民党军官，他都用文学的形式把他们的形象刻画出来。他的小说里既有他自己经历的一些事情，也有他周围的人经历的一些事情。

赵天成：我看到在《南方周末》公开出来的张贤亮自传的一小部分，名字叫《雪夜孤灯读奇书》，除了这一部分，还有其他片段吗？

冯剑华： 他生前一直不让别人给他写传记，他说他的传记一定要自己写，结果他的自传刚写了没多少，就住院了。他去世很突然，我们都没想到，他从发病到去世就一年半的时间，大夫当时还跟他说能活五年，所以好多事情就没有思想准备。他的自传朱又可拿了一部分发在《南方周末》上，那还是在他生前。后来我让我儿子在他电脑上找过，因为我不会用电脑，也没找着。

主要参考资料

一 报纸期刊类

《北京文艺》（1956—1957）
《剧本》（1955—1956）
《人民日报》（1956—1957；1977—1979）
《人民文学》（1956—1957；1976—1984）
《文艺报》（1949—1958；1978—1984）
《文艺学习》（1954—1957）
《延河》（1957）

二 作家作品、传记、研究类

北京市社会科学联合会、文艺学会筹备委员会编：《王蒙小说创新资料》，中国人民大学书报资料社，1980年。
本社编：《重放的鲜花》，上海文艺出版社1979年版。
曹玉如编：《王蒙年谱》，中国海洋大学出版社2003年版。
从维熙：《从维熙文集》（8卷本），华艺出版社1996年版。
从维熙：《从维熙自述》，大象出版社2006年版。
从维熙：《岁月笔记》，中国社会出版社2013年版。
从维熙：《我的黑白人生》，生活·读书·新知三联书店、生活书店出版有限公司2014年版。

从维熙：《走向混沌（最新增补版）》，作家出版社 2012 年版。

高晓声：《陈奂生上城出国记》，上海文艺出版社 1991 年版。

高晓声：《高晓声 1982 小说集》，四川人民出版社 1983 年版。

高晓声：《高晓声 1983 年小说集》，中国文联出版公司 1984 年版。

高晓声：《高晓声 1984 年小说集》，中国文联出版公司 1986 年版。

高晓声：《高晓声一九八〇年小说集》，人民文学出版社 1981 年版。

高晓声：《高晓声一九八一年小说集》，人民文学出版社 1982 年版。

高晓声：《觅》，江苏文艺出版社 1988 年版。

高晓声：《79 小说集》，江苏人民出版社 1980 年版。

高晓声：《青天在上》，上海文艺出版社 1991 年版。

高晓声文学研究会编：《高晓声研究·评论卷》，江苏文艺出版社 2014 年版。

高晓声文学研究会编：《高晓声研究·生平卷》，江苏文艺出版社 2014 年版。

贺兴安：《王蒙评传》，作家出版社 2004 年版。

《李国文文集》（全 17 卷），人民文学出版社 2012 年版。

李怀中主编：《高晓声自述》，江苏凤凰文艺出版社 2016 年版。

李镜如、田美琳编选：《张贤亮谈创作》，宁夏大学学报编辑部，1985 年。

《林斤澜文集》（全十卷），人民文学出版社 2016 年版。

刘金镛、房福贤编：《从维熙研究专集》，重庆出版社、贵州人民出版社 1985 年版。

刘绍棠：《我是刘绍棠：刘绍棠自白》，团结出版社 1996 年版。

刘志权编：《张弦研究资料》，人民文学出版社 2016 年版。

鲁彦周：《梨花似雪》（上、下册），人民文学出版社 2005 年版。

鲁彦周：《鲁彦周文集》（8 卷本），安徽文艺出版社 2002 年版。

鲁彦周研究会编：《怀念鲁彦周》，上海文艺出版社 2008 年版。

陆广训编：《张弦代表作》，河南人民出版社 1994 年版。

《陆文夫文集》（全五卷），古吴轩出版社 2006 年版。

毛定海编：《高晓声编年事略》，江苏凤凰文艺出版社 2015 年版。

《人民文学》编辑部编：《1979年全国优秀短篇小说评选获奖作品集》，上海文艺出版社1980年版。

《人民文学》编辑部编：《1980年全国优秀短篇小说评选获奖作品集》，上海文艺出版社1981年版。

《人民文学》编辑部编：《一九七八年全国优秀短篇小说评选作品集》，人民文学出版社1980年版。

茹志鹃著，王安忆整理：《茹志鹃日记（1947—1965）》，大象出版社2006年版。

唐先田、温跃渊：《鲁彦周评传》，安徽文艺出版社2016年版。

王彬彬：《高晓声评传》，江苏凤凰文艺出版社2019年版。

王彬彬编：《高晓声研究资料》，人民文学出版社2016年版。

王蒙：《你好，新疆》，人民文学出版社2011年版。

王蒙：《人民艺术家·王蒙创作70年全稿》（1—61），人民文学出版社2023年版。

王蒙：《苏联祭》，作家出版社2006年版。

王蒙：《王蒙文集》（45卷本），人民文学出版社2014年版。

王蒙等：《夜的眼及其他》，花城出版社1981年版。

王培洁：《刘绍棠年谱》，文化艺术出版社2012年版。

温奉桥、张波涛编：《一部小说与一个时代：〈组织部来了个年轻人〉》，中国海洋大学出版社2016年版。

《文艺报》社编：《1977—1980全国获奖中篇小说集》，上海文艺出版社1981年版。

徐纪明、吴毅华编：《王蒙专集》，贵州人民出版社1984年版。

叶至诚、高晓声：《走上新路》，江苏人民出版社1955年版。

於可训：《王蒙传论》，武汉大学出版社2009年版。

张沪：《逢春集》，中国新闻出版社1988年版。

张沪：《女囚》，华艺出版社1993年版。

张贤亮：《写小说的辩证法》，上海文艺出版社1987年版。

张贤亮：《张贤亮选集》（四卷本），百花文艺出版社1995年版。

张贤亮：《张贤亮作品典藏》（10卷），贵州人民出版社2013年版。

张弦:《张弦文集:电影卷》,中国戏剧出版社2001年版。

张弦:《张弦文集:小说卷》,解放军文艺出版社1999年版。

张弦:《挣不断的红丝线》,人民文学出版社1983年版。

中国作家协会编:《1981—1982全国获奖中篇小说集》,上海文艺出版社1983年版。

中国作家协会编:《1983—1984全国优秀中篇小说评选获奖作品集》,作家出版社1986年版。

朱净之:《高晓声的文学世界》,江苏凤凰文艺出版社2015年版。

《宗璞文集》(全四卷),华艺出版社1996年版。

三 其他研究专著类

[德]阿莱达·阿斯曼:《回忆空间:文化记忆的形式和变迁》,潘璐译,北京大学出版社2016年版。

[英]艾瑞克·霍布斯鲍姆:《极端的年代:1914—1991》,郑明萱译,中信出版社2014年版。

蔡元培、胡适著,华云点校:《石头记索隐·红楼梦考证》,北京大学出版社1989年版。

程光炜:《文化的转轨:"鲁郭茅巴老曹"在中国(1949—1981)》,北京大学出版社2015年版。

程光炜:《文学讲稿:"八十年代"作为方法》,北京大学出版社2009年版。

[日]川合康三:《中国的自传文学》,蔡毅译,中央编译出版社1999年版。

[荷]D.W.佛克马:《中国文学与苏联影响(1956—1960)》,季进、聂友军译,北京大学出版社2011年版。

[美]德克·博迪:《北京日记——革命的一年》,洪菁耘、陆天华译,东方出版中心2001年版。

[法]菲力浦·勒热纳:《自传契约》,杨国政译,北京大学出版社2013年版。

何泽翰：《儒林外史人物本事考略》，上海古籍出版社1985年版。

［法］亨利·戈达尔：《小说使用说明》，顾秋艳、陈岩岩、张正怡译，北京联合出版公司2023年版。

洪子诚：《1956：百花时代》，北京大学出版社2010年版。

洪子诚：《材料与注释》，北京大学出版社2016年版。

胡适：《胡适文存》（全四集），首都经济贸易大学出版社2013年版。

［美］J. 希利斯·米勒：《小说与重复——七部英国小说》，王宏图译，天津人民出版社2008年版。

金宏宇：《中国现代长篇小说名著版本校评》，人民文学出版社2004年版。

［美］金介甫：《他从凤凰来：沈从文传》，符家钦译，新星出版社2018年版。

梁启超：《中国历史研究法 中国历史研究法补编》，中华书局2015年版。

［俄］M·巴赫金：《巴赫金文论选》，佟景韩译，中国社会科学出版社1996年版。

［澳］迈克尔·R. 达顿：《中国的规制与惩罚——从父权本位到人民本位》，郝方昉、崔洁译，清华大学出版社2009年版。

［法］莫娜·奥祖夫：《小说鉴史：旧制度与大革命的百年战争》，周立红、焦静姝译，商务印书馆2017年版。

［意］普里莫·莱维：《被淹没和被拯救的》，杨晨光译，上海三联书店2013年版。

人民文学出版社编辑部编：《苏联人民的文学（第二次全苏作家代表大会报告、发言集）》（上、下册），人民文学出版社1955年版。

邵燕祥：《沉船》，上海远东出版社1996年版。

邵燕祥：《人生败笔：一个灭顶者的挣扎实录》，河南人民出版社1997年版。

《苏联文学艺术问题》，曹葆华等译，人民文学出版社1953年版。

William Empson, *Using Biography*, Cambridge: Harvard University Press,

1985.

[美]韦恩·布斯:《小说修辞学》,华明、胡晓苏、周宪译,北京联合出版公司 2017 年版。

许子东:《重读"文革"》,人民文学出版社 2011 年版。

张京媛主编:《新历史主义与文学批评》,北京大学出版社 1993 年版。

张丽华:《现代中国"短篇小说"的兴起:以文类形构为视角》,北京大学出版社 2011 年版。

朱金顺:《新文学资料引论》,北京语言学院出版社 1986 年版。

朱正:《1957 年的夏季:从百家争鸣到两家争鸣》,河南人民出版社 1998 年版。

祝宇红:《"故"事如何"新"编:论中国现代"重写型"小说》,北京大学出版社 2010 年版。

后　记

1

  2018年夏天，本书作者完成了他的博士论文。本书即是在此基础上，修订增补而成。他在博士学位论文的后记中感谢了很多人：他的老师、朋友、同门、家人，也感谢了他的研究对象——"归来者"。基于当时的历史感觉，他在最后写下了这样的话："生在承平年代的城市，我对于史诗、纪念碑和'大作家'，原本有着近乎本能的排斥。也一度以为，我们的一生将在平凡的小时代中消磨。但当眼下的这篇论文，一路从'新时期'写进了'新时代'，未来的图景仿佛重新变得盛大。这虽然让我常感惶恐，但在夜深人静之时，似乎也有认出了风暴的心动。"

2

  2019年，他把自己的研究对象，由"归来者"扩展为"新中国第一代作家"，并写了一篇关于李瑛青年时代的论文。他在文章的末段写道："人们都还记得，在'难忘的一九七六'，李瑛留下了《一月的哀思》、《七月花环》和《九月献诗》。而鲜有人知的是，在1948年，李瑛也曾先后写下《甘地》与组诗《沉痛的悼念》，送别在那一年离世的印度圣雄，和他多次拜访过的朱自清先生。笔者深知'历史理解之同情'的道理，但当读到《背影》（组诗第一首）中的诗行，还是有种莫名的伤感……"

　　文章投送给了《中国当代文学研究》，责任编辑钟媛出于对他的友谊，表达了对全篇的欣赏和对结尾的不满。他尝试着做了解释。他知道，如他给人的印象一样，面对他的研究对象，他常能表现出恰如其分的"理解之同情"。但他自己清楚，"不理解"和"不同情"，是他心底从未消失的另外一面。他不断压抑，但又总难克服一个狂悖的想法：如果处于同样的关头，他希望比自己的研究对象更有尊严。

3

　　2020年1月，他到南京拜访友人，适逢一场江南罕见的大雪。从南京返回的途中，来自武汉的消息已经不胫而走。2020年到2022年，对于他也是折叠的三年。在开始的时候，他的一位学生，写了一篇名为《放假》的意识流小说，表现暂停期间迷乱的时间感。他起初以过来人的口吻，向朋友们转述这种状态。但他随后发现，他也如同抽刀断水，难以结束自己的假期。这几年来，在他接触的青年人中，有的因文得咎，有的因病早逝。在比自己更年轻的生命的流逝中，更容易发现命运的刻痕。时间永是流逝。他有时觉得，自己成了福楼拜笔下的布瓦尔和佩库歇，他似乎一切未变，甚至都未变老，可是时间过去了，只有时间过去了。但是，他还是愿意像他们说的那样，相信未来，相信前夜，相信海洋的涌动，相信历史的辩证法。

4

　　这些年中，本书的修补工作断断续续。在他的性情中，疏懒与好胜恰好互相抵消。为了改订书稿，他读了不少相关的论文，也记下了许多无关的东西。其中多篇论文，出自他高产的导师之手。他有时会和导师交流读后感受，但却从未提起，最打动他的一段，隐藏在一篇兼论牛汉和绿原的文章的角落里："用诗做武器、做中介，狂追女孩，革命加恋爱，为理想置生死于不顾，是整个20世纪二十至四十年代，包括整个大革命时期、抗战时期和内战时期，一部分青年作家鲜明的共同特点。像郭沫若、殷夫、蒋光慈、胡也频、田间、艾青、陈辉，像七月派诗人，都是如此。'死不足惜'，更何谈已没有灵魂意志的'肉身'？每读中国现代史的这一页，都不免叫人心血沸腾。"

5

在修订完稿之际，他想把六年前感谢过的人再谢一次：他的老师、朋友、同门、家人、研究对象。他也想感谢当时不及感谢的，和一些与本书相关的人：本书的序言作者，他的博士导师程光炜先生；参与他博士论文的答辩和审阅，提出许多宝贵意见的孙郁、白烨、乔以钢、张清华、杨联芬、张洁宇、姚丹、王家新、杨庆祥诸位老师，和他的硕士导师李今女士；为本书付出大量编辑辛劳的慈明亮、梁世超；近年发表过本书相关篇章的刊物和编辑；还有他的故雨新知，陌生人和孤勇者，这些年逝去的亲人、朋友和第一代作家们。就让诸多不及一一的名字，留存在他的记忆中吧。他的记性很好，他身边的人都这样说。此时此刻，他希望时间赶快过去，快到他的记忆还有用武之地。

在2023年岁末的一篇短文中，他留下了这样的话："在以后的历史中，过去的一年可能会是重要的年份。就我个人所见，外部世界也有许多深刻的，日后会写到我的《往事与随想》中的事件。但现在还不是回顾的时候。冯友兰《中国哲学简史》的最后一句是：人必须先说许多话，然后保持静默。我深以为然。但是有时，人也必须先保持沉默，然后再开口说话。总之，让故事再发生吧。期待2024年下更大的雪。"

是为记。

赵天成

2024年5月